Alfred Kriegelstein · Sagen, Legenden, Geschichten aus Mittelfranken

Mittelfränkische Heimatkunde
Band 1

In Zusammenarbeit mit dem Bezirk Mittelfranken

herausgegeben von Alfred Kriegelstein

Sagen Legenden Geschichten

aus Mittelfranken

Zusammengestellt und nacherzählt
von
Alfred Kriegelstein

Illustrationen von Norbert Kriegelstein

Delp

4. Auflage, 1994

Verlagsdruckerei Heinrich Delp GmbH, Bad Windsheim
Fotos: Ulrike Kriegelstein
ISBN 3-7689-0203-X
Printed in Germany

Geleitwort zur ersten Auflage

Nach langen Jahren eines oft recht oberflächlichen Umgangs mit der Geschichte, mit der Volkskunde und der Heimatpflege haben mittlerweile viele Bürger wieder angefangen, ein Gespür für Vergessenes, für Tradition und Stil zu entwickeln. Heimatkunde wurde lange Zeit als ein Requisit aus der Mottenkiste betrachtet, sie war für viele »moderne Menschen« suspekt und verschwand sogar aus den Lehrplänen der Schulen.

Ich begrüße deshalb die Initiative und den Mut von Regierungsschuldirektor Alfred Kriegelstein, eine *Mittelfränkische Heimatkunde* herauszugeben. Ich danke für die tatsächliche Realisierung der Idee, denn viel Material, das unseren Kindern und Nachkommen erhalten werden muß, kann auf diese Weise für die Zukunft gesichert werden.

Heimatkunde bedeutet nicht nur Überlieferung von Brauchtum und Stammeseigenart, Heimatkunde bedeutet auch eine Rückbesinnung des Menschen auf sein ursprüngliches Verhältnis zur angestammten Umwelt, sei es in der Stadt oder auf dem Lande.

Die *Mittelfränkische Heimatkunde* wird bei der Schaffung eines Kulturbewußtseins mithelfen, das die Brücke zwischen Vergangenheit und Gegenwart schlägt. Aus der Gegenwart heraus soll der Leser eine neue Betrachtung seiner Vergangenheit erleben, Zukunftsprobleme werden somit sicher aus einem anderen Blickwinkel gesehen.

Die *Mittelfränkische Heimatkunde* wird darüber hinaus die Erhaltung echter, d. h. lebendiger Werte unterstützen. Für uns alle wird deutlich, wie wichtig es ist, unsere Kulturlandschaft zu hegen und zu pflegen, unsere Baudenkmäler zu erhalten und unsere Natur zu schützen.

Sich selbst zu kennen und kennenzulernen ist das ureigenste Anliegen eines jeden Menschen. Die Heimat ist der unmittelbar prägende Lebensbereich eines jeden einzelnen. Hier kann er verwurzeln und den dauerhaften Rahmen für sein Weltbild finden. Je »hautenger« Geschichte ist, desto verbindlicher bietet sie sich an.

Ich bin davon überzeugt, daß die *Mittelfränkische Heimatkunde* eine wichtige Aufgabe erfüllt, um Geschichten und Geschichte nicht vergessen zu lassen, denn: Unsere Heimat kann nur leben, wenn sie immer wieder beschrieben und gelesen, empfunden und verarbeitet, gedacht und gestaltet wird.

Georg Holzbauer
Bezirkstagspräsident

Vorwort

Die Mittelfränkische Heimatkunde versteht sich als ein Vorhaben, das in mehreren Einzelbänden aufbereitete Inhalte aus den Bereichen der Kultur und der Natur des Regierungsbezirks anbietet. Sie beabsichtigt, damit sowohl die Jugend in unseren Schulen als auch alle jene anzusprechen, die sich der Heimatpflege und der Bewahrung unserer Kulturgüter verbunden fühlen.
Sie stellt ein Angebot für die Arbeit des Lehrers dar, dem sie ausgewählte Materialien in die Hand gibt, die er unmittelbar im Unterricht verwenden kann.
Die einzelnen Bände sind thematisch konzipiert und befassen sich mit Ereignissen aus der Geschichte, die in Mittelfranken ihren Niederschlag fanden oder ihre Spuren hinterließen, mit der Topographie des Bezirks, mit der heimischen Landwirtschaft, mit Handwerk und Industrie, mit Volkskunde und Brauchtum, mit Naturschutz und Landschaftspflege, mit Fragen der Kunst und mit den Menschen dieses fränkischen Landes.
Die einzelnen Bände wollen »kundig« machen und dazu beitragen, das Gegenwärtige auch aus dem Vergangenen zu begreifen, die nicht selten unbekannten Schönheiten und die kleinen, oft verborgenen Schätze dieses Landstrichs neu zu entdecken und die Güter unserer Volkskultur an die junge Generation weiterzureichen.
Dieser Absicht dient der vorliegende Band 1 in besonderer Weise.
Sagen, Legenden, Geschichten drohten in den vergangenen Jahrzehnten in Vergessenheit zu geraten. Wir alle wünschen, daß sie wieder gelesen, wieder gehört, wieder bekannt, wieder »behalten« und wieder weitergegeben werden.
Die Sprache der Texte orientiert sich an den Formen der mündlichen Weitergabe. Sie ist so angelegt, daß sie die Übertragung in die Erzählform erleichtert bzw. ihr entgegenkommt.
Es war nicht leicht, die ortsgebundenen Texte aufzuspüren und nicht möglich, alle lokalen Bereiche in quantitativer Parität zu berücksichtigen. Die Grundlage der vorliegenden Nacherzählungen bildeten zum Teil qualitativ recht unterschiedliche Materialien, aus denen es entsprechend auszuwählen galt. Die meisten Quellenvorlagen stammen aus der Zeit zwischen den beiden Weltkriegen und davor und wurden von Lehrern aufgezeichnet, ohne deren verdienstvolle Kleinarbeit viele der Erzählungen für immer verloren wären.
Die Sammlung versteht sich als zweckgerichtetes Angebot, das der Sagenforscher insofern mit Nachsicht bewerten möchte, als sie stärker von pragmatischen Aspekten als von wissenschaftlichen Kriterien bestimmt sein will.
Sagen, Legenden, Geschichten wollen keine historischen Wahrheiten verkünden. Sie wollen vielmehr als Erzählungen verstanden sein, deren phantastische Inhalte eine Erlebnisebene berühren, die lange Zeit zu verkümmern drohte.

Alfred Kriegelstein

Inhalt

Ansbach — Feuchtwangen — Dinkelsbühl — Rothenburg und ihr Umland (1—36)

Nummer Seite

Erlangen — Höchstadt — Herzogenaurach und ihr Umland *(37—66)*

Neustadt a. d. Aisch — Bad Windsheim — Uffenheim — Scheinfeld und ihr Umland *(67—92)*

Schwabach — Roth — Hilpoltstein und ihr Umland *(183—221)*

Der Heilsbrunnen

1 Ein Ritter aus dem Geschlecht der Heidecker war schwerkrank von einem Kriegszug heimgekehrt. Seine Fußverletzung wollte nicht heilen. Die Wunde eiterte immer wieder. Quälende Fieberanfälle warfen ihn auf das Krankenbett.
An einem fieberfreien Tag stieg er auf sein Pferd und wollte sich draußen in der wärmenden Sonne, in der frischen Luft und im kühlenden Wald erholen. Da überfielen ihn plötzlich wieder die Schmerzen. Brennender Fieberdurst quälte ihn aufs neue. Die Schmerzen und das Fieber zwangen ihn, rasch heimzukehren. Er wendete das Pferd und ritt in den kühlen Wald hinein. Dabei kam er auf einer schattigen Waldblöße an einer Quelle vorbei, die er noch nie zuvor gesehen hatte.
Weil seine Schmerzen immer heftiger wurden, kehrte er um, ließ sich vom Pferd auf den Boden gleiten und trank das frische Wasser in vollen Zügen.
Sofort spürte er Linderung. Sogleich ging es ihm wesentlich besser.
Und es dauerte nicht lange, bis er ganz gesund war.
Von da an nannte er die Quelle seinen Heilsbrunnen und ließ an dieser Stelle eine Kapelle bauen.
Die Geschichte von der wundersamen Heilung des Ritters wurde im ganzen Land erzählt. Aus nah und fern strömten die Kranken herbei, tranken das Quellwasser und wurden gesund.

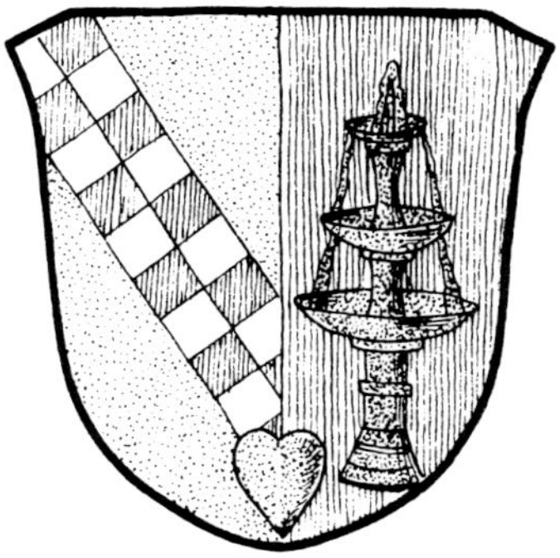

Später errichteten die Brüder Rapoto und Konrad, Grafen von Abenberg, mit ihren drei Schwestern und ihrem Vetter, dem Bischof Otto von Bamberg, eine große Kirche und gründeten ein Kloster: das Kloster Heilsbronn.
Der Burggraf von Nürnberg wurde vom Kaiser als Schutzherr eingesetzt.
Die fränkischen Ritterfamilien wählten das Kloster zu ihrer Grablege.
Hier hofften sie, einen sicheren, ewigen Ruheplatz zu finden.

Das Münster zu Heilsbronn

Der vergeßliche Bildschnitzer

2 Im Kloster Heilsbronn lebte einst neben zahlreichen Klosterbrüdern, die Handwerker waren, auch ein richtiger Künstler. Der schnitzte gerade ein Marienbild für einen Altar. Er hatte so viele Aufträge, daß er sich nicht die Zeit nehmen konnte, alle gewissenhaft auszuführen.

Und so kam es, daß er der einen Hand der Maria nur vier Finger gab. »Das ist weiter nicht so schlimm«, dachte er, »weil man die Hand an dieser Stelle sowieso nicht sieht.«
Das Bildnis wurde geweiht und aufgestellt, und keiner hatte etwas gemerkt.
Da erschien Maria dem Klosterbruder im Traum und machte ihm bittere Vorwürfe.
Er nahm sich alles zu Herzen und versprach, den fehlenden Finger nachzuschnitzen.
Und als er aufgewacht war, faßte er den festen Entschluß, sein Versprechen zu halten.
Weil er aber ständig neue Aufträge erhielt, schob er die versprochene Arbeit immer wieder vor sich her. Er hatte so viel zu tun, daß der nicht wußte, wo ihm der Kopf stand. Und so vergaß er den fehlenden fünften Finger der Maria schließlich ganz.
Als er gestorben war, wurde er mit großen Ehren beigesetzt.
Am nächsten Tag aber lag sein toter Körper vor dem Eingang der Gruft. Man trug ihn hinunter und legte ihn von neuem in den Sarg.
Am Morgen darauf fand man den toten Klosterbruder wieder an der gleichen Stelle.
Wieder wurde er hinuntergetragen und in den Sarg gelegt.
Und so ging es mehrere Tage.
Da erinnerten sich die Mönche an den Traum des Bildschnitzers. Jetzt war ihnen alles klar: Maria zürnte dem Klosterbruder, weil er sein Versprechen nicht gehalten hatte. Jetzt wußten sie, warum er in seinem Grab keine Ruhe finden konnte.
Es blieb nichts anderes übrig, als ihn an einem anderen Ort zu begraben.

Die listigen Frauen von Großhaslach

Um das Jahr 1525 hatten sich überall im Land die Bauern gegen die Unterdrückung 3
durch ihre Herren aufgelehnt. Mit Sensen und Dreschflegeln bewaffnet, stürmten sie Burgen und Klöster, raubten und plünderten.
Die Großhaslacher waren dem Kloster Heilsbronn untertan. Auch sie empörten sich über die drückende Steuerlast und über die allgemeine Unfreiheit. Doch bevor sie zu Sensen und Dreschflegeln griffen, berieten sie erst einmal ausführlich darüber. Die einen waren für den Aufstand, die anderen warnten davor und meinten, es sei noch zu früh, jetzt zu den Waffen zu greifen. Es gab viel Für und Wider, viel Wenn und Aber. Schließlich einigten sie sich, nicht übereilt zu handeln.
Die Frauen von Großhaslach dagegen hatten für das Zögern ihrer Männer kein Verständnis. »Was beraten die so lange? Sie können sich nicht einig werden. Wahrscheinlich fehlt es ihnen an Mut! Ja, so wird es sein! Laßt uns den Angsthasen ein Beispiel geben und ihnen zeigen, daß wir uns nicht fürchten!« sagten sie.
Natürlich dachten sie nicht daran, mit richtigen Waffen zu kämpfen. Ihre Waffen sollten List und Schlauheit sein.

In einer stockfinsteren Nacht schlichen sie auf versteckten Wegen hinaus zu den Fischweihern des Klosters, öffneten die Schützen und ließen das Wasser abfließen. Sie wickelten ihre Röcke hoch, stiegen in den Schlamm und holten alle Karpfen und Weißfische und Grundlinge heraus. Ihre Körbe waren bis oben voll, als sie gegen Morgen nach Hause schlichen.

Der Diebesnacht folgte ein froher Festtag.

In allen Häusern brutzelte es in den Pfannen, kochte der Essigsud, roch es nach Zwiebeln und Nelken.

Und dann begann das große Essen.

Die Männer wunderten sich und fragten. »Gestern war ein Händler im Dorf«, bekamen sie zur Antwort, »der hat die Fische so billig angeboten, daß wir nicht widerstehen konnten.«

Als aber alles verzehrt war und die Katzen die letzten Gräten gefressen hatten, rückten sie mit der Wahrheit heraus. »Nehmt euch ein Beispiel, ihr Feiglinge, ihr Hosentrara! Wir reden nicht nur, wir handeln auch!« fügten sie hinzu, und die Männer zogen ihre Köpfe ein und waren sprachlos.

Dann berieten sie wieder: Ja, die Frauen hatten Mut bewiesen. Vielleicht wäre es doch besser gewesen, das Kloster jetzt anzugreifen . . .

Die Beratungen zogen sich auch dieses Mal wieder in die Länge. Mittlerweile war der Bauernaufstand allerorts niedergeschlagen worden. Die Heilsbronner Mönche hatten wieder Oberwasser.

Eines Tages wurden die Großhaslacher Frauen ins Kloster bestellt. Die Anklage gegen sie bereitete ihnen viel Sorgen und machte ihnen Angst.

Sie steckten die Köpfe zusammen und tuschelten miteinander.

Als sie dem Abt vorgeführt wurden, da jammerten und weinten sie wie kleine Kinder, die man bei einer bösen Tat ertappt hatte: »Herr Abt, wir sind völlig unschuldig! Wir können nichts dafür! Zu diesem Diebstahl sind wir von unseren feigen Männern angestiftet worden. Es sind lauter ängstliche Hasenfüße, die uns zum Stehlen gezwungen haben. Und sonst wissen wir von nichts!«

Der Abt lächelte gütig und verständnisvoll: »Ihr dummen Frauen! Da sieht man es wieder! Was habt ihr in euren Köpfen? Wie kann man sich von Hasenfüßen zwingen lassen? Nun gut! Ich will an eure Unschuld glauben und euch verzeihen.«

Die Frauen waren überglücklich. Auf dem Heimweg schworen sie sich, den Männern von ihrem Jammern und Weinen nichts zu erzählen. »Im Gegenteil! Wir sagen ihnen, wie tapfer wir dem Abt entgegentraten und wie wir ihn in die Enge trieben und wie eindringlich wir uns beschwerten. Und dann sagen wir, daß die Mönche immer kleinlauter wurden und froh waren, als wir wieder gingen.«

Auch dieser Plan klappte.

So haben die listigen Frauen von Großhaslach nicht nur die Mönche von Heilsbronn, sondern auch ihre eigenen Männer an der Nase herumgeführt.

Der Ansbacher Wolf

Vor mehreren hundert Jahren waren Wölfe bei uns keine Seltenheit. Einer trieb sich 4
auch in der Ansbacher Umgebung herum. Ein halbes Dutzend Menschen, meist Kinder, soll er getötet haben.

Die Landleute getrauten sich nicht mehr aufs Feld, und die Angst wurde noch größer, als es hieß, daß der Wolf niemand anderes als der verstorbene Bürgermeister Michael Leicht aus Ansbach sei. Der habe aus einem Dachfenster seines Hauses dem eigenen Begräbnis zugeschaut. Dann sei er in der Gestalt eines Wolfes in ein weißes Tuch geschlüpft und aufrecht zum Tor hinausgegangen. Das behauptete der Nachtwächter.

Die markgräflichen Jäger hatten den Auftrag, das Tier zu fangen, es aber nicht zu töten. Das war ihnen bisher nie gelungen.

An einem Samstag verfolgte der Wolf in Neuses bei Windsbach zwei Bauernbuben. Er lauerte hinter einem Holzstoß und wartete auf eine günstige Gelegenheit, um über sie herzufallen. Die Kinder aber erkannten die Gefahr und flohen in ihre Häuser. Die Mütter riefen laut um Hilfe. Da kamen die Leute von allen Seiten mit Stangen und Stöcken herbei und machten einen Höllenlärm.

Weil der Wolf die beiden Buben nicht kriegen konnte, jagte er einen Hahn. Der flatterte über einen leeren Brunnen, den man mit Reisig zugedeckt hatte. Und plumps! Da lag der Wolf drin.

Die Leute haben ihn auf der Stelle mit Stangen und Steinen getötet.

Das tote Tier wurde nach Ansbach gebracht und dem Markgrafen gezeigt. Auf Anordnung der Obrigkeit wurde dem Wolf das Fell abgezogen und die Schnauze bis zu den Augen abgeschlagen. Dann steckte man ihn in einen roten Rock aus gewichster Leinwand, setzte ihm eine braune Perücke auf und hängte ihm einen weißgrauen Bart und eine Menschenlarve um.

Der Wolfsmensch wurde schließlich auf den Nürnberger Berg bei der heutigen Windmühle zum Galgen geschafft und gehenkt.

Es sollen viele Leute gekommen sein, um das nun endlich erlegte Untier zu sehen. Den Ansbachern aber hat diese Geschichte eine Zeitlang den Spottnamen »Wolfshenker« eingebracht.

Der Schatz in der Veitlach

Ein Waldstück in der Nähe von Ansbach wird von altersher die Veitlach genannt. 5
Hier liegen drei Weiher, die Kästlesweiher.

Die Leute erzählen, daß sich im und am Wasser zuweilen ein graues Männlein sehen

läßt. Und wenn jemand laut schimpft, dann setzt sich das Männlein auf seinen Rücken.
Andere wieder haben eine weiße Frau gesehen, die ihnen zugewinkt hat. Sie getrauten sich jedoch nicht hinzugehen, machten das Kreuzzeichen und liefen davon.
Manche Leute behaupten, daß in der Veitlach ein Schatz vergraben sei. Deshalb gingen eines Tages ein paar mutige Männer auf die winkende weiße Frau zu. Als sie näherkamen, deutete sie auf einen alten Baum und verschwand.
Die Männer liefen nach Hause und holten Pickel und Hauen und Schaufeln und Spaten.
Als sie zurückkehrten, saß an der bezeichneten Stelle ein großer Hund, der wild dreinblickte und die Zähne fletschte.
Doch die Schatzgräber fürchteten sich nicht. Sie gruben mit Pickeln und Hauen den Boden auf und stachen mit den Spaten hinein.
Da war das schreckliche Tier plötzlich verschwunden.
Die Männer arbeiteten ohne Pause weiter. Der Schweiß rann ihnen von der Stirn. Wirklich! Da lag eine Kiste in der Erde!
Die weiße Frau drängte zur Eile. Die Schatzgräber hatten die Kiste schon halb aus der Grube gehoben, als ein Polizist daherkam.
Da ließen sie alles stehen und liegen und liefen davon.
Später ärgerten sie sich sehr: Der Mann, von dem sie sich hatten vertreiben lassen, war gar kein Polizist gewesen.

Schatzgräber im Zauberkreis

6 In Eckartsweiler soll sich in den Sommernächten am Rande der Brunster Flur ein Licht gezeigt haben. Die Leute erzählten, daß dort ein Schatz vergraben sei. Und sie glaubten es umsomehr, weil ein Bauer eines Tages ein paar glitzernde Steinchen gefunden hatte, die er seinen Kindern zum Spielen mitbrachte.
Zu Hause aber waren aus den Steinchen richtige Goldstücke geworden.
Viele hatten vergeblich versucht, den Schatz zu heben.
Eines Tages taten sich ein paar Männer zusammen und schlichen zu nächtlicher Stunde an den geheimnisvollen Ort. Sie hatten Schaufeln und Hauen und viel Mut mitgebracht, als sie sich an die Arbeit machten.
Sie versprachen, während des Grabens und Schaufelns kein Wort zu sagen, was immer auch geschieht. Nur so könne der Zauber wirken und sie schützen. Dann zogen sie einen Kreis, traten hinein und begannen mit ihrer Arbeit. Schon nach den ersten Schaufelstichen vernahmen sie eigenartige Geräusche.
Es waren zwei Rehe, die näherrückten, bis an den Kreis herantraten und ihnen zuschauten. Nach ihnen stürzten zwei Löwen aus dem Dickicht hervor, die Feuer spieen und schaurig brüllten.

Die Schatzgräber ließen sich nicht verwirren. Sie gruben, und sie schaufelten und sagten kein Wort.
Da erschien eine weiße Frau und dann der Höllenfürst selbst. Er trat ganz nahe an den Kreis heran und ließ seine Augen zornig funkeln.
Den Männern wurde es immer unheimlicher. Ihr Mut schmolz mehr und mehr zusammen. Da lief plötzlich ein Wolf vorüber, der ein Kind im Rachen trug. »Ach Gott, mein Kind!« rief einer von ihnen zu Tode erschrocken. Er glaubte fest, daß es sein eigenes sei.
Damit war der Bann gebrochen. Der Zauberkreis wirkte nicht mehr.
Ringsherum erhob sich ein Brüllen, ein Toben, ein Schreien und Ächzen, ein Schlagen und Stoßen, ein Kreischen und Lachen.
Das konnte niemand ertragen.
Die Männer ließen alles liegen und liefen davon.

Der Reiter ohne Kopf

7 In den Nächten zwischen Advent und Weihnachten treiben sich Unholde und Gespenster herum und jagen den Menschen Angst und Schrecken ein. Wer das nicht glaubt, der soll sich in einer solchen Nacht auf der Ansbacher Straße umsehen.
Dort reitet um Mitternacht zwischen dem Steinkreuz an der Stadtgrenze von Leutershausen und den Kreuzen beim Neunkirchener Straßenwirtshaus ein Mann ohne Kopf auf einem feurigen Roß daher.
Wer bei diesem Anblick nicht die Augen schließt oder mit den Händen verdeckt, der kann sehen, daß der Reiter seinen Kopf unter dem linken Arm trägt.
Auch zwischen Oberramstadt und Winden ist das Gespenst gesehen worden, ebenso in der Gegend von Dornhausen und Binzwangen. Dort setzte der Reiter mitunter den Kopf auf und schrie »Ha! Hoi!«.
Einen ähnlichen Ruf haben Leute aus Haslach bei Dürrwangen von der uralten Haslachlinde her gehört. Hier zeigte sich der Reiter zwar nicht, doch soll manch einer von ihm ein paar kräftige Ohrfeigen bekommen haben.
Andere wieder zählten sechs bis acht feurige Männer, die miteinander zum Bauzenbuck schwebten und aufeinander so kräftig einschlugen, daß die Funken sprühten.

Das wilde Heer bei Leutershausen

8 In einer Christnacht war ein Wagner auf dem Heimweg von Büchelberg nach Leutershausen. Und während er ganz allein auf der Straße lief, ging ihm so manches

durch den Kopf, was er tagsüber alles gehört hatte. Ganz in Gedanken versunken, achtete er nicht auf den Weg, den er schon unzählige Male gegangen war.
Plötzlich schreckte er auf. Es war ihm, als hätte jemand laut gerufen und gepfiffen. Er drehte sich um und sah zuckende Flammen am Himmel stehen und in ihrem Schein allerlei gespenstische Gestalten: feurige Männer, dampfende Rosse, Weiber, die auf Besen ritten, Leiber ohne Köpfe, Körper, die wie Tiere aussahen, und Wagen und Karren und Spieße und Schwerter und Schilde und Stangen. Und alles wirbelte wild durcheinander, und es schrie und pfiff, es stöhnte und ächzte, kicherte und meckerte. Dem Wagner lief es kalt über den Rücken. Am liebsten hätte er sich in die Erde verkrochen. Aber die Erde tat sich nicht auf.
Da entdeckte er, vor Angst geschüttelt, einen Graben, der unter der Straße hindurchlief. Rasch schlüpfte er hinein.

Und schon brauste das wilde Heer über ihn hinweg. Ein kräftiger Schlag übertönte den allgemeinen Lärm. Hatte sich die Erde doch aufgetan?
Er zitterte am ganzen Körper und fürchtete, daß sein letztes Stündlein gekommen sei. »Verdammt! Gerade jetzt muß das Rad brechen! Wir haben es eilig, und der Weg ist noch weit«, schrie eine krächzende Stimme, und eine andere setzte hinzu: »Da unten im Graben sitzt ein Wagner, der kann uns das Rad wieder machen«.
Sogleich zerrten ein paar schwarze Ungeheuer den Wagner auf die Straße. Er mußte das Rad wieder in Ordnung bringen. Die Spukgestalten halfen ihm dabei und steckten ihm zum Lohn ein paar Hobelspäne in die Tasche.
Dann raste die wilde Jagd weiter, und der Wagner lief mit schlotternden Knien nach Hause. Er war froh, daß alles gut überstanden war, lachte über den komischen Lohn und warf eine Handvoll Späne nach der anderen weg.

Daheim angekommen, leerte er die Taschen und wollte die letzten Späne im Ofen verbrennen. Aber die Späne waren plötzlich ganz schwer geworden und glänzten im Schein des Ofenfeuers: reines Gold!
Sogleich eilte er den Weg zurück und suchte nach denen, die er weggeworfen hatte. Vergebens.
Er konnte keinen mehr finden.

Der schwarze Begleiter

9 Ein Mann aus Lichtenau hatte einstmals in Großbreitenbronn zu tun. Weil er dort am frühen Morgen mit seiner Arbeit beginnen wollte, machte er sich bereits am Abend davor auf den Weg. Der führte ihn durch Täler, über Wiesen und Felder und auf schmalen Pfaden durch dunkle Wälder.
Als die Abenddämmerung hereinbrach, hatte er den berüchtigten Kreuzweg erreicht, an dem die Zandtener Flur endet.
An den Steinkreuzen entdeckte er eine eigenartige schwarze Gestalt. Er hatte zwar keine Angst, sah sich aber sicherheitshalber noch einmal um: Die Gestalt bewegte sich und folgte ihm. Es schien ein schwarzer Hund zu sein.
»Vor dem fürchte ich mich nicht! Ich habe meinen Stock dabei, und kräftig bin ich auch.« Also ging er ruhig weiter.
Da kam die Gestalt näher und bewegte sich plötzlich neben ihm. Sie hatte sich in einen schwarzen Mann verwandelt, der einmal rechts und einmal links von ihm lief.
»Was willst du von mir? Was soll das alles bedeuten? Warum läufst du mir nach?«
Doch er erhielt keine Antwort.
Da wurde es dem Lichtenauer immer unheimlicher. Aber weil er ein gutes Gewissen hatte, verließ er sich auf Gott und auf seine Kraft.
Als in der Ferne die ersten Häuser von Breitenbronn auftauchten, schlug die Turmuhr.
Der unheimliche Begleiter verzog sein Gesicht zu einer Grimasse, flammte auf und verschwand als verlöschendes Licht.

Der große schwarze Hund

10 In der Nähe von Leutershausen lebte vor langer Zeit ein Müller, der mit Gott und der Welt ständig in Streit lag. Wenn es nicht nach seinem Kopf ging, wurde er zornig. Und wenn es Schaden auf den Feldern gab, konnte er außer sich vor Wut geraten.

Ein Regenwetter hatte einmal sein ganzes Heu verdorben. Da schwoll seine Zornesader an, er bekam einen roten Kopf, er brüllte, er richtete seine Heugabel gegen den Himmel und lästerte Gott.
Da sprang plötzlich ein großer schwarzer Hund mit feurigen Augen auf ihn zu und fletschte die Zähne. Der Müller konnte gerade noch ins Haus flüchten.
Seitdem trieb sich dieses Tier in der Gegend herum.
Auf dem Rammersdorfer Schloßbuck wollten den Hund schon viele Leute zur Adventszeit gesehen haben. Ebenso auf dem Stöckachrain zwischen Sachsen und Erlbach. Wer am Heiligen Abend Geburtstag hatte, dem konnte das Tier an jedem Tag begegnen.
Eines Nachts war ein alter Bauer auf dem Heimweg von Leutershausen nach Büchelberg. Zwischen dem Sandbuck und dem »Brennenden Busch« versperrte ihm plötzlich der große schwarze Hund den Weg. Der Mann versuchte, das Tier mit seinem Wanderstock zu vertreiben. Er schlug ganz wild um sich. Doch jeder Hieb ging daneben. Der Hund wich nicht von der Stelle.
Dem Bauern wurde es angst und bange. In seiner Not kniete er nieder und betete. Als er die Augen aufschlug, war das Tier verschwunden.

Das Kappelfrala

Südlich von Leutershausen liegt im oberen Altmühlgrund der knapp 500 Meter hohe 11
Büchelberg. Weil hier einst eine Wallfahrtskapelle stand, nennen die Leute diesen Berg den Kappelbuck.
Im Inneren des Berges soll sich ein verwunschenes Schloß befinden, das man nur durch einen verborgenen Eingang erreichen kann. Manch einer hat diesen Eingang nachts gefunden und den Mut aufgebracht, einige Schritte hineinzutun. Und jeder berichtete, daß er das Schloßfräulein, das Kappelfrala, gesehen habe. Es sei auf einer schweren Truhe gesessen.
Manchmal verließ das Kappelfrala sein Schloß und zeigte sich den Leuten. Eines Abends grub ein Mann am Kappelbuck Stöcke aus, als plötzlich das Kappelfrala neben ihm stand. Erschreckt holte er mit der Hand zum Schlag gegen die weiße Frau aus.
Da war sie verschwunden. An ihrer Stelle aber stand eine Kiste voll Gold.
Ein anderer Mann hatte sich beim Steinebrechen am Berg verspätet. Auf dem Heimweg begegnete er der weißen Frau. Sie saß auf einer schweren Truhe. Als der Mann nach ihr schlagen wollte, waren sie und die Truhe verschwunden.
Mehrere Leute erzählten die gleiche Geschichte: »Wir sind nachts am Kappelbuck vorbeigekommen. Da ist das Kappelfrala am Weg gestanden und hat uns einen Beutel voll Gold hingehalten. Aber wir trauten uns nicht, danach zu greifen, weil ein großer Hund neben ihr lag.«

Einmal lockte das Kappelfrala einen Schäfer in ihr Schloß. Sie führte ihn zu einem Becken, das bis oben mit Goldstücken gefüllt war. »Sprich ein Vaterunser«, bat sie, »dann bin ich erlöst, und dir gehört all das Gold im Becken.«
Doch der Schäfer brachte vor Angst kein Wort heraus.
Darauf fiel ein Deckel auf das Becken.
Ein Schrei, und alles war verschwunden.

Die weiße Frau von Colmberg

12 Nachdem er seinen Dienst beendet hatte, stieg einst ein Schloßwächter in den Keller hinunter und löschte dort seinen Durst mit Wein. Er trank einige Schoppen. Da stand plötzlich eine weiße Frau vor ihm.
Der Wächter wurde blaß vor Schreck und wollte davonlaufen.
»Hab keine Angst«, sagte die Frau, »ich tu dir nichts.« Sie nahm ihn bei der Hand und führte ihn an eine bestimmte Stelle. »Wenn du hier gräbst, findest du einen großen Schatz. Der gehört dir. Und ich bin damit endlich erlöst.«
Darauf war sie plötzlich verschwunden.
Der Wächter prägte sich den Platz genau ein und ging schlafen.
Am nächsten Morgen eilte er in den Keller hinunter, grub an der bezeichneten Stelle den Boden auf und fand kurz darauf einen Topf. Der war bis zum Rand mit altem Geld gefüllt.
Der Wächter war mit diesem Fund ein reicher Mann geworden.
Die weiße Frau hat seither niemand mehr gesehen.

Der Jäger und die weiße Frau

13 Ein Jäger pirschte einmal den ganzen Tag vergeblich durch den Wald am Kappelbuck bei Leutershausen. Müde und enttäuscht machte er sich schließlich auf den Heimweg. Nach wenigen Schritten erblickte er plötzlich Mauerreste, die ihm bisher noch nie aufgefallen waren.
Als er stehenblieb und alles näher betrachtete, trat eine weiße Frau aus den Ruinen hervor.
Am liebsten wäre er davongelaufen.
»Bleib doch hier!« rief das Kappelfrala* — das nämlich war die weiße Frau —. »Ich tu dir doch nichts!«
»Was willst du von mir?« fragte der Jäger mit zitternder Stimme.

»Komm mit mir in mein unterirdisches Schloß«, gab sie zur Antwort, »hab keine Angst, vertraue mir! Du kannst einen Schatz erhalten und mich erlösen.«
Obwohl er eine Gänsehaut bekommen hatte und vor Angst schlotterte, überlegte er nicht lange und ging mit ihr. Vielleicht wartete hier unten das Glück auf ihn, das ihn heute im Wald ganz verlassen hatte.
Der Weg führte durch einen langen Gang in einen hell erleuchteten Saal. Bevor sie eintraten, mußte der Jäger sein Gewehr und den Hirschfänger ablegen.
Im Saal saß ein riesengroßer, schwarzer Hund auf einer kostbaren Truhe. Er fletschte die Zähne und knurrte den Jäger an.
»Der Schatz in der Truhe gehört dir, wenn du seinen Wächter mit bloßen Händen besiegst«, flüsterte die weiße Frau.
Das war zu viel! »Mit bloßen Händen? Dieses Untier? Nein!«
Er drehte sich auf der Stelle um und ging.
Das Kappelfrala begann zu weinen. Auch der Jäger hatte sie nicht erlöst.
Der lief eilends den Gang zurück, fand den Ausgang und sah die Mauerreste und die weiße Frau nie mehr wieder.

* Kappelfrala: das Schloßfräulein vom Kappelbuck (Kapellenberg/Büchelberg).

Lichter

An einem stockdunklen Abend wollte ein Fuhrmann den Straßenzoll von Leutershausen sparen und die Stadt abseits liegen lassen. Er bog deshalb in Höchstetten von der Zollstraße ab und fuhr nach Bauzenweiler. Dort übersah er die Abzweigung nach Mittelramstadt und blieb auf der falschen Straße, ohne es zu merken. Nach kurzer Zeit erblickte er zu seiner Freude ein Licht. Er hielt darauf zu und hatte es bald erreicht. Nun war der Weg hell erleuchtet. Der Fuhrmann lockerte die Zügel und überließ den Pferden die Führung. 14
Bald darauf schlief er ein.
Als ihn der kalte Morgen geweckt hatte, merkte er, daß er die ganze Nacht im Kreis um die alte Winterlinde herumgefahren war.
In Geslau lebte ein tüchtiger Weber. Der hatte einst einen Ballen Leinen nach auswärts zu liefern. Auf dem Heimweg wurde es so finster, daß er die Hand nicht vor den Augen sehen konnte. Und den Wiesenpfad sah er erst recht nicht.
Da bewegte sich plötzlich ein Licht neben ihm. »Das ist schön von dir«, sagte der Meister, »wenn du mir leuchtest, bekommst du ein Käsebrot dafür.«
Das Licht gab keine Antwort. Es schwebte vor ihm her, bis er vor seinem Haus stand. Er sagte »Danke schön!« und trat ein.
»Bei wem hast du dich bedankt«, fragte die Meisterin, »und wofür eigentlich?« Da erzählte der Mann, was er erlebt hatte, und daß er sein Versprechen halten möchte.

Er schnitt eine Scheibe vom Brotlaib, belegte sie mit Käse und reichte sie auf einem Holzspan zum Fenster hinaus.
»Du bist schlau!« ließ sich das Licht hören. »Ich habe mich schon so gefreut, daß ich dir die Hand verbrennen kann.«

Ein Schneider, der Butter macht

15 In Leutershausen lebte einmal ein Schneider, der in die Häuser kam und dort seine Arbeit tat. Er erhielt Essen und Trinken und einen halben Gulden für jeden Tag. Weil er so sparsam war und alles Geld nach Hause trug, konnte er sich ein Häuschen kaufen und einen Hof dazu und Stall und Scheune auch.
Im Stall standen bald zwei Kühe, um die sich die Schneidersfrau kümmerte.
Einmal flickte der Schneider bei einer Bäuerin, von der es hieß, daß sie mehr könne als andere Menschen und daß sie mit dem Teufel im Bunde stehe.
»Keiner versteht das Buttern so gut wie sie. Sie bringt von drei Kühen so viel Butter zusammen, wie die Nachbarin von zwanzig«, sagten die Leute.
Der Schneider saß am Tisch und nähte und ließ die Bäuerin nicht aus den Augen. Aber soviel er sich auch anstrengte: Er konnte nichts Auffälliges feststellen.
Da brachte sie das Butterfaß in die Stube. Die Neugierde des Schneiders wurde größer und größer: Sie zog ein Salbentöpfchen aus der Tasche, steckte einen Finger hinein und rieb das Butterfaß innen mit der Salbe ein. Dabei murmelte sie: »Von jedem Haus ein Löffelchen voll«. Das hatte der Schneider ganz genau verstanden.
Dann fing die Bäuerin mit dem Buttern an.
Als sie mitten in der Arbeit war, klingelte die Hausglocke. Die Frau stand auf und ging zur Tür.
Darauf hatte der Schneider gewartet. Er sprang vom Tisch, lief zum Butterfaß und griff nach dem Salbentöpfchen. Schnell war sein Fingerhut mit Salbe gefüllt und in der Westentasche verschwunden.
Als die Bäuerin wiederkam, saß der Schneider auf seinem Platz und nähte und nähte. Er konnte den Feierabend kaum erwarten.
Mit langen Schritten eilte er nach Hause. Die Leute auf der Straße schauten ihm verwundert nach.
»Frau, das Butterfaß her und ein wenig Rahm!« rief er.
»Wir haben keinen Rahm, es ist nur Milch da«, sagte die Frau.
»Macht nichts, Milch tuts auch!«
Die Schneidersfrau ging hinaus und holte die Milch. Der Schneider zog den Fingerhut aus der Westentasche, rieb das Butterfaß mit der Salbe ein und murmelte wie die Bäuerin: »Von jedem Haus ein Töpfchen voll!«
Er schüttete die Milch ins Faß. Die stieg und stieg und lief über, bedeckte den Boden und rann zur Haustür hinaus auf die Straße.

»Um Gottes Willen! Was hast du getan?« rief seine Frau und rannte davon. Denn plötzlich stapfte ein Fremder durch den Milchbach in die Stube: kleine, stechende Augen, ein tiefschwarzer Schnurrbart wie zwei Hörnlein in die Höhe gedreht, auf dem Kopf ein grünes Jägerhütchen mit einer langen Spielhahnfeder, die große, hagere Gestalt in einen weiten Mantel gehüllt, der bis zum Boden reichte. Von den Füßen war nichts zu sehen.
Der Schneider erstarrte: der Teufel!
Ja, der war es. Er zog ein großes weißes Papier aus dem Mantel hervor, breitete es auf dem Tisch aus und forderte: »Da, Schneider, unterschreibe!«
Der Schneider schlotterte vor Angst, nahm die Feder, die ihm der Teufel reichte, füllte sie mit seinem Blut und schrieb: »Jesu Blut macht uns rein von allen Sünden«.
Da erstarrte der Teufel. Der Name des Allerhöchsten stand auf dem Papier. Kein Teufel darf so ein Papier berühren.
Er tobte und brüllte, er drehte sich siebzehnmal um sich selbst und fuhr mit großem Lärm in einer Schwefelwolke zum Schlot hinaus.
»Wer hätte das gedacht? Sieh an die vielen Leute, die das Papier schon unterschrieben haben! Ich dachte, die Bäuerin sei die einzige gewesen!«
Er knüllte das Papier zusammen, wickelte den Fingerhut mit der Salbe hinein und warf es ins Feuer.
Im großen Kachelofen knisterte und krachte es, es rauchte und dampfte, es blitzte und stank, wie wenn sich die Hölle selbst hier niedergelassen hätte.
Dann war es plötzlich still.
Und der Stubenboden war trocken und das Butterfaß wieder leer.

Die Kapelle unter der Linde

Außerhalb von Oberdachstetten steht eine schöne, alte Linde. Vor langer Zeit be- 16
fand sich an dieser Stelle eine Kapelle.
Als der Ort im vorigen Jahrhundert eine Kirche erhielt, wollte der Baumeister Steine von der alten Kapelle holen lassen, die noch am Boden lagen. Sie sollten für den Neubau verwendet werden.
Davon rieten die Oberdachstettener ab: »Die laß liegen! Denn, was du heute hereinbringst, ist morgen wieder draußen!«

Die Spinnerin

So nennen die Leute eine Felsengruppe zwischen Westheim und Oberdachstetten, 17
nicht weit von Marktbergel entfernt.
Einst ging ein Mädchen vom Wessachhof mit dem Rocken im Arm nach Westheim

zum Spinnen. In der Spinnstube ging es wie immer lustig zu. Die Stunden verrannen. Keiner merkte, daß es inzwischen schon recht spät geworden war. Die Eltern hatten das Mädchen dringend ermahnt, nicht länger als bis 10 Uhr zu bleiben. Und als es den Heimweg antrat, war es weit nach elf. Zwei Burschen boten sich an, die Spinnerin durch die stockfinstere Nacht zu begleiten. Sie konnten die Hand nicht vor dem Gesicht erkennen und stolperten mehr vorwärts als sie gingen. Eine solche schwarze Nacht hatte noch keiner erlebt.
Da wurden die Burschen ärgerlich und schimpften und fluchten und riefen den bösen Feind, den Teufel, an. Das Mädchen schrie und klagte: »Hört auf, beruhigt euch! Wir werden den Weg schon finden!«
Zu spät! Schon stand der Teufel zwischen ihnen. Er packte die beiden Burschen, drehte ihnen die Hälse um und warf sie in die Schlucht hinunter.
Die Spinnerin erstarrte vor Schreck, fiel tot nieder und stürzte in den Abgrund.
Sie soll heute noch dort spuken: Wenn ein Wanderer am Abend an diese Stelle kommt, führt sie ihn in die Irre.
Einmal wollte ein junger Mann seine Verwandten besuchen. Er schlug dabei einen Weg ein, den er schon hunderte Male gegangen war und genau kannte. Obwohl er die ganze Nacht zügig voranschritt, fand er den Zielort nicht und stand schließlich am Morgen wieder am Ausgangspunkt.
Als er das einem alten Jäger erzählte, hatte der gleich eine Erklärung dafür: »Ja, ja, das war die Spinnerin. Die hat schon manchen nachts in die Irre geführt.«

Durch den Teufelsgraben

18 Ein Mann wurde mitten in der Nacht durch einen Boten in eine entfernte Ortschaft gerufen. Er ließ ein Fuhrwerk kommen und machte sich sogleich auf den Weg.
Als der Wagen die Talstraße verließ und Oberdachstetten ansteuerte, überkam dem Fuhrmann die Angst: »Herr, ist es nicht besser, einen Umweg zu machen? Dann könnten wir den Teufelsgraben umgehen. Jetzt, mitten in der Nacht, sollte niemand durch den verrufenen Teufelsgraben fahren.«
»Ach, was«, erwiderte der Fahrgast, »warum sollten wir uns fürchten?«
Dem Fuhrmann blieb nichts anderes übrig: Er lenkte den Wagen in den Wald und schließlich auch in den Teufelsgraben hinein.
Nach einigen Wagenlängen wurden die Pferde unruhig, schnaubten aufgeregt und blieben plötzlich stehen. Die beiden Männer spähten in die Finsternis hinaus, lauschten nach allen Richtungen und erblickten eine männliche Gestalt, die in einiger Entfernung mitten auf der Straße stand.
»Hättet ihr auf mich gehört!« jammerte der Fuhrmann, dem vor Angst die Knie schlotterten. »Hätten wir doch lieber den Umweg gemacht!«

Der Fahrgast hörte nicht auf ihn, stieg aus dem Wagen und ging auf den Unbekannten zu: »Warum wandelst du in der Finsternis?« fragte er.
»Das könnte ich auch dich fragen«, bekam er zur Antwort.
Doch unser Mann hatte keine Angst und sprach mit kräftiger Stimme weiter: »Und ob ich schon wanderte im finsteren Tal, fürchte ich kein Unglück; denn der Herr ist bei mir.«
Diesen Satz ertrug der Unbekannte nicht.
Augenblicklich war er verschwunden.
Der Fuhrmann kam aus dem Staunen nicht heraus.
Der Weg durch den Teufelsgraben war frei.

Die Glocke von Neunstetten

Neunstetten liegt an der Straße von Ansbach nach Feuchtwangen. 19
Vor langer Zeit machte ein Mann im Bürgerwald Brennholz für den Winter. Den ganzen Tag sägte, hackte, spaltete er und schichtete die Holzstücke auf. Als es dämmrig wurde, schlüpfte er in seinen Kittel und machte sich auf den Heimweg. Da hörte er ein tiefes Grunzen, das ganz aus der Nähe kam. Und als er sich umsah, erblickte er ein Wildschwein, das ein Loch in den Boden gestoßen hatte und unablässig darin bohrte und wühlte.
Wildschweine waren damals nicht selten in unserer Gegend und für den Mann auch nichts besonderes. Deshalb kümmerte er sich nicht weiter darum und eilte nach Hause.
Am nächsten Tag arbeitete er wieder an der gleichen Stelle. Und wieder sah und hörte er das Wildschwein. Wieder wühlte und bohrte und grunzte es.
Da wollte er es genau wissen, verscheuchte das Tier und untersuchte den Platz mit einem Spaten.
Kaum hatte er ein paar Stiche getan, als er auf etwas Hartes stieß. Und auf einmal kam die Krone einer Glocke zum Vorschein.
Der Mann erzählte den Nachbarn und Freunden von seinem Fund. Am nächsten Tag halfen sie alle zusammen und schaufelten die Glocke frei.
Sie war groß und schön und schwer. Es machte viel Mühe, das mächtige Stück aus der Grube zu heben, ins Dorf zu bringen und auf den Turm zu ziehen.
Als sie zum erstenmal läutete, waren alle erstaunt: Einen so schönen und gewaltigen Klang hatte noch niemand gehört. So eine Glocke hatte kein Ort, keine Stadt weit und breit!
Überall wurde von dieser Glocke gesprochen. Auch die Nürnberger erfuhren davon und wollten sie haben.
»Wir zahlen jeden Preis! Wir füllen die Glocke bis an den Rand mit Dukaten«, ließ der Rat der Stadt wissen.

»Nein, unsere Glocke geben wir nicht her«, sagten die Neunstettner. »Es muß nicht alles zu Geld gemacht werden. Wenn euch die Glocke so viel wert ist, dann wißt, daß sie uns noch mehr bedeutet. Wir haben sie durch einen Wink des Himmels bekommen. Glockenklang ist uns lieber als der Klang des Geldes.«
Das gefiel den reichen Nürnbergern ganz und gar nicht. Man hatte ihr Geld verschmäht. Was sich diese Dörfler einbilden! Der Neid und die Wut auf die Neunstettener waren groß. »Wenn wir das Stück nicht haben können, dann sollt auch ihr an dieser Glocke keine Freude haben«, sagten sie.
Ein Handwerksbursche war schnell gefunden. Der schlug in finsterer Nacht einen Nagel in die Glocke.
Da war der schöne Klang dahin.
Aber ihre kräftige Stimme hat sie nicht verloren.
Und die ist noch heute zu hören: etwas heiser zwar, aber laut.

Die Zigeunerkreuze

20 An einem kalten Winterabend bewegte sich ein seltsames Gefährt auf Wolframseschenbach zu. Auf dem klapprigen Karren saß eine in Decken gehüllte Frau mit einem Bündel im Arm. Aus dem Bündel kam ein leises Wimmern. Hinter der Frau lag ein Berg von Töpfen, von Geschirr und allerlei Hausrat. Zwei Kinder hockten eng beieinander, hatten mehrere Decken um sich geschlungen und schlotterten vor Kälte.
Den Wagen zog ein altes, klapperdürres Pferd, das mühsam ein Bein vor das andere setzte. Den Zügel führte ein Mann mit schwarzem Lockenhaar. Trotz der beißenden Kälte trug er keinen Mantel, keinen Hut. Er hatte nur einen Schal um den Hals geschlungen.
So polterte der Zigeunerwagen durch das Stadttor. Vor einem Gasthaus hielt er an. Der Mann band den Gaul an das Treppengeländer, säuberte seine Schuhe und trat ein: »Ich bitte um ein Nachtlager für meine Frau, für meine Kinder und für mich. Das kleinste ist krank«, sagte er.
Die Wirtin musterte ihn argwöhnisch. Die Gäste reckten neugierig ihr Hälse und blickten den Fremden feindselig an. »Es tut mir leid«, sagte die Wirtin, »meine Zimmer sind schon alle vergeben. Fragt doch im ‚Roten Ochsen' nach, vielleicht kommt ihr dort unter.«
»Liebe Frau, habt doch Erbarmen«, flehte der Zigeuner, »wir sind schon mit einem Plätzchen im Heu zufrieden.«
»Nichts da!« bekam er zur Antwort und wurde zur Tür gewiesen.
»So ist es recht«, sagte einer der Gäste, »dieses Gesindel gehört nicht ins Haus!«
»Aber, sie haben doch ein krankes Kind«, meinte schüchtern ein anderer.
»An eingebildeten Krankheiten ist noch keiner gestorben! Daß ich nicht lache! Die

Zigeuner lügen doch, wenn sie den Mund aufmachen!« wurde ihm entgegengehalten.
Der Mann kam zum Karren zurück. Seine Frau merkte sogleich, daß er vergeblich angefragt hatte.
Im »Roten Ochsen« und in einem weiteren Gasthaus war es ebenso. Dort hatte sie der Wirt noch dazu beschimpft: »Schert euch weg, ihr Vagabunden! Ihr Lumpengesindel! Für euch gibt es keinen Platz in dieser Stadt!«
Und als der Zigeuner »Aber mein armes Kind . . .« entgegnen wollte, schrie der Wirt außer sich: »Schlagt den Balg tot, dann gibt es einen Tagedieb weniger auf der Welt!«

Wortlos führte der Mann das Pferd am Halfter wieder zur Stadt hinaus. Der klapprige Karren polterte über das Pflaster. Die Kinder froren weiter auf dem Wagen und drückten sich ängstlich aneinander. Die Mutter hielt das kranke Kind im Arm.
Da peitschten plötzlich vier Schüsse durch die Nacht. Und nach einer Weile ein weiterer, ein fünfter.
Dann war es totenstill.
Der Nachtwächter fand bei seinem Rundgang fünf Leichen draußen vor der Stadt.
Später hat man hier fünf Steinkreuze errichtet. Sie sollen daran erinnern, wie herzlos Menschen sein können.

Die sieben Kreuze im Altmühltal

Am Ortsausgang von Neunstetten, an der Straße nach Herrieden, stehen sechs ver- 21
witterte Steinkreuze. In früherer Zeit waren es sieben gewesen. Das sind die Grabsteine für sieben Fuhrleute, die hier den Tod gefunden haben.
Nach langer Fahrt hatten sie an diesem Ort Rast gemacht und die Pferde gefüttert und getränkt. Sie selbst hätten auch gerne etwas gegessen. Doch ihre Vorräte waren aufgebraucht.
Nur einer hatte noch einen Laib Brot, den er versteckt hielt und nun heimlich davon aß.

Dabei ertappten ihn die anderen. Sogleich entbrannte ein hitziger Streit um diesen Laib Brot. Zuletzt griffen sie nach den Messern. Sie verletzten sich gegenseitig so schwer, daß keiner mit dem Leben davonkam.
Wo sie starben, wurden sie begraben.
Aber sie finden keine Ruhe.
Jede Nacht, wenn die Glocke die zwölfte Stunde schlägt, verlassen die Fuhrleute ihre Gräber. Sie ringen miteinander, schlagen aufeinander ein, rennen hintereinander her, den Fluß hinauf, den Fluß hinunter, schreien, stoßen, schlagen, keuchen, stöhnen.
Und wehe, es kommt zu dieser Zeit ein einsamer Wanderer des Weges! Den hetzen sie und machen ihm Angst, daß er es sein Leben lang nicht vergißt.
Punkt eins ist der Spuk vorbei.
Die Fuhrleute steigen wieder in ihre Gräber hinab und geben Ruhe.
Die Leute der Umgebung kennen diese Geschichte. Und jeder macht nachts zwischen zwölf und eins einen weiten Bogen um die Steinkreuze und nimmt lieber einen Umweg in Kauf.

Das bucklige Männlein

22 Ein Bursche aus Merkendorf arbeitete als Knecht bei einem Bauern in der Umgebung. Jeden Sonntag nach dem Mittagessen wanderte er mit einem Bündel gebrauchter Wäsche nach Hause.
Und jeden Sonntag war er gespannt darauf, ob das bucklige Männlein wieder auf ihn wartete.
Ja, es stand an der gleichen Stelle, nahm ihm sein Bündel ab und lief neben ihm her. Dabei berichtete es über alles, was sich in der abgelaufenen Woche in Merkendorf zugetragen hatte.
Die Zeit verging wie im Flug.

Wie jeden Sonntag, blieb das Männlein an einer bestimmten Stelle stehen und sagte: »Ich muß jetzt einen anderen Weg nehmen. Weiter unten treffen wir uns wieder.« Und schon eilte es mit dem Bündel durch den Wald davon.
Kurz vor Merkendorf trafen beide wieder zusammen.
Jedes Mal gab das bucklige Männlein dem Burschen das Bündel zurück und sprach: »Jetzt darf ich nicht mehr weitergehen. Am nächsten Sonntag warte ich wieder auf dich.«
Und so ging es viele Wochen lang.
Und immer sprach es zum Abschied die gleichen Sätze.
An einem Sonntag aber sagte es: »Heute bin ich das letzte Mal mit dir gegangen. Von nun an kann ich dich nicht mehr begleiten. Meine Zeit ist um. Endlich bin ich erlöst!«
Und da war es auch schon verschwunden.

Wie Feuchtwangen zu seinem Namen kam

23 Kaiser Karl zog wieder einmal mit großem Gefolge durch das Land. Dabei kam er auch in die Gegend, in der heute Feuchtwangen liegt. Sie war von dichten, dunklen Wäldern bedeckt, durch die nur schmale Pfade führten.
Auf einem solchen Pfad ritt der Kaiser mit seinem Gefolge. Hintereinander, Mann für Mann.
Da wurde es dem Herrscher plötzlich übel. Ein leichtes Fieber hatte ihn überfallen, und der Durst quälte ihn. Seine Diener suchten in allen Richtungen nach Wasser: vergebens.
Da sah einer von ihnen, wie sich eine wilde Taube aus dem Dickicht erhob. »Dort könnte eine Wasserstelle sein«, dachte er sich. Und wirklich! Er fand eine klare, frische Quelle.
Sogleich brachte er dem Kaiser das kühle Wasser. Als der getrunken hatte, fühlte er sich wieder wohl. Der Schweiß brach aus Stirn und Wangen hervor, die Haut wurde feucht, und die Müdigkeit wich aus seinen Gliedern.
Dankerfüllt richtete er seine Augen zum Himmel und versprach: »An dieser Stelle sollen zu Ehren Mariens eine Kirche und ein Kloster gebaut werden«.
Und so geschah es auch. Das Stift erhielt den Namen Feuchtwangen. Der Ort, der daneben entstand, heißt heute noch so.
Und die Quelle, die den Kaiser erfrischt hatte, die gibt es noch. Sie heißt bis zur Stunde der »Taubenbrunnen«.

Das wandelnde Licht

Im Sulzbachtal zwischen Dorfgütingen und Krobshausen konnten die Leute zu nächtlicher Stunde immer wieder ein Licht wandeln sehen. Es bewegte sich hin und her, auf und ab, vor und zurück und blieb schließlich stets an der gleichen Stelle stehen. 24

Als der Ortspfarrer davon erfuhr, sagte er: »Sobald ihr das Licht wieder seht, holt ihr mich. Wir müssen der Sache auf den Grund gehen!«

Schon in der nächsten Nacht war es soweit. Der Pfarrer wurde geholt, und mit ihm eilten einige beherzte Männer hinaus an die Stelle, wo sich das Licht bewegte.

Bevor sie es erreicht hatten, ließ der Pfarrer die anderen stehen und ging allein auf das Licht zu. »Warum wird hier gewandelt?« frage er mit fester Stimme. »Do is d'Lag g'fälscht«, kam als Antwort zurück, die auch die Begleiter verstanden.

Sie erschraken: Was sagte die Stimme? Einer aus dem Dorf soll die Grenzsteine versetzt haben?

Schon am anderen Tag kamen die Siebener* und hoben die Lagsteine. Tatsächlich! Unter keinem der Steine fanden sie das geheime Zeichen des Feldgerichts, das nur sie kennen durften. Die Ackergrenze war also wirklich verfälscht worden.

Zusammen mit dem Amtsvogt stellten die Siebener die Grenze zwischen den Äckern richtig und setzten feierlich die Grenzsteine wieder auf die alten Plätze. Von diesem Tag an wurde das Licht nie mehr gesehen.

* Feldgeschworene.

Die versunkene Burg auf dem Hesselberg

In einer Herbstnacht tobte ein fürchterlicher Sturm, wie ihn die Menschen vorher nie erlebt hatten. Und am nächsten Morgen war die Burg auf dem Hesselberg verschwunden. Kein Stein war mehr zu finden, kein Tier, kein Mensch. Der Berg hatte alles verschlungen. 25

Die Leute sagen, daß alle Bewohner bis auf das Burgfräulein ums Leben gekommen seien. Das wird tief unten im Berg durch einen Zauber festgehalten und hofft auf Erlösung. Es sitzt in einem schneeweißen Seidenkleid inmitten vieler Schätze aus Gold und Edelsteinen. Nur ein Sonntagskind kann es retten, das keine Furcht kennt. Dieses Kind sucht das Burgfräulein draußen im Lande und führt es in den Berg. Dort hockt ein großer schwarzer, feuerspeiender Hund auf einer eisernen Truhe, die mit Gold und Edelsteinen gefüllt ist. Die Schlüssel für die Truhe hält er im Maul.

Wer ihm diese Schlüssel entreißt, der erlöst das Burgfräulein vom Zauber und erhält den Schatz.
Viele haben es schon versucht; noch keinem ist es gelungen. Obwohl der Hund Sonntagskindern nichts anhaben kann, bekamen sie alle große Angst vor diesem fürchterlichen Tier und liefen davon. Und jedesmal verschwand sogleich der Zugang zur versunkenen Burg. Dann hat man tagelang das Jammergeschrei des Fräuleins vernommen.
Nun mußte es warten, bis aus einer Eichel ein Baum heranwuchs. Bis aus diesem Baum Bretter geschnitten wurden. Bis ein Schreiner aus den Brettern eine Wiege baute. Bis in dieser Wiege ein Sonntagskind lag. Bis das Burgfräulein dieses Sonntagskind bat, mit in den Berg zu kommen und dem Untier die Schlüssel zu entreißen.
Die Leute erzählen, daß das Burgfräulein in alter Zeit einmal einem Bäckerjungen aus Röckingen begegnet sei, der mehrmals in der Woche das Brot nach Ehingen zu tragen hatte. Es kaufte ihm öfter etwas ab, bezahlte mit unbekannten alten Münzen und bat ihn, mit in den Berg zu kommen: »Du mußt mich erlösen. Wenn du schweigen kannst, wirst du ein reicher Mann!«
Der Junge schwieg. Als aber der Bäckermeister die alten, unbekannten Münzen in die Hände bekam, fragte er so lange, bis er dem Jungen das Geheimnis entrissen hatte.
Das Burgfräulein wartete auf seinem nächsten Gang nach Ehingen auf ihn und machte ihm bittere Vorwürfe über seinen Verrat. Es zerkratzte ihn mit seinen langen Fingernägeln so sehr, daß er krank und kränker wurde und schließlich starb.

Der Schatz im Hesselberg

26 Bei der Gottmannshöhle am Hesselberg lagen einstmals drei Knaben im Gras und redeten von den Schätzen, die in der Höhle liegen sollen.
»Da unten ist mehr Geld, als zwei Pferde ziehen können«, sagte der eine. Und der andere meinte: »Da unten ist eine riesige Kammer mit drei Türen. In dieser Kammer steht ein langer eiserner Kasten, bis zum Rand mit Geld gefüllt. Und auf dem Kasten sitzt ein großer schwarzer Hund als Wächter. Wenn man durch die mittlere Tür tritt und ‚In Gottes Namen!' sagt, springt der Hund vom Kasten hinunter. Dann liegt das Geld offen da, und du kannst nehmen, soviel du willst.«
»Wenn wir das Geld hätten«, sprach der dritte, »könnten wir uns alle schönen Sachen kaufen, die wir uns wünschen«.
Da sprang plötzlich einer auf: »Ich will es in Gottes Namen wagen!«
Er band sich ein Seil um den Leib und wurde von den anderen in die Höhle hinuntergelassen.
Der Junge fand die große Kammer mit den drei Türen, öffnete die mittlere und sagte: »In Gottes Namen!«

Da sprang der große schwarze Hund vom Geldkasten und verkroch sich in eine dunkle Ecke. Der Knabe hob den Deckel und füllte seine Taschen mit Goldstücken. Dann gab er ein Zeichen und ließ sich hochziehen.
»So will ich's in drei Teufels Namen auch versuchen«, sagte jetzt einer der beiden anderen. Auch er band sich das Seil um den Leib und wurde hinabgelassen. Im gleichen Augenblick hoppelte ein dreibeiniger Hase oben an den Jungen vorbei. Die lachten und riefen: »Ein Has! Schau, ein Has!« und blickten dem seltsamen Tier nach.
Dabei ließen sie das Seil los.
Ihr Freund stürzte in die Tiefe und war tot.
Damit sieht jeder, daß in des Teufels Namen kein Heil zu finden ist.

Der Dinkelbauer

27 Er war ein Bauer wie jeder andere. Weil er aber besonders viel Dinkel* säte und erntete, nannten ihn die Leute eben »Dinkelbauer«.
Bei ihm kehrten immer wieder Wallfahrer und Mönche ein. Alle fühlten sich hier wohl und schätzten ihn als einen gottesfürchtigen Mann.
Eines Tages schenkte er seinen Hof und eine kleine Kapelle den Mönchen aus Würzburg. Diese errichteten an der Stelle des Hofes das Karmelitenkloster.
Um das Kloster herum ließen sich mit der Zeit immer mehr Siedler nieder. Und aus einer kleinen Siedlung wurde eine Stadt, die noch heute Dinkelsbühl heißt.
Eine Figur im Stadtpark stellt den Dinkelbauern dar, den die Inschrift sagen läßt:

»Dis Kloster und die Statt
Von mir den Namen hatt.«

* Dinkel, eine alte, kaum mehr angebaute Weizenart.

Serpentina

28 Vor vielen Jahren lebte in Dinkelsbühl ein reicher Hopfenhändler, der einen einzigen Sohn hatte. Der hieß Heinrich, war ein stattlicher, rechtschaffener Mann und liebte Serpentina, die einzige Tochter des Bürgermeisters. Die beiden jungen Leute wollten heiraten.
»Ob der Bürgermeister damit einverstanden sein wird?« zweifelte Heinrich. »Der hat bisher alle Freier abgewiesen.«
Doch der Vater tröstete ihn: »Sei ohne Sorge! Der Bürgermeister ist zwar stolz, aber

wenn er das Geld sieht, das du als Erbteil bekommst, tausend Schock harte Taler, dann wird er nicht nein sagen!«
Und so war es auch. Der Bürgermeister war über das Erbteil hoch erfreut: »Einen besseren und lieberen Tochtermann kann ich mir nicht denken! Laßt uns sogleich die Hochzeit vorbereiten!«
Ein paar Tage vor der Vermählung aber wurde der Hopfenhändler plötzlich krank und starb. Das war ein schwerer Schlag für Heinrich.
Er hatte sich bisher wenig um das Geschäft gekümmert. Im Schreibtisch fand er wohl eine Liste der Guthaben und der Schulden seines Vaters, aber keine Schuldscheine. Da kamen die Gläubiger und verlangten ihr Geld.
Heinrich konnte nicht bezahlen.
Sie nannten den toten Hopfenhändler einen Betrüger und verlangten: »Der gesamte Besitz muß vom Gericht verkauft werden, damit wir wieder zu unserem Geld kommen.«
Das wurde rasch in der ganzen Stadt bekannt. Auch der Bürgermeister hörte davon und löste die Verlobung auf.
Heinrich war ganz niedergeschlagen und wußte nicht ein noch aus: »Was soll ich noch hier? Ich habe alles verloren, und niemand will und kann mir helfen.«
Am nächsten Sonntag bat der Pfarrer in der Georgskirche, für einen Sohn der Stadt zu beten, der in die Fremde ziehen wird. Serpentina, die im reichverzierten Bürgermeisterstuhl saß, wußte, wer damit gemeint war und weinte bitterlich.
Heinrich machte sich auf den Weg nach Nürnberg.
Am Hesselberg setzte er sich auf eine zerfallene Mauer und blickte noch einmal traurig zurück: Dort, im Westen, lag seine Vaterstadt, dort war Serpentina, die er verloren hatte und die er vielleicht nie mehr wiedersehen wird.
Da kroch eine kleine, himmelblaue Schlange zu ihm herüber. Sie hatte einen silbernen Streifen um den Leib und trug ein Krönlein auf dem Kopf. Das Tier war gar nicht scheu und ließ sich streicheln.
Ganz in Gedanken versunken flüsterte er dreimal den Namen Serpentina. Plötzlich war die kleine Schlange verschwunden, und an ihrer Stelle stand ein bildhübsches Mädchen. Es trug ein himmelblaues Kleid, einen glitzernden Gürtel mit Perlen und Edelsteinen und auf dem Kopf eine Krone mit Diamanten.
»Du hast mich gerufen? Was willst du von mir?« fragte das Mädchen. »Ich habe dich nicht gerufen, ich kenne dich nicht«, antwortete Heinrich und erklärte, wer seine Serpentina sei und welches Unglück ihn getroffen habe.
»Auch ich heiße Serpentina. Und ich kann dir helfen. Folge mir!« Das Mädchen stampfte mit dem Fuß auf einen großen Stein im Boden. Da tat sich eine Tür auf. Serpentina nahm Heinrich bei der Hand und führte ihn über eine Treppe in den Berg hinein.
Sie kamen in eine riesige Halle mit mächtigen Säulen. Als Serpentina auf einen Knopf an einer Säule drückte, wurde es taghell.
»Das ist die Halle der Burg, die meinem Vater gehörte, und dort ist seine Schatz-

kammer. Mein Vater war ein Mann, der nur an sein Vergnügen dachte und all sein Geld verschwendete. Schließlich schloß er einen Bund mit dem Teufel. Dem mußte er seine Seele verschreiben und bekam dafür alle Reichtümer, die er sich wünschte. Meine Mutter war entsetzt und betete ohne Unterlaß für ihren Mann.
In jenen Tagen kam ich zur Welt. Da hörte meine Mutter eine Stimme, die sagte, daß mein Vater gerettet werden könne, wenn sie mich ins Kloster schickt. Meine Mutter versprach es. Als ich herangewachsen war, konnte ich das Versprechen nicht einlösen. Ich liebte den Ritter Benno von Lenkersheim und wollte seine Frau werden.
Am Tage meiner Verlobung spaltete sich die Erde und verschlang unsere Burg. Den Vater entführte der Teufel in die Luft. Ich aber wurde in eine Schlange verwandelt und kann in jedem Jahr nur ein paar Augenblicke lang meine menschliche Gestalt annehmen. Und dabei darf ich Menschen helfen, die ohne Schuld in Not geraten sind. Ich aber werde erst dann erlöst, wenn dieser Kasten mit dem vielen Gold leer ist.« Das Mädchen trat an eine große Truhe und schlug den Deckel zurück. Heinrich erstarrte: Die Truhe war mit Goldstücken bis an den Rand gefüllt.
»Leere deinen Wandersack aus und fülle ihn mit dem Gold. Dann geh zurück nach Dinkelsbühl und zahle die Schulden deines Vaters. Für mich aber laß hundert Seelenmessen lesen und bezahle jede mit einem Goldstück.«
Heinrich tat, was das Mädchen sagte. »Und noch etwas«, fügte es hinzu, »in der Schreibstube deines Vaters hängt ein Ölbild. Nimm es ab. Dahinter liegen in einem Wandschrank all die Schuldscheine, die du nicht gefunden hast. Hole sie hervor, und kein Dinkelsbühler wird deinen Vater jemals einen Betrüger nennen dürfen.«
Das Mädchen führte Heinrich wieder zurück ins Freie und war verschwunden. Auch der Eingang in das Innere des Berges war nicht mehr zu sehen.
Heinrich eilte nach Dinkelsbühl zurück und beglich die Schulden seines Vaters. Er legte die aufgefundenen Schuldscheine vor und verlangte sein Geld zurück.
Der Bürgermeister nahm ihn wieder gnädig auf, und bald wurde mit Serpentina Hochzeit gefeiert.
Beide lebten glücklich miteinander und stifteten in ihrem Testament ein Waisenhaus. Ferner ordneten sie an, daß die Kinder von Dinkelsbühl alljährlich den Todestag der Stifter mit einem Kinderfest feiern sollen.
Und dieser Wunsch ist ihnen erfüllt worden.

Die Kinderlore

29 Es war im Dreißigjährigen Krieg, als der Oberst Sperreut mit seinen Landsknechten vor der Stadt Dinkelsbühl erschien und die Tore verschlossen fand. Er schickte einen Abgesandten zur Mauer und forderte die Bürger auf, die Stadt sofort an die Schweden zu übergehen. Sollten sie sich weigern, würde er die Tore aufbrechen, die

Mauern niederreißen und alle Häuser der Stadt in Schutt und Asche legen lassen. Die Dinkelsbühler hatten schreckliche Angst. Die Frauen und Kinder weinten, die Männer liefen ziellos herum. Alle fürchteten das rohe Kriegsvolk draußen vor der Stadt, für die das Rauben, Brennen und Morden zum täglichen Handwerk gehörte. Die Ratsherren saßen beisammen und suchten nach einem Ausweg. Nach langen Beratungen sahen sie ein, daß es aussichtslos war, die Stadt zu verteidigen. »Wir haben zu wenig wehrhafte Männer, die Lebensmittel sind knapp, und wenn wir uns weigern, wird alles dem Erdboden gleichgemacht. Es bleibt uns nicht anderes übrig: Wir ergeben uns.«

Das Wörnitztor zu Dinkelsbühl

Den Schweden dauerte es schon zu lange. Sie bereiteten den Sturm auf die Mauern vor.

Da trat ein Mädchen in die Ratsstube, Lore hieß es und war die Tochter des Turmwächters. Ein bildhübsches Mädchen, das wundersame Geschichten und Märchen erzählen konnte. Alle hatten es gern, besonders die Kinder.

»Ihr Herren«, sagte das Mädchen, »laßt mich mit den Kindern der Stadt zum Lager der Feinde hinausziehen und sie um Gnade bitten. Vielleicht haben sie Mitleid, wenn sie all die Kinder sehen.«
Nach einigem Zögern willigten die Ratsherren ein.
Der Bürgermeister ließ die Tore öffnen und schritt an der Spitze des Rats dem Schwedenoberst entgegen, der die Männer hoch zu Roß erwartete. Seine Blicke waren finster, als sie um Gnade flehten. »Ihr Elenden, was laßt ihr mich so lange warten? Was glaubt ihr, wer ihr seid? Nun soll die Stadt erst recht in Flammen aufgehen! Kein Stein soll auf dem anderen bleiben!«
Dem Bürgermeister und den Ratsherren fuhr der Schreck in die Glieder.
Plötzlich hörte man helle Stimmen ein frohes Lied singen. Durch das Tor bewegte sich ein endloser Zug von Kindern zur Stadt hinaus auf das Schwedenlager zu. Vor dem Oberst fielen alle auf die Knie und baten um Schonung ihrer Vaterstadt.
Der Offizier sagte zunächst kein Wort und blickte auf die Kinder hinunter. Mitleid sprach aus seinen Augen. Vor kurzem erst war sein kleiner Sohn gestorben. Da wurde sein Herz weich. Er beugte sich zu einem der kleinsten Buben hinunter, hob ihn zu sich aufs Pferd und drückte ihn an die Brust.
Sein Blick wurde freundlicher. Er lächelte den Kindern zu und gab der Lore die Hand. »Ich will Gnade walten lassen und eure Stadt verschonen«, sagte er. Und er hielt sein Versprechen.
Zum Gedenken an diese Geschichte wird alljährlich im Sommer in Dinkelsbühl die »Kinderzeche« gefeiert.

Der Teufelsstein bei Detwang

30 Es war in der Zeit, als sich der Teufel im ganzen Land herumtrieb, ständig durch die Luft sauste und tat, was ihm gerade einfiel.
Damals gab es noch sehr wenige Kirchen in unserem Land. Und weil es so wenige waren, ließ sie der Höllenfürst in Ruhe. Als aber christliche Prediger auch ins Taubertal kamen und ein paar hundert Menschen tauften, wurde er unruhig.
Während er eines Tages über das Tal hinwegbrauste, sah er, wie Handwerker eine Kirche errichteten. Das war zuviel! Das konnte und wollte er sich nicht gefallen lassen. Deshalb suchte er die ganze Gegend nach einem mächtigen Steinblock ab, mit dem er das Bauwerk auf einen Schlag vernichten konnte.
Doch so ein Stein war weit und breit nicht zu sehen. Als er aber den passenden endlich gefunden hatte, war die Nacht hereingebrochen. In der Dunkelheit kann auch der Teufel nur schlecht sehen. Das Kirchlein blieb für ihn wie vom Erdboden verschluckt. Stundenlang irrte der Böse mit dem Felsbrocken hin und her, flog über Wälder und Wiesen, über Berge und Täler, hinauf, hinab und kreuz und quer. Er kochte vor Zorn.

Da brach der neue Tag an.
Als sich der Teufel müde am Waldhügel bei Rödersdorf niedergelassen hatte, kam ihm im Morgennebel ein altes, armes Weiblein entgegen. Die Frau ging in der ganzen Umgebung von Haus zu Haus und sagte überall ihr Sprüchlein auf: »Habt ihr Schuhe, die gerichtet werden sollen? Ich bringe sie zum Schuster in die Stadt und hole sie wieder ab, wenn sie fertig sind.«
Auf diese Weise verdiente sie sich ein bißchen Geld.
Auch heute war sie wieder mit einem Buckelkorb voll Schuhen unterwegs. Da stand plötzlich der Teufel mit dem Felsblock vor ihr. »Wie weit ist es bis zur neuen Kirche?« fragte er mürrisch.
Die Alte hatte gleich erkannt, wer dieser Kerl war und dachte nicht daran, ihr Kirchlein zu verraten. Sie tat einen tiefen Schnaufer und sagte ganz unschuldig: »Schaut euch die Schuhe an, die in meinem Korb liegen! Die habe ich auf dem Weg von Detwang bis hierher getragen. Und alle sind kaputtgegangen. Da könnt ihr sehen, wie weit es bis zum Kirchlein ist.«
Der Teufel hatte endgültig die Geduld verloren. Er war außer sich vor Zorn, warf den Stein einfach weg und verschwand in der Luft.
Der Stein liegt heute noch an dieser Stelle im Wald am Weg von Detwang nach Rödersdorf. Tiefe, dunkle Rillen bilden die Spuren der glühenden Teufelsfinger.

Der Teufel hat ihn geholt

Der Teufel konnte die Rothenburger nicht leiden. Er machte ihren Tauberwein 31
sauer, er ärgerte sie, wo er nur konnte und hetzte schließlich 1525 die Bauern gegen die Stadtherren auf.
Da kam eines Tages ein Bäuerlein durch den Torweg zur Jakobskirche und fluchte und wetterte: »Wir werden alle Fürsten und Herren davonjagen! Ein halbes Hundert haben schon daran glauben müssen. Und die anderen werden sich noch wundern! Es ist Zeit, daß die Bauern die Herrschaft übernehmen, daß sie die Macht an sich reißen, daß sie regieren und sich nicht mehr von den großen Herren, von den Pfaffen und Schreibern ausbeuten lassen! Und wenn das nicht wahr ist, dann soll mich gleich der Teufel holen!«
Der Bauer hatte noch nicht zu Ende gesprochen, als der Teufel auch schon neben ihm stand. Er war aus der kleinen Tür im Torweg herausgefahren, hatte das Männlein am Kragen gepackt und hoch an die Mauer geworfen.
Mausetot und wie ein Sack voll Nüsse fiel der arme Mensch zu Boden.
An der Wand aber blieb seine Seele hängen, die er dem Teufel verschrieben hatte.
Sie hängt immer noch dort, und man kann sie heute noch sehen. Sie hat eine braune Farbe und ist mit schwarzen Flecken besprengelt, wie eine Forelle.
Es soll die einzige menschliche Seele sein, die man zu Gesicht bekommt.

Ein Storch rächt sich

32 Das Rathaus von Rothenburg war gerade fertig geworden. Auf dem hohen Turm, von dem man weit ins Land hinausschauen konnte, hatte sich ein Storchenpaar niedergelassen und ein Nest gebaut.
Im obersten Turmstübchen wohnte der Wächter mit seiner Frau. Der freute sich jedesmal, wenn er auf den Steinkranz trat und die Tiere sah.

Das alte Rathaus
zu Rothenburg

Seine Frau aber freute sich gar nicht. Sie war mürrisch und schlecht gelaunt ihr Leben lang. Ihr Mann hatte bei ihr nichts zu lachen. Daß sie die Vögel nicht mochte, kann man sich denken. »Schaut euch nur diesen Dreck an, den sie machen!« schimpfte sie. »Und von früh bis spät klappern sie mit ihren Schnäbeln. Dieser Lärm ist nicht auszuhalten!«
Noch schlimmer wurde es, als das Nest fertig war und die Störche zu brüten begannen.
Während der Wächter eines Tages unten in der Stadt etwas zu erledigen hatte, stieg die Frau auf den Steinkranz und stieß die Jungstörche aus dem Nest. Weil sie noch nicht fliegen konnten, schlugen sie wie Steine auf dem Pflaster auf und waren sofort tot.
Da schwebte plötzlich der alte Storch mit einer Fackel im Schnabel heran und ließ

sie in das leere Nest fallen. Das stand sogleich in Flammen. Das Feuer erfaßte das Holzwerk im Turm und die Wohnung des Wächters. Die brennenden Balken stürzten krachend in die Tiefe.
Die Frau des Wächters kam in den Flammen um.
Der Turm brannte völlig aus. Nur die äußeren Mauern blieben stehen. Auch der Steinkranz war zerstört.
Er wurde später durch einen eisernen ersetzt.

Die Herren von Nordenberg

Es war zu jener Zeit, als noch Herzöge auf der Rothenburg saßen. Die Burggasse 33
zählte damals nicht mehr als sieben Häuser.
In einem wohnte ein Kürschner, ein frommer und redlicher Mann, der mehrere kräftige und hübsche Söhne hatte. Sie waren kerngesund, klug und freundlich, fleißig und gewissenhaft. Weil ihr Vater aber ein armer Mann war, standen die Aussichten für ihre Zukunft nicht besonders gut.
Da kam ihnen das Glück zu Hilfe.
Die Edelleute von Burlenschwab hatten gerade einen Kaufmannszug überfallen und ein großes Faß mit Pelzen erbeutet. Die verkauften sie dem Kürschner in der Burggasse. Als der das Faß öffnete, kam er aus dem Staunen nicht heraus: Zwischen den Pelzen lagen unzählige Silbermünzen und Golddukaten. So wurde er über Nacht zu einem reichen Mann.
Ehrlich wie er war, meldete er den Fund dem Herzog. Der wurde böse: »Wie kannst du dich mit den Burlenschwaben auf ein solch schmutziges Geschäft einlassen? Ich habe gute Lust, dir das Geld wegzunehmen!«
Doch die Ratgeber und andere ehrbare Leute stimmten den Herzog um: »Der Kürschner ist wirklich ein ehrlicher Mann, sonst hätte er das Gold ja nicht gebracht. Er arbeitet schon seit vielen Jahren für den Hof, und keiner von uns konnte sich bisher beklagen. Und denkt daran, er hat ein paar tüchtige Söhne, für die das Geld gut angelegt ist.«
Der Herzog gab nach: »Gut! Du kannst alles behalten und für die Ausbildung deiner Söhne verwenden. Ferner erlaube ich dir, ein Wappen zu tragen und mache dich zu meinem Kürschnermeister. Deine Söhne aber dürfen Land erwerben und wie Edelleute leben!«
Der Kürschner war außer sich vor Freude.
Und seine Söhne erwarben viel Land, hatten zahlreiche Untertanen und ließen die Burg Nordenberg erbauen, von der nur noch einige Wälle und Mauerreste übriggeblieben sind.
Man kann sie im dichten Wald auf dem Weg von Rothenburg zum Wildbad bei Burgbernheim noch heute sehen.

Der Knappe von Nordenberg

34 Jörg von Birkenfeld hieß er und lernte auf der Burg Nordenberg das Reiten, Fechten, Schwimmen und Jagen und alle Künste, die ein Ritter beherrschen mußte. Alle Burgbewohner mochten ihn. Besonders gerne aber hatte ihn das Burgfräulein, Schön-Else genannt. Jörg war gleichfalls in sie verliebt und fest entschlossen, sie zur Frau zu nehmen. Er war glücklich, als der Burgherr seine Einwilligung dazu gab. Alle freuten sich über das hübsche Paar.

Schon bald sollte Hochzeit gefeiert werden, eine prächtige Hochzeit, wie es keine zuvor auf Nordenberg gegeben hatte.

Mitten in die Vorbereitungen hinein kam die Nachricht, daß Kaiser Rotbart in Rothenburg gewesen sei und zum Kreuzzug gegen die Heiden im Heiligen Land aufgerufen habe. Junker Jörg erhielt von seinem Vater den Auftrag, mit den Kreuzrittern in den Krieg zu ziehen.

Die Frauen nähten jedem Ritter ein rotes Kreuz auf den Rücken seines Mantels. Das war das Zeichen, das jeder bekam, der mit dem Kaiser ins Morgenland zog, um die heiligen Stätten der Christenheit den Heiden zu entreißen.

Der Abschied fiel Schön-Else besonders schwer. Bevor sich die Brautleute trennten, schworen sie sich noch einmal Treue bis über den Tod hinaus.

In der nächsten Zeit wurde es in der Burg sehr still. Keine Ritterspiele, keine prächtigen Feste mehr, keine Lieder, keine Tänze, keine Musik. Alle bedrückten die gleichen Sorgen: »Werden sie wiederkommen? Werden sie gesund wiederkommen? Wie lange dauert es noch, bis wir sie wiedersehen?«

Eines Abends ritt ein Fremder über die Zugbrücke in den Burghof. Er war jung und schön und sah Junker Jörg sehr ähnlich. Auch er konnte wie Jörg spannend erzählen und die Laute zu seinen Liedern schlagen. Auch ihn hatten alle gern.

Besonders aber Schön-Else.

Und als er um ihre Hand anhielt, konnte sie nicht nein sagen. Den Junker Jörg und ihr Versprechen hatte sie nach und nach vergessen. »Wer weiß, ob er überhaupt noch lebt? Soll ich auf ihn warten, bis ich alt und grau bin?« sagte sie sich manchmal und beruhigte damit ihr Gewissen.

Die Eltern waren mit der Vermählung einverstanden. Auch sie zweifelten daran, daß Junker Jörg jemals wieder zurückkehrte. Aber Jörg lebte noch und hatte manchen schweren Kampf zu bestehen.

Während auf Nordenberg die größte Hochzeit seit Menschengedenken vorbereitet wurde, starb Jörg unter einem Schwerthieb eines Feindes. Sein letzter Gedanke galt Schön-Else, an deren Treue er nie gezweifelt hatte.

Die Hochzeit auf Nordenberg wurde, wie erwartet, ein großes Fest. Das Festmahl, die Ritterspiele, die Reigen und Tänze, die Musik und die Ausgelassenheit der Gäste überboten alles, was man bisher gesehen und erlebt hatte.

Schlag Mitternacht erschien plötzlich ein fremder Reiter, ein Kriegsmann mit Helm

und Schwert. Er sah mit seinen glühenden Augen und der etwas steifen und starren Gestalt umheimlich aus. Und manchem Hochzeitsgast lief es kalt den Rücken hinunter. Andere wieder blickten ihn nur neugierig an.
Ohne ein Wort zu sagen, nahm er die Braut an der Hand und führte sie in die Mitte des Saales. Er gab den Musikern ein Zeichen. Es wurde ein wilder Tanz. Wie ein Wirbelwind drehte der Fremde die Braut im Kreis, schneller und schneller. Er drückte sie so fest an seinen Brustpanzer, daß sie kaum noch atmen konnte. Seine Hände waren hart und kalt wie die eines Toten.
Da wurde das Mädchen ohnmächtig.
Plötzlich öffneten sich Türen und Fenster, und der fremde Tänzer wirbelte mit der Braut im Sturm hinaus über Berge und Wälder hinweg.
Die Gäste starrten den beiden nach, bis sie entschwunden waren.
Von fern hörten sie eine schrille Stimme rufen:

»Ich hole die Braut mit Recht und Ehren.
Die Untreue soll keinem anderen gehören!«

Die Gäste verstanden. Sie verließen die Burg auf der Stelle und mieden sie für immer.
Nordenberg fiel in Trümmer und wurde nie mehr aufgebaut.
Wenn der Wind durch die Ruinen weht, glauben die Leute das Klagen und Weinen des ungetreuen Burgfräuleins zu vernehmen.

Der fremde Graf in Rothenburg

Seit mehreren Tagen schon wohnte ein fremder Graf beim Hirschenwirt in Rothen- 35
burg. Dem Herrn und seinen beiden Dienern mußte das Beste aus Küche und Keller aufgetragen werden. Der Wirt freute sich, denn es wurde stets mit blanken Goldstücken bezahlt.
Schon am ersten Tag erzählte der Fremde, daß er eine Frau suche und deshalb unterwegs sei. Und in Rothenburg solle es besonders hübsche Mädchen geben, die gerne heiraten wollten.
Jeden Tag ging der Graf spazieren und sah sich die Mädchen auf der Straße genau an. Eines war dabei, das ihm besonders gefiel. »Dieses Mädchen muß es sein! Dieses Mädchen muß meine Frau werden!«
Es war Hilgart, die Tochter des Waffenschmieds.
Gleich eilte der Graf zum Meister, gab sich als Liebhaber alter Waffen aus und kaufte ein paar teure Stücke.
Das geschah nun jeden Tag. Und jeden Tag ließ er den Waffenschmied und seiner Frau das viele Gold sehen, das er im Sack bei sich trug. Je öfter er kam, desto länger blieb er, tat schön mit den beiden Frauen und hielt schließlich um die Hand der Tochter an.

Vater und Mutter hatten gegen den reichen Herrn nichts einzuwenden. Das Mädchen aber mochte ihn nicht. Es liebte seinen Vetter Wolfgang. Doch was sollte es gegen den Willen der Eltern tun? Es war gewohnt, dem Wunsch, ja dem Befehl des Vaters nachzukommen. Und so fügte es sich.

Die Verlobung wurde im Saal des Hirschenwirts groß gefeiert. Alle Verwandten der Braut waren gekommen. Der Graf lachte und scherzte und ließ die köstlichsten Speisen auftragen und die teuersten Getränke servieren. Seine beiden Diener spielten mit Geige und Dudelsack und sangen Lieder in einer unverständlichen Sprache.

Auch Wolfgang, der Vetter, war unter den Gästen und ließ den Grafen mit seinen Dienern nicht aus den Augen.

Da kam ihm plötzlich ein schrecklicher Verdacht, der sich von Minute zu Minute verstärkte und ihm keine Ruhe ließ.

Rasch eilte er zum Pfarrer und bat um Hilfe. Der Pfarrer erkannte, daß eine seiner ihm anvertrauten Seelen in Gefahr war und eilte mit Wolfgang zum Festsaal.

Als beide eintraten, wurde Hilgart, die bisher still und ernst dagesessen hatte, heiter und fröhlich. Der fremde Graf dagegen rutschte unruhig auf seinem Stuhl herum. Sein Lachen war plötzlich verstummt. Er wurde einsilbig und verlegen.

»Ich will nicht stören«, sagte der Pfarrer, »ich möchte nur der Braut viel Glück und Gottes reichsten Segen wünschen und gleich wieder gehen«.

Die Brauteltern freuten sich und baten den Pfarrer zu bleiben. Sie drängten ihn, neben dem Bräutigam Platz zu nehmen. Dem war das gar nicht recht. Das konnte man ihm ansehen. Und als der Pfarrer ein Gespräch über den lieben Gott begann, sagte der Fremde ärgerlich: »Fromme Reden gehören in die Kirche und nicht ins Gasthaus! Hier wollen wir trinken und lustig sein!«

Der Pfarrer blieb ruhig: »Wir sind eine christliche Gemeinde und sind gewohnt, alles im Namen Gottes zu beginnen. Wir stehen für unseren Glauben ein, und wer nicht für den Herrn ist, der steht mit der Hölle im Bunde.« Dabei stand er auf, sprach den Segen und machte das Kreuzzeichen.

Da verloschen plötzlich die Kerzen auf dem großen Kronleuchter. Beißender Schwefeldampf stieg auf, und ein schrecklicher Lärm, ein Tosen und Schreien verschlang die letzten Worte des Pfarrers.

Dann war es totenstill. Die Gäste saßen wie versteinert da.

Der Wirt eilte herbei und zündete die Kerzen wieder an.

Wo war der Graf, wo waren seine Diener geblieben?

In der hintersten Ecke des Saales lagen drei Tote mit schrecklich verzerrten Gesichtern.

Alle kannten sie: Es waren die drei Räuber, die man tags zuvor auf dem Rabenstein zu Rothenburg gehängt hatte.

Nun war es allen klar: Der reiche Graf war der leibhaftige Teufel gewesen.

Hilgart aber hatte der Verdacht ihres Vetters Wolfgang in letzter Minute vor dem Verderben gerettet.

Der Meistertrunk von Rothenburg

General Tilly lag mit seinen Truppen vor Rothenburg und forderte die Stadt zur 36
Übergabe auf.

Die Rothenburger aber vertrauten auf die Stärke ihrer Mauern. Sie wiesen die Forderung Tillys mit Spott und Hohn zurück.

Das war nicht klug gehandelt. Man soll sich selbst nicht überschätzen. Wer aber den Gegner unterschätzt, der handelt töricht.
Tilly eroberte die Stadt. Und da wurden die stolzen Bürger doch recht kleinlaut und verkrochen sich in ihren Häusern.
Nur die Ratsherren getrauten sich auf die Straße und schritten dem siegreichen Feldherrn entgegen. Sie gaben sich sehr demütig und baten um Gnade für die Stadt und deren Bewohner.
Nun war es Tilly, der sich mit Spott und Hohn an sie wandte: »Schaut euch die Rothenburger an! Zuerst verhöhnen sie mich und jetzt winseln sie um Gnade! Wie Trauerweiden gebeugt, stehen sie vor uns. Wo ist euer Stolz geblieben und der Trotz, den ihr über die Mauern hinuntergeschrien habt? Und wo bleibt der Trunk zum Willkommensgruß?«
Tilly ließ das Rathaus besetzen. Der Rat lud zu einer Mahlzeit ein. Dabei wurde Tauberwein in einem großen Glaspokal gereicht. »Was fällt euch ein, mir so einen sauren Wein anzubieten? Wollt ihr mich noch einmal beleidigen? Und aus solch einem großen Humpen trinkt ihr Schelme? Ihr Angeber! Schon wegen dieser Prahlerei gehört ihr geköpft. Holt mir den Henker!«
Der Henker, Meister Hämmerlein, wurde gerufen. Die Herren vom Rat erkannten die Gefahr, in der sie sich befanden. Sie fielen auf die Knie und baten inständig um ihr Leben.
Tilly schaute verächtlich auf sie herab, trommelte mit den Fingern auf dem Pokal und sagte schließlich: »Verdient euch euer Leben! Ich schenke es euch, wenn es einer fertigbringt, diesen Humpen in einem Zug leerzutrinken.«
Da wurden die Räte bleich. Das war unmöglich! Wer sollte das können? Drei Liter auf einen Zug!
Da trat der jüngste Ratsherr, Nusch mit Namen, vor: »Ich will es wagen«, sagte er. Er setzte den Pokal an den Mund und leerte die drei Liter in einem Zug. Alle starrten gespannt auf den gläsernen Pokal. Wirklich! Er leerte sich mehr und mehr. Und schließlich war auch der letzte Tropfen des sauren Tauberweins getrunken.
Wird Tilly sein Wort halten?
»Ich habe nicht geglaubt, daß einer den Mut aufbringt, es wagt und es schafft. Aber mein Wort gilt. Ihr seid frei, und eure Stadt wird nicht geplündert.«
Damit hatte niemand gerechnet.
Meister Hämmerlein, der schon an der Tür bereitgestanden war, wurde nach Hause geschickt. Ganz Rothenburg war außer sich vor Freude.
Seitdem nannte man das Gäßchen, in dem der Henker wohnte, das Freudengäßchen.

Erlangen – Höchstadt – Herzogenaurach und ihr Umland (37–66)

Das versunkene Schloß

Dort, wo heute in Röttenbach die Brauerei Sauer steht, erhob sich einst eine mächtige Wasserburg, die im Bauernkrieg zerstört wurde. Und auf dem Mühlberg soll in früheren Zeiten ein Schloß gestanden sein. 37

Darin wohnten drei Jungfrauen, die sich das ganze Jahr über nicht sehen ließen. Nur am Kirchweihmontag kamen sie ins Dorf hinunter und tanzten einige Stunden mit den Bauernburschen.

Weil die Mädchen sehr hübsch waren, wurden sie von den jungen Männern immer wieder zum Tanz geholt. Die Stunden vergingen wie im Flug.

Doch kurz vor Mitternacht brachen die drei Jungfrauen jedesmal auf. Mit dem 12. Glockenschlag mußten sie im Schloß auf dem Mühlberg sein.

An einem Kirchweihmontag ging es wieder besonders lustig zu. Alle drehten sich fröhlich im Kreis, lachten und scherzten. Mitternacht kam näher. Die Burschen versuchten, die drei Mädchen zu überreden: »Ach, bleibt doch noch ein bißchen! Auf eine Stunde kommt es doch nicht an. So pünktlich braucht ihr doch nicht zu sein!«

Die Mädchen wiesen alle diese Bitten zurück: »Nein, es geht nicht. Um Mitternacht ist unsere Zeit zu Ende.«

Da wandten Burschen einen Trick an: Sie stellten die Uhr um eine Stunde zurück. Die Schloßfräulein merkten nichts davon und tanzten fröhlich weiter.

Kurz vor zwölf Uhr verabschiedeten sie sich und stiegen zum Mühlberg hinauf. Als sie vor dem Schloßtor standen, schlug es eins.

Sie erschraken zu Tode und traten ein.

Da erzitterte die Erde, der Boden tat sich auf und verschlang das gesamte Schloß mit allen, die darin wohnten.

Als die Röttenbacher am nächsten Morgen zum Mühlberg hinaufblickten, war das Schloß verschwunden.

An der Stelle wachsen heute Bäume um eine kleine Kapelle.

Die drei Jungfrauen können nur durch ein Kind erlöst werden, das in einer Wiege liegt, die aus dem Holz dieser Bäume gezimmert wird.

Die Schönen von Liebenau

38 Südöstlich von Stolzenroth, im Wiesengrund des Krebsbaches, stand einst das prächtige Wasserschloß Liebenau.

Dieses Schloß ist eines Tages mit allen Menschen, die darin wohnten, im großen Sumpf versunken. An seiner Stelle hat sich später der Katzentümpel gebildet. Niemand weiß, welche Schuld die Schloßbewohner auf sich geladen hatten. Sie konnten jedenfalls keine Ruhe finden und mußten auf der Schlößleinwiese in den Nächten umgehen und geistern.

Die hübschen Schloßfräulein zeigten sich sogar den Menschen. Wenn im Dorfwirtshaus die Musik aufspielte, erschienen sie und drehten sich fröhlich im Kreise, lachten und sangen und scherzten und waren ausgelassen wie richtige Menschen. Und immer waren sie mit köstlichen Gewändern aus Seide und Brokat bekleidet.

Doch punkt Zwölf mußten sie am Wasserloch stehen und in die Tiefe steigen.

Lange Zeit ging alles gut.

Eines Nachts waren alle besonders ausgelassen und lustig. Die Zeit verging wie im Fluge. Die Fidel hüpfte über die Saiten, und der Baß brummte den Takt dazu. Die Mädchen drehten sich im Kreise, und die Burschen stampften auf den Boden.

Als der Spielmann den Bogen erschöpft aus der Hand legte, war Mitternacht vorbei.

Der Nachtwächter hatte bereits die Geisterstunde angesungen.

Die Mädchen wurden starr vor Schreck und blaß wie eine Wand.

Ohne Abschied stürzten sie aus dem Saal, sprangen die Treppe hinunter und rannten hinab in den Wiesengrund.

Und schon waren sie im Tümpel verschwunden.

Seither hat sie keiner mehr gesehen.

Die Waldjungfrauen

Nicht weit von Baiersdorf entfernt sprudelt in einem Wald eine Quelle aus dem Boden. Aus dieser Quelle, so erzählten die alten Leute, stiegen häufig bildhübsche Mädchen heraus und begaben sich in die Stadt. 39
Am liebsten sangen und tanzten sie mit den Burschen und Mädchen.
Und es kam vor, daß sich der eine oder andere Junge in eine der Waldjungfrauen verliebte und genauer wissen wollte, woher sie kam. Deshalb schlich er hinter ihnen her, als sie abends zur Quelle zurückkehrten. Doch die Neugier hat keinem der Burschen Glück gebracht.
Einer, der wieder zurückkehrte, wurde trübsinnig und sprach kein Wort mehr, ein anderer konnte nicht mehr lachen, und ein dritter erkrankte schwer und starb.
Nach und nach stellte es sich heraus, daß es häßliche Waldgeister waren, die den neugierigen, verliebten Burschen so zugesetzt hatten.
Heutzutage bekommt man die Waldjungfrauen nicht mehr zu Gesicht.

Der Ritter im Eichenbrünnlein

Auf dem Weg von Herzogenaurach nach Münchaurach kommt man bei Falkendorf am Eichenbrünnlein vorbei. Es wird von einer Quelle gespeist, die so stark heraussprudelt, daß sie den feinen Sand am Boden ständig bewegt. 40
Die alten Leute gehen hier des Nachts nicht gern vorbei.
»Hier spukt es«, sagen sie. »Und mancher hat an dieser Stelle schon ein jämmerliches Stöhnen und Klagen vernommen.«
Und sie wissen es noch genauer:
In früherer Zeit hat es in Falkendorf einen Vogelherd* gegeben. Hier hat ein Ritter von der Burg in Herzogenaurach in den Nächten Eulen angelockt und gefangen.
Als er wieder einmal im Vogelherd saß und den Lockruf der Eule nachahmte, erschien ihm eine wunderschöne Jungfrau. Sie winkte ihn zu sich. Er folgte ihr.
Das Mädchen führte ihn zum Eichenbrünnlein. Überrascht und verwundert sah er zahlreiche Nixen im klaren Quellwasser baden.
Sie zwangen den Ritter, seine Kleider abzulegen und ins Wasser zu steigen.
Seine Füße waren kaum naß geworden, als ihn die Nixen in die Tiefe zogen und nicht mehr losließen. Der arme Ritter ertrank und blieb für immer verschwunden.
Wenn jemand in einer klaren Mondnacht Wasser aus dem Eichenbrünnlein schöpft, kann er das Klagen und Stöhnen des unglücklichen Ritters hören. Und wenn einer ganz genau hinsieht, kann er ihn auf dem Grund der Quelle liegen sehen.

* Der Vogelherd ist ein Platz, an dem früher Vögel mit Netzen gefangen wurden.

Sieben herzlose Jungfrauen

41 In der Nähe von Höchstadt stand einstmals ein prächtiges Schloß. Die Wände bestanden aus weißem Marmor, die Tore waren aus Gold geschmiedet, und die Fenster hatten Scheiben aus spiegelndem Kristall. Im Schloßgarten blühten die seltensten Blumen, wuchsen besondere Bäume. Bunte Vögel schwirrten durch die Luft und sangen fremdartige Melodien.

In den reich ausgestatteten Räumen des Hauses wohnten sieben Jungfrauen, eine schöner als die andere. Doch alle sieben hatten ein kaltes, hartes Herz und waren über alle Maßen stolz.

Einst wurde ein großes Fest gefeiert, zu dem viele Gäste kamen, die ausgezeichnet zu den Jungfrauen paßten. Denn auch sie hatten ein kaltes Herz und waren grausam zu ihren Mitmenschen.

Da wankte ein Bettler herein. Seine Kleider waren abgetragen, schmutzig und zerrissen. Sein schneeweißes Haar hing in wirren Strähnen herab. Müde stützte er sich auf seinen Stock und bat: »Bitte, gebt mir ein Stück Brot, nur ein kleines Stück! Ich bin hungrig und habe seit Tagen nichts mehr gegessen.«

Die Gäste rümpften die Nase. Manche beachteten den alten Mann überhaupt nicht. Da sprang eine der herzlosen Jungfrauen auf und schrie mit schriller Stimme: »Alter, was fällt dir ein? Was hast du hier zu suchen? Verschwinde auf der Stelle, sonst hetze ich meine Hunde auf dich!«

Da richtete sich der Greis plötzlich auf. Seine Miene verfinsterte sich: »Wehe diesem Palaste! Wehe euch, ihr Jungfrauen! Wehe euch, ihr Gäste! Das Maß eurer Schuld ist voll! Lange genug habt ihr eure Nächsten getreten und gedemütigt! Ihr habt kein Mitleid gezeigt. Und keiner soll Mitleid mit euch haben!«

Die Stimme des Alten war zuletzt immer lauter geworden und hatte die Gäste in Angst versetzt. Mit den letzten Worten verschwand er.

Da erhob sich ein fürchterlicher Sturm. Er riß die Blätter von den Bäumen, brach Äste und Kronen und fällte mächtige Stämme. Die Vögel verstummten. Nach einem heftigen Donnerschlag sprangen die Marmorwände entzwei. Die Fenster barsten, die Mauern schwankten, stürzten ein und begruben all die hartherzigen Menschen unter sich. Und ein mächtiger Wasserstrom überflutete alles.

Das Schloß, der Garten, die Menschen: alles war und blieb verschwunden. An der Stelle bildeten sich später ein paar Tümpel, die Altlach genannt. Bei Regen füllen sie sich mit Wasser.

Alte Leute erzählen, daß sie am Grund der Tümpel die Umrisse des früheren Schlosses gesehen und nachts klagende Hilferufe gehört haben.

Das scharfe Eck

Vier Stockwerke hoch ist die altersgraue Ruine mit ihren offenen Fensterhöhlen. Sie liegt nahe bei Baiersdorf und war einst eine mächtige Burg, Scharfeneck genannt. Die Herren dieser Burg waren zu ihren Untertanen hart und grausam. Manch einer wurde wie ein Tier in den tiefen Kerker geworfen und kam lebend nie mehr heraus. Und weil die Herren so streng und scharf waren, nannten die Leute die Burg »das scharfe Eck«. 42

In späterer Zeit gehörte sie dem Wilden Markgrafen Albrecht Alcibiades, der seine Untertanen gleichfalls drangsalierte und das Land ringsum verheerte.

Auch auf die Burg Kunreuth hatte er es abgesehen und griff sie mit seinen Knechten an. Die Verteidiger, angeführt von den beiden Rittern von Egloffstein, waren den Angreifern weit unterlegen, baten um freien Abzug und ergaben sich.

Der Markgraf brach sein gegebenes Wort und ließ 80 Mann in einem langen Gang der Kunreuther Burg aufhängen. Der heißt heute noch der Totengang. Dann kam der Burgkaplan an die Reihe, den man auf der großen Linde im Burghof henkte. Die Linde steht noch immer und heißt Pfaffenlinde.

Die beiden Ritter von Egloffstein waren glücklicherweise entkommen und bereiteten den Gegenschlag vor. Sie sammelten viel Kriegsvolk, warteten auf den rechten Zeitpunkt, berannten die Burg, nahmen sie ein und brannten sie nieder.

Heute stehen nur noch einige Mauerreste mit öden Fensterhöhlen da.

In der Ruine ist es nicht geheuer. Zur Mittags- und zur Mitternachtszeit sollen sich dort Spukgestalten herumtreiben. Wenn jemand den Mauern zu nahe kommt, wird er mit Steinen beworfen und davongejagt.

Die Leute meiden diesen verrufenen Ort.

Die verschwundene Burg

43 In der Nähe von Falkendorf bei Herzogenaurach hauste vor langer Zeit ein reicher Ritter. Der hatte eine schöne Tochter und war im ganzen Land als großer Feigling bekannt.

Einen Kaufmannszug oder eine Burg griff er nur dann an, wenn er ganz sicher war, der Stärkere zu sein.

Als er erfuhr, daß sein Nachbar im Ausland weilte, fiel er mit seinen Spießgesellen über die Burg her und plünderte sie aus.

Der Ausgeplünderte erfuhr von diesem feigen Überfall, kehrte sofort zurück und rüstete eine Truppe. Mit der stand er nach wenigen Wochen vor den Mauern seines Feindes.

Der Feigling bekam es mit der Angst. Er lief zum Burgtor hinaus und schrie laut um Beistand und Hilfe und versprach, jede Bedingung anzunehmen, die sein Retter stellt.

Da schien es, als würde die Erde auseinanderbrechen. Aus dem Boden erhob sich ein furchterregender Riese mit feurigen Augen und sprach: »Ich will dir helfen. Ich werde dir eine hohe Mauer um deine Burg bauen, die kein Feind erstürmen oder zerstören kann. Dafür möchte ich jedoch deine Tochter zur Frau.«

Der ängstliche Ritter ging ohne Zögern auf diese Bedingung ein. In letzter Minute aber verlangte er, daß die Mauer vor dem ersten Hahnenschrei fertig sein müsse.

Der Riese war einverstanden und der Ritter zufrieden.

Da brach die Nacht herein. Überall hörte man, wie Steine gebrochen, geschoben, gewälzt und aufgeschichtet wurden. Überall waren die dienstbaren Geister des Riesen am Werk. Und die Mauer wuchs von Minute zu Minute.

Da kam beim Ritter die Angst wieder: »Um Gottes Willen, wenn die Mauer rechtzeitig fertig wird, muß ich meine einzige Tochter dem Riesen geben.« Und er rannte ziellos im Schloß umher, er fiel auf die Knie, betete und fand keine Ruhe.

Schließlich vertraute er sein Unglück einem alten Diener an.

Der wußte Rat: Er führte seinen Herrn und das Fräulein durch einen geheimen Gang eiligst aus der Burg hinaus.

Es war höchste Zeit!

Es dämmerte gerade, als der treue Diener zurückkehrte. Die Riesenmauer aber war bis auf einige Steine fertig. Da krähte der Diener wie ein Hahn.

Mit einem Mal kehrte Stille ein: Die Hämmer blieben liegen. Die Steine wurden nicht mehr bewegt. Das Schlagen und Krachen war verstummt.

Da erhob sich jedoch plötzlich ein anderes, ein entsetzliches Geräusch. Und mit einem Schlag, den man weit im Land hörte, stürzten Burg und Mauer in sich zusammen.

Der Ritter und das Fräulein waren zwar gerettet; ihre Burg aber gab es nicht mehr. Sie hatte sich in einen steilen Felsen verwandelt, der noch heute zu sehen ist.

Den Teufel geprellt

Vor vielen Jahren hatte ein Bauer aus Herzogenaurach so gut wie nichts geerntet. 44
Die Arbeit eines ganzen Jahres war vergebens gewesen.

Als er ganz verzweifelt durch seine Felder lief, kam ihm ein gut gekleideter Herr entgegen: »Was ist los mit dir? Warum bist du so niedergeschlagen?« fragte er.

»Ach, wißt ihr«, antwortete der Bauer, »ich bin ein bettelarmer Mann geworden. Meine Ernte hat der Hagel vernichtet; der Regen hat das Heu weggeschwemmt. Ich habe nicht einmal mehr Futter für das Vieh.«

»Ich kann dir helfen«, sagte der Fremde. »Ich mache dich reich. Wenn du heimkommst, wirst du es erleben. Deine Schubladen sind mit Geld gefüllt. Du kannst alles kaufen, was du brauchst, alles, was dir gefällt. Nur einen Wunsch mußt du mir erfüllen: Du mußt mir das Geschöpf schenken, das dir als erstes begegnet, wenn du den Hof betrittst. Und das hole ich mir in drei Tagen bei dir ab.«

Der Bauer war ganz verwirrt: »Was? Alle Not soll zu Ende sein? Und ich soll viel Geld bekommen, wenn ich ihm das Geschöpf gebe, das mir als erstes begegnet?«

Weil er ganz schlau sein wollte, schlich er um das Haus herum und trat von rückwärts durch den Garten in den Hof.

Aber o Schreck! Das erste Geschöpf, das ihm entgegenkam, war sein einziger Sohn, ein Büblein von etwa drei oder vier Jahren. »Um Gottes Willen, was habe ich getan?«

Ganz betrübt betrat er die Stube, setzte sich wortlos hin, aß nichts. Nachts konnte er nicht schlafen. Die Frau merkte natürlich, daß da etwas nicht stimmte: »Was hast du? Was bedrückt dich? Erzähle!«

Und er erzählte ihr alles.

»Mach dir keine Sorgen! Ich weiß, was zu tun ist, damit dieser feine Herr unserem Kleinen nichts anhaben kann«, sagte sie.

Den folgenden Freitag wollte der Fremde kommen und sich seinen Lohn holen.

Am Morgen zeichnete die Frau im Zimmer des ersten Stockwerks einen großen Kreis mit einem Kreuz auf den Boden. In diesen Kreis schrieb sie: Jesus, Heiland, Seligmacher. Neben die Tür stellte sie einen Topf mit Weihwasser. Sie setzte das Kind in die Mitte des Kreises, besprengte es mit dem geweihten Wasser und sagte: »Rühr dich nicht von der Stelle, auch wenn der Herr dir zuwinkt. Und wenn er hersieht, dann machst du das Kreuzzeichen.«

Punkt 12 Uhr erschien der Fremde und wollte den Jungen holen.

Die Frau führte ihn nach oben: »Da, bitte, nehmt euch den Buben!«

Da wurde das Gesicht des feinen Herren immer finsterer und böser.

Nach einer Viertelstunde stampfte er mit seinem Bocksfuß auf und verschwand unter Donner, Blitz und Gestank.

Von dieser Stunde an waren die Bauersleut zwar wieder arm wie vorher, den Teufel aber hatten sie doch geprellt.

Die Schatzgräber von Nainsdorf

45 Auch in Höchstadt soll es früher Hexen und Hexer gegeben haben. Ihre Meisterin war ein häßliches, altes und böses Weib, das man die alte Saubera nannte. Sie war dafür bekannt, für alle Krankheiten, Leiden und Beschwerden einen Zaubertrank bereitzuhalten.

Die Saubera rief alle Hexen und Hexer von Höchstadt zusammen: »Am Nainsdorfer Kirchlein liegt ein Goldschatz«, sagte sie, »den wollen wir uns holen. Wir treffen uns am Vorabend des Walburgistages auf dem Hexenanger an der Aisch.«

Zur angegebenen Zeit warteten vier Männer und acht Frauen auf ihre Meisterin. Punkt elf kam sie auf einem Schwein dahergeritten. In der Hand hielt sie eine Wünschelrute.

Rasch zog sie einen Kreis um die Gruppe und sprach die Zauberformel. Das dauerte eine geschlagene Stunde.

Punkt zwölf stand mit einem Donnerschlag plötzlich der Teufel mitten unter ihnen: »Ich will euch helfen, den Schatz zu heben«, sagte er. »Setzt euch alle auf diesen Heubaum, den ich mitgebracht habe.«

Das war schnell geschehen. Und schon erhob sich der Heubaum mit den Hexen und Hexern und dem Teufel und flog davon. Die Weiber kreischten vor Vergnügen. So eine Luftfahrt bereitete ihnen großen Spaß.

Doch plötzlich stieß der Satan einen schrecklichen Fluch aus, warf alle Hexen und Hexer vom Heubaum hinunter und raste allein weiter. Er hatte auf der Fahrt in der dunklen Nacht bei Gremsdorf einen Kreuzweg übersehen. Und Kreuzwege nehmen dem Teufel jede Kraft.

Die Hexen und Hexer schlugen auf dem Boden auf, fluchten und schimpften laut und verwünschten den Teufel.

»Wir haben ja noch die Wünschelrute«, beruhigte die Saubera ihre Leute. »Mit der finden wir den Schatz auch.«
Die Hexen zündeten blaue Lichter an und zogen mit mürrischen Gesichtern über die Gremsdorfer Aischbrücke in den Ort.
Den Bauern fuhr der Schreck in die Glieder, als sie diese unheimliche Prozession erblickten. Der Bürgermeister öffnete ein Fenster und flehte: »Verschont unser Dorf! Gnade! Gnade!« Ein fürchterlicher Schlag war die Antwort. Der schleuderte ihn ins Zimmer zurück und warf ihn auf das Bett. Die Hexen kicherten und kreischten und lachten höhnisch.
Als sie das Dorf hinter sich gelassen hatten, warnte die Saubera: »Paßt auf, daß wir keinen Kreuzweg berühren! Denn dann ist alle Mühe vergebens!«
Nach einiger Zeit begann sich die Wünschelrute zu bewegen: »Seht! Sie schlägt aus! Der Schatz kann nicht mehr fern sein!«
Hundert Meter östlich der Nainsdorfer Kapelle zeigte die Wünschelrute den Fundort an. Nun aber schnell! Das Werk mußte bis zum ersten Hahnenschrei vollendet sein. Die Saubera sprach die Zauberformel. Sogleich war der Teufel wieder zur Stelle. Die Erde tat sich auf und gab den Schatz preis: Stangen von Gold und Silber, Kästen mit herrlichen Edelsteinen gefüllt.
»Jeder darf sich nehmen, was er tragen kann. Dann gehe er siebenmal um die Kapelle ohne aufzuschauen und eile nach Hause. Wenn aber jemand auch nur ein Sterbenswörtchen verrät, verliert ihr alles«, sagte der Teufel.
Die Erde schloß sich wieder, und vor dem ersten Hahnenschrei waren alle Hexen und Hexer wieder zu Hause.
Die Leute in Lonnerstadt wunderten sich: »Seht nur, wieviel Geld die Anhänger der alten Saubera haben müssen! Sie arbeiten nichts und kaufen sich alles, was ihnen gefällt. Wo kommt plötzlich dieser Reichtum her?«
Die Frau eines der Hexer gab keine Ruhe. Jeden Tag fragte sie ihn wieder: »Woher hast du das viele Geld? Sag es mir doch endlich! Ich verrate nichts.« Und sie fragte und fragte so lange, bis er ihr das Geheimnis anvertraute.
Mit einem Mal war der Schatz verschwunden.
Und keiner der 13 Bösewichter hatte auch nur einen Pfennig mehr.
Da die alte Saubera zu dieser Zeit nicht mehr lebte, konnte der Goldschatz auch nie mehr gehoben werden.

Der Schatz im Eichelmühlgäßchen

Als ein Taglöhner mittags um 12 im Eichelmühlgäßchen in Herzogenaurach arbei- 46
tete, kam ein kleines Männlein, schaute ihm eine Weile zu und sagte: »Grabe hier!
Da steckt etwas drinnen!«
Gleich darauf war es verschwunden.

Da läutete es zu Mittag, und der Taglöhner eilte nach Hause. Ganz aufgeregt erzählte er seiner Frau, was er eben erfahren hatte.
Gemeinsam beschlossen sie hinauszugehen und an dieser Stelle nachzugraben.
Weil die Frau fürchtete, das Männlein könnte ein böser Geist sein, nahm sie das Johannesevangelium mit. Das sollte sie vor allem vor dem Teufel schützen.
Und dann gruben die beiden an der Stelle, die das Männlein angegeben hatte.
Sie fanden verschiedene alte Münzen in großer Zahl.

Im Pfarrhof spukt es

47 In der Kirchenburg von Hannberg trieb sich einst ein harmloses Gespenst herum. Es zeigte sich nicht nur nachts, wie das so üblich ist. Es ließ sich auch am Tage in der Gestalt eines Mönchs in grauer Kutte sehen.
Das Gespenst tat niemand etwas zuleide und huschte lediglich lautlos an den Menschen vorbei.
Wer sich aber ins obere Stockwerk des Pfarrhauses wagte, mußte sich auf allerhand gefaßt machen. Legte sich einer dort schlafen, so flog er schon nach kurzer Zeit aus den Federn und bekam meist ein paar kräftige Ohrfeigen als Dreingabe.
Dieser merkwürdige Spuk dauerte so lange, bis eines Tages der alte Pfarrer starb. Von dem Zeitpunkt an, als ein junger Geistlicher ins Haus zog, war der graue Mönch von niemand mehr gesehen worden.
Jetzt schien er erlöst worden zu sein.

Der Kirschendieb

48 »Heute ist das rechte Wetter für mich. Bei diesem Regen bleiben die Kirschenwächter in ihren Häuschen. Ich warte, bis der Mond aufgegangen ist und hole mir dann einen Korb voll schöner Herzkirschen.« Das dachte sich der Schorsch, als er von seiner Hütte aus zum Friedersberg bei Spardorf hinaufblickte.
In dieser Nacht ging kein Wächter mehr in den Kirschengärten auf und ab. Sie hatten sich tatsächlich in die Häuslein verkrochen und sich warm zugedeckt. Der Schorsch aber war schnell oben am Berg und leerte die unteren Äste der Kirschbäume ab.
Da erblickte er plötzlich auf dem obersten Ast eines Baumes ein Männlein. Die Augen brannten wie Feuer, und aus den Fingern und Zehen züngelten kleine Flämmchen. Das Männchen rief: »Schorsch, laß die Kirschen hängen! Du kannst sie nicht dertragen! Schorsch, laß sie hängen, du kannst sie nicht dertragen!«

Der Schorsch schaute nach oben, schüttelte den Kopf und erwiderte: »Hast du eine Ahnung! Warum sollte ich die paar Kirschen nicht dertragen können?« Als der feurige Mann im Baum nichts mehr sagte und sich auch nicht rührte, pflückte der Schorsch in aller Ruhe weiter und hatte nach einer Weile den ganzen Korb voll. Schöne, schwarze Herzkirschen.
Er hängte sich den Korb wie einen Rucksack auf den Rücken, griff in die Bänder und machte sich auf den Heimweg. Vorher warf er noch einen Blick auf das feurige Männlein und dachte sich: »Warum kann wohl der Regen die kleinen Flämmchen an seinen Händen und Zehen nicht löschen?«
Da war er schon im Föhrenwald. Der Wind heulte durch die Kronen. Dem Schorsch kam es vor, als ob der Korb auf seinem Rücken immer schwerer würde. Er schaute sich um. Da saß das feurige Männlein mit den lodernden Augen und den brennenden Händen und Füßen mitten auf seinen Kirschen. Der Schorsch fing zu rennen an. Er schüttelte den Korb nach allen Seiten. Doch es half nichts.
Die Last wurde immer schwerer. »Geh runter, Feuerling!« rief er. Aber das Männlein rührte sich nicht.
Der Schorsch stürzte aus dem Wald hinaus, hastete über die Wiesen, stolperte über die Äcker, fiel hin, stand wieder auf und hetzte weiter.
Unten am Bach, wo der Ziehbrunnen am Wiesenrand steht, konnte er nicht mehr. Er stellte den Korb auf den Brunnenrand und lief davon: über die Wiese, durch das Gäßlein zu seiner Hütte.
Er hat nie wieder Kirschen gestohlen.
Es wird gesagt, daß die Bauern seitdem ihre Kirschgärten nicht mehr bewachen, weil die Diebe fürchten, das feurige Männlein tragen zu müssen.

Würfelspiel um Menschen

Der Wilde Markgraf war in das bambergische Gebiet eingefallen. Seine Söldner 49
durchstreiften das Land, raubten, plünderten und mißhandelten die Menschen. Eines Tages kam eine solche Horde auch nach Wachenroth.
Der Anführer, der Trommler und einige der Spießgesellen ließen sich unter der schattigen Linde im Pfarrhof nieder und verlangten nach Bier, nach Schnaps und nach Schinken.
Die anderen zogen durch das Dorf und suchten den fettesten Ochsen.
Einer der Wachenrother Bauern war als großer Hitzkopf bekannt. Und ausgerechnet ihm wollte einer der Landsknechte den besten Gaul aus dem Stall holen. Der Bauer griff nach einem Dreschflegel und schlug auf den Mann ein. Der brach blutüberströmt zusammen und starb. Da fielen die anderen über ihn her und prügelten ihn nieder. Ob er das überlebt hat, wissen wir nicht. Die Söldner aber eilten zu ihrem Anführer und berichteten ihm alles.

»Schwarzrock«, sagte dieser mit einem bösen Lächeln zum Pfarrer, »Schwarzrock, deine Bauern haben einen meiner Männer getötet. Eine solche Untat ist nicht billig! Komm her und würfle jetzt um deine Leute! Hier hast du drei Würfel. Für jedes Auge, das der Wurf ergibt, verlange ich einen Mann als Geisel. Du kannst sie aber auch loskaufen, wenn du für jeden 1000 Goldgulden herbeischaffst.«
Der Trommler schob dem kreidebleichen Geistlichen die Trommel zu. Der Anführer drückte ihm den Becher und die drei Würfel in die Hand. Jeder wußte, daß es falsche Würfel waren. Sie fielen jedesmal so, daß die sechs Augen oben lagen. Der Pfarrer wußte das auch und bat: »Nein, das könnt ihr nicht von mir verlangen! Ich würde auch mit richtigen Würfeln nicht um Menschenleben spielen.«
»Gut, wenn du nicht willst, dann lasse ich das ganze Dorf in Flammen aufgehen und nehme alle Bauern mit«, war die Antwort des Anführers.
Für den Pfarrer gab es keinen Ausweg.
Die Söldner standen neugierig um die Trommel herum und glaubten das Ergebnis schon zu kennen: »18 Augen ergeben 18 Bauern oder 18 000 Goldgulden. Die sind uns sicher!«
»Hilf, Himmel!« rief der Pfarrer in seiner Not. Seine Hände zitterten. Er schloß die Augen. Die drei Würfel rollten aus dem Becher. Der Geistliche wagte nicht, die Augen zu öffnen. Stille ringsum. Warum sagte niemand etwas? Die Landsknechte starrten wie gebannt auf das Trommelfell und wurden blaß. Sie wichen Schritt für Schritt zurück, und ihr Anführer rief entsetzt: »Das geht nicht mit rechten Dingen zu! Teufel, das ist Betrug und Zauberei!«
Da wagte der Pfarrer endlich, den Blick zu erheben: Die drei weißen Würfel zeigten alle eine weiße Seite ohne ein einziges Auge.
»Dem Himmel sei Dank! Wir sind gerettet!« flüsterte er und sank erschöpft auf die Knie.
Der Anführer wischte sich den Schweiß von der Stirn und stieß wutentbrannt die Trommel um. Die Würfel kollerten auf die Erde.
»Aufsitzen! Wir ziehen weiter!« Schnell war die Horde verschwunden.
Später fanden Kinder die Würfel im Pfarrhof.
Es waren ganz gewöhnliche Falschspielerwürfel. Und jede Seite hatte die rechte Anzahl von Augen.

Ein Stück Brot, ein Kreuzer und ein Gulden

50 Eine Bauernmagd hatte mit ein paar Knechten eine Wette geschlossen: »Ihr seid sechs tüchtige, kräftige Burschen und könnt mit der Sense gut umgehen. Geht bei Morgengrauen hinaus auf die Wiese und mäht soviel Gras, wie ihr fertigbringt! Ich

komme am Vormittag mit dem Vesperbrot hinaus. Ich wette, daß ich alles Gras, das ihr bis dahin geschnitten habt, auf meinem Rücken nach Hause trage.«
Die Knechte lachten nur und nahmen die Wette an. Für sie gab es nicht viel zu überlegen: »Das ist unmöglich! Das bringst du nie fertig!« war ihre Antwort.
Und sie gingen auf die Wiese hinaus und machten sich an die Arbeit.
Nach einigen Stunden brachte die Magd das Vesperbrot. Ohne ein Wort zu sagen lud sie sich alles Gras auf, das die Knechte inzwischen gemäht hatten. Kein Halm blieb liegen. Die Burschen staunten. Der Mund stand ihnen offen.
Die Magd hatte ihre Last gerade auf den Weg hinausgetragen, als sie ein Stück Brot am Boden liegen sah. Wie gern hätte sie es aufgehoben und hineingebissen.
Nein! Sie ließ es liegen.
Nicht lange danach erblickte sie mitten auf dem Weg einen blanken Kreuzer. Den hätte sie gut gebrauchen können.
Nein! Sie ließ ihn liegen.
Nach einigen Schritten blinkte plötzlich ein glänzender Golddukaten im Sand des Weges auf.
Jetzt konnte sie nicht widerstehen. Einen Golddukaten hatte sie bisher nur von weitem gesehen. Das war mehr, als sie in einem ganzen Jahr verdiente!
Sie bückte sich und versuchte, das Goldstück aufzuheben.
Da passierte es: Der Tragegurt, den sie sich vor die Stirn gespannt hatte, rutschte nach unten über das Gesicht bis auf den Hals. Das schwere Gewicht zog den Gurt nach hinten. Er schnürte ihr die Kehle zusammen.
Sie erstickte.
An dieser Stelle, auf dem Weg von Hausen nach Wellerstadt, hat man später einen Ruhestein errichtet. Er sollte an diesen Unglücksfall erinnern.
Der Stein ist verschwunden.

Der Hemdkraognnaufziecher

Auf dem Weg zwischen Kersbach und Poxdorf kommt man an einer Erlengruppe 51
vorbei.
Hier trieb sich in alter Zeit ein Geist herum.
Wer des Nachts an dieser Stelle des Weges kam, dem trat ein großer, kräftiger Mann mit den Worten entgegen: »Tu mir mein Hemdkraogn nauf!«
Die meisten taten das ohne jede Widerrede. Sie fürchteten den Fremden und wollten sich auf keinen Streit einlassen. Und sobald der Hemdkragen hinaufgezogen war, konnten sie ihren Weg fortsetzen.
Einige aber glaubten, mutiger sein zu müssen und weigerten sich: »Tu dir doch dein Hemdkraogn selber nauf! Ich mooch net! Ich bin doch net dei Diener!« Das hätten sie lieber nicht sagen sollen.

Denn von diesem Augenblick an, standen sie wie angewurzelt da. Sie konnten ihre Beine nicht mehr bewegen. Die Angst kroch ihnen bis zum Hals hinauf. Der kalte Schweiß brach aus.
Erst als sie die Hände ausstreckten und den Hemdkragen des fremden Mannes hochzogen, war der Bann gebrochen, war die Erstarrung vorbei.
Und sie rannten, so schnell es ging, davon.
Die Leute von Kersbach und von Poxdorf nannten den Geist den »Hemdkraognnaufziecher«.

Hebt mich!

52 »Hebtmich« nannten die Leute von Hausen einen Waldgeist, der sich nachts immer wieder am Mühlweiher herumtrieb.
Ein paar Burschen aus Burk hatte er mit seinem Ruf »Hebt mich! Hebt mich!« gewaltig erschreckt, als sie gerade einige Bäume stehlen wollten. Und manch einer, der in der Nacht an dieser Stelle vorüberkam, hat seinen klagenden, bittenden Ruf gehört.
Dieses Gespenst ließ sich auch am hellen Tage im Wald sehen. Hier trat es in der Gestalt eines Jägers mit einem grünen Hütlein auf.
Als einmal ein paar Hausener Burschen Streu machten, stand plötzlich der fremde Jäger neben ihnen und sagte: »Hebt mich! Hebt mich!« Die Burschen fürchteten sich nicht, taten ihm den Gefallen, steckten eine Stange zwischen seine Beine und hoben ihn hoch. Doch der Jäger wehrte ab: »Nicht so! So müßt ihr das machen!« Und er zeigte ihnen, wie sie ihn heben sollten. Er wollte am Hals gepackt und auf diese Weise hochgehoben werden.
Das tat einer der Burschen. Der Waldgeist bedankte sich mit vielen freundlichen Worten und sagte dann: »Komm in der nächsten Nacht zur ‚krummen Föhre'. Dort werde ich dich für deinen Dienst belohnen und dich glücklich machen.«
Der Junge aber bekam es mit der Angst zu tun und traute sich nicht hin.
Deshalb wissen wir nicht, womit ihn der »Hebtmich« hatte belohnen wollen.

Der Mann auf der Langwied

53 Eines Nachts fuhr ein Spardorfer Bauer von Erlangen nach Hause. Sein Weg führte durch den Spardorfer Wald.
Er summte ein Liedlein vor sich hin. Ob er sich nur die Zeit vertreiben wollte oder ob er es aus Furcht tat, wissen wir nicht.
Jetzt sang er lauter:

»Geht weg, ihr Gespenster
und laßt mir mei Ruh!
Mei Schätzla, dees schlefft scho,
hot die Fensterlädn zu.«

Die Strophe war kaum zu Ende, als er hinter sich ein Geräusch vernahm. Er drehte sich um und sah einen fremden Mann auf der Langwied sitzen. Das ist die runde Stange, die rückwärts aus dem Wagen ragt.

Den Bauern packte das Entsetzen. Die Gestalt da hinten konnte unmöglich ein Mensch aus Fleisch und Blut sein! Das war ein Gespenst!

Das Lied hatte seine Wirkung ganz verfehlt. Es sollte doch die Gespenster fernhalten! Und jetzt saß eins auf dem Wagen!

Der Bauer ärgerte sich, trieb seine Pferde zur Eile an und schaute sich nicht mehr um. Das getraute er sich erst wieder, als sie den Wald verlassen hatten. Gott sei Dank! Die Langwied war wieder leer.

Das Gespenst war verschwunden.

Blaues Gras und blaues Wasser

Ein Bauer aus Burk besaß, wie andere auch, einen kleinen Wald. Die Waldabteilung, in der er lag, nannten die Leute das »Pilodesholz«*. 54

Dort fällte der Mann eines Tages ein paar Bäume, schlug die Äste ab, zersägte die Stämme und schichtete die Hölzer auf.

Als er fertig war, legte er sich ins weiche Moos und wollte ein wenig ausruhen. Doch er schlief ein und hatte einen wundersamen Traum.

Er hörte Kirchenglocken läuten und sah, wie Nonnen vorübergingen und ihm freundlich zuwinkten. Gleich darauf stand ein Zwerg vor ihm und bat ihn, mitzukommen.

Der Bauer erhob sich und folgte dem Wichtelmann.

Der Weg war weit. Sie kamen durch viele unbekannte Straßen und Gassen und standen plötzlich vor einem Brunnenschacht.

»Steig hinunter! Hab keine Angst, es wird dir nichts geschehen«, sagte der Zwerg.

Der Bauer tat es.

Als er unten ankam, blieb ihm der Mund vor Staunen offen stehen. So etwas hatte er noch nie gesehen: Da floß ein Bächlein durch eine blaue Wiese! Ja, alle Gräser waren blau!

Rasch riß er ein Büschel aus und steckte es in die Tasche.

Der Zwerg füllte indessen ein Fläschlein mit dem Wasser aus dem Bach. Auch das Wasser war himmelblau. »Jeder, der davon trinkt, wird zehn Jahre nicht krank«, sagte der Zwerg und reichte es dem Bauern. Darauf führte er ihn wieder in die obere Welt zurück.

Als der Bauer aus seinem Traum erwachte, war es dunkel geworden. Der Mond tauchte den Wald in ein fahles Licht.
Rasch lief der Mann aus Burk nach Hause und erzählte allen von seinem seltsamen Traum. Doch die Verwunderung wurde noch größer, als er in seine Tasche griff: »Das kann es doch nicht geben! Das war doch nur ein Traum!« rief er aus.
Neugierig drängten sich die Frau und die Kinder heran und sahen es mit eigenen Augen: Sie sahen, wie er aus der Tasche ein Bündel blaues Gras und ein Fläschlein mit blauem Wasser hervorholte.
Sie kamen aus dem Staunen nicht heraus. Einige Grashalme hatten noch ein paar Würzelchen. Die pflanzte er gleich am nächsten Morgen in den Wurzgarten vor dem Hause. Er goß sie mit Weihwasser und wartete gespannt, ob sie auch hier oben wachsen würden.
Doch daraus wurde nichts.
Nach einigen Tagen waren die Halme verdorrt.
Mit dem Fläschlein hatte er auch kein Glück. Der Korken war locker geworden, und das Wasser war ausgelaufen.
Ganz betrübt füllte er die kleine Flasche am Hofbrunnen wieder auf und erlebte dabei eine neue Überraschung: Das gewöhnliche Brunnenwasser färbte sich blau, sobald es mit dem Glas in Berührung kam. Und es war so blau, wie das Wasser im Bächlein, das er im Traum gesehen hatte. Und jedermann, der von diesem Wasser trank, wurde niemals krank.

* Pilodes = Pilatus

Wie Bubenreuth zu seinem Namen kam

55 Vor mehr als 500 Jahren waren von Böhmen her die Hussiten ins Land eingefallen. Sie hatten Städte und Dörfer niedergebrannt, die Felder verwüstet und Furcht und Schrecken verbreitet. Wer sich ihnen entgegenstellte, wurde besiegt. Sie gewannen eine Schlacht nach der anderen.
Auch in der Nähe von Erlangen kam es zum Kampf mit den Truppen des Kaisers. Die Hussiten waren wie immer überlegen. Die Kaiserlichen hatten schwere Verluste. Ein fränkischer Ritter rief seine letzten, übriggebliebenen Knechte zusammen und befahl ihnen: »Buben reit(e)t!« Und er deutete auf den nahen Wald.
Wie ein Wirbelwind preschten alle auf den Waldrand zu, sprangen von den Pferden, gaben ihnen einen kräftigen Klaps auf das Hinterteil und verschwanden zwischen den Bäumen.
Die reiterlosen Tiere sprengten davon.

Und die Hussiten hinter ihnen her.
Erst später merkten sie, daß die Pferde keine Reiter hatten.
Und so soll Bubenreuth zu seinem Namen gekommen sein.
Aus »Buben reit'!« ist Bubenreuth geworden.

Der Schwede und das Kind

Der Dreißigjährige Krieg war eine grausame Zeit, in der ein Menschenleben so gut wie nichts galt. 56
Als die Schweden 1633 Höchstadt erstürmt hatten, richteten sie ein fürchterliches Blutbad an. Männer, Frauen, Kinder und Greise wurden erschlagen, die Häuser ausgeraubt und in Brand gesteckt. Wer sich nicht rechtzeitig in die Wälder hatte retten können, war verloren.
Ein schwedischer Landsknecht raste wie ein Wilder durch die Stadt und metzelte einen jeden nieder, der ihm in die Hände fiel. Er zertrümmerte eine Tür, drang in das Haus ein, schlug den Ofen in Stücke, brach einen Schrank auf und stieß mit der Lanze in ein leeres Bett, daß die Federn nur so flogen.
Da sah er ein Kindlein in der Wiege liegen, das ihm mit großen Augen entgegenblickte. Schon wollte er zum Schlag ausholen, als er wie angewurzelt stehenblieb und erstarrte: Über der Wiege schwebte eine weiße Frau in einem weiten Mantel und mit einer goldenen Krone auf dem Haupt.
»Von deiner Hand ist heute genug Blut geflossen«, sagte sie mit ruhiger Stimme. »Werde wieder ein Christ! Nimm dieses Kind, dem du Vater und Mutter geraubt hast, zu dir und halte es wie dein eigenes. Erst dann wirst du Frieden finden.« Damit legte sie dem Landsknecht das Kind in die Arme und blickte ihm fest in die Augen. Diese Worte und dieser Blick hatten ihn verwandelt.
Mit dem Kind im Arm verließ er das brennende Haus.
Als es dunkel wurde, entfernte er sich aus der Stadt. Und keiner hat ihn jemals wieder gesehen.
Aus dem Kind soll eine weiße Nonne geworden sein.

Der Schwedenstein

Im alten Friedhof zu Höchstadt stand ein Denkmal, das an die Bürger erinnern sollte, die im Schwedenkrieg umgekommen waren. Die Leute nannten es den Schwedenstein. 57
Wer sich um die Stunde der Jahreswende dreimal um diesen Stein bewegt und nach dem Teufel ruft, dem zeigt er sich.

Das wollte ein armer Sägeschleifer einmal ausprobieren. Er versprach sich einen hohen Lohn vom Teufel, weil er ihn nicht fürchtete.
Zuerst genehmigte sich der Mann mit seinen Freunden einige Humpen Bier. Die sollten ihn noch mutiger machen.
Gegen Mitternacht zog die Gruppe zum Friedhof.
Den Sägeschleifer machte es nichts aus, den Teufel zu rufen. Er hatte, wie er immer wieder betonte, den Glauben an den Herrgott längst verloren. »Ich getraue mich noch viel mehr als ihr denkt«, rief er übermütig.
Einige wollten die Mutprobe in letzter Minute noch verhindern. Da war es aber bereits zu spät.
Der Sägeschleifer schritt gerade das zweite Mal um den Stein und schrie: »Gott oder Teufel! Wenn es einen gibt, dann soll er kommen und mich holen!«
Er hatte diese Verwünschung eben das dritte Mal ausgesprochen, als er einen fürchterlichen Schrei ausstieß und plötzlich verschwunden war.
Dann blieb alles totenstill.
Die Burschen glaubten, der Teufel habe den Schleifer geholt. Einige wollten trotzdem nach ihm sehen und öffneten das Friedhofstor. Da kam ihr Freund zitternd und leichenblaß die Kirchgasse heraufgewankt.
»Ich bin plötzlich von einer unsichtbaren Hand gepackt und zu Boden geschleudert worden. Dann muß ich ohnmächtig gewesen sein. Als ich wieder zu mir kam, sprang ich in den Stadtgraben, watete durch das schlammige Wasser und kletterte auf der anderen Seite die Mauer empor.«
Von dieser Stunde an blieb der Sägeschleifer ein verschlossener, kränkelnder Mensch. In der nächsten Neujahrsnacht ist er gestorben.

Ein furchtbarer Irrtum

58 In früherer Zeit wurde in Franken viel Flachs und Hanf angebaut. Daraus spannen die Frauen und Mädchen Fäden, die zum Weben oder Stricken verwendet wurden. An den langen Winterabenden kamen sie in der Stube zusammen und drehten fleißig ihre Spinnräder.
In der »Rockenstube« ging es immer lustig zu. Es wurde gesungen, getanzt, gelacht. Während die Mädchen die Spinnräder surren ließen, erzählten die Burschen Geschichten von Geistern und Gespenstern. Darunter waren oft recht gruselige, die den Mädchen Angst einjagten.
Nur eines von ihnen behauptete immer wieder: »Ich habe auch vor Gespenstern keine Angst!«
Der Bräutigam dieses Mädchens wollte es auf die Probe stellen. Unbemerkt schlich er hinaus, legte sich ein großes Leinentuch um und wartete draußen in einer Nische, bis die Mädchen nach Hause gingen.

Seine Braut trat als letzte aus der Tür und sah plötzlich eine große weiße Gestalt vor sich, die ächzte und stöhnte: »Ich bin ein Geist, den du gleich fürchten wirst! Marsch, ins Haus zurück mit dir!«
Da schlug das Mädchen ohne viel zu überlegen mit ihrem Spinnrad auf das Gespenst ein und rannte davon.

Am nächsten Morgen fand man den Burschen tot an dieser Stelle liegen.
Ein Kreuzstein am Eingang in die Dreibauerngasse in Röttenbach erinnert an diese traurige Geschichte.

Die Irrglocke

Wiltrudis von Höchstadt, ein Edelfräulein, war auf dem Weg nach Ailersbach. Der 59
führte durch einen schattigen, schön gefärbten Laubwald direkt zum Schloß ihrer Freundin Gerburgis.
Die beiden Mädchen hatten sich viel zu erzählen, sie sangen und spielten und merkten nicht, wie schnell die Zeit verging.
»Jetzt muß ich aber gehen«, sagte Wiltrudis. »Sieh nur, die Schatten werden länger! Bei Sonnenuntergang muß ich zu Hause sein.«
Und sie machte sich gleich auf den Weg.
Doch der wollte heute kein Ende nehmen. »Wo bin ich? Diesen Weg bin ich doch schon so oft gelaufen! Es kann nicht der richtige sein, sonst wäre ich längst daheim.«
Da wurde es finster. Wiltrudis wußte, daß sie sich verirrt hatte. Verzweifelt sank sie auf die Knie und flehte Gott um Hilfe an. Dann rief sie laut in den Wald hinein: »Hilfe! Hilfe! So helft mir doch!«
Aber niemand antwortete. Niemand konnte sie hören.
Da vernahm sie plötzlich Glockentöne. Sie sprang auf und eilte diesen Tönen nach. Schon lichtete sich der Wald. Im fahlen Mondlicht erkannte sie die Umrisse des Schlosses. Gerettet!

Die Eltern hatten sich sehr geängstigt. Überglücklich nahmen sie das erschöpfte Kind in die Arme.
Aus Dankbarkeit stifteten sie eine Glocke für den Turm der Pfarrkirche. Die Leute nannten sie die »Irrglocke«.

Sibylla Weiß

60 Südwestlich von Sterpersdorf ragt ein Hügel aus dem Talgrund, der sogenannte Laubersberg. Neben einem Bauernhof steht die Antoniuskapelle. Sie soll von einer frommen Frau gestiftet worden sein, einer Verwandten der Herren von Wetterau. Die Leute nannten sie nur Sibylla Weiß und erzählten sich manche Geschichte von ihr.
Sibylla war eine berühmte Wahrsagerin. Sie sah Kriege kommen, Viehseuchen ausbrechen und beschrieb die Zeit, in der die Frauen Männerkleidung und die Männer Stöckelschuhe tragen werden.
Ihr Lieblingsweg führte über den Weißbachgrund zu einem Bild des heiligen Antonius auf dem Laubersberg. Wo ihre Füße den Boden berührten, habe es bis heute keinen Tau und keinen Reif gegeben, sagen die Leute.
Einmal wollte sie der Teufel beim abendlichen Gebet vor dem Bildstock des Heiligen versuchen. Er redete mit tausend Zungen und versprach ihr alle Schätze dieser Welt, wenn sie vom Glauben abfalle.
Sibylla wies ihn mit zornigen Worten zurück.
Da geriet der Teufel in Wut und versuchte es mit Gewalt. Er sprang auf sie zu und wollte sie ergreifen.
Sibylla sandte ein Stoßgebet zum Himmel und rief den heiligen Antonius um Hilfe an.
Da taumelte der Teufel zur Seite, als hätte er einen fürchterlichen Schlag bekommen und verschwand in der Erde.
Sibylla sank auf die Knie, dankte Gott und versprach, an dieser Stelle eine Kapelle errichten zu lassen.
So geschah es auch. Und diese Antoniuskapelle steht heute noch.
Als Sibylla am Sterben lag, verfügte sie: »Wenn ich tot bin, so legt mich auf einen Esel und laßt ihn gehen, wohin er will. Er wird mich zur Antoniuskapelle tragen. Begrabt mich dort. Wenn sich mein Grab eines Tages von der Friedhofsmauer so weit entfernt hat, daß ein Mann herumreiten kann, dann ist der Jüngste Tag nahe.«
Die Lonnerstädter Männer betteten die Leiche Sibyllas in den Sarg, banden diesen einem Esel auf den Rücken und ließen ihn laufen. Das Tier blieb zunächst mitten in der Aisch stehen, wurde wieder angetrieben und ging tatsächlich zur Antoniuskapelle hinauf.
Sibylla fand dicht an der Kirchhofsmauer ihre letzte Ruhestätte.

Wenn es im Frühjahr taut, schwemmt es nicht selten den Sand von den Gräbern weg. Der sammelt sich weiter unten wieder und bildet einen Hügel. Und so beginnen manche Grabhügel zu »wandern«.

Auch der Hügel der Sibylla bewegte sich von der Mauer weg. Und es fehlte nicht viel, da hätte ein Mann herumreiten können.

Die Lonnerstädter bekamen Angst, der Jüngste Tag sei nahe. Sie bauten deshalb die Kirchhofmauer direkt auf das Grab der Sibylla Weiß.

Ob das den Jüngsten Tag wird aufhalten können?

Hildegund

Sie stammte von vornehmen Eltern ab und hatte sechs Schwestern. Nach dem Tode 61
von Vater und Mutter kam sie zu Graf Goswin von Höchstadt. Er war ein naher Verwandter und behandelte sie wie seine eigene Tochter.

Als ein Ritter um ihre Hand anhielt, stimmten die Pflegeeltern der Verbindung zu, ohne Hildegund etwas davon zu sagen.

Sie aber hatte beim Tod ihrer Eltern geschworen, unverheiratet zu bleiben und als Jungfrau sterben zu wollen. Doch von diesem Versprechen wollte der Pflegevater nichts wissen.

In der Petruskapelle zu Aurach fand die Hochzeit statt. Frohe Gäste waren gekommen. Der glückliche Bräutigam versuchte, seine stille Braut aufzuheitern. Aber es gelang nicht: Sie machte ein trauriges Gesicht und blieb verschlossen, ernst und nachdenklich. Die Brautleute empfingen die Sakramente und waren Mann und Frau.

Nach dem Mittagsmahl sollte die Heimreise auf die Burg des Ritters beginnen. »Laßt mich nochmals in die Kapelle gehen«, bat Hildegund, »ich will den Segen für eine glückliche Reise erflehen.« In der Kapelle fiel sie auf die Knie und bat den Herrgott, sie zu sich zu nehmen. Und sie betete so lange, bis er ihren Wunsch erfüllte: Sie sank zu Boden und war tot.

Als Pflegevater und Bräutigam sie zu suchen begannen und in die Kapelle kamen, glaubten sie, sie sei eingeschlafen.

Erschrocken standen sie vor ihrem toten Körper und weinten und klagten. Der Bräutigam wollte den Leichnam in seine Heimat mitnehmen. Aber niemand hatte die Kraft, die tote Braut aufzuheben. Sie war wie angewurzelt. Darin sahen alle ein Zeichen des Himmels. Gott hatte ihnen seinen Willen kundgetan: Hildegund soll hier begraben werden.

Die Zeit ging ins Land, und Goswin dachte nicht mehr an das Erbgut der Pflegetochter. Da erschien eines Nachts das verstorbene Mädchen dem Kaplan Albert: »Erinnere und mahne Goswin! Er soll mein Erbgut der Kirche stiften.«

Doch Goswin hörte nicht darauf.

Als er eines Tages die Nachricht vom Tode seines Sohnes in Italien erhielt, ergriffen ihn Schrecken und Reue: »Gott hat mich dafür bestraft, daß ich den Wunsch des Mädchens nicht erfüllte.«
Sogleich ließ er vom Erbgut der Hildegard in Aurach ein Kloster errichten. Weil Mönche darin lebten, nannten die Leute den Ort von nun an Herren- oder Mönchaurach. Das Mädchen wurde die selige Hildegund genannt.

Das Löwenbrünnlein

62 Etwa eine Viertelstunde von Burgstall bei Herzogenaurach entfernt entspringt an einem Berghang im Wald eine Quelle.
An dieser Quelle traf sich der Herzog von Herzogenaurach mit seiner Geliebten, dem Schloßfräulein von Burgstall. Diese Treffen fanden in aller Heimlichkeit statt, da die Eltern gegen eine Verbindung der beiden waren.
Als der Herzog einmal als erster zur Quelle kam, erschrak er zu Tode. Er fand Blutspuren. Und am Wasser spielten ein paar junge Löwen.
»Die Löwen haben meine Geliebte getötet!« schoß es ihm durch den Kopf. Und je näher er trat, desto gewisser schien es ihm: Die Braut ist tot. Da zog er sein Schwert, stellt es mit dem Griff auf den Boden und ließ sich hineinfallen.
Gleich darauf kam die Jungfrau, fand ihren Bräutigam sterbend vor und tötete sich gleichfalls.
An dieser Stelle stand früher ein Stein, in den man ein löwenähnliches Tier eingemeißelt hatte.

Die vier Brüder

63 »Die vier Brüder« nennen die Leute die vier Steine, die im Birkenbühlwald bei Herzogenaurach stehen.
Vor langer Zeit befand sich an dieser Stelle ein großer Bauernhof.
Als der alte Bauer im Sterben lag, kehrten seine vier Söhne aus der Fremde zurück.
Nach seinem Tode gingen sie daran, das Erbe zu teilen.
Doch sie konnten sich tagelang nicht einigen und gerieten in Streit.
Der Streit wurde so heftig, daß sie aufeinander losgingen und sich gegenseitig töteten.

Die Ochsenmarter

Die alte Hochstraße trennt bei Höchstadt den Staatswald vom Lonnerstadter Wald. 64
Dort, wo sie sich nach Norden wendet, liegt ein Waldstück, das »die Ochsenmarter« heißt.

Ochsenmarter nennen die Leute aber auch zwei Steine, die nebeneinander stehen. Auf dem großen Stein ist eine Vertiefung zu erkennen, in die früher ein Kreuz eingesetzt war.

Vor langer Zeit trieb ein Mann einen Ochsen auf der Hochstraße zum Metzger. An der Stelle, an der die Marter heute steht, wurde der Ochse plötzlich wild, riß sich los und stürmte davon.

Der Mann rannte hinterher und versuchte, das tobende Tier wieder einzufangen. Da wendete es sich plötzlich, stampfte auf ihn zu und stieß ihm das Horn in den Leib. Der Mann brach zusammen und verblutete auf der Stelle.

Seine Angehörigen ließen zur Erinnerung an diesen Unglücksfall die beiden Steine aufstellen.

Das Pflugreutmarterl

Am Dorfausgang von Hannberg, seitlich der Straße nach Heßdorf, trennte ein 65
Grenzstein zwei Felder.

Die Besitzer dieser Grundstücke waren seit langer Zeit verfeindet. Jeder warf dem anderen vor, den Grenzstein versetzt zu haben.

Als sie während der Arbeit auf ihren Feldern wieder einmal in Streit geraten waren, schlug der eine seinen Nachbarn mit der Haue nieder und tötete ihn.

Zur Erinnerung an diese Bluttat wurde das Pflugreutmarterl errichtet.

Das Reh an der Roten Marter

In der Menau, einem Wald bei Herzogenaurach, steht eine zerbrochene Säule. Die 66
Leute nennen sie die Rote Marter.

Kurz vor Mitternacht, um dreiviertelzwölf, kommt ein Reh, legt sich an die Rote Marter und bleibt bis zwölf Uhr liegen.

Dann steht es auf, geht dreimal um die Säulen herum, bleibt wieder stehen, schaut gegen Süden und läuft weg.

An der Brust hat es ein glänzendes, weißer Messer hängen.

Neustadt a. d. Aisch – Bad Windsheim – Uffenheim – Scheinfeld und ihr Umland (67–92)

Die Königsgrube

In der Nähe des Bergholzes liegt an der Straße von Ulsenheim nach Seenheim die Königsgrube. Diese Grube ist dadurch entstanden, daß sich eine Höhle gebildet hatte, die eines Tages einbrach. 67

Die Leute aber wissen es anders.

Die erzählen, daß an dieser Stelle ein prächtiges Schloß mit Türmen und Zinnen gestanden hat. Es gehörte einem reichen, mächtigen König, der ein Leben in Saus und Braus führte.

Die Schatzkammern waren bis oben mit Gold gefüllt. In den Truhen lagen Schmuck und herrliche Edelsteine. Ein Fest löste das andere ab. Der Wein floß in Strömen. Die Gastmähler dauerten oft mehrere Tage lang.

Um zu diesem Reichtum zu kommen, preßte der König seine Untertanen aus. Er holte sich den letzten Groschen von den armen Leuten und bestrafte jeden streng, der nicht zahlen wollte oder nicht zahlen konnte. Die Kaufmannszüge auf der Hochstraße waren nicht mehr sicher. Immer wieder ließ er sie von seinen Knechten überfallen und ausplündern. Er war unersättlich in seiner Habgier.

Als sich die Ulsenheimer einst in der Christnacht in der Kirche versammelten, wurde im Schloß wieder eines der üppigen Feste gefeiert. Die Gäste hatten mehrere Stunden lang reichlich gegessen, den schweren roten Wein in sich hineingeschüttet und taumelten nun durch die Räume.

Obwohl ein großer Lärm herrschte, hörten sie das Glöcklein. Sie machten sich über die Ulsenheimer lustig und spotteten: »Da hocken sie wieder in ihrem Betsaal beisammen, die dummen Toren, und glauben jeden Schmarrn, den ihnen der Pfarrer vorschwätzt. Sie merken nicht, daß Beten überhaupt nichts hilft und daß sie dumm bleiben und arm wie Kirchenmäuse. Unser Gott ist das Geld, das gute Essen und das Saufen!« Zur selben Minute sprach der Pfarrer in der Kirche das Vaterunser.

Da erhob sich ein mächtiges Brausen. Mit einem Donnerschlag öffnete sich die Erde, und mit lautem Getöse verschwanden Schloß und Schätze, der König und seine Gäste in der Tiefe.

Die Kunigundenkapelle

68 Kaiserin Kunigunde, die Frau Heinrichs II., kam auf einer Reise durch die fränkischen Berge vom Wege ab und verirrte sich.
Zu allem Übel brach auch noch die Dunkelheit herein. In dieser Finsternis war es unmöglich, den rechten Weg zu finden. In ihrer Not kniete Kunigunde nieder und bat den Hergott und die Heiligen um Hilfe. Sie gelobte, an der Stelle eine Kapelle erbauen zu lassen, an der sie gerettet wird.
Kaum hatte sie ihr Gebet beendet, als sie ein Glöcklein läuten hörte. Sie eilte dem Klang entgegen und kam nach Bullenheim.
Ihr Gelöbnis wurde erfüllt: Auf dem Bullenheimer Berg entstand eine Kapelle, die den Namen der Kaiserin erhielt.
Dazu schenkte Kunigunde dem Dorf einen großen Wald.
Und das Glöcklein von Bullenheim läutet heute noch.

Die Kirche gehört ins Dorf

69 In Kaubenheim bei Schloß Hoheneck steht die Kirche nicht im Dorf, sondern ganz allein draußen auf einem flachen Hügel.
Den Kaubenheimern gefiel das ganz und gar nicht, und sie beschlossen, das Gotteshaus abzubrechen und im Dorf wieder aufzubauen. Denn: Die Kirche gehört ins Dorf!
Ein Baumeister wurde mit den Arbeiten beauftragt. Der Preis war schnell ausgehandelt. Und dann konnte der Abbruch beginnen. Aber: Was Meister und Gesellen tagsüber abbrachen, stand am nächsten Morgen wieder an der alten Stelle. Unbekannte Hände hatten alles lautlos an seinen früheren Platz gebracht. So ging es mehrere Tage, bis es den Handwerkern unheimlich wurde. Das konnte kein Schabernack mehr sein! Da war eine stärkere Kraft am Werk. Schließlich weigerten sich die Bauleute weiterzuarbeiten, und auch die Bauern verzichteten auf ihren Plan.
So blieb die Kaubenheimer Kirche draußen vor dem Dorf.
Dort steht sie allein und einsam auf einem Hügel.

Die Ergersheimer Glocke

70 Wie in vielen anderen Orten hatten auch die Ergersheimer im Dreißigjährigen Krieg ihre Glocke vergraben.
Und wie in vielen anderen Orten wußte nach den langen Kriegsjahren niemand mehr, wo das Versteck lag.

Der Krieg und die Pest hatten so viele Menschen dahingerafft, daß Ergersheim fast menschenleer geworden war. Es dauerte Jahre und Jahrzehnte, bis sich hier neue Bewohner niederließen und nach langer Zeit der Not wieder jemand nach der verschwundenen Glocke fragte. Doch keiner wußte etwas.

Der Feldbau bereitete viel Mühe, und die Wildschweine richteten großen Schaden an.

Gerade war wieder ein Rudel eingefallen und bis an den Dorfrand gekommen. Die Tiere hatten die Äcker umgepflügt und die Ernte verdorben.

Als die Ergersheimer die Schäden beheben wollten, stieß einer von ihnen auf einen Felsblock, der aus dem aufgewühlten Feld herausragte. Er untersuchte ihn näher und fragte sich, ob man den Stein nicht zum Hausbau verwenden könne. Er klopfte daran und wunderte sich über den metallischen Klang. »Seit wann klingt ein Stein?« fragte er sich und die anderen.

Die Ergersheimer gingen der Sache nach, legten den »Stein« frei und stießen auf ihre verschwundene Glocke.

So hatten ihnen die Wildschweine geholfen, ihre Glocke wiederzufinden.

Ähnliche Geschichten werden in Roßtal und in Neunstetten erzählt.

Ein Schimmel entdeckt eine Heilquelle

In Gallmersgarten bei Burgbernheim hauste ein reicher Bauer, der für seinen Geiz 71
bekannt war. »Der läßt sich lieber eine Hand abhacken, bevor er einem Armen auch nur einen Pfennig schenkt«, sagten die Leute von ihm.

Der hartherzige Geizhals hatte ein treues Pferd, einen Schimmel, der ihm jahrelang gut diente, obwohl er schlecht behandelt und schlecht gefüttert wurde. Dieser Schimmel erkrankte eines Tages schwer. Der Bauer wollte ihn mit der Peitsche kurieren. Doch, soviel er das Tier auch schlug, es konnte den schweren Wagen einfach nicht mehr ziehen. Tag für Tag magerte es mehr ab und wurde schließlich unheilbar krank.

Dem Bauern kam es gar nicht in den Sinn, den Schimmel zu pflegen und ihm zu helfen, wieder gesund zu werden. Nein! Er jagte ihn in den Wald hinaus: »Wenn ich dich schon nicht mehr gebrauchen kann, dann sollst du auch keinen Platz bei mir haben! Hinaus mit dir! Hilf dir selbst!«

Einige Zeit später schlugen Waldarbeiter Holz. Plötzlich hörten sie ein Pferd wiehern. Die Männer wunderten sich und gingen der Tierstimme nach. »Wirklich, ein Pferd, ein Schimmel! Der Schimmel des geizigen Bauern!«

Das Tier stand an einer Quelle und trank daraus. Seinem Aussehen nach war es wieder völlig gesund.

»Das Wasser muß heilkräftig sein«, sagte der Förster, als er davon erfuhr. Und er

hatte recht. Das Quellwasser erwies sich als ein wirksames Heilmittel auch bei Krankheiten, von denen die Menschen befallen wurden.
Der geizige Bauer hörte natürlich davon, daß der Schimmel, sein Schimmel, eine Heilquelle entdeckt hatte und wieder aufgetaucht war. Er bereute, was er seinem Tier angetan, nahm es wieder bei sich auf und legte seine Hartherzigkeit ab.
Und an der Stelle im Wald, wo der Schimmel getrunken hatte, entstand das »Wildbad« bei Burgbernheim.

Das Wildbad bei Burgbernheim

Der Ehebrunnen

72 Er liegt in einer fruchtbaren Gegend zwischen Krautostheim und Herbolzheim. Hier wächst nicht nur Getreide, sondern, wie der eine Dorfname verrät, auch das Kraut. Und das gedeiht nicht überall!
Hier, am Brunnen, saß einst eine traurige Bauerntochter aus Krautostheim. Sie liebte einen Knecht aus Herbolzheim, sollte aber nach dem Willen ihrer Eltern einen anderen Mann heiraten: einen reichen Müllersohn aus dem Zenngrund.
Sie hat gebettelt, sie hat gefleht, sie hat geweint. Es war alles umsonst. Die Eltern blieben hart: »Der Habenichts, der Knecht, kommt uns nicht ins Haus! Der paßt

nicht zu dir. Wir haben richtig für dich gewählt. Wir wissen, wer am besten zu dir paßt. Und als Tochter hast du zu gehorchen!«
Am Tag vor Johanni sollte die Hochzeit mit dem Müller sein. Die beiden Liebenden trafen sich zum letzten Mal, um für immer Abschied zu nehmen. Sie kamen zur verabredeten Zeit, saßen stumm da und blickten ins Leere. Sie faßten sich an den Händen, sprangen in den Brunnen und gaben sich den Tod. Wenn sie es schon im Leben nicht durften, so wollten sie wenigstens im Tode beisammen sein. Diese Geschichte hat dem Brunnen den Namen gegeben.
Und der Bach, der herausfließt, heißt heute noch die »Ehe«.

Die Wasserfröle

Bei Gollhofen gibt es ein Flurstück, das die Leute das »Fischständlein« nennen. 73
Dort, wo heute Erlen und Weiden wachsen, soll in alter Zeit ein kleiner See gewesen sein, in dem die Wasserfröle, die Wasserfräulein, wohnten.
Sie sehnten sich nach der Gesellschaft der Menschen und kamen zu jeder Kirchweih ins Dorf. Dort tanzten sie mit den Bauernburschen, sangen und tranken und waren fröhlich.
Vor Mitternacht aber nahmen sie Abschied, eilten zum See zurück und verschwanden im Wasser.
So ging es viele Jahre lang.
Einmal war es wieder besonders schön. Die Mädchen drehten sich im Kreis, die Burschen stampften den Takt zum Tanz, und der Fiedelbogen flog nur so über die Saiten.
Da schlug es plötzlich Mitternacht. Die Wasserfröle erbleichten.
Rasch eilten sie mit fliegenden Haaren zum See zurück und stürzten sich ins Wasser.
Die Burschen, die sie begleitet hatten, wurden starr vor Schreck: Der See färbte sich blutig rot.
Den jungen Männern lief der kalte Schauer über den Rücken. Sie rannten ins Dorf und getrauten sich niemand zu erzählen, was sie gesehen hatten. Die Wasserfröle kamen niemals wieder.

Der Hochmutsbrunnen

Im Wald zwischen Burgbernheim und Windelsbach entspringt eine Quelle. Man 74
sagt, daß es die Quelle der Altmühl sei. Die Leute nennen sie jedoch den »Hochmutsbrunnen«. Sein Wasser ist heute trübe.

Einst aber war es klar und sauber und so hell, daß sich die Baumwipfel und der Himmel darüber darin spiegelten. Es schmeckte den Jägern und Hirten gut und auch den Mägden, die in der Nähe saftiges Waldgras für das Vieh schnitten.

Unter ihnen war ein Mädchen von besonderer Schönheit, das sich mehrmals am Tage im Handspiegel wohlgefällig betrachtete.

Als es einmal aus der Quelle trinken wollte und sich niederbeugte, sah es sein Bild im klaren Wasser so deutlich wie noch nie.

Und es gefiel ihm weitaus besser als das Bild im kleinen Spiegel. Hier konnte es seine ganze Gestalt erkennen und nicht nur das hübsche Gesicht.

Sein Blick blieb an dem schönen Bild hängen. Dabei vergaß es Durst, Zeit und Arbeit und kam erst nach Hause, als es schon dunkel geworden war.

Die Magd eilte nun täglich zur Quelle hinauf, betrachtete stundenlang ihr Spiegelbild und war stolz auf ihre Schönheit.

Als sie sich eines Tages wieder über das Wasser gebeugt hatte, wurde es plötzlich so trüb, daß ihr Bild nicht mehr zu sehen war.

Da erschrak sie sehr, raffte ein Bündel Gras zusammen und eilte nach Hause.

Doch die Leute, denen sie auf dem Weg begegnete, sahen sie fremd an und erkannten sie nicht.

Zu Hause holte die Magd ihren Handspiegel aus dem Kasten und erstarrte: Aus dem Spiegel sah ihr ein altes Weib mit grauen Haaren, mit zahllosen Runzeln und Falten entgegen.

Wenn sie ihre Geschichte von der trüben Quelle erzählte, blickten sie die Leute ungläubig an.

Nur einige ganz alte Frauen erinnerten sich daran, daß einst ein junges Mädchen in den Wald gegangen war und Gras holen wollte. Und daß dieses Mädchen nicht mehr zurückgekommen sei.

Da erkannte die eitle Magd, daß der Himmel ihren Hochmut bestraft hatte.

Sie starb nach wenigen Tagen.

Die Leute nannten die Quelle von nun an den Hochmutsbrunnen.

Diesen Namen hat sie behalten und das trübe Wasser auch. Bis auf den heutigen Tag.

Der Schatz im Petersberg

Am Petersberg bei Marktbergel ist es gefährlich. Hier kommen in der Walpurgis- 75
nacht die Hexen zusammen und treiben ihr Spiel. Da ist es keinem zu raten, in der Nähe zu sein. Die Hexen drehen jedem Neugierigen den Kragen um.

Im Inneren des Berges befinden sich zahlreiche Kammern. In den Kammern liegen unermeßliche Schätze von Gold und Edelstein. Und zu diesen Schätzen führt ein Gewirr von Gängen.

Es ist gefährlich, in den Berg hinabzusteigen. In den Gängen kann man sich leicht verirren und den Weg zurück verfehlen.

Ein Mann aus Marktbergel hatte es einmal gewagt. Er fand den Eingang, eilte durch die Gänge und gelangte zu den Kammern mit den Schätzen. Bevor er etwas an sich nahm, sah er sich alles genau an. Er wollte nur die schönsten Sachen einstecken. Das

tat er auch und stopfte sich die Rocktaschen voll mit Gold und Edelsteinen. Ohne Mühe fand er den Weg zum Eingang wieder und wollte durch einen schmalen Spalt ins Freie kriechen.
Doch so einfach ging das nicht! Der Spalt war so eng, daß er mit seinen vollen Taschen hängenblieb und nicht hindurchkam. Je mehr er sich abmühte, desto schwerer fiel es ihm.
Schließlich blieb er eingeklemmt stecken und konnte weder vor noch zurück. Die steinerne Klammer hielt ihn fest.
Da schrie er in seiner Not aus Leibeskräften um Hilfe. Es dauerte lange, bis ihn jemand hörte.
Endlich kamen Leute und zerrten ihn mit Gewalt aus der Felsspalte heraus. Dabei rissen seine Taschen ab und fielen zusammen mit den gestohlenen Schätzen wieder in den Berg zurück.
Dort liegen sie noch heute.
Denn seitdem hat es niemand mehr gewagt, sich etwas vom Schatz im Petersberg zu holen.

Der Petersberg bei Marktbergel

76 Der Petersberg gehört dem Teufel

Zwischen Burgbernheim und Oberdachstetten liegt ein Höhenzug, aus dem sich der Petersberg herausschiebt. Er überragt die nähere Umgebung und gewährt einen weiten Rundblick bis in das Uffenheimer und Windsheimer Gebiet hinein.
Doch der Petersberg, der den Namen des Apostels trägt, ist ein unheimlicher Ort. Seit Urzeiten nämlich gehört er dem Teufel selbst. Der Berg sollte zum Mittelpunkt seines Reiches werden. Von hier aus wollte er über seine Untertanen, die zahllosen

Teufel, Teufelinnen und Teufelchen regieren. Und immer wieder kehrte er an diesen Platz zurück.

Davon wußte Petrus nichts, als er dem Heiland auf der Reise durch das Frankenland vorschlug: »Herr, hier ist es so schön! Laß uns an dieser Stelle eine Hütte bauen und Wohnung nehmen.«

Doch daraus wurde nichts.

Auch später, als die Menschen in christlicher Zeit eine Wallfahrtskirche errichteten und fromme Beter aus allen Gegenden Frankens kamen, war es bald mit aller Herrlichkeit vorbei.

Die Wallfahrtskapelle ist verschwunden.

Kein Stein erinnert mehr an sie.

Keine Spur ist von ihr geblieben.

Walpurgisnacht auf dem Petersberg

Einmal im Jahr geht es auf dem Petersberg zu wie auf einem Rummelplatz. Doch 77
Menschen sind keine dabei.

In der Nacht zum 1. Mai treffen sich hier die Hexen und die Hexenmeister und feiern mit ihrem Oberhaupt, dem Teufel, ihr größtes Fest.

Kaum ist es dunkel, da schwirren sie auf Besenstielen und Ofengabeln durch die Luft daher. Der Satan, ihr oberster Gebieter, sitzt auf einem prächtigen Thron. Von weitem ist er an seinen Fledermausflügeln und dem Bocksfuß zu erkennen. Um ihn herum hüpfen und tanzen eine Vielzahl von Teufeln und Teufelinnen. Die Tische biegen sich unter der Last der Speisen: Fische, Wildbret aller Art, gebackene und gesottene Stücke von Schwein und Rind. Nur Brot und Salz dürfen nicht dabei sein.

Jeder kann vom roten und vom weißen Wein trinken, so viel er mag und kann.

Nach dem Mahl wird getanzt. Trommeln und Pfeifen bilden die Musik. Fiedeln, Lauten und andere Instrumente sind nicht erlaubt. Das Fest dauert bis zum frühen Morgen.

Wenn die Sonne im Osten aufgeht, bilden die Hexen einen großen Kreis. Der Oberteufel überreicht jeder eine kleine Büchse mit allerlei Flüssigkeit. Die verbreitet einen Gestank, den nur Teufel und Hexen ertragen können.

Diese Flüssigkeit verleiht Zauberkraft. Wer sie im Büchslein umrührt, der kann Sturm, Hagel, Donner und Krankheiten herbeirufen. Und das wo er will und für wen er will.

Zum Schluß muß jede Hexe und ein jeder Hexenmeister versprechen, die Menschen zu ärgern, sie zu belästigen und ihnen zu schaden, wo es nur geht.

Dann brausen sie alle durch die Luft davon.

Und am folgenden Morgen sieht der Platz wie jeden Tag aus.

Wie man Geister bannt

78 Menschen, die in ihrem Leben große Schuld auf sich geladen und sie nicht gesühnt haben, müssen nach ihrem Tod umgehen.
Sie finden im Grab keine Ruhe und suchen in bestimmten Nächten den Ort ihrer Untaten auf. Der kann im Haus liegen, der kann draußen im Wald, auf dem Feld, auf einer Wiese, ja sogar auf Straßen und Wegen sein.
Viele Leute haben diese Geister, die umgehen müssen, schon gesehen. Und vielen war der Schreck über diese Begegnung noch lange in den Gliedern gesteckt.
In der Gegend zwischen Uffenheim und Windsheim weiß man, wie Geister gebannt werden können. Dieses Geschäft erledigt der Schlotfeger.
Der legt sich nachts um zwölf Uhr mit einem Sack auf die Lauer. Sobald er den Geist bemerkt und gar zu Gesicht bekommt, betet er ihn von hinten in den Sack hinein. Das heißt, er spricht die Beschwörungsformel von rückwärts.
Das geht so:
Wenn der Spruch »Entferne dich, du unruhiger Geist! Sei immer aus diesem Haus verbannt!« heißt, dann sagt der Schlotfeger:

»Verbannt Haus diesem aus immer auf sei!
Geist, unruhiger, du dich entferne!«

Auf diese Weise lockt er den Geist in den Sack. Der wird zugeschnürt und sogleich weggebracht.
Meist trägt ihn der Geisterbanner in den Wald oder zu einem Strauch. Dort öffnet er den Sack und befiehlt dem Gespenst: »Hier bleibst du auf ewig und rührst dich nicht mehr von der Stelle!« Damit wird der toten Seele »ein Ziel gesteckt«, wie die Leute sagen. Und hier findet sie endlich ihre Ruhe.

Das schöne, weiße Hemd

79 In Markt Bibart gab es früher eine fürsterzbischöfliche Kellerei. Zu ihr gehörte eine riesige Scheune, in der die Abgaben der Bauern, der sogenannte Zehent, gespeichert wurde.
Der Tag war gerade angebrochen, als die Hefe-Urschel einmal in den Zehentstadel zum Dreschen ging.
Auf dem Weg über den Hof fand sie ein schönes, weißes Hemd. Verwundert hob sie es auf, betrachtete es von allen Seiten, breitete es auseinander und freute sich über den Fund. Den versteckte sie unter dem Heu.
Als nach Feierabend alle gegangen waren, holte die Urschel das Hemd wieder hervor und nahm es mit auf ihre Kammer. Sie zündete eine Kerze an und untersuchte das schöne, weiße Hemd ganz genau.

»Wirklich! Es ist ein wunderbares Stück! Und der Stoff ist so weich und so fein!«
Sie knüpfte das schwarze Band am Kragen ab und erstarrte vor Schreck: Aus dem Hemd sprang ein Mann heraus, setzte sich an den Tisch, streckte ihr die Zunge entgegen und lachte hämisch.
Nachdem sich die Urschel wieder etwas gefaßt hatte, fragte sie: »Was tust du denn da? Was willst du von mir? Ich kann dich nicht brauchen! Geh dorthin, wo du hergekommen bist!« Der Mann schüttelte nur den Kopf und blieb sitzen.
Nach langem Zureden ließ er sich wenigstens auf den Dachboden bringen und wurde dort von der Urschel versteckt.
Hier richtete er sich ganz häuslich ein und dachte nicht daran, wieder zu verschwinden.
Nach einigen Monaten bestellte die Magd den Schlotfeger und bat ihn, den Fremden in den Wald zu bannen.
Der Geisterbeschwörer erledigte den Auftrag rasch. Damit war der Fremde an einen bestimmten Platz im Wald gebunden und konnte nicht mehr zurück.
Diese Stelle lag am Weg vom Kloster Schwarzenberg nach Seehaus, in der Nähe von Nordheim. Hier kamen jeden Sonn- und Feiertag die Mönche auf ihrem Weg zum Gottesdienst in Seehaus vorbei. Das Dorf hatte nämlich keinen eigenen Pfarrer.
Einem der Mönche begegnete eines Tages ein großer Hund, einem anderen ein Kalb, das ihn bis an den Steg begleitete.
Der Klostervorsteher erfuhr erst nach mehreren Wochen davon.
»Am nächsten Sonntag gehe ich selbst hinüber ins Dorf. Ich möchte wissen, ob sich das Gespenst auch mir zeigt«, sagte er und tat es.
Auf dem Weg durch den Wald stand plötzlich ein großer Hund vor ihm und begleitete ihn bis an den Steg.
Dort drehte sich der Klostermann um und fragte: »Geist, was ist dein Begehr?«
Da antwortete der Hund: »Ich bin der Amtskeller* von Markt Bibart und habe zahlreiche Mündelgelder** unterschlagen. Meine Frau und meine Kinder wohnen noch dort. Ich bitte euch, ihr folgendes auszurichten: Sie soll das unterschlagene Geld sogleich zurückgeben, damit ich erlöst werden kann. Wenn sie es nicht tut, wird alles, das Geld und die Frau und die Kinder wie Butter in der Sonne vergehen.«
Bevor der Mönch noch eine Frage stellen konnte, war das Gespenst verschwunden.
Der Klostermann besuchte die Witwe Amtskellerin auf dem Heimweg und richtete ihr alles aus.
»Das kann ich nicht! Wenn ich das mache, was mein toter Mann verlangt, sind meine Kinder über Nacht bettelarm. Nein, das geht nicht!«
Schon am nächsten Tag zogen sie in einen anderen Ort.
Bald darauf hieß es, die Frau Amtskellerin und ihre Kinder seien kurz nacheinander gestorben. Und vom Geld sei kein Pfennig übriggeblieben.

* Der Amtskeller hat die Abgaben der Untertanen (Getreide, Früchte, Wein . . .) eingehoben und aufgeschrieben.
** Mündelgeld: Das Geld, das der Vormund eines elternlosen Kindes verwaltet.

Eine Kiste mit Laub

80 Südwestlich von Nordheim liegt der Berg Hohenkottenheim, auf dem eine Burgruine steht.

Im Berg sollen sich unermeßliche Schätze befinden. Schon mancher hatte versucht, sie zu heben. Keinem ist es bisher gelungen.

Ein Nordheimer Tagelöhner, Mahlin mit Namen, hatte einst das sogenannte Rosengärtlein am Fuß des Berges gepachtet. Weil er keine Zugtiere und keinen Wagen besaß, wartete er auf den Bauern, der ihm sein Heu heimfahren wollte.

Das dauerte recht lange. Mahlin legte sich auf den Wiesenrain und ruhte sich aus. Da kam eine Otter aus einem Loch zwischen den Grasbüscheln hervor und schlängelte sich durch die Halme. In ihrem Maul trug sie einen kleinen Schlüssel. Ständig sah sie zu dem Mann hinüber, drehte sich immer wieder um und bewegte den Kopf, als ob sie sagen wollte: »Steh auf und komm mit!«

Mahlin verstand und folgte ihr.

Die Otter führte ihn in eine Höhle. Dort stand eine riesige Truhe. Die sperrte sie mit dem kleinen Schlüssel auf und verschwand.

Der Mann schlug den Deckel hoch und war enttäuscht: »Was?« rief er ärgerlich aus. »Deswegen hast du mich hierher gelockt? Was soll denn das? Lauter dürre Blätter! Wer will mich hier zum Narren halten?« Er schimpfte noch eine Weile und eilte zur Höhle hinaus.

Als er wieder im Freien stand, hörte er ein herzzerreißendes Weinen und Winseln und Schluchzen und Klagen.

Jetzt wurde ihm klar, daß die dürren Blätter nichts anderes als der verzauberte Schatz gewesen waren.

Den hatte er durch seine Ungeduld für immer verloren.

Denn weder er, noch ein anderer fanden jemals den Eingang zur Höhle wieder.

Der Schatz liegt noch heute im Berg.

Ein Schatz für ein Butterbrot

81 Vor etwa 200 Jahren hatte sich ein Bauer in Birkach auf seinen Kirschbaum gesetzt, die saftigen Früchte gepflückt und sie gleich gekostet.

Da kam ein fremder Mann mit einer Schaufel und einem Korb daher und begann, neben dem Baum ein Loch zu graben.

»Was will denn der? Was hat er vor?« dachte sich der Bauer im Baum, verhielt sich ruhig und sah gespannt nach unten.

Da griff der Fremde in den Korb, holte einen Topf heraus und stellte ihn in das Loch.

»Was mag in diesem Topf wohl sein?« fragte sich der Bauer.
Die Antwort darauf bekam er schnell.
Denn plötzlich brauste der Teufel durch die Luft daher, stellte sich neben den Fremden und verbeugte sich: »Was wünscht ihr, Herr?«
»Das ist mein Auftrag«, sprach der Unbekannte. »Dieser Topf ist bis zum Rand mit Gold gefüllt. Du bewachst den Schatz. Wenn dich aber einer ruft und dir ein Butterbrot reicht, dann gibst du das Gold heraus.«
Der Teufel hatte verstanden und nickte dienstbereit.
»Schatz bewachen. Rufen lassen. Butterbrot. Gold heraus«, wiederholte er für sich, damit er es nicht vergaß. Dabei lächelte er verschmitzt und hinterlistig, ohne daß der andere etwas merkte.
Der füllte inzwischen das Loch mit Erde zu und ging weg.
Der Teufel verschwand durch die Luft, so, wie er gekommen war.
Erst jetzt getraute sich der Bauer im Baum, wieder normal zu atmen. Er rutschte den Stamm hinunter und lief nach Hause.
Die Geschichte wollte ihm nicht aus dem Kopf gehen.
»Der Schatz ist zum Greifen nahe. Und ich weiß, wie man ihn ohne Mühe bekommen kann. Aber mit dem Teufel möchte ich nichts zu tun haben«, sagte er sich.
»Wenn ich es aber überdenke? Was soll schon viel geschehen? Ich rufe den Teufel. Der wird kommen, mir das Gold geben und wieder verschwinden. Ich darf bloß auf das Butterbrot nicht vergessen!«
Am Ende aber traute er sich doch nicht und erzählte die Geschichte seinem Bruder.
Der hatte keine Angst und keine Bedenken.
»Was soll dabei gefährlich sein? Mir macht es gar nichts aus. Und den Teufel fürchte ich nicht«, sagte er.
Er stellte sich unter den Kirschbaum und rief: »Teufel, Teufel, komm herbei! Ich hab was für dich!«
Weil sich der Böse stets in der Nähe aufhalten mußte, war er gleich zur Stelle.
»Du hast mich gerufen?« fragte er und musterte den Burschen von oben bis unten.
Da fiel ihm das Butterbrot in der Hand des jungen Mannes auf.
Jetzt war ihm alles klar.
Mit seinem Pferdehuf schlug er ein Loch in den Boden und holte den Topf mit dem Gold heraus.
Der Bauernbursche reichte ihm wortlos das Butterbrot und erhielt dafür den Schatz.
Dabei wurde es ihm doch ein wenig mulmig.
Und er paßte gut auf, die Teufelshände nicht zu berühren.

Jeseles Grab

82 Die Burgbernheimer Hut war eine der besten weit und breit. Alle Schäfer der näheren und weiteren Umgebung beneideten ihren Kollegen Jesele um die saftige Weide mit den kräftigen Gräsern und Kräutern.

Jesele war das alles gleichgültig. Er saß lieber vor dem Krug, den der Wirt nicht oft genug füllen konnte. Nicht selten blieb er bis zum frühen Morgen im Wirtshaus und war tagsüber so müde, daß er sich kaum um seine Schafe kümmern konnte.

So war es auch an einem heißen Sommertag. Die Müdigkeit und die Schwüle hatten Jesele so ermattet, daß er die Herde seinem Hund überließ, sich ins Gras legte und bald einschlief.

Inzwischen waren schwarze Wolken aufgezogen, Blitze zuckten, Donner grollten, und mit dem sinkenden Tag brach ein schweres Gewitter herein.

Ein Donnerschlag riß den Schäfer aus dem Schlaf.

»Wo sind meine Schafe? Wo ist der Hund?« schrie er und schimpfte und stieß fürchterliche Flüche und Verwünschungen aus. Er lief in die Finsternis hinaus und suchte und rief, stolperte an einem Grabenrand und sah seine Tiere endlich im grellen Schein eines Blitzes. Sie eilten, wie vom Sturmwind getrieben, die Höhen des Schönbergs hinauf.

»Hol euch der Henker!« brüllte Jesele. »Das Wetter soll euch doch gleich in die tiefste Schlucht schleudern, damit ich euch nicht mehr sehen muß!«

Kaum war der Satz zu Ende gesprochen, als er schon in Erfüllung ging: Ein Blitzstrahl, ein ohrenbetäubender Donnerschlag, daß der Berg erzitterte. Der Westhang löste sich, das Erdreich rutschte weg, Steinbrocken kollerten nach. Der halbe Berg stürzte in die Tiefe.

Die Erdmassen begruben die ganze Herde und den Jesele dazu.

Nur der Hund konnte sich retten.

In stockdunklen Nächten streicht er über die wilden Hänge und Klüfte des Schönberges und klagt und heult und sucht seinen Herrn und die Herde.

Unten in der Schlucht erkennt man einen großen Hügel. Unter ihm liegen Jesele und seine Herde begraben.

Jeseles Grab nennen die Leute diesen Ort und meiden ihn.

Der Pöpel

In der Burg Hoheneck bei Ipsheim, hoch über der Aisch, geht in mondhellen Nächten ein Gespenst um. 83
Die Leute nennen es den Pöpel.
Vor langer Zeit hatte einmal ein Brandmetzger in einem benachbarten Dorf zu tun. Die Arbeit zog sich lange hin. Als er nach Hause gehen wollte, war es bereits finster geworden.
»Ich wünsche dir einen guten Weg in der Nacht. Schau, daß du sicher nach Hause kommst und daß dir der Pöpel nichts tut«, sagte der Bauer zum Abschied.
»Sorge dich nicht! Hier ist mein Messer und da meine Fleischhacke. Der Pöpel soll nur kommen, wenn er sich traut«, sprach der Metzger und stapfte in die Winternacht hinaus.
Als er eine gute Strecke gelaufen war, rutschte er auf dem schneeglatten Boden aus, drehte sich dabei um und bemerkte plötzlich eine Gestalt, die rasch zur Seite sprang.
»Warum soll ich mich fürchten?« fragte sich der Metzger. »Ich vertraue auf meine Kraft.«
Doch dann blickte er noch einmal zurück: Tatsächlich! Das fremde Wesen war immer noch hinter ihm.
Er griff nach dem Messer. Das gab ihm etwas Mut. Er drehte sich wieder um und erschrak: Auch die dunkle Gestalt hatte plötzlich ein Messer in der Hand. Der Metzger wollte es nicht auf einen Kampf ankommen lassen und eilte mit schnellen Schritten weiter.
Endlich hatte er das nächste Dorf erreicht. Die Schatten der Häuser, die schwachen Lichter, die aus den Fenstern drangen, gaben ihm seine Ruhe zurück. Und als er sich umschaute, war der Verfolger verschwunden.
Im Wirtshaus verschnaufte er ein wenig und gönnte sich ein Bier und einen Schnaps.
»Was bist du so aufgeregt und so blaß im Gesicht?« fragte der Wirt. Als der Metzger seine Geschichte erzählt hatte, wußte der Wirt Bescheid: »Das war der Pöpel. Der Pöpel hat dich genarrt.«
Der andere wollte es nicht wahrhaben; doch der Wirt konnte mehrere Leute nennen, die das Nachtgespenst gleichfalls erschreckt hatte.
Das machte den Metzger für den Rest des Weges doch wieder etwas unsicher.
Und das nicht ohne Grund: Kaum hatte er das Dorf verlassen, da begann der Spuk von neuem.
Dem Metzger lief es kalt über den Rücken. Er lief, so schnell er konnte, quer über Felder und Wiesen, sprang über Gräben und Hecken, watete durch Bäche und erreichte schließlich ganz atemlos sein Haus.
Erschöpft warf er sich auf das Bett und blieb wochenlang liegen. Eine schwere Angstkrankheit hatte ihn befallen.
Und immer wieder träumte er davon, wie der Pöpel hinter ihm her war.

Helf dir Gott, Hannickela!

84 Dicht am Hummersgraben, neben der Straße von Burgbernheim nach Illesheim, ist eine Quelle. Hier wurde früher oft ein winziges Männlein gesehen, das stets unruhig hin- und herlief. Es tat niemand etwas zuleide.
Trotzdem rannten die meisten ängstlich davon, wenn sie es erblickten.
Ein Fuhrmann aber, ein kräftiger Mann und kein Angsthase, sprach es einmal an. Er war auf dem Heimweg von Windsheim nach Burgbernheim und sah, wie es in der Wiese an der Wegkrümmung herumtrippelte.
»He, Wichtelmann, willst du aufsitzen?«
Das Männlein nickte eifrig.
»Dann komm und hock dich hinten drauf!«
Ein federnder Sprung, und schon saß der Wicht auf der runden Stange, die rückwärts aus dem Wagen ragte, die Langwied genannt.
An der Kreuzstraße hörte der Fuhrmann jemand niesen. Das konnte nur der Kleine gewesen sein. Da erhob sich plötzlich ein Sturm, daß sich die Pappelbäume am Straßenrand zu Boden neigten. Er blickte nach hinten und schrie aus Leibeskräften: »Helf dir Gott!«
Da sprang das Männlein vom Wagen und war verschwunden.
Als der Fuhrmann am nächsten Morgen aufstand und sich die müden Augen rieb, mußte auch er niesen. »Helf dir Gott, Hannickela!« sagte er zu sich selbst.
Da stand das Männlein plötzlich vor ihm und rief freudestrahlend: »Hab tausend Dank! Auf dieses Wort habe ich seit 500 Jahren gewartet. Jetzt bin ich endlich erlöst!«
Dann verschwand es wieder und ward von niemand mehr gesehen.
Der Fuhrmann aber blieb glücklich und zufrieden sein Leben lang.

Der Hemann

85 Ein Bauer hatte an einem hohen kirchlichen Feiertag seine Ochsen vor den Wagen gespannt und war in den Wald um Holz gefahren.
Die Nachbarn rieten davon ab und warnten ihn: »Wie kannst du es wagen, an einem Feiertag zu arbeiten? Fürchtest du nicht, daß der Himmel dich straft? Da kann leicht etwas passieren!«
»Was soll schon passieren, he, he?« rief der Bauer belustigt, fuhr weiter und tat seine Arbeit.
Nicht lange danach starb er.
Seit dieser Zeit muß seine arme Seele in den Nächten der Advents- und Osterzeit in

den Wäldern herumirren und ,,He! He!« schreien. Seinen Ruf können nicht alle Leute hören. Nur die, deren Vorfahren zu seiner Verwandtschaft zählten.
Diesen Geist nennen die Scheinfelder den Hemann. Er geht auch in Markt Bibart, in Altmannshausen, in Dornheim, in Oberrimbach und in Appenfelden in bestimmten Nächten um.
Und immer schreit er »He! He!«
Aber wehe, es antwortet ihm jemand!
Ehe es sich der nächtliche Wanderer versieht, kommt er vom rechten Weg ab und verirrt sich. Und je länger er dem Ruf des Hemanns folgt, desto tiefer gerät er in den Wald hinein.
Und die meisten finden erst im Morgengrauen wieder zurück.
Eines späten Abends trieb einmal ein Bursche aus Oberrimbach eine Kuh ins nächste Dorf. Als er mit dem Tier durch den Wald kam, vernahm er den Ruf des Hemanns.
Übermütig und keck antwortete er: »He! He! Hemann rufe nur! Ich fürcht mich nicht vor dir!«
Er horchte gespannt in den finsteren Wald hinein, blickte sich nach allen Seiten um und war neugierig, was nun kommt.
»Siehst du! Du kannst mich nicht erschrecken, du dummes Gespenst, du!«
Vor lauter Schauen und Horchen merkte er nicht, daß er vom Weg abgekommen war.
Den fand er erst am nächsten Tag wieder.

Die Hausdüsterle

In Gollhofen gab es einst ein paar Frauen, die sich besonders plagen mußten. Sie 86
waren arm und rackerten sich von früh bis spät auf den Feldern ab. Und am Abend wartete die Hausarbeit auf sie.
Ihre guten Hausgeister konnten das nicht mit ansehen: »Laßt uns den fleißigen, guten Frauen helfen. Wenn sie von der Feldarbeit nach Hause kommen, soll immer ein warmes Essen auf dem Tisch stehen. Wir stellen nur eine Bedingung: Am Samstag müssen sie beim Feierabendläuten zuhause sein.«
Das sprachen die Hausgeister miteinander ab, und so geschah es auch.
Wo früher die Not und die Armut herrschten, zog jetzt ein bescheidener Wohlstand ein. Es gab keinen Hunger mehr. Alle wurden zu jeder Zeit satt. Und die Arbeit war leichter als je zuvor.
Aber! Aber! Die Frauen waren damit nicht zufrieden. Sie wollten auf den Feldern tüchtiger als die anderen sein und mehr ernten. Weil sie nicht mehr kochen mußten, blieben sie länger draußen und schufteten und werkelten bis in die Nacht hinein.

Vor lauter Eifer und Arbeitswut überhörten sie die Glocke, die den Feierabend am Samstag einläutete.
Am Heimweg waren sie noch stolz auf ihren Fleiß und auf ihre Tüchtigkeit. Später aber nicht mehr: Zuhause blieben zum ersten Mal ihre Tische leer. Die guten Hausgeister hatten sie verlassen.
Die Frauen hatten ihre Bedingung nicht erfüllt. Nun mußte jede wieder selber kochen.

Wo soll ich ihn hintun?

87 Auf der Straße von Ulsenheim nach Seenheim, nicht weit von der Königsgrube entfernt, liegt eine Wiese. Sie ist von einer Hecke umgeben und heißt der »Schwabengarten«.
Hier geht es um.
In Vollmondnächten haben schon viele Leute ein Gespenst gesehen. Es irrt kreuz und quer herum, trägt den Kopf unter dem linken Arm und auf der rechten Schulter einen Markstein.
Zu seinen Lebzeiten war das Gespenst ein Mann, der einen Grenzstein versetzt hatte. Zur Strafe dafür konnte er in seinem Grab keine Ruhe finden und mußte den schweren Markstein immer wieder hin- und hertragen.
Wenn ein Mensch des Weges kam, rief er ihn jedesmal mit den Worten an: »Wo soll ich ihn hintun? Wo soll ich ihn hintun?«
Die meisten bekamen es mit der Angst zu tun und liefen davon.
Ein Bauer aber, der sich nachts auf dem Heimweg nach Ulsenheim befand, getraute sich, dem Gespenst zu antworten: »Stell den Stein wieder dorthin, wo er hingehört!«
Das wirkte. Der Geist lief noch einige Male hin und her, warf den Stein auf den Boden und sagte erleichtert: »Hab tausend Dank! Du hast mich erlöst. Jetzt kann ich endlich Ruhe finden.«
Und wirklich! Am nächsten Morgen stand der Grenzstein wieder an der Stelle, an der ihn die Siebener* gesetzt hatten.
Das Gespenst aber wurde seither nie mehr gesehen.

* Die »Siebener« sind die Feldgeschworenen.

Von einem der auszog, das Glück zu suchen

Dasch hieß er, und er war ein Bauer aus dem Zenngrund. Eines Nachts träumte er 88
von einer großen Brücke. Sie spannte sich über einen mächtigen Strom, ohne daß sie auch nur von einem Pfeiler getragen wurde. Er sah Menschen hinüber- und herüberlaufen, vornehme Kutschen auf ihr fahren und Soldaten zur Musik marschieren.

Und plötzlich vernahm er eine feine, dünne Stimme: »Auf dieser Brücke wirst du dein Glück finden! Beeile dich und suche sie!«

Der Bauer wachte auf und merkte, daß es nur ein Traum gewesen war.

Weil es bereits Tag wurde, schlüpfte er in die Kleider und machte sich an die Arbeit. Doch die schmeckte ihm heute gar nicht. Immer wieder mußte er an die Brücke, an den mächtigen Brückenbogen, an den breiten Strom, an die Menschen, an die Kutschen und an die Soldaten denken.

Überall wurde er daran erinnert: wenn er in die Sonne sah, die ihre Strahlen auf die blühende Wiese streute; wenn er den Regenbogen nach einem Gewitter betrachtete und wenn nachts die Wolken über den dunklen Himmel zogen.

Und immer wieder glaubte er, die feine, glockenreine Stimme zu vernehmen: »Suche deine Brücke! Suche deine Glücksbrücke!«

Eines Tages hielt er es nicht mehr aus. Bei Nacht und Nebel machte er sich auf, um in der Fremde die Brücke und damit sein Glück zu suchen.

Er kam in die alten fränkischen Städte, die alle ihre Brücken hatten. Aber niemand trat auf ihn zu und schenkte ihm das erhoffte Glück.

Er wanderte hinauf zum Meer und betrat die weit gespannten Bögen, die über die Elbe führten. Auch hier fand er das Glück nicht.

Ein Schiff führte ihn in das Land Amerika. Hier waren die Brücken noch größer, die Ströme noch breiter. Vom Glück jedoch keine Spur.

In Japan stieß er auf so viele Brücken wie sonst nirgendwo. Sie wölbten sich über Flüsse, über Bäche, über kleine Teiche und waren kunstvoll aus Holz gebaut und bunt bemalt. Aber die seine war nicht dabei.

Unser Bauer war nahe daran aufzugeben, als er einem weitgereisten Mann seine Geschichte erzählte. »Ich kenne diese Brücke«, sagte der Fremde ruhig. »Sie steht im Land Italien und sieht genauso aus, wie du sie beschreibst. Sie wölbt sich über dem Meerwasser von einer Insel zur anderen und hat keine Pfeiler. Und Menschen laufen den ganzen Tag hinüber und herüber. Und Kutschen fahren und Soldaten marschieren.«

Bauer Dasch war außer sich vor Freude. Er konnte es nicht mehr erwarten, endlich bei seiner Brücke zu sein und machte sich sogleich auf den Weg.

Nach mehreren Wochen erreichte er sein Ziel: die Rialtobrücke in Venedig. Das war

sie endlich! Ja! Es gab keinen Zweifel: All die Menschen, die vornehmen Kutschen, die Soldaten und der Brückenbogen ganz ohne Pfeiler.
Dann zweifelte er aber doch. So besonders sah dieses Bauwerk auch nicht aus. Er hatte auf seinen Reisen größere und schönere gesehen.
Plötzlich aber hörte er wieder das glockenreine Stimmchen und sah neben sich auf der Brückenmauer einen Zwerg stehen. Ein kleiner Sprung, und der Wichtel hockte auf seiner Schulter. »Geh heim, Bauer Dasch«, flüsterte er ihm ins Ohr, »geh heim! Hinter deiner Scheune ist ein Topf vergraben. Den mußt du aus dem Boden holen, denn er ist bis zum Rand mit Gold gefüllt.«
Und schon war der Wichtelmann verschwunden. War alles nur Scherz, war es Ernst gewesen?
Das fragte sich der Bauer immer wieder.
Doch weil er großes Heimweh hatte, machte er sich gleich auf den Weg. Tag und Nacht war er auf den Beinen. Er wanderte über die Alpen, fuhr die Bergflüsse abwärts nach Norden, bis er nach Franken kam und endlich den Zenngrund erreichte.
Ob er das Gold hinter seiner Scheune gefunden hat?
Wir wissen es nicht.
Aber alle sagten, daß der Bauer Dasch von nun an ein glücklicher Mensch war.

89 Der Neustädter Geißbock

Wieder einmal herrschte Krieg. Ludwig von Baiern kämpfte gegen den Markgrafen Albrecht Achilles. Darunter hatten, wie in allen anderen Kriegen auch, die Leute auf den Dörfern und in den kleinen Städten am meisten zu leiden. Auch Neustadt an der Aisch wurde bedroht. Seit Wochen lagen die Baierischen vor den Toren, vor den Wällen, vor den Gräben und griffen immer wieder an. Die Angriffe konnten alle abgewehrt werden. Die Stadtmauern waren stark und die Bürger wachsam.
Da nahte ein weiterer, ein schlimmer Feind: die Not, der Hunger.
Es gab kaum noch Brot. Und das wenige wurde von Tag zu Tag teurer. Schließlich war auch für alles Geld nichts mehr zu haben. Die Vorräte schwanden dahin und mit ihnen Mut und Zuversicht.
Man konnte sich an den zehn Fingern abzählen, wann die Stadt aufgegeben werden mußte.
Da bot sich ein kleines Männlein als Retter an. Es verlangte keinen Harnisch, keinen Helm, kein Schwert und keine Helfer. Nur die Haut von einem Geißbock. In die ließ es sich einnähen und auf die Stadtmauer heben.
Dort vollführte der falsche Geißbock die tollsten Sprünge. Er lief hin und her, schlug mit den Hinterbeinen aus, machte Männchen und hinterließ den Eindruck, daß es ihm recht gut gehe.
Das hat die Baiern sehr überrascht.
Mit offenen Mündern starrten sie die Mauer hinauf: »Was? Wenn sich die Neustädter diesen wohlgenährten Geißbock halten können, dann gibt es noch genug zu essen. Dann reichen ihre Vorräte noch lange. Wir können nicht warten, bis sie alles aufgegessen haben und sich ergeben.«
Sie brachen ihre Zelte ab und zogen weiter.
Das kleine Männlein aber erhielt reichen Lohn.
Der Geißbock wurde in Stein gemeißelt und sein Bild als Wahrzeichen der Stadt in die Mauern des Torhallenturms gesetzt.

Der geschenkte Wald

Drei Jungfrauen hatten sich einst im Wald verirrt und fanden nicht mehr nach 90
Hause.
Als am Abend die Glocken der Windsheimer Kirchen zum Gebet läuteten, liefen die Frauen dem Klang nach, fanden aus dem Wald heraus und waren gerettet. Zum Dank für diese Rettung schenkten sie den Bürgern von Windsheim den achthundert Morgen großen Schußbachwald.
Viel später wollte der Staat einmal diesen Wald haben. Es kam zum Streit, der vor Gericht ausgetragen werden mußte.

Die Windsheimer beriefen sich auf die Geschichte von den drei Jungfrauen und bekamen recht.

Nach einer anderen Sage sollen die Windsheimer den Schußbachwald von der Kaiserin Kunigunde geschenkt bekommen haben.
Und das kam so:
Die Kaiserin war wieder einmal mit einem kleinen Gefolge im Zenngrund unterwegs gewesen. Meist verließ sie die Straße und ritt querfeldein über Wiesen und Felder, durch Täler und Wälder, ohne auf die Zeit zu achten.
Da wurde es plötzlich dunkel. Und weit und breit war kein Weg, kein Steg zu erkennen. Sie ritten kreuz und quer durch den dunklen Wald und fanden nicht mehr hinaus.
Da! Ein Licht! Die Kaiserin folgte dem Schein. Zu gleicher Zeit trat der Mond aus den Wolken und ließ die Umrisse der Mauern von Windsheim erkennen.
Schnell war die Stadt erreicht und die Kaiserin gerettet.
Zum Dank dafür schenkte Kunigunde den Windsheimern den Schußbachwald.
Wer hat der Stadt Windsheim diesen Wald nun tatsächlich geschenkt?

Der Wein und der Übermut

91 Von altersher wurde auch in Windsheim Wein angebaut und Weinlese gehalten. Die begann stets zu einer vom Rat der Stadt festgesetzten Zeit.
Der Wächter auf dem alten Turm griff nach seinem Horn und blies das Signal zum Erntebeginn. Die Winzer strömten daraufhin aus allen Straßen und Gassen mit Messern und Bütten hinaus in die Weingärten draußen vor der Stadt.
Die Weinlese war die schönste, die lustigste Zeit des Jahres. Überall herrschte ein fröhliches Treiben. Es wurde viel gelacht und gesungen und am Abend getanzt und gefeiert. Manchmal ging es so ausgelassen zu, daß es notwendig wurde, die Menschen an Zucht und Sitte zu erinnern.
Die lagen einem Pfarrer besonders am Herzen. Jeden Tag versammelte er zur Mittagsstunde die fleißigen Winzer am alten Turm und predigte ihnen das Wort Gottes. Dabei betonte er immer wieder, daß die Menschen über die Freude am Rebensaft die Tugenden nicht vergessen sollten, ohne die es kein menschenwürdiges Leben gibt.
Eines Mittags befanden sich unter den wartenden Winzern auch ein paar übermütige, rohe Burschen. Sie lauerten dem Pfarrer auf, sperrten ihn in den Turm und zwangen ihn, so lange Wein zu trinken, bis er besinnungslos betrunken war. In diesem Zustand ließen sie ihn einfach am Boden liegen und machten sich davon.

Erst am Abend konnte er sich mühsam erheben und den Heimweg antreten. Unsicher setzte er einen Fuß vor den anderen, schwankte hin und her und stürzte so unglücklich, daß er ohnmächtig liegenblieb.
Am anderen Morgen fanden ihn die Winzer tot auf der Straße.
Seitdem erscheint er jede Nacht zwischen zwölf und eins im alten Turm. Er trägt sein Gebetbuch in der Hand und hält eine Predigt.
Diese Predigt aber kann niemand hören.

Zwei Brüder

Sie waren die Söhne des Ritters vom Hohenlandsberg und unterschieden sich von 92
Grund auf. Der eine groß und schön und kräftig und der jüngere klein, krumm, verwachsen und häßlich.
Der Ältere erbte die Burg und alles Geld und Gut.
Vor seinem Tod ließ sich der Ritter noch in die Hand versprechen, daß der krumme Georg, so hieß der jüngere Bruder, gut versorgt und behandelt werde.
Der neue Herr von Hohenlandsberg hielt dieses Versprechen nicht. Der Krumme bekam wenig zu essen und mußte gewöhnliches Wasser trinken, während sich der große Bruder den feinsten Wein kredenzen ließ.
Der Arme soll sogar geschlagen worden sein.
Als Georg vom gemeinsamen Tisch verbannt wurde und sein Essen mit dem Hund bekam, verließ er die Burg.
Er ging zu den Bauern nach Nenzenheim und klagte ihnen sein Leid. Die hatten großes Verständnis für seine Not; denn auch sie wurden vom neuen Herrn hart, streng und ungerecht behandelt.
Gemeinsam überlegten sie, wie man dem krummen Georg helfen könnte. Da erinnerte sie der Pfarrer an eine alte Weissagung: »Es wird erzählt, daß die Burg nur so lange steht, wie die Linde im Burghof grüne Blätter trägt. Stirbt der Baum, dann fällt die Burg in Trümmer.«
»Wenn der Ritter keine Burg mehr hat, dann ist er schwach und wehrlos. Laßt uns die Linde fällen!« sagten sich die Bauern.
Das taten sie bei Nacht.
Bald darauf kamen Feinde, stürmten die Burg auf dem Hohenlandsberg, setzten alle Gebäude in Brand und rissen die Mauern nieder.
Kurz zuvor aber hatte der Burgherr noch all sein Gold und Geld zusammengerafft und war in den Keller geflohen.
Die Mauern, die über dem Treppeneingang zusammenstürzten, verschütteten ihn.
Der Keller wurde zur Todesfalle, in der er verhungerte.

Die Bauern aber räumten die Trümmer beiseite, schaufelten den Schutt weg, legten die Gänge frei und fanden die Leiche des schönen Ritters mit seinem Gold und Geld. Das brachten sie dem krummen Georg.
Und der teilte mit ihnen.
Mit seiner Hälfte zog er in eine fremde Gegend, kaufte sich ein Gut und lebte noch viele Jahre als ein angesehener, wohlhabender Bauer. Die Nenzenheimer aber errichteten mit ihrem Anteil ein Armenhaus.

Ludwig der Baier gründet Kloster Pillenreuth

1345 hielt sich Kaiser Ludwig der Baier wieder einmal in Nürnberg auf. Da besuchten ihn dreizehn vornehme Damen auf der Burg. Sie wollten aus seinem Dienst entlassen werden und in ein Kloster gehen. Sie baten ihren Herrn: »Laßt uns irgendwo im Wald ein Klösterlein errichten, weit weg vom Treiben dieser Welt. Dort wollen wir unserem himmlischen Vater dienen und für euch beten.« 93
Ludwig hörte sich die Bitte an und versprach, selbst einen geeigneten Platz für das Kloster zu suchen.
Wie so oft ritt der Kaiser eines Morgens ganz allein durch die Wälder. Er atmete den

Klostertor Pillenreuth

Duft der Blumen und Kräuter ein, streifte den Tau von den Blättern und lauschte dem Lied eines Vogels.
Als er sich nach dem Sänger umsah und in das Geäst einer hohen Eiche blickte, da bogen sich langsam Äste und Zweige auseinander, und die Blätter wichen zur Seite: Am Stamm des Baumes erschien mit einem Mal das Bild des gekreuzigten Heilands.
Ludwig fiel auf die Knie und betete ein Vaterunser.
Dann war das Bild wieder verschwunden.
Der Kaiser erhob sich und schlug mit seinem Schwert ein Zeichen in den Stamm der Eiche. »Das war ein Fingerzeig Gottes«, sagte er und ließ am nächsten Tag bereits den Wald um die Eiche fällen und ein Kloster bauen.
Es erhielt den Namen »Bildenreuth«, weil der Kaiser hier das »Bild« des Heilands gesehen hatte und den Wald reuten, das heißt roden, ließ.
Das Volk kannte diese Geschichte nicht und konnte sich den Namen nicht erklären.
So wurde aus »Bildenreuth« schließlich »Pillenreuth«.
Den Namen, einige Mauern und die beiden Tore des kleinen Klosters gibt es heute noch.

Die Kunigundenlinde

94 Kaiserin Kunigunde saß am Fenster ihres Gemaches und blickte besorgt auf den Burgweg hinunter. Ihr Mann, Kaiser Heinrich, war immer noch nicht von der Jagd zurück.
Es wird doch kein Unglück geschehen sein!
Da hörte sie Hundegebell, Pferdegetrappel und einen Hornruf. Sie waren da! Der kaiserliche Jagdzug ritt in den Burghof hinein. Kunigunde eilte ihrem Mann entgegen. »Gott sei Dank, daß du da bist! Ich hatte schon Sorge, es könnte dir etwas zugestoßen sein.«
Der Kaiser umarmte seine Frau und reichte ihr einen blühenden Lindenzweig.
»So unberechtigt war deine Sorge nicht. Ich war tatsächlich in großer Gefahr. Als ich einen Hirsch verfolgte, wäre ich beinahe in einen Abgrund gestürzt. Eine alte Linde und mein guter Rappe haben mir das Leben gerettet. Die Linde, von mehreren Bitzen gespalten, ragte plötzlich wie ein Gespenst am Rande des Abgrunds auf. Mein Pferd erschrak, scheute und blieb wie angewurzelt stehen.
Und von diesem Baum, meinem Lebensretter, habe ich dir diesen grünen Zweig mitgebracht.«
Kunigunde dankte Gott und pflanzte den blühenden Zweig in den frischen Boden des Burghofs.
Und der Zweig schlug Wurzeln und wurde ein mächtiger Baum. Und der Baum spendete viele hundert Jahre Schatten und erinnerte die Menschen an die glückliche Errettung des Kaisers Heinrich.

Kaiser Rudolf und der Bettler

Wenn sich Kaiser Rudolf in Nürnberg aufhielt, besuchte er jeden Morgen den Got- 95
tesdienst, soweit es ihm seine Geschäfte erlaubten.

Als er wieder einmal auf dem Weg zur Kirche war, trat ihm ein Betteljunge entgegen und sprach: »Bruder Rudolf, teile mit mir deine Habe!« Der Kaiser sah ihn erstaunt an: »Sage, seit wann sind wir beide denn Brüder?« »Von Adam her«, sprach der Junge. »Man hat mir gesagt, daß alle Menschen Kinder Adams seien. Also sind wir alle Brüder und Schwestern.« Der Kaiser lachte: »Gut! Aber ich bin in Eile. Ich muß

zum Gottesdienst. Hole dir einen Sack und warte, bis ich zurückkomme, dann will ich dir deinen Anteil an meiner Habe geben.«
Der Betteljunge besorgte einen Sack und wartete.
Als Rudolf aus der Kirche trat, hielt der Junge den Sack auf. Der Kaiser griff in die Tasche und warf ein Geldstück hinein. Der Junge machte große Augen: »Was? Das soll mein brüderlicher Anteil an deinem Reichtum sein?«
Rudolf antwortete lächelnd: »Überlege doch, wieviel auf dich fällt, wenn ich alles, was ich besitze, mit all meinen Brüdern von Adam her teile. Aber wenn dir jeder deiner Brüder so viel gibt wie ich, wirst du reicher als der Kaiser sein.«

Der Kindertausch

96 Kaiser Karl IV. hatte keinen Sohn und Erben und damit keinen Nachfolger. Das behauptet wenigstens die Sage.
Und darüber war er sehr unglücklich.
Eines Nachts, als er sich gerade auf der Jagd befand, wurde ihm in Nürnberg ein Kind geboren. Es war ein Mädchen. Davon wußten nur die Dienerinnen. Die Kaiserin fürchtete, daß er ihr zürnen würde. Seit Jahren schon wünschte er sich einen Sohn. Da hatte sie eine Idee.
In der gleichen Nacht war der Schustersfamilie Stengel ein Sohn geboren worden. Er war kräftig und schön. Als die Kaiserin das erfahren hatte, schickte sie ihre Dienerin zur Schustersfrau: »Frage, ob sie nicht ihren Sohn mit meiner Tochter tauschen möchte. Ich gebe ihr eine schöne Summe Geld dafür.«
Die Dienerin schlich in die Stadt hinunter, suchte das Schusterhäuschen und trat durch die niedrige Tür.
Die Frau Martha war allein und lag mit ihrem Kind auf dem armseligen Strohbett. Der Schuster war zur Feier des Tages ins Wirtshaus gegangen und dachte nicht ans Heimkommen.
Als die Dienerin den Kindertausch vorgeschlagen hatte, jammerte die arme Frau und klagte: »Von meinem Büblein soll ich mich trennen?« Sie drückte das Kind an ihr Herz und weinte bitterlich.
Die Dienerin tröstete sie und erzählte ihr immer wieder von dem vielen Geld, das sie bekäme, und was sie mit dem Geld alles machen könnte, und daß sich ihr armseliges Leben völlig ändern würde.
Schließlich war die Schustersfrau soweit: sie gab nach. Es war für sie die einzige Möglichkeit, aus diesem Elend herauszukommen.
Die Dienerin eilte zur Burg, holte das Mädchen, rannte mit dem Wickelkind zurück und gab es der Schustersfrau.
Als die Magd aber nach dem Büblein greifen wollte, schrie Frau Martha auf: »Nein, nein, ich kann es nicht! Ich kann mein Kind nicht hergeben!«

Die Dienerin warf einen Beutel Geld aufs Bett und flüsterte ihr ins Ohr: »Kann es für dich ein größeres Glück geben? Denke doch: Dein Sohn wird einmal unser Kaiser sein!« »Was, Kaiser soll er werden?« Frau Martha begriff zuerst gar nichts. Als ihr die Magd alles erklärt hatte, willigte sie gerne in den Tausch ein. »Dann nehmt ihn nur mit, dann hat er es bestimmt besser als bei seinen armen Eltern hier.« Und schon war die Dienerin mit dem Bündel draußen. Sie eilte auf die Burg und brachte den Knaben zur Kaiserin.

Karl IV. war gerade nach Hause gekommen, als er von der Geburt seines Sohnes erfuhr. Er war außer sich vor Freude: »Das muß gefeiert werden! Laßt morgen früh alle Fahnen wehen! Jeder Nürnberger soll es wissen, daß ich einen Sohn habe! Die Stadt braucht ein Jahr keine Steuern zu zahlen. Der Bub soll in Gold aufgewogen werden. Das schenke ich einem Kloster.«

Zur Taufe hatte der glückliche Vater Bischöfe, Priester, Fürsten und Grafen eingeladen. Es sollte ein großes Fest werden.

Alle standen am Taufbecken in der Peterskapelle.

Als der Pfarrer den Knaben auf den Namen Wenzel taufen wollte, da »verunreinigte« es der Täufling.

Der Mesner mußte rasch aufgewärmtes Wasser holen. Als er den Herd nachschürte, fiel ihm ein brennendes Scheit aus der Hand. Die morschen Balken fingen Feuer, und im Nu stand die ganze Küche in Flammen. Und dann brannte die Wohnung und das Haus und der ganze schöne, große Sebalder Kirchhof.

Als die Nürnberger das erfuhren, sagten sie: »Bei der Taufe des Prinzen ist etwas Schlimmes passiert! Das ist ein schlechtes Zeichen! Das bedeutet nichts Gutes!«

Der Kaiser aber lachte nur.

Er freute sich über seinen kleinen Wenzel, der einst sein Nachfolger werden sollte.

Ein Betrüger

Ein reicher Kaufmann war nach Nürnberg gekommen, um hier feines Tuch zu er- 97
werben. Er quartierte sich im ersten Gasthof der Stadt ein und bat den Wirt, einen Beutel mit Geld aufzubewahren. Er hatte nämlich Angst, das Geld könnte ihm gestohlen werden.

Nach einigen Tagen hatte der Kaufmann ein Geschäft abgeschlossen und bat den Wirt um seinen Geldbeutel.

»Was wollt ihr von mir? Was soll ich euch geben? Einen Beutel mit Geld? Den wollt ihr bei mir hinterlegt haben? Davon weiß ich nichts.«

Der Kaufmann war ganz verzweifelt und wußte nicht ein noch aus. In seiner Not eilte er zu Kaiser Rudolf von Habsburg, der gerade auf der Burg weilte.

»Herr Kaiser, mir ist übel mitgespielt worden. Der Wirt . . .« Und er erzählte dem Kaiser die ganze Geschichte.

»Sei ohne Sorge! Diesen Spitzbuben fangen wir uns. Kein Betrüger ist so klug, daß er uns nicht in die Falle geht«, tröstete der Kaiser den Kaufmann und schickte einen Boten los. »Hol mir den Wirt herbei! Sage ihm, daß ihn seine kaiserliche Majestät zu sprechen wünscht.«

»Was? Zum Kaiser soll ich kommen? Der hat mit mir sicher etwas besonderes vor.«

Der Wirt schlüpfte in seine schönsten Kleider und setzte seine neue, teure Pelzmütze auf. »Vielleicht soll ich sein Hofkoch werden oder einen großen Auftrag erhalten«, ging es ihm durch den Kopf, als er mit stolzgeschwellter Brust den Burgberg hinaufstieg.

Vor dem Kaiser verbeugte er sich tief und lächelte betont vornehm und erwartungsvoll.

Rudolf von Habsburg kümmerte sich nicht darum, sondern sah sich nur die schöne neue Pelzmütze an. Schließlich nahm er sie in die Hand, setzte sie auf und betrachtete sich im Spiegel. »Eine schöne Mütze, die auch ein Kaiser tragen könnte!« sagte er und verschwand eilig im Nebenzimmer.

Dort gab er die Mütze seinem Diener: »Rasch! Lauf hinüber zur Wirtin und sage ihr: Der, dem die Mütze gehört, schickt mich. Und du sollst mir den Beutel des Kaufmanns geben. Es ist ein gutes Geschäft zu machen.«

Der Bote richtete alles aus, erhielt den vollen Beutel und eilte zurück.

Die Wirtin hatte keinen Verdacht geschöpft. Sie kannte ja die Mütze und auch die Geschichte vom betrogenen Kaufmann. Und sie wußte, wo das unterschlagene Geld lag. Was sollte da nicht in Ordnung sein?

Der Kaiser aber fragte den Wirt ganz unvermittelt, wo das Geld des Kaufmanns geblieben sei. »Majestät, bei meiner Ehre!« Und er verbeugte sich wieder fast bis zum Boden. »Ich weiß nichts von einem Beutel und kann deshalb auch das Geld nicht haben«, beteuerte der Betrüger.

Da kam der Bote zur Tür herein und überreichte dem Kaiser den Geldbeutel.

Der Wirt wurde blaß. Leugnen half jetzt nicht mehr.

Er fiel auf die Knie und bat um ein mildes Urteil.

Der Kaiser ließ Gnade vor Recht ergehen. Der Betrüger aber mußte eine hohe Geldstrafe in die Armenkasse zahlen.

Der tiefe Brunnen und sein Geheimnis

98 Die Kaiserburg zu Nürnberg hat einen tiefen Brunnen. Ganz unten, am Fuße des Brunnenschachts, führt ein Gang zum Karlsberg, der zwischen Nürnberg und Fürth liegt. In diesem Berg haust Kaiser Karl der Große mit seinem Gefolge. Keiner hatte bisher gewagt, hinunterzusteigen und zum Karlsberg vorzudringen.

Eines Tages saßen die Nürnberger Ratsherren in der Ratsstube beisammen und sprachen vom Karlsberg. Und manch einer zweifelte: »Ob es den Berg mit seinen unterirdischen Hallen und den unermeßlichen Schätzen überhaupt gibt?«

Da schlug ein Ratsherr vor: »Wir haben doch heute einen Mann zum Tode verurteilt. Der hat so jämmerlich um sein Leben gebeten. Wenn er es wagt, in den Brunnen hinunterzusteigen und zum Karlsberg vorzudringen, so wollen wir ihm das Leben schenken.«

Alle waren mit diesem Vorschlag einverstanden. Auch der Verurteilte, der schnell geholt worden war: »Ja, ich wills wagen! Ja, ich wills tun! Laßt mich in den Brunnen hinunter, ich suche den Karlsberg.«

Und so geschah es. Die gesamte Ratsversammlung stand am Brunnenrand, als man den Verurteilten an langen Stricken in den Schacht hinunterließ.

Und da war es stockdunkel. Der Mann stand bis zu den Knien im Wasser und suchte den Gang, der zum Karlsberg führen sollte. Er fand ihn schließlich auch, schlüpfte hinein und kroch auf allen Vieren vorwärts.

Angsterfüllt tappte er ungefähr eine Stunde lang weiter, bis er auf eine große Tür stieß, die weit offen stand. Er blickte in einen riesigen, wunderbaren Saal, dessen Decke von mächtigen Säulen getragen wurde. Alles war aus Marmor. An den Wänden funkelten kostbare Edelsteine.

Ringsherum standen Ritter in prächtigen Rüstungen. In der Mitte saß ein alter Mann auf einem erhöhten Stuhl vor einem steinernen Tisch. Er schien zu schlafen. Sein langer Bart war durch die Tischplatte gewachsen. Das mußte der Kaiser Karl sein!

Plötzlich begannen die Ritter miteinander zu flüstern. Sie hatten den Fremden erblickt und wandten sich ihm zu.

Den Verurteilten packte die Angst. Nur fort! Nur fort!

Schnell bückte er sich, griff nach einem Edelstein, der am Boden lag, rannte zurück zur großen Tür, schlüpfte in das dunkle Loch und kroch zurück zum Brunnenschacht.

Endlich sah er dort die Stricke baumeln, mit denen man ihn hinuntergelassen hatte. Und die Ratsherren mit ihren Brillen waren auch noch da und starrten neugierig in die Tiefe.

Auf ein Zeichen wurde er hinaufgezogen.

Als er erzählte, was er erlebt und gesehen hatte, fuhr ihn einer der Ratsherren an: »Das gibt es doch nicht! Du bist ein Lügner! Du willst nur dein Leben retten!« Da griff der Mann in die Tasche und zeigte allen den funkelnden Edelstein. Sie wurden still und staunten und brachten kein Wort hervor.

Dem Verurteilten aber schenkten sie das Leben, wie sie es versprochen hatten.

Alle Jahre hört man in der Nacht des 1. Mai eigenartige Geräusche, die aus dem Burgberg kommen. Es klingt wie ein Flüstern von Männerstimmen und wie das Traben von Pferden.

Das ist Kaiser Karl mit seinem Gefolge. Sie ziehen durch den Gang und tränken im tiefen Brunnen ihre Rosse.

Pater Cyrill und der Teufel

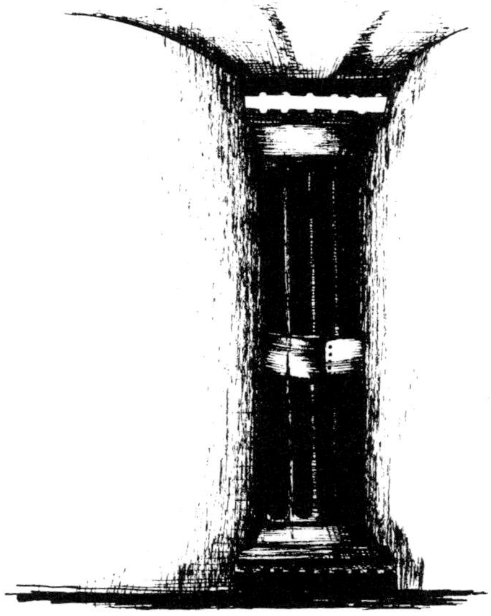

99 Pater Cyrill war Burgkaplan und ein allseits geachteter und beliebter Mann. Ihm zuliebe beschlossen die Nürnberger, auf dem Burgberg eine Kirche zu bauen.

Der erste Gottesdienst war schon angesagt. Sogar die Herren des Rats wollten kommen. Doch die Kirche war immer noch nicht fertig. Es fehlten vier Säulen aus hartem Stein, die das verzierte Gewölbe tragen sollten.

Sogar im Traum verfolgten den guten Pater die Gedanken um den Neubau.

Als er einmal nach einem schweren Schlaf aufwachte, sah er im Zwielicht der Morgendämmerung einen Steinmetz vor sich stehen. »Deine Sorgen sind mir bekannt. Ich will dir helfen«, sprach die Gestalt mit tiefer Stimme.

Erschreckt gab der Pater zurück: »O, dich kenne ich! Du bist der Teufel und willst meine Seele zum Lohn.«

Und so war es auch. Der Teufel wartete eine Weile und sagte listig: »Ich weiß, du bist ein gescheiter, studierter Mann. Du kannst die Messe sicher in einer Viertelstunde lesen. In dieser Zeit will ich vier Säulen aus einer alten Kirche in Rom hierherschleppen, damit der Bau rechtzeitig fertig ist. Wenn die vierte Säule aber steht, bevor du das letzte Wort der Messe gesprochen hast, dann gehört deine Seele mir!«

Cyrill überlegte nicht lange, sprang aus dem Bett und sagte: »Die Wette gilt!« Er ließ die Ministranten kommen, das Glöcklein läuten und begann sogleich mit der Messe.

Der Teufel brauste davon. Über der Burg erhob sich ein fürchterliches Gewitter. Und ehe der Pater die Hälfte der Messe gelesen hatte, schleppte der Teufel die dritte Säule heran.

Die Ministranten überfiel eine riesige Angst, und Cyrill wurde so müde, daß er sich kaum auf den Beinen halten konnte. Mit zitternder Stimme sprach er das »Ite missa est« (Die Messe ist zu Ende).

Er hatte die Lippen kaum geschlossen, als auch schon der Teufel mit der vierten Säule dahergebraust kam. Er merkte gleich, daß er verloren hatte. Da schleuderte er den Stein wutentbrannt auf den Boden, daß er in zwei Stücke zerbrach, und verschwand in einer Schwefelwolke.

Später hatte man die beiden Teile wieder zusammengefügt und mit einem Ring verbunden.
Dieses Flickwerk kann man noch heute in der Kaiserkapelle droben auf der Burg sehen.

Kunigunde von Orlamünde

In Gründlach, im Knoblauchsland, gab es vor langer Zeit ein Frauenkloster. Das 100
stiftete die Gräfin von Orlamünde und trat als Nonne ein. Vorher aber hatte sie schwere Schuld auf sich geladen.
Kunigunde, so hieß die Gräfin, war gerade Witwe geworden und stand mit ihren beiden Kindern allein da. Nach kurzer Trauerzeit verliebte sie sich in den jungen Burggrafen Albrecht von Hohenzollern. Beide hatten sich sehr gern und wollten heiraten, als Albrecht etwas sagte, was die schöne Witwe völlig mißverstand: »Erst wenn vier Augen gebrochen sind, ist der Weg für unsere Ehe frei.«
Kunigunde dachte: »Mit den vier Augen sind meine beiden Kinder gemeint. So lange sie leben, können wir nicht zusammenkommen.«
Und sie ging hin und tötete die beiden unschuldigen Kinder mit einer goldenen Nadel. »Nun steht unserer Heirat nichts mehr im Wege. Nun bin ich wieder frei.«
»Die vier Äuglein, die uns trennten, sind für immer tot. Komm, Albrecht, laß uns Hochzeit feiern!« ließ die Gräfin ihrem Geliebten wissen.
Albrecht war wie vom Blitz getroffen. Ein Grauen erfaßte ihn und eine Abscheu vor dieser Frau: Sie hatte ihre Kinder ermordet. Mit ihr wollte er nichts mehr zu tun haben. Nie und nimmer hatte er von ihr verlangt, ihre Kinder zu töten.
Mit den vier Augen, die zuerst »brechen« mußten, waren seine Eltern gemeint. Die hatten sich der Heirat mit allen Mitteln widersetzt. Und erst nach deren Tod hätte er an eine Hochzeit mit Kunigunde denken können.
»Eine Mörderin kann ich nicht zur Frau nehmen! Trete mir nie mehr unter die Augen«, war seine Antwort. Kunigunde war dem Wahnsinn nahe.
Als sie den Schmerz überwunden und Reue geübt hatte, stiftete sie das Kloster, trat als Nonne ein und nahm sich vor, die böse Tat zu sühnen. Und das tat sie auch bis an ihr Lebensende. Bevor sie aber starb, versprach sie, allen Menschen ihren Tod anzukündigen, damit sie sich auf ihn vorbereiten können.
Und so sah man sie um Mitternacht als Geist im weißen Gewand in die Häuser treten und hörte sie sagen: »Bestelle rechtzeitig dein Haus, damit du diese Welt nicht mit Sünden verläßt.«
Auch im Ansbacher Schloß und in anderen Schlössern Frankens wurde die Frau gesehen. Hier kündigte sie allein durch ein Handzeichen das Ende eines Menschen an. Manch einer hat sie auf den Treppen und in den Gängen und Zimmern getroffen. Aber es waren immer nur jene, die daran glaubten, daß es die weiße Frau gibt.

Ein Spötter wird bestraft

101 Sebald predigte gerade auf einer Wiese vor dem Dorf den Leuten vom Heiland und von der Allmacht Gottes. Da war ein Spötter unter ihnen, der den Pilger verhöhnte und seine Worte ein verlogenes Geschwätz und ein dummes Gerede nannte. Sebald ließ sich nicht aus der Ruhe bringen und sprach weiter. Das reizte den anderen immer mehr: »Glaubt ihm nicht! Er ist ein falscher Prophet, ein Wichtigtuer, ein Maulaufreißer!«

Sebald blickte den Ungläubigen nur mitleidig an als wollte er sagen: »Warum störst du mich? Was habe ich dir getan?«

Der andere aber lachte höhnisch: »Sei endlich still und verschwinde von hier, wir wollen dein Geschwätz nicht hören!«

Nun breitete Sebald die Hände aus. Da versank der Spötter langsam im Boden. Die Erde unter ihm wurde weich und nahm ihn Stück für Stück auf. Die Weiber schrien, die Kinder liefen davon, und die Männer wurden blaß vor Schrecken. Der Spötter griff in die Luft und jammerte: »So helft mir doch!«

Aber keine Hand rührte sich. Das war für alle eine gerechte Strafe Gottes.

Der Bursche war bereits bis zur Brust in der Erde versunken, als er sich bittend an Sebald wandte: »Hilf mir, frommer Pilger! Rette mich! Du bist wirklich ein Bote des Himmels. Ich bin ein sündiger Mensch, und meine Reden reuen mich sehr. Verzeih mir! Ich flehe dich an, hilf mir!«

Da faltete Sebald die Hände und bat Gott für den Spötter um Gnade.

Wie von unsichtbaren Händen gezogen, kam er wieder aus der Erde heraus.

Er fiel vor Sebald auf die Knie und dankte.

Und alle folgten seinem Beispiel, bekehrten sich und lobten Gott und seine Güte.

Der schwimmende Mantel

102 St. Sebald kam eines Tages an einen Fluß. Er wollte auf die andere Seite hinüber: aber nirgends ein Steg, nirgends eine Brücke.

Er lief das Ufer entlang und suchte eine seichte Stelle, eine Furt.

Vergebens: Steile Ufer, eine starke Strömung, tiefes Wasser.

Da erblickte er drüben auf der anderen Seite einen Fährmann: »Hol über, Fährmann! Hol über!« Doch der rief zurück: »Das geht nicht. Das Hochwasser hat meinen Kahn weggeschwemmt. Es ist unmöglich, über den reißenden Fluß zu kommen.«

»Bei Gott ist kein Ding unmöglich«, sprach Sebald zu sich. Er nahm den Mantel von den Schultern, breitete ihn auf dem Wasser aus, trat darauf wie auf ein Floß und stieß mit seinem Wanderstab vom Ufer ab.

Ohne auch nur einmal zu rudern oder mit dem Stab zu steuern, glitt der Mantel mit dem heiligen Mann über den Fluß.
Drüben zog Sebald das Kleidungsstück wieder aus dem Wasser, legte es um und ging des Weges, als ob nichts geschehen wäre.
Die Leute sagen, das sei das größte Wunder St. Sebalds gewesen.

Die brennenden Eiszapfen

Es war ein fürchterliches Wetter. Die Erde war hart gefroren, und der eisige Wind 103
peitschte den Schnee über das Land. Sebald hatte sich die Kapuze über den Kopf gezogen und stapfte mühsam vorwärts. Sein Bart hing wie ein Eiszapfen am Kinn. Seit dem frühen Morgen schleppte er sich hin und hatte nirgends eine schützende Höhle oder eine Grube gefunden. Und nun brach auch noch die Nacht herein.
Doch, da! Da stand plötzlich ein Häuschen vor ihm, mitten im Heideland. Ein Häuschen mit einem Strohdach und zwei kleinen Fenstern. Gott sei Dank!
Sebald klopfte an die Tür. Eine schüchterne alte Frau öffnete: »Was wollt ihr? Was wollt ihr hier bei uns?«
»Ich möchte mich bei euch unterstellen und wärmen. Ihr seht doch, welch schreckliches Wetter draußen wütet.«
Aus der Stube war eine mürrische Stimme zu hören: »Gäste, die wir nicht eingeladen haben, bleiben draußen!«
Sebald achtete nicht darauf und trat ein. Es war eine unfreundliche, düstere Kammer. Auf der Ofenbank hockte ein alter Mann im Mantel und in Decken gehüllt. Man sah ihm an, daß auch er fror. Am Tisch saß ein junger Bursche, der sich die kalten Hände rieb und traurig vor sich hinblickte.
»Seid fröhlich, ihr Leute! Ihr seid hier vor dem schlimmen Wetter sicher. Oder wohnt der Winter in eurem Haus, weil es da so kalt ist?«
Der Alte jammerte: »Wir haben kein Holz. Wir sind arme Leute. Wir müssen frieren und werden erfrieren.«
Die Frau nahm Sebald zur Seite: »Der Alte ist wirr im Kopf!« »Ein Geizkragen ist er«, flüsterte der Bursche am Tisch, »vor lauter Geiz und Habgier verbietet er uns, den Ofen zu heizen.«
»Was tuschelt ihr da?« fuhr der Alte auf, »ich weiß ja, was ihr sagt. Es wird kein Feuer gemacht! Ich dulde das nicht. Wenn ihr die Eiszapfen draußen am Fenster verbrennen wollt, meinetwegen! Aber mein Holz wird nicht angerührt!« Dabei lachte er höhnisch. Als ihm Sebald die Hand auf die Schulter legte, wurde er ruhiger.
»Brich die Eiszapfen ab und bringe sie mir«, sagte der Pilger zu dem jungen Mann.
Der zögerte zuerst, öffnete dann das Fenster, brach die Eiszapfen ab und reichte sie Sebald.
Der schichtete sie sorgfältig aufeinander, griff nach dem Zunder und dem Stein,

schlug ein paar Funken und ließ sie in die Zapfen springen. Dabei murmelte er ein Gebet.
Der Junge erstarrte, die Frau bekreuzigte sich, und der Alte spottete: »Willst du gefrorenes Wasser anbrennen, du Narr? Wo ist die Peitsche, damit ich dich hinausjage!«
Doch plötzlich verstummte er: Die Eiszapfen brannten. Die Flammen flackerten und züngelten nach oben. Das Feuer knisterte. Sebald streifte seine Sandalen ab und wärmte sich die Füße.
Da erhob sich der Alte: »Was ist das? Was hast du getan?« Der Junge gab die Antwort: »Ein Wunder!« »Zu uns ist ein heiliger Mann gekommen!« rief die Frau und fiel auf die Knie.
Und der Alte flehte: »Befreie mich von dem Geiz, der mein Herz beherrscht!«
»Der Herr hat dir deine Sünde vergeben«, sagte Sebald ruhig.

Die Kühe haben sich verlaufen

104 Sebald war bereits jahrzehntelang unterwegs gewesen, als er sich im Wald, der wie ein Gürtel um Nürnberg lag, eine Hütte baute. Hier lebte er als Einsiedler, zu dem die Nürnberger hinauskamen und ihm von ihren Sorgen und Nöten erzählten. Er hatte für jeden ein gutes Wort, er tröstete sie, gab ihnen wieder Hoffnung und Kraft und heilte Kranke.
Sie kamen aber auch in Nöten des Alltags.
Da klopfte eines Abends ein Bauer an die Tür und klagte: »Lieber heiliger Mann, ihr müßt mir helfen! Meine beiden Kühe, mein einziger Besitz, sind mir davongelaufen. Ich fürchte, daß sie sich in der Nacht verirren und in einen Steinbruch stürzen oder von Wölfen angefallen werden. Dann aber bin ich am Ende!«
»Habe keine Sorge, wir werden die Tiere finden. Komm, laß sie uns suchen«, sagte Sebald. Und sie durchstreiften den Wald nach allen Richtungen, sahen ins Unterholz, riefen nach den Kühen. Vergebens!
Weil es allmählich finster wurde, verlor der Bauer jede Hoffnung: »Bei dieser Dunkelheit finden wir sie sicher nicht mehr. Jetzt ist alles aus! Woher soll ich nun die Milch für meine Kinder nehmen? Wer soll den Pflug ziehen?«
»Sei ohne Sorge«, sagte der Heilige, »in der Nacht wird uns ein Licht den Weg weisen.«
»Aber wie denn? Der Mond ist noch nicht aufgegangen, und die Wolken verdecken die Sterne am Himmel«, klagte der Bauer.
»Das mag sein«, sagte Sebald, »aber wenn Gott will, werden meine Finger wie Kerzen leuchten.«
Das konnte der andere nicht verstehen. Die Finger sollten wie Kerzen leuchten? Das gibt es doch nicht!

»Weißt du denn nicht, daß alles möglich ist, wenn Gott uns beisteht?« fragte Sebald. Und dann hob er seine Hand, streckte die Finger weit auseinander. Und wirklich: sie leuchteten in einem Licht, so kräftig, daß der ganze Wald hell erstrahlte. Es dauerte nicht lange, da hatten sie die beiden Kühe gefunden.

Der Leichenwagen

Der Bauer, für den Sebald einst die Kühe gesucht und gefunden hatte, kam oft zur 105
einsamen Hütte des frommen Mannes hinaus. Jedesmal brachte er etwas mit: einen Korb mit Eiern, einen Topf Schmalz oder ein geräuchertes Fleisch.

Eines Tages aber saß der Einsiedler müde und matt, blaß und krank vor seiner Hütte und murmelte ein Gebet.

»Was hast du? Was ist mit dir?« fragte der Bauer besorgt.

»Lieber Freund«, sagte Sebald, »meine Stunde ist gekommen. Hörst du nicht, wie es im Wald klingt und singt, als würden die Engel schon ihre Geigen stimmen? Der Herr war hier und hat mir gesagt, daß er mich bald holen werde. Meine Stunden sind gezählt. Willst du mir noch einen Dienst erweisen? Gott wird es dir reichlich lohnen.«

Der Bauer versprach, alles zu tun, was Sebald von ihm verlangte.

»Also: Geh nach Hause, spanne deine beiden Kühe vor den Leiterwagen und komm gleich wieder zurück. Frage nicht wieso und weshalb.«

Der Bauer sprang auf, eilte nach Hause, spannte die Kühe vor den Wagen und war bald wieder bei der Hütte.

Sebald stand vor der Tür. Er hatte sein Pilgerkleid angelegt und hielt eine brennende Kerze in der Hand.

»Nun höre«, sagte der heilige Mann, »ich lege mich jetzt auf den Wagen. Deine Kühe werden mich an meine Grabstätte fahren. Wo die ist, das weiß ich nicht. Aber Gott weiß es. Er wird den Tod als Fuhrmann schicken. Wo die Kühe stehen bleiben, dort sollt ihr mich zum ewigen Schlaf niederlegen. Das ist mein Wunsch. Und du sollst es allen sagen, die bei mir Trost und Hilfe erhalten haben. Ich werde bei Gott für sie um seinen Segen bitten.«

Und so geschah es. Sebald legte sich auf den Wagen und hielt die Hände mit der brennenden Kerze über der Brust gekreuzt. Eine unsichtbare Hand lenkte das Fuhrwerk. Die Kühe zogen an. Die Bäume neigten ihre Kronen und Äste, die Glockenblumen läuteten, die Rehe ließen sich auf die Vorderfüße fallen, die Hasen blieben wie angewurzelt stehen, die Eichhörnchen blickten von den Zweigen herab, und die Vögel sangen ihre schönsten Lieder. Fuchs, Bär, Wildkatze und alle anderen Tiere kamen und verneigten sich vor dem toten Pilgersmann.

Der Wagen holperte über steinige Wege, quer über Felder und Wiesen der untergehenden Sonne nach.

Als die Kerze niedergebrannt war, da lebte Sebald nicht mehr.
Die Kühe hielten an und legten sich auf die Erde.
Das war an dem Ort, wo heute die Sebalduskirche steht.

Ein Zeichen des Himmels

106 Solange St. Sebald lebte, waren die Nürnberger immer wieder zu seiner Hütte gepilgert und hatten um seinen Trost und Beistand gebeten. Und keiner war vergebens gekommen.
Alle kannten seinen letzten Wunsch: Er wollte dort begraben werden, wo die Kühe mit dem Leiterwagen stehen blieben.
Doch die Pfeffersäcke saßen auf ihren Geldtruhen: »Wofür sollen wir Geld ausgeben und eine Kirche bauen? Was haben wir davon? Das bringt uns doch nichts ein! Der tote Mann nützt uns nichts mehr.«
Aber ein wenig drückte sie das schlechte Gewissen doch: Sie ließen den Leichnam geschwind begraben und über dem Hügel ein hölzernes Kirchlein bauen. Es war eine armselige Hütte. Der Wind blies durch die Bretter und durch die Fenster ohne Scheiben. Die Tür quietschte in den Angeln, und kein Bild hing an der Wand.
Es war eine jämmerliche Ruhestätte für einen Mann, dem sie so viel zu verdanken hatten. So jämmerlich, daß Gott darüber zornig wurde und einen Blitzstrahl vom Himmel schickte. Der setzte die morschen Bretter sogleich in Brand. Die Wände, das Türmlein loderten und stürzten ein, das Dach zerbrach: alles wurde zu Asche. Nur das Grab des Heiligen blieb unversehrt.
Da schlug den Nürnbergern das Gewissen. Sie hatten Gottes Zorn erkannt. Für sie war es kein Zufall, daß Blitz und Feuer alles vernichtet, das Grab des Heiligen aber verschont hatten. Einige rieten, man sollte den Leichnam wieder ausgraben; Gott habe sicher mit ihm etwas Besonderes vor.
So kam es auch. Der Sarg wurde aus dem Sandboden geholt und in das Schottenkloster vor den Toren der Stadt gebracht.
Und nun kamen die Leute zum toten Sebald, wie sie zum lebenden gekommen waren. Sie trugen ihre Nöte und Sorgen an seinem Sarg vor. Und der Heilige half ihnen trotz ihrer Undankbarkeit.

St. Sebald und der Zweifler

107 St. Sebald war gestorben. Im Schottenkloster St. Egidien wurde er aufgebahrt. An seinem Sarg hielten Klosterbrüder die Totenwache.
Einer von ihnen war zur Nachtwache eingeteilt. Er kniete an der Bahre und hatte die niedergebrannten Kerzen auszuwechseln.

Weil er ein Zweifler war und St. Sebald für einen ganz gewöhnlichen Mönch hielt, sagte er mürrisch: »Jetzt liegst du da in deinem Sarg und kannst die Menschen nicht mehr an der Nase herumführen, nicht mehr belügen und täuschen. Wenn du wirklich Wunder wirken kannst, so zeige deine Kraft und laß mich eins sehen.«
Da richtete sich St. Sebald plötzlich auf und fuhr den Klosterbruder an: »Warum sprichst du so schlecht von mir? Du willst ein Wunder? Das sollst du haben! Und du sollst erkennen, welche Kraft unser Herrgott mir, seinem schwachen Werkzeug, gegeben hat.«
In diesem Augenblick verlöschten alle Kerzen. Der Bruder stürzte zu Boden. Seine Augen schmerzten, und er stöhnte und jammerte: »Ich kann nichts mehr sehen! Ich bin blind! Helft mir!«
Da eilten die Mönche herbei und brachten den Erblindeten in seine Zelle. Sie legten kühle Tücher auf die Augen und behandelten sie mit allerlei Salben. Doch es half alles nichts.
Da erzählte der Arme, wie er St. Sebald verspottet und Gott gelästert hatte.
Drei Tage lag die Nacht auf seinen Augen. Drei Nächte lang konnte er nicht schlafen. Und Tag und Nacht plagte ihn die Reue: »St. Sebald, bitte, verzeih mir! Vergib mir das Unrecht, das ich dir angetan! Ich glaube, ich weiß, ich bin überzeugt, daß du ein Gesandter Gottes bist!«
Da wich der Schleier von seinen Augen. So plötzlich, wie er gekommen war. »Die Demut hat den Blinden wieder sehend gemacht«, sagten die Mönche und priesen den Herrn, der durch St. Sebald ein Wunder gewirkt hatte.

Das Ringwunder

Der Sarg von St. Sebald stand im Schottenkloster. Täglich pilgerten unzählige Gläu- 108
bige zum toten Heiligen. Sie wußten, daß sie einen getreuen Fürsprecher beim Richter im Himmel hatten und trugen Sebald ihre Not, ihren Schmerz vor.
Da war eine Frau, die schwere Schuld auf sich geladen hatte und deshalb zur Buße einen eisernen Ring am Arm tragen mußte. Sie stand immer besonders nahe an der Bahre des Heiligen und flehte aus ganzem Herzen um seine Fürbitte.
Eines Tages, als sich eine brennende Kerze zur Erde neigte und umzufallen drohte, sprang die Frau darauf zu, fing die Kerze auf und hielt sie mit der Hand fest.
Im selben Augenblick zersprang der Eisenring an ihrem Arm und fiel mit einem lauten Schlag zu Boden. Es hörte sich wie ein Donner an, und alle Leute erschraken. Sie erkannten, daß Sebald ein Wunder gewirkt hatte. Er wollte ihr sicher damit sagen: »Du hast deine Tat längst bereut und hast gesühnt. Gott hat dir vergeben. Und nun sollen dir auch die Menschen verzeihen.«
So hat St. Sebald eine kleine gute Tat vergolten. Die Frau kniete an der Bahre nieder und weinte vor Freude und Dank.

St. Sebald findet keine Ruhe

109 Der Heilige hatte einen letzten Wunsch: »Begrabt mich dort, wo die Kühe mit meinem Leichenwagen stehen bleiben.«
Diesen Wunsch hatten ihm die Nürnberger nicht erfüllt. Die erste, sehr einfache Kapelle aus Holz, die man über seinem Grab errichtet hatte, war völlig niedergebrannt. Sein Sarg stand jetzt im Schottenkloster.
Einige fromme Nürnberger beschlossen, an der Stelle, wo die Holzkapelle gestanden hatte, eine richtige Kirche zu erbauen, die St. Sebald würdig war.

Im Rat der Stadt aber gab es andere, die daran etwas auszusetzen hatten: »Die Kirche wird zu groß, die Säulen sind zu dick, die Halle ist zu hoch.« Die einen waren für ein Gebäude aus Sandstein, die anderen wollten ein Fachwerkhaus.

Noch heftiger wurde der Streit, als es um das Grabmal ging. Einige sprachen für einen Steinsarg, die anderen meinten gar, eine hölzerne Truhe tue es auch. Nur wenige schlugen vor, dem Meister Peter Vischer ein Grab aus Bronze in Auftrag zu geben.
Da sagte ein Geizhals ganz aufgebracht: »Sollen wir das Geld dafür stehlen? Was fällt euch denn ein? St. Sebald ist bei den Schottenmönchen gut aufgehoben. Der soll bleiben, wo er ist. Und wer etwas von ihm will oder etwas von ihm braucht, der kann hinausgehen und ihn im Kloster besuchen.« So ging der Streit hin und her.
Da wurde die Tür zur Ratsstube aufgestoßen. Der Mesner trat herein und rief ganz aufgeregt: »Verzeiht, ihr hohen Herren. Der Schreck sitzt mir noch in den Gliedern. Aber ich habe es mit eigenen Augen gesehen. Der tote Sebald liegt droben auf dem alten Grabhügel zwischen Schutt und Steinen. Und denkt nur! Er ist selbst dorthin gegangen. Der Turmwächter hat ihn um Mitternacht erkannt. Sebald kam aus dem Schottenkloster, die Landstraße her auf Nürnberg zu. Die schwere Holztür im Stadttor ging von selbst auf. Er schritt die Mauer entlang, an der Judenschule vorbei, den Berg hinauf. Auf dem Bauplatz blieb er eine Weile still stehen. Dann trat er über die Steine, legte sich auf den alten Grabhügel und faltete die Hände. Das alles hat der Torwächter gesehen. Er ist ihm den ganzen Weg nachgegangen. Wer es nicht glaubt, der soll doch mitkommen.«
Die Ratsherren erhoben sich rasch, eilten die Treppe hinunter und liefen zur Baustelle. Wirklich: Da lag der tote Sebald.
Er wurde zwar gleich ins Schottenkloster zurückgebracht, aber in der nächsten Nacht wanderte er wieder zurück und legte sich abermals auf das alte Grab. Nun gaben auch die letzten ihren Widerstand gegen den Kirchenbau auf. Sie fürchteten den Zorn des Heiligen und bekamen es mit der Angst zu tun: Sebald wird uns doch hoffentlich für unser Zögern nicht bestrafen?
Der Kirchenbau wuchs aus dem Boden wie frisches Gras nach dem Regen. Die Mauern wurden aufgerichtet, ein mächtiges Dach darübergespannt und schließlich zwei Türme gesetzt.

In der gewaltigen Halle stand nun das Grabmal. Peter Vischer und seine Söhne hatten es aus Erz gegossen.
Die Leute sagen, es sei das größte Kunstwerk, das Nürnberg vorzeigen kann. Seitdem die Gebeine St. Sebalds in diesem Grabmal zur Ruhe gebettet wurden, hat auch er endlich Ruhe gefunden.

Sebald beutelt einen Burschen

Als er noch lebte, spottete so mancher über ihn. Jetzt, da er in seinem Grab lag, war 110
es nicht anders.
Eines Tages trat ein fremder Landsknecht in die Kirche, ging auf das Grab zu und sah wie die frommen Pilger allerlei Gaben für die Armen auf den Stein legten.
Der Landsknecht verspottete sie und den Heiligen, griff zu seiner Feldflasche, in der noch ein Rest Frankenwein war, und gröhlte: »Da hast du! Du komischer Heiliger! Das soll meine Opfergabe sein. Aber du mußt die Brühe gleich saufen, sonst wird sie sauer wie Essig . . .«
Doch weiter kam er nicht. Denn plötzlich fuhr eine dürre Hand aus dem Sarg, faßte mit den Knochenfingern das Struppelhaar des Lästerers und beutelte den Burschen so kräftig hin und her, daß er nur so taumelte. Und links und rechts fing er noch ein paar kräftige Ohrfeigen ein.
Wie ein Häuflein Elend kauerte der Spötter am Boden.
Er soll heulend und schluchzend aus der Kirche geschlichen sein.
Und keiner hat ihn jemals mehr gesehen.

Die steinernen Käselaibe

Zum Dank für die Hilfe, die ungezählte Pilger am Grab St. Sebalds erhalten hatten, 111
legten sie Gaben an seinem Sarg nieder: Da war Geld dabei, da lagen Würste, Brotlaibe, Käselaibe und andere Sachen.
Wenn am Abend die Kirche geschlossen wurde, sammelte der Mesner die milden Gaben ein und verteilte sie an die Armen. Die warteten schon draußen vor der Sakristei.
Ein reicher Müller hatte seinem Knecht aufgetragen, einen frischen, runden Käselaib am Sarg des Heiligen niederzulegen. Das tat der Bursche auch.
Er bückte sich und sah viele Käsestücke hier liegen. Eines war in besonders feines Papier verpackt und duftete scharf und würzig. Es mußte ein Stück Rahmkäse sein.
Da konnte der Knecht nicht widerstehen und steckte es rasch in seine Tasche.

Draußen lehnte er sich in eine Nische der Kirchenwand und biß herzhaft in das gestohlene Stück.
Aber, o weh! Er hatte sich den rechten Eckzahn ausgebissen. Der Käse war zu Stein geworden. Den trug der Knecht betrübt zum Grab zurück.
Dort konnte er jedoch wiederum nicht widerstehen: Der Käselaib daneben sah so schön aus und roch noch milder und würziger. Ein Griff, und in der Tasche war er. Draußen vor dem Tiergärtner Tor, auf der Landstraße, als ihn niemand sehen konnte, holte er das Stück hervor und drückte mit dem Daumen hinein: »Ja, der ist wunderbar weich! Der wird mir schmecken!« Das Wasser lief ihm im Mund zusammen. Als er aber ein Stück abbeißen wollte, da war es wiederum geschehen: Da brach der linke Eckzahn ab. Der Dieb hatte nochmals in einen Stein gebissen.
Er lief, so schnell er konnte, über die Stoppeläcker nach Hause. Mit beiden Händen hielt er sich die Backen, die wie ein Hefeteig anschwollen.
Den steinernen Käselaib trug er später an das Grab des Heiligen zurück. Dort war das Stück lange gelegen.
Keiner soll es mehr gewagt haben, den Heiligen zu betrügen.

Die Wäscherin aus Markt Erlbach

112 St. Sebald war der Schutzpatron der Nürnberger geworden. Aus allen Himmelsrichtungen kamen die Wallfahrer, um an seinem Grab zu beten.
Ein besonderer Tag aber war der 19. August, sein Namenstag, an dem man das Fest des Heiligen feierte. Da wurde der kostbare Sarg in einer großen Prozession durch die Straßen der Stadt getragen. Die Ratsherren, die Priester, die Schüler und unzählige Nürnberger und Auswärtige waren dabei. Sie sangen Lieder und beteten Litaneien und sagten Dank für alle erfahrenen Wohltaten. Es war ein großer Feiertag. In den Werkstätten ruhte die Arbeit. Die Läden blieben geschlossen.
Nur eine Frau, die aus Markt Erlbach nach Nürnberg gezogen war und auf der Insel Schütt ein Häuslein bewohnte, kümmerte sich um den Namenstag des Heiligen überhaupt nicht. Sie hatte heute große Wäsche. Der Schlot qualmte, im Waschkessel sprudelte das heiße Wasser und dampfte. Die Wäscherin stand am Trog und rieb und bürstete und rubbelte, daß der Seifenschaum nur so nach allen Seiten spritzte.
»Was fällt euch ein!« rief die Nachbarin. »Heute, am Sebaldustag, darf man doch nicht arbeiten! Das ist eine große Sünde! Legt die Bürste weg und hört mit der Arbeit auf, sonst wird euch der Heilige strafen!«
»Ach, was! Was geht mich euer Sebaldus an? Ihr Nürnberger mögt ihn feiern, wie ihr wollt. Ich bin aus Markt Erlbach, dort kennt man ihn nicht.«
Und die Wäscherin machte weiter. Sie wusch und spülte, sie spannte das Seil und hing die Hemden und Laken und alle anderen Stücke auf.

Die Sonne stand strahlend am Himmel, und die Wäsche leuchtete weiß wie Schnee. Doch auf einmal meinte die Frau, es werde dunkel. Die Wäsche wurde fahl und grau. Die Sonne verschwand. Die Häuser waren nur noch Schatten, und plötzlich brach die Nacht herein, eine tiefe, dunkle Nacht.

Die Frau streckte die Hände aus und tastete vorwärts. Da fühlte sie, wie sie jemand am Arm faßte. Und sie hörte die Stimme der Nachbarin: »Was habt ihr?«

»Ich weiß es nicht«, sagte die Frau. »Es ist plötzlich Nacht um mich geworden. Ich kann nichts mehr sehen. Ist der jüngste Tag gekommen? Soll die Welt untergehen?«

»Ihr seid erblindet!« rief die Nachbarin erschreckt. »Ihr habt den Tag des Heiligen nicht geachtet. Jetzt hat er euch eine schwere Strafe geschickt.«

Da weinte die Erlbacherin und die Nachbarin mit ihr.

Die Glocken klangen von den Türmen. Die Musik kam immer näher. Und mit ihr die Prozession. Jetzt bog der Zug beim Spital um die Ecke. Voran die Mädchen in weißen Kleidern und mit Blumenkränzen im Haar, die Fahnen, die Bläser, die Pfeifer und die Trommler. Und endlich kam der Sarg. Den trugen die Ratsherren.

»Kommt, schnell!« rief die Nachbarin. »Nur einer kann euch das Augenlicht wieder zurückgeben! Der, den sie eben vorbeitragen.«

Mit zitternden Händen zerrte sie die Blinde dem Zug entgegen. Und als der Sarg vorbeigetragen wurde, schob sie die Hilflose unter ihm hindurch auf die andere Straßenseite.

Und plötzlich konnte die Wäscherin wieder sehen, konnte mit staunenden Augen all die Menschen erkennen, die an ihr vorüberzogen.

Der tote Heilige hatte auch ihr verziehen, wie er vielen vergab, die ihn verhöhnten und verspotteten. Und seinen Segen gab er dazu.

Das Kreuzzeichen

Die Herren des Nürnberger Rats hatten beschlossen, auch am anderen Pegnitzufer 113
eine große Kirche zu bauen. Sie sollte dem heiligen Laurentius geweiht werden. Zur Grundsteinlegung waren zahlreiche vornehme und angesehene Bürger gekommen, Geistliche, Ritter, Adelige, Mönche und viel Volk.

Als man den Grundstein mit dem Flaschenzug nach oben zog, wurde alles still. Nur das Kreischen der Rollen und das Ächzen der Räder war zu hören.

Der schwere Stein schwebte langsam in die Höhe. Da riß plötzlich das Seil. Der Steinblock stürzte zu Boden und brach auseinander.

»O, welch ein Unglück! Das hat sicher nichts Gutes zu bedeuten! Gott will den Bau nicht! Hört auf, hört auf! Gott hat diesen Bau verflucht!« So riefen die erschreckten und ängstlichen Nürnberger durcheinander.

Nur wenige hatten die Ruhe bewahrt. Der Bischof war als erster zum zerbrochenen Stein geeilt und hob abwehrend die Hände: »Haltet ein! Gott hat diesen Bau ge-

St. Lorenz zu Nürnberg

segnet! Seht her! Der Stein ist zwar gebrochen, aber nur, damit wir sein Inneres sehen können. Denn hier ist ein Kreuzzeichen zum Vorschein gekommen, so schön und gleichmäßig, als wäre es eingemeißelt worden. Das hat sicher der Finger des Herrn eingegraben. Er möchte uns sagen, daß unser Werk gut ist. Darum laßt uns in seinem Namen weiterbauen!«
Und die Lorenzkirche wurde gebaut.
Sie steht heute noch und wird täglich von unzähligen Menschen besucht und bewundert.

Der Mönch in der Mauer

Ein Mönch hatte schwere Schuld auf sich geladen und wurde zur schwersten Strafe 114
verurteilt: Dort, wo in der Lorenzkirche die Glockseile herabhängen, sollte er eingemauert werden.
Und das geschah auch. Wie zum Hohn hatte man ihm noch einen Krug mit saurem Wein, ein Stück Brot und eine brennende Kerze in sein steinernes Grab mitgegeben. Das sollte seine letzte Wegzehrung sein.
Am anderen Morgen scheuerte die Magd des Mesners den Boden und sah die frisch zugemauerte Stelle in der Wand. Sie legte ihr Ohr daran und hörte jemand stöhnen und röcheln. Das klang so verzweifelt, daß das Mädchen Mitleid bekam: »Das muß der Mönch sein, den sie hier eingemauert haben!«
Mit bloßen Händen kratzte sie den weichen Mörtel aus einer Ritze am Boden, bis ein kleines Loch entstand, so groß, daß man mit einer Hand hineinlangen konnte. Schnell holte sie ein Töpflein Milch und schob es in den Hohlraum. Das tat sie nun alle Tage. Sie sparte sich jeden Bissen vom Munde ab und brachte die Reste dem Mann in der Wand. Und dabei hatte sie stets Angst, erwischt zu werden. Denn dann mußte auch sie mit einer Bestrafung rechnen. Mehrere Tage ging alles gut.
Eines Morgens aber sahen die Läutbuben, wie eine Ratte aus einer Mauerspalte schlüpfte und einen Wurstzipfel im Maul trug.
Als die Richter davon erfuhren, mußten die Steinmetzen die Mauer aufbrechen. Da kauerte der arme Mensch hilflos am Boden und war nur noch Haut und Knochen. Als man ihn aufhob, brach er kraftlos zusammen.
Das hohe Gericht erkannte diese Rettung als Wunder an und verzichtete darauf, den Mönch noch einmal zu bestrafen. Er mußte die Stadt verlassen und durfte sie nie mehr betreten.
Auch der Magd wurde verziehen. Sie hatte durch ihr Mitleid und durch ihre Güte die harten Herzen erweicht.
Noch heute erinnert ein Steinbild an diese Geschichte. In einer südlichen Nische am Geländer einer Brüstung ist die Ratte zu sehen, die mit einem Wurstzipfel im Maul davonrennt.

Der Schusserbub

115 Er war ein Treibauf, ein Frechdachs, ein Spitzbub, und er betrog beim Schussern immer wieder. Er fluchte, als wäre er mit dem Teufel befreundet. Und immer, wenn er etwas Übles getan hatte, rief er ihn als Zeugen an.
»Du bist ein Schwindler«, beklagten sich seine Freunde, als er einmal fünf Schusser heimlich in seiner Tasche verschwinden ließ. »Du hast gestohlen! Du bist ein Betrüger!«
»Wos ho i? Nix ho i! Der Teifl soll mi glei hulln, wenn i net richti gspielt ho!« Und schon war er da, der Teufel: Ein fürchterlicher Donner, daß die Mauern des alten Schulhauses erbebten, ein Griff mit seiner rußigen Pratze, und schon hatte er den Buben am Genick. Der ließ Tafel und Buch fallen und zitterte und schrie. Ein zweiter fester Griff, und schon hatte der Höllenfürst dem Buben das Gesicht in den Nacken gedreht.
Da öffnete sich die Erde, eine Flamme schoß heraus. Der Teufel sprang mit seinem Opfer mitten hinein.
Am Brünnlein zur linken Seite neben dem großen Eingangstor der Lorenzkirche kann man heute noch sehen, wie sich der Satan den Buben geholt hat.
Die Leute nennen es das Teufelsbrünnlein.

Die treuen Pferde

116 Das Nassauerhaus steht gegenüber der Lorenzkirche und hat oben unter dem Dach eine reichverzierte Brüstung. Es gehörte einst einem reichen Mann, dem schon Jahre zuvor der schwarze Tod Frau und Kinder hinweggerafft hatte. An seinem Tisch und in seinem Haus machten sich die lieben Verwandten breit, und er ließ sie gewähren. An seinem Reichtum lag ihm nichts.
Am liebsten fuhr er in seiner kleinen Kutsche mit seinen beiden Pferden hinaus vor die Stadt. Dort ließ er die Tiere am Waldrand oder auf einer Wiese grasen, streichelte sie, sprach mit ihnen und tätschelte ihren Hals. Der Braune und der Rappe sahen ihn mit ihren großen Pferdeaugen an, als wollten sie sagen: »Wir danken dir! Du bist gut zu uns!«

Das Nassauerhaus

An einem Abend starb der reiche Mann. Die Verwandten wollten den Toten so schnell wie möglich aus dem Hause haben. Am nächsten Morgen schon sollte er gleich gegenüber auf dem Friedhof von St. Lorenz begraben werden. Totenwache hielten sie nicht. Dazu fehlte ihnen die Zeit.
Die brauchten sie für den Streit um das Erbe. Sie sprengten Kisten und Kästen auf, rissen sich das Geld aus den Händen und schlugen schließlich aufeinander los. Man konnte das Geschrei und den Lärm bis auf die Straße hören.
Als am Morgen das Begräbnis stattfinden sollte, wartete der Pfarrer vergeblich auf die Trauergäste. Die konnten nicht kommen. Sie saßen mit blutigen Köpfen und blau geschlagenen Rücken beim Bader, der nicht wußte, wen er zuerst behandeln sollte. Sie wären wahrscheinlich auch als Gesunde nicht auf den Friedhof gekommen.
So fand die Beerdigung des reichen Mannes wie ein Armenbegräbnis statt. Sechs Personen waren da: die vier Sargträger, der Pfarrer und der Mesner.
Als der Geistliche die Gebete sprach und zum Himmel blickte, stockte seine Rede. Verwundert sahen auch die anderen nach oben: Dort, auf der Brüstung des Nassauerhauses unter dem Dach standen die beiden Pferde und schauten in den Kirchhof hinunter. Ein schwarzes und ein braunes Pferd.
Sie hatten in ihrem Stall die Todesstunde ihres Herrn gespürt. Als er am Morgen nicht gekommen war, um sie zu streicheln und zu tätscheln, sind sie die Treppen hinaufgestiegen bis unter das Dach.
Und von hier aus sandten sie ihm ihren letzten Gruß.

Das Neunuhrläuten

Manch einer wird sich wundern, weshalb in Nürnberg um neun Uhr abends alle Kir- 117
chenglocken läuten. Am Anfang dieses Brauchs steht eine Geschichte:
»Bitte, Mutter, backe mir doch wieder das gute Zuckerzeug!« bettelte der kleine Junge, bis die Mutter nachgab und beginnen wollte. Mehl und Wasser, Milch und Mandeln waren da, aber das Wichtigste fehlte: der Honig. Und ohne Honig gibt es in Nürnberg kein Zuckerzeug.
»Ich werde Honig holen«, sagte der Bub. »Wo denn, mein Junge? Die Nachbarin ist nicht zu Hause, und der Krämer ist uns zu teuer.«
»Ich laufe hinaus in den Wald zu den Zeidlern. Die schenken mir bestimmt eine Tasse voll.« Und schon war er auf und davon.
Daß die Mutter etwas dagegen hatte, das hörte er schon nicht mehr. Er rannte durch die Gassen zum Frauentor hinaus, über Feldwege in den niedrigen Wald, kürzte Wege ab und zwängte sich durchs Gebüsch, weil er hier ein Zeidlerhäuschen vermutete. Aber er fand keins.
Der Wald wurde immer dichter und dunkler. Die Dämmerung brach herein. Der

Wind rauschte durch die Wipfel. Vögel schwirrten verwirrt auf. Und da gluckste und klatschte es. Das kam von den Dutschenteichen* her, vom Sumpf, der schon manchem gefährlich geworden war.

»Keinen Schritt weiter!« sagte sich der Bub. »Dort im Sumpf bin ich verloren.«

Hatte da nicht ein Wolf heiser gebellt?

Jetzt überfiel ihn eine große Angst. Er kniete nieder, betete zum Vater im Himmel und rief die heilige Jungfrau und die 14 Nothelfer an.

Und plötzlich vernahm er Glockentöne. Und es wurden immer mehr, und die Töne wurden immer lauter. Diesen Tönen ging er nach. Der Wald wurde heller, Wiesen breiteten sich vor ihm aus, und in der Ferne sah er die Lichter der Stadt. Bald war er am Tor. Dort warteten viele Leute. Die Mutter stürzte hervor und drückte ihn ans Herz: »Daß du nur wieder da bist! Ich hatte solche Angst um dich. Und als es immer später und finsterer wurde, ist mir der rettende Gedanke gekommen. Ich bat die Pfarrer von St. Sebald und St. Lorenz, alle Glocken zu läuten, damit du den Weg zurückfindest.«

Die Leute aber, die am Tor und auf der Brücke standen, legten dem Jungen eine Münze in die Kappe und gingen dankerfüllt nach Hause.

Die Mutter nahm davon keinen Pfennig für sich und für ihren Sohn. Sie stiftete das Geld den Kirchen, damit sie an jedem Abend um die neunte Stunde die Glocken läuten lassen. Es könnte ja jemand draußen vor den Toren sein und sich verirrt haben! Und ihm sollen die Glocken den Weg in die sichere Stadt weisen.

* Heute: der Dutzendteich.

Der Schöne Brunnen

118 Es stand schlecht um Nürnberg. Der schwarze Tod hatte furchtbar gewütet. Die Friedhöfe reichten nicht mehr aus, die unzähligen Toten aufzunehmen. Sie mußten in Massengräbern bestattet werden.

Viele Häuser waren leer, ganze Straßen ausgestorben. Nirgends hörte man Kinder lachen; es gab fast keine Kinder mehr.

Die Ratsherren machten sich große Sorgen. Die Stadt drohte auszusterben. Immer wieder berieten sie, was zu tun sei.

Da meldete sich ein Schreiber zu Wort: »Hohe Herren, ich habe einen Vorschlag, der die Stadt aus dieser Not befreit.«

»Was will der schon für einen Vorschlag haben?« spöttelten die einen. Die anderen sagten: »Also gut, er soll reden!«

»Hochachtbare, edle Herren«, begann der Schreiber, »wie ihr wißt, holt überall in Franken der Storch die kleinen Kinder aus klaren Gewässern und trägt sie in die Häuser. Woher aber soll er sie in Nürnberg holen? Alle Bäche und Flüsse rings um die Stadt ersticken im Schlamm. Die Teiche sind zugewachsen, und nirgends gibt es klares Wasser. Keiner kann sich heute um Bäche und Flüsse so kümmern, wie es vor dem großen Sterben möglich war. Deshalb schlage ich vor, einen Brunnen zu bauen, aus dem reines Wasser fließt. Und ihr werdet sehen, aus diesem Wasser wird der Storch wie früher die Kinder holen und in die Häuser tragen, und unsere Stadt wird weiterleben.«

Die Ratsherren blickten sich an. Einige fielen über den Schreiber mit spöttischen Reden her.

Aber dann wurde der Brunnen doch gebaut. Und es wurde ein schöner Brunnen, mit Figuren verziert, bemalt und vergoldet.

Alle staunten, als er fertig war. Und der Kindersegen stellte sich tatsächlich wieder ein. Zum Dank dafür hat man dem Storch am Brunnen ein Denkmal gesetzt.

Noch heute kann man sehen, wie er ein winziges Knäblein im Schnabel trägt.

Jeden Tag stehen Hunderte vor diesem Bauwerk auf dem Hauptmarkt. Es ist im ganzen Land bekannt und berühmt: der Schöne Brunnen.

Der Ring am Schönen Brunnen

»So geht das nicht weiter«, schimpfte die Meisterin, »die beiden hocken schon wie- 119
der beisammen! Unsere Tochter trägt dem Lehrbuben jeden Mittag das Essen in die Gießhütte hinüber. Der will in der Mittagszeit arbeiten, sagt er. In Wirklichkeit geht es ihm um unsere Margaret und nicht um die Arbeit. Er hat das Mädchen ganz verhext. Mann, sieh nach dem Rechten!«

Der Schlossermeister Köhn, der gerade das Gitter des Schönen Brunnens in Auftrag hatte, war erbost: »Was bildet sich dieser Kerl ein? Denkt er wohl, daß er meine Tochter bekommt?«

Mit zornrotem Kopf eilte er hinüber zur Werkstatt. Die Frau kam gleich mit.

Da saßen die jungen Leute, plauderten miteinander und waren fröhlich. Sie sahen sich tief in die Augen, vergaßen die Welt um sich herum und hörten Margrets Eltern nicht kommen.

O Schreck! Der Lehrbub hatte sich schnell gefaßt: »Herr Meister, es ist mein Herzenswunsch, eure Margret zu meiner Hausfrau zu machen. Ich möchte einmal ein tüchtiger Meister werden.« Bevor er weitersprechen konnte, hatte er links und rechts ein paar Ohrfeigen bekommen, daß er von der Bank hinunter auf den schmutzigen Boden stürzte. »Du Lausejunge! Ich werde dir helfen! Ich werde dir diesen Blödsinn aus deinem Schädel schlagen!«

»Aber, es ist wirklich so! Es ist mein ehrlicher Wunsch, Meister zu werden und eure Tochter zu heiraten.«

»Jetzt aber ist's genug! Du Hungerleider, du Hergelaufener, du Habenichts und Dummkopf, lerne erst etwas, bevor du ans Heiraten denkst! Und mein Tochtermann wirst du nie und nimmer!« brüllte der Alte.

Die Meisterin riß ihre Tochter an sich und drängte sie hinaus.
»Und damit du mir bestimmt glaubst, daß das nichts werden kann, wirst du morgen deine Siebensachen packen und mein Haus verlassen. Für immer verlassen! Hast du verstanden?« Wütend schlug er die Tür zu und ließ den Buben stehen.
»Was hat er gesagt? Ein Hungerleider bin ich? Ja, das stimmt. Aber, was kann ich dafür, daß meine Eltern arm sind? Ein Nichtskönner bin ich, ein Dummkopf? Er soll erfahren, daß ich etwas kann und kein Dummkopf bin.«
Er hämmerte, er sägte, er feilte, er schlug das glühende Eisen und achtete nicht auf die Zeit. Die Stunden flogen vorüber, die Nacht ging vorbei. Erst als der Morgen graute, legte er sein Werkzeug beiseite und betrachtete das fertige Stück.
Da kamen die Gesellen: »Was ist mit dir los? Was machst du hier in aller Herrgottsfrühe?«

Er zeigte ihnen einen Ring, der im Gitter hing, nur von vier Ösen gehalten, und den man drehen konnte. Ein Wunderwerk! »Wie hast du das gemacht? So etwas hat bisher keiner von uns fertiggebracht, ja nicht einmal gesehen!«
Da kam der Meister und staunte ebenso. Doch auch der erfahrene Mann konnte sich nicht erklären, wie der Ring in das Gitter gekommen war.
Er fragte nach dem Lehrbuben. Aber der war verschwunden. Man suchte überall nach ihm. Vergebens. Nur ein Zettel lag in seiner Kammer: »Leb wohl, Margret! Vergiß mich nicht! Nun mag dein Vater sehen, daß ich kein Dummkopf bin!«
Jetzt tat es dem Meister leid. Nein, ein Nichtskönner und ein Dummkopf war dieser Junge sicher nicht. Und jetzt hätte er ihm auch gern seine Tochter zur Frau gegeben. Aber der Lehrbub blieb verschwunden und ist nie mehr nach Nürnberg zurückgekehrt.
Sein Werk aber, der Ring am Gitter des Schönen Brunnens, ist heute noch zu sehen. Wenn man ihn dreht, soll es einem Glück bringen, sagen die Leute.

Ein Stein in der Friedhofsmauer

Der Schloßherr zu Mögeldorf war ein junger Mann, der in Saus und Braus lebte. 120
Tag und Nacht feierte er mit seinen Kumpanen fröhliche Feste. Die Becher klirrten, der Wein floß in Strömen, Lachen dröhnte aus den offenen Fenstern. Diese Feste verschlangen viel Geld.

Eines Tages aber war kein Pfennig mehr da. Der Weinwirt, der Bäcker und der Metzger wandten sich an den Richter. Das Schloß wurde versteigert, fand jedoch keinen Käufer.

Da tauchte eines Tages ein hübsches Fräulein mit ihrem buckligen, rothaarigen Knecht auf. Sie besorgte fortan alle Geschäfte. Sie kaufte ein, bezahlte bar und beglich alle Schulden.

Der Schloßherr verließ nur noch selten das Haus. Wenn die Dämmerung hereinbrach oder ein Gewitter am Himmel stand, sah man ihn mit der feinen Dame aus dem Hoftor reiten. Dann sprengten sie über die schmalen Feldwege und verschwanden in den dunklen Wäldern.

So ging es drei Jahre. In dieser Zeit hatte außer den dreien kein Mensch das Schloß betreten. Und die Leute von Mögeldorf machten einen weiten Bogen, wenn sie in die Nähe kamen.

Als der Mesner eines Morgens zur Frühmesse läuten wollte, fand er an der Ostmauer des Friedhofs einen toten Mann. Der hielt ein Schriftstück in der verkrampften Hand. Ja, es war der junge Schloßherr! Dem Mesner schlotterten die Knie, als er dem Pfarrer atemlos von dem Toten auf dem Gottesacker berichtete.

Sie eilten zum Friedhof. Der Pfarrer nahm dem Toten das Schriftstück aus der Hand. Es war ein Brief, der das Rätsel um den Schloßherrn löste:

»Als ich all mein Geld vergeudet hatte«, stand da zu lesen, »habe ich meine Seele dem Teufel verschrieben. Heute ist mein Pakt mit ihm abgelaufen. Ich habe Angst, verdammt zu werden. Deshalb bin ich hierher auf den Friedhof geflohen und möchte in geweihter Erde ruhen.«

Der Pfarrer befahl, sofort eine Grube auszuheben. Er segnete den Leichnam und ließ ihn beerdigen.

Der Totengräber hatte gerade die letzte Schaufel Sand auf den Hügel geworfen, als sich ein fürchterlicher Sturm erhob. Regen und Hagelkörner schlugen an die Fenster, zerfetzten die Blätter auf den Bäumen, schwemmten das Erdreich hinweg. Zu Mitternacht fuhr ein Blitzstrahl hernieder und erhellte die Nacht. Es sah aus, als wenn der Friedhof und die Kirche in Flammen stünden.

Dann war es plötzlich still. Der Sturm hatte sich gelegt, die dunklen Wolken waren verschwunden.

Am Morgen konnte man ein riesiges Loch in der Kirchhofmauer sehen. Und zwar ausgerechnet an der Stelle, wo tags zuvor der Schloßherr begraben worden war. Auf dem Hügel lagen mächtige Steinblöcke.

Das hatte der Teufel selbst getan. Aus Zorn darüber, daß ihm eine Menschenseele entgangen war, hatte er große Steine aus der Mauer gerissen und auf das Grab geschleudert. Danach ist er mit dem hübschen Fräulein auf zwei feuerspeienden Rappen durch die Luft davongebraust.
Der Wirt hatte es ganz deutlich gesehen, und seine Frau war am Morgen gleich zum Bäcker und zum Metzger gelaufen.
Es gab für niemand einen Zweifel: Der Knecht war der Teufel selbst und das hübsche Fräulein seine eigene Großmutter gewesen.
Das Loch in der Friedhofsmauer wurde mit einem geweihten Stein verschlossen, auf dem das Bild des Heilands eingemeißelt war. Denn gegen das Bild des sterbenden Heilands vermag auch der Teufel nichts auszurichten.

Der Nußkaspar

121 Kaspar hieß er und war ein armer Bauer aus dem Knoblauchsland. Er bewohnte eine alte Hütte und hatte zum Sterben zu viel und zum Leben zu wenig.
Eines Tages, es war kurz vor dem Jahresende, trug er einen Korb Buttter in die Stadt, klopfte an die Türen der Reichen und bot seine Ware an.
Aber die Butter war gerade so billig, daß der Kaspar nur ein paar Groschen zusammenbrachte. Die aber trug er gleich ins Gasthaus und vertrank sie.
Auf dem Nachhauseweg war er nicht mehr nüchtern. Er schwankte den Ölberg hinauf zum Vestnertor. Dort drüben, jenseits der Burg, lag sein Dorf.
Die Uhren schlugen eben die zwölfte Stunde. Von den Türmen ertönten feierliche Choräle. Unser Kaspar aber plumpste in den tiefen Schnee und schlief ein.
Doch plötzlich war er hellwach. Vor ihm stand ein Jäger mit einem eingefallenen, fahlen Gesicht. »Ich kenne deine Sorgen. Ich kann dich reich machen, wenn du eine einfache Bedingung erfüllst. Du mußt schweigen können.«
»Nichts leichter als das«, rief der Kaspar, »da soll mich doch gleich der Teufel holen, wenn ich das nicht kann!«
»Es gilt!« rief der Jäger sofort. »Wenn du aber etwas verrätst, wird er dich holen, verlaß dich drauf! Geh nach Hause, nimm die Leiter, pflücke alle Nüsse vom Baum, und du bist reich.«
So schnell war der Kaspar noch nie in sein Dorf gerannt. Die Leiter heraus aus der Scheune, an den Baum gelehnt und die Nüsse gepflückt.
In der Stube legte er die schwarzen, schon halb verfaulten Früchte auf den Tisch und schlüpfte ins warme Bett.
Als er am Morgen erwachte, waren die Nüsse zu reinem Gold geworden.
Er schleppte seinen Goldschatz nach Nürnberg und tauschte ihn bei einem Goldschmied gegen blanke Dukaten ein.
Gleich ließ er sich ein neues, schönes, großes Haus bauen und mit teuren Möbeln

einrichten. Er konnte sich kaufen, was er sich wünschte und schien im Glück zu schwimmen.
Seine Frau war neugierig. Tag für Tag, Stunde für Stunde fragte sie ihn, wie er so schnell reich geworden sei.
Eines Tages konnte er sein Geheimnis nicht mehr bei sich behalten und erzählte ihr alles. Da wurde es ihm plötzlich siedendheiß.
Gerade heute war es ein Jahr her, daß er den Jäger getroffen und ihm das Versprechen gegeben hatte. Am ganzen Leib zitternd, sagte er zu seiner Frau: »Ich muß nach Nürnberg und den Jäger um mein Leben bitten.«
Schlag zwölf Uhr traf er an der gleichen Stelle den Jäger wieder. Der wollte von den Bitten des Kaspar nichts wissen, soviel dieser auch jammerte und flehte. Es gab kein Erbarmen. Der Jäger packte den armen Teufel, drehte ihm den Kopf um und schleuderte ihn auf das Pflaster.
Die Leute, die am nächsten Tag zur Frühmesse gingen, fanden den Toten. »Rührt ihn nicht an, der stand mit dem Teufel im Bund!«
Die Gehilfen des Henkers trugen ihn schließlich fort und verscharrten ihn außerhalb der Friedhofsmauer.
Und heute kann man in der Neujahrsnacht den armen Bauern auf dem Sandstein am Fuß der Burg sitzen sehen.
Dort bietet er Nüsse zum Verkauf an.
Doch wehe, es kauft ihm jemand auch nur eine Nuß ab!
Es wird ihm nicht besser gehen als es dem reichen, armen Nußkaspar ergangen ist.

Das Gespenst vom Ölberg

In einer Silvesternacht saßen ein paar 122
Handwerker in der Gaststube zum »Burggrafen« am warmen Ofen und unterhielten sich. Dabei kamen sie auf den Nußkaspar zu sprechen, den man überall das Gespenst vom Ölberg nannte.
»Das ist ja alles Lug und Trug! Kein Wort ist wahr!« So sagten die einen. Andere wieder glaubten die Geschichten, die man sich vom Nußkaspar erzählte. Der Streit ging hin und her, bis ein Zimmermann mit der Faust auf den Tisch schlug: »Wers nicht glauben will, der läßt es bleiben. Ich glaube daran. Und ich

weiß es: Draußen hockt der Kaspar und bietet seine Nüsse feil. Wenn ihr Mut hättet, würdet ihr hinausgehen und euch davon überzeugen.« Die anderen lachten und spotteten: »Der Maulheld bist du! Geh doch selbst hinaus und bringe den Beweis!« Der Zimmermann ließ es sich nicht zweimal sagen, warf seinen Mantel über, schlug die Tür hinter sich zu und stapfte den Burgberg hinauf.
Plötzlich huschte eine Gestalt an ihm vorbei. Er zitterte vor Angst. Und da stand Nußkaspar auch schon vor ihm und sprach mit heiserer Stimme: »He du! Zimmermann, greif zu! Hol dir Nüsse heraus, soviel du willst!«
Zögernd griff der Zimmermann in den Korb nach den Nüssen und steckte sich eilig die Taschen voll. Das glitzernde Gold blendete ihn so, daß es ihm schwindlig wurde und er ohnmächtig zusammenbrach.
Als um Mitternacht die Glocken ringsum zu schlagen begannen und von den Türmen Choräle erklangen, wachte er wieder auf.
Noch ganz benommen erhob er sich und eilte ins Wirtshaus zurück. Dort warteten seine Zechgenossen immer noch auf seine Rückkehr.
Sie staunten nicht schlecht, als er die Taschen leerte und eine Handvoll goldener Nüsse auf den Tisch warf. »So, da habt ihr den Beweis!«
Die Freunde erschraken und stahlen sich wortlos davon. Alle hatte plötzlich die Angst vor dem Nußkaspar gepackt.
Am nächsten Tag tauschte der Zimmermann die goldenen Nüsse beim Goldschmied gegen blanke Taler ein. Nun war er ein gemachter Mann, nun war er reich.
Und jeden Tag saß er von früh bis spät im Wirtshaus, ließ den braunen Gerstensaft durch die Kehle rinnen, schleppte sich auf schwankenden Beinen in der Nacht nach Hause, stritt mit seiner Frau und schlug seine Kinder.
Das Geld schmolz von Tag zu Tag zusammen.
Zuletzt war der Beutel leer.
Da nahm er einen Strick und erhängte sich auf dem Dachboden seines Hauses.

Der grindige Heinz

123 Konrad war sein Name, und er stammte aus dem Geschlecht der Heinzen, einer angesehenen Familie in Nürnberg. Weil er seine Geschwister um einen Kopf überragte, hieß er bei allen nur »der Groß«.
Aber er hatte noch einen anderen Namen. Der wurde nur heimlich, hinter seinem Rücken ausgesprochen. Doch die Kinder auf der Straße hielten sich nicht zurück. Sie liefen ihm nach und verspotteten ihn: »Grindiger Heinz! Grindiger Heinz!« riefen sie.
Seit seiner Kindheit hatte er einen üblen Ausschlag. Der ganze Körper war mit entzündeten, eitrigen Flecken und Beulen bedeckt. Manch ein Bekannter machte einen großen Bogen um ihn, und kein Arzt hatte ihm bisher helfen können. So kam es,

daß Konrad immer einsamer wurde und am liebsten allein draußen vor der Stadt in seinem Garten blieb.
Dort setzte er sich eines Tages auf die Bank und schlief in der warmen Sonne ein. Im Traum sah er sich durch den Garten gehen und an einem schmalen Rasenstreifen stehen bleiben. Er blickte auf den Boden, der plötzlich durchsichtig wurde. Da lag eine Eisentruhe in der Erde! Er holte sie heraus, öffnete sie und fand sie bis zum Rand mit Gold- und Silbermünzen gefüllt. »Diese Stelle muß ich mir merken«, sagte er sich.
Sein Traumbild dachte das gleiche und pflückte 13 Blätter vom Ast eines Lindenbaums. Diese Blätter streute es über den Platz, unter dem die Truhe lag.
Dann verschwand es.
Als Konrad aufgewacht war, eilte er quer durch den Garten an die Stelle, an der er im Traum gestanden hatte.
Und wirklich! Da lagen die frischen Lindenblätter. Die hatte erst eben jemand ausgestreut. »He, Gärtner, he Knecht! Kommt her! Grabt hier den Boden auf!« Bald standen die Männer bis zu den Schultern in der Erde. Da stieß eine Schaufel auf Eisen. Der Gärtner scharrte den Sand beiseite: Es war die Schatztruhe. Bis oben mit Gold und Silber gefüllt.
So hatte der reiche »Groß« neuen Reichtum hinzubekommen.
Doch der reiche »Groß« war weder habgierig noch geizig. Er, den so viele verspotteten, hatte ein Herz für die Verlassenen, für die Armen und Hilflosen.
Darum kaufte er eine Wiese an der Pegnitz, ließ ein Spital bauen und nannte es »Zum Heiligen Geist«. Er glaubte fest daran, daß ihn der heilige Geist an die Stelle im Garten geführt hatte.
Eines Tages wurde ein altes Mütterchen im Spital aufgenommen. Und diese alte Frau verstand sehr viel von der Heilkunst. Sie mischte eine duftende Salbe nach uralten Rezepten aus Kräutern und Fetten zusammen. Konrad rieb damit seine entzündete Haut ein und war nach wenigen Tagen von seinem Übel befreit. Der Ausschlag war wie weggeblasen.
Als der Kaiser von dieser Heilung und von der großzügigen Stiftung hörte, gab er dem Konrad das Recht, ein Wappen zu tragen.
Das Wappen mit den dreizehn Lindenblättern.

Die närrische Gusterti

124 So wurde die erste Köchin des Heilig-Geist-Spitals genannt. Sie war eine Witwe aus Wöhrd. Als sie in den Dienst trat, arbeitete sie fleißig und zuverlässig. Aber nach und nach änderte sich ihr Wesen. Sie schimpfte und keifte, sie stritt mit allen, war geizig und gönnte den anderen die Luft nicht. Auf dem Markt kaufte sie faules Gemüse und in den Läden stinkendes Fleisch. Sie ließ sich heimlich einen kleinen Schöpflöffel machen, damit sie an den Portionen sparen konnte. Und so betrog sie die alten Leute Tag für Tag.

Die Klagen kamen vor den Rat der Stadt. Der schickte den Stadtpfleger, der nach dem Rechten sehen sollte. Die närrische Gusterti polterte gleich los: »Was soll ich getan haben? Alles Lügen, was die alten Leute sagen! Alles Lügen!«

Der Mann ließ sich nicht beirren und sah sich überall um. Da fand er in einer Schublade den kleineren Schöpflöffel. Jetzt hatte er den Beweis. Zornig packte er ihn und warf ihn zum Fenster hinaus. Dabei rief er: »Der ist des Teufels!« »Und i a!« schrie die Gusterti und sprang dem Löffel nach — hinunter in die Pegnitz. Es war gerade Hochwasser. Das verschlang die Gusterti für immer.

Wer aber glaubte, daß nun Ruhe herrschte, der täuschte sich.

Jetzt ging es erst richtig los. Jetzt ärgerte und peinigte sie die Alten noch mehr als zu ihren Lebzeiten. Nachts erschien sie ihnen als Gespenst, das plötzlich an ihrem Bett stand. Dann polterte sie wieder einmal durch die Gänge und schrie: »Nemmts in groußn Löffl und loußt in klahn liegn!«

Die alten Leute schlotterten vor Angst und krochen zitternd unter ihre Bettdecken, bis der Spuk vorüber war.

Oft stand die Gusterti am Fenster, grün und bleich im Gesicht, schwang den Löffel und lachte und weinte zugleich. Dem Spitalmeister erschien sie eines Nachts auf der Treppe. Der bekam einen solchen Schreck, daß er beinahe rücklings die Stufen hinuntergefallen wäre.

Da wurde endlich beschlossen, den Geist der Gusterti auszutreiben.

In Nürnberg gab es keinen besseren Geisterbanner als den Henker. Der legte sich mit seinen Gehilfen nachts in der Küche auf die Lauer. Er hatte einen großen Huckelkorb auf den offenen Herd gestellt.

Punkt zwölf fuhr die Gusterti unter Donner und Blitz durch den Rauchfang direkt in den Korb hinein. Die Gehilfen warfen ein Tuch darüber, schnürten es fest und rannten mit dem Gespenst im Korb in den Sebalder Forst hinaus.

Einer von ihnen kletterte mit dem Korb auf einen hohen Baum, löste das Tuch und ließ den Geist hinaus.

Seit dieser Zeit hatte das Spital endlich wieder Ruhe.

Nun aber ging die Gusterti im Wald um.

Wenn sie einen Wanderer traf, fragte sie, ob er aus Wöhrd sei. Und wenn dieser schlau war und gleich »ja« sagte, zeigte sie ihm den kürzesten Weg oder die

Plätze, wo Beeren und Pilze wuchsen, und den armen Leuten schüttelte sie die morschen Äste aus den Bäumen herab.
Die Wöhrder gewannen mehr und mehr Vertrauen zur Gusterti und fragten sie um Rat und baten sie um Hilfe. Ein Kind, das sich verlaufen hatte, mußte nur ins hohe Laubwerk der Bäume rufen: »Wou is mei Mutta?« und sogleich erhielt es Antwort: »Am Kreizwegla! Oitz göihst erscht zwanzg Schriet grodaus und nou böigst rechts ab, und dann kummst hie!« So hatte manches Kind seine Mutter wieder gefunden.
In Sturmnächten und an trüben Tagen hört man noch heute den Klageruf der Alten, vor dem die Vögel erschreckt auffliegen: »Nemmts in groußn Löffl und loußt in klahn liegn!«

Der Geist am Fluß

Dort, wo die Pegnitz in die Stadt Nürnberg fließt, spukt es. Um Mitternacht sitzt 125
eine Gestalt mit einem Bündel am Ufer und weint leise vor sich hin. Manchmal läuft sie sogar den Leuten nach und bittet sie flehentlich um etwas. Aber keiner kann sie verstehen.
Die weiße Frau, die dort in den Zwölfnächten umgeht, braucht niemand zu fürchten. Sie war zu ihren Lebzeiten ein fröhliches, liebes Mädchen, schön, reich und wohlgebildet. Sie hatte ein kleines Schloß und Wiesen und Äcker und Wälder geerbt, als ihre Eltern früh starben.
An diesem Besitz hing sie nicht. Viel mehr als alles Gold und Gut bedeutete ihr ein netter, kluger und hübscher Junge, ein Bauernknecht, der nichts hatte und nichts war.
Die Verwandtschaft tobte: »Was? An diesen Hungerleider willst du dein Herz hängen, an diesen Tölpel, an diesen Bauernrüpel? Den heiratest du nie! Das dulden wir nicht!« Und sie dachten sich: »Von dem lassen wir uns doch nicht das viele Geld wegschnappen!«
Der arme Bursche erfuhr von einer Dienstmagd, wie die Verwandten mit seiner Geliebten umgesprungen waren und was sie von dem Mädchen erwarteten.
Da beschloß er, zu den Soldaten zu gehen, um Geld und Ruhm zu erwerben. Und er dachte sich: »Wenn ich eines Tages als Feldhauptmann zurückkomme, können sie mich nicht mehr als Hungerleider beschimpfen.«
Seiner Braut schrieb er einen Brief: Habe bitte Geduld und warte, bis ich wiederkomme. Als Habenichts kann ich dich nicht zur Frau nehmen.
Er schilderte seine Pläne und nahm mit traurigen Worten Abschied.
Als das Mädchen den Brief gelesen hatte, fiel es nieder und weinte. Doch es wollte und konnte nicht warten. Es packte seine Siebensachen zusammen, band ein Bündel, legte den weißen Mantel um und eilte hinaus. Weit konnte der Bräutigam ja noch nicht gekommen sein.

Inzwischen war es Nacht geworden; dunkle Wolken bedeckten den Himmel. Kein Stern war zu sehen.
Das Mädchen wollte den Bräutigam unbedingt einholen. Es verließ die Straße und suchte eine Abkürzung, eilte über Wiesen und Felder, kreuz und quer.
Und dann stürzte es in der Dunkelheit in den reißenden Fluß und ertrank.
Noch heute wartet es weinend am Ufer der Pegnitz auf den Geliebten.

Der Geist unter der Stiege

126 In Nürnberg, wie in ganz Franken, ist es Sitte, wenigstens einmal im Jahr das Haus zu stöbern. Da wird vom Keller bis zum Boden alles gründlich gereinigt: die Räume und die Gänge, die Fenster und die Türen, die Schränke und die Betten . . .
So war es auch im Schwarzen Bären in der Laufer Gasse. Weil aber der Wirt und die Wirtin verreisen mußten, blieb die ganze Arbeit an der einzigen Magd hängen. »Du weißt, was du zu tun hast«, sprach der Wirt, »du machst alles sauber. Aber die Kammer unter der Stiege, die bleibt zu. Dort rührst du nichts an!«
Als die beiden fort waren, wurde das Mädchen von der Neugierde geplagt: »Warum darf ich in diese Kammer nicht hinein? Da muß etwas besonderes drin sein!«
An der Tür zu diesem geheimnisvollen Raum hing ein großes, altes Schloß, auf das jemand mit weißer Ölfarbe drei Kreuze gemalt hatte. Das Mädchen probierte alle Schlüssel, die am großen Schlüsselbund hingen. Ein alter, verrosteter paßte endlich.
Die Magd war ganz aufgeregt, als sie die knarrende Tür öffnete. In der Kammer war es finster. Das Mädchen konnte nur die Umrisse von Kästen und Kisten sehen und einen Pelz, der in der Mitte des Raumes lag. Und überall Schmutz! Hier war seit Jahren nicht mehr gestöbert worden.
Plötzlich bewegte sich der Pelz und richtete sich auf. Die Magd lief mit eiligen Schritten davon. Hinter ihr erscholl ein Gelächter, daß ihr die Ohren dröhnten.
Als die Wirtsleute zurückgekommen waren, erzählte das Mädchen die ganze Geschichte. Der Wirt war wütend und jagte es sogleich aus dem Haus: »Jetzt war alles umsonst! Du hast alles verdorben! Weil du nicht hören kannst! Durch deine Neugier ist der Geist wieder freigekommen und wird uns nicht mehr in Ruhe lassen. Ein Franziskanermönch hat ihn unter großen Mühen gefangen und unter der Stiege eingesperrt«, zeterte der Mann.
Und was er befürchtet hatte, trat tatsächlich ein: Der Geist trieb sich nachts im Keller, auf dem Dachboden und überall im Haus herum und lachte dabei so schallend laut, daß die Gäste in der Wirtsstube Angst bekamen. Und sie blieben wegen dieser Angst vor dem Geist nach und nach weg. Keiner wollte mehr im Schwarzen Bären wohnen, essen oder sein Bier trinken. Das Gasthaus ging ein.
Wenn einer in Nürnberg recht laut und schallend lachte, sagten früher die Leute: »Der lacht wie der Geist im Schwarzen Bären.«

Geisterlein

In Nürnberg gab es einen Geisterbeschwörer. Wenn er die Geister rief, dann kamen 127
sie sogleich.
Vorher aber deckte er ein Tischlein, legte Milchschüsselchen und Messerchen auf und stellte Tellerchen sowie ein Gläschen Honig dazu. Dabei sprach er allerlei unverständliche Zauberworte und machte eigenartige Bewegungen. Dies alles geschah stets im Freien und an einem ganz bestimmten Platz. Waren seine Vorbereitungen beendet, versteckte er sich hinter einem Baum und wartete auf seine Freunde.
Da kamen zwei Erdmännlein, setzten sich an den Tisch und speisten. Dabei beantworteten sie alle Fragen, die der Mann hinter dem Baum an sie richtete. Selbst den König der Geisterlein holte er eines Tages herbei. Der kam ganz allein, trug ein scharlachrotes Mäntelchen und brachte ein Buch mit. »Da, lies!« forderte er den Geisterbeschwörer auf. »Da steht alles drin, was du noch nicht weißt.«
Ob der aber wirklich alles erfahren hat, das kann niemand sagen.

Die neugierige Frau und ihr Hausgeist

Der Hausgeist einer Goldschmiedsfrau in Nürnberg sagte eines Tages zu ihr: »Frau, 128
ein Sandkörnchen hat dein Leben behütet!« Sie wußte zwar nicht, wie sie das verstehen sollte, aber gut: Er warnte sie vor allen möglichen Gefahren, sang mit ihr schöne Lieder und Psalmen und nützte ihr, wo er nur konnte.
Doch eines Tages überfiel die Frau eine schlimme Neugier: Sie wollte den Geist unbedingt sehen. Der aber warnte sie: »Laß das sein! Du wirst es sonst bereuen!«
Sie aber ließ nicht locker.
Und als sie einmal in ihre Kammer trat, bewegte sich ein Schatten an der Wand. Er sah wie ein todbleiches Kind in einem weißen Hemdchen aus, das in der Hand eine Sanduhr hielt. Der Sand war bis auf einen kleinen Rest in das untere Glas geronnen. Das Kind deutete auf das fast schon leere obere Glas und verschwand.
Die Frau erschrak. Nach kurzer Zeit befiel sie eine schwere Krankheit, von der sie sich nicht mehr erholte.

Der Hausgeist in der Kanne

In der Gastwirtschaft »Zum Goldenen Bären« zwischen dem Frauentor und dem 129
Sterntor, gleich hinter der Stadtmauer, ging ein Hausgeist um. In der Nacht polterte er auf der Treppe und in den Kammern und jagte den Großen wie den Kleinen Angst und Schrecken ein.

Das begann schon am Abend, wenn es dunkel wurde. Den Kindern, die Bier holten, stellte er ein Bein. Er freute sich, wenn sie stolperten und die Krüge ausschütteten. Wollte ein Gast die Wirtsstube betreten, schlug er ihm die Tür an den Kopf. Setzte ein Zecher die Kanne an die Lippen, hob er ihn am Gesäß hoch, daß ihm der Wein über die Brust lief. Es ging ganz toll zu!
Eines Morgens schwor sich der Wirt: »Das muß anders werden! Jetzt habe ich genug! Der Geist muß weg!« Er warf die letzten Betrunkenen aus der Gaststube und schickte nach dem Schlotfeger, der als Geisterbanner bekannt war.
Der überlegte lange hin und her und fand schließlich eine Lösung: »Ich werde das Ungetüm schon zur Ruhe bringen«, sagte er, »ich brauche dazu drei Krüge vom besten Burgunderwein und eine Zinnkanne. Da wird sich der Geist bald einfinden, vom Wein kosten, daran nippen und trinken. Denn die Geister haben die schweren Weine lieber als die leichten, die sauren. Der Unhold wird schnell betrunken sein und in die Kanne fallen. Dann haben wir ihn!«
Der Wirt riß aufgeregt die Augen auf, und seine Frau war vom wunderbaren Einfall des Schlotfegers begeistert.
Der Bärenwirt holte den Wein aus dem Keller und überlegte, wieviel ihm die drei Krüge eingebracht hätten. »Doch was solls!« dachte er sich. »Ganz gleich, was es kostet! Hauptsache, wir werden den Kerl los!«
Der Geisterbanner sperrte sich im Nebenzimmer ein und blieb mehrere Stunden dort. Die Magd behauptete zwar, sie hätte ihn laut schnarchen hören; doch das bestritt er energisch: »Ich habe den Geist mit allen Mitteln beschworen, und nun ist er gefangen. Ihr könnt mir glauben, daß es keine leichte Arbeit war!« Stolz setzte er den Zinnkrug auf den Tisch. Den Deckel hatte er fachgerecht angelötet.
Der Schlotfeger roch nach Wein. Warum sollte er auch nicht? Der Wein mußte doch von ihm probiert werden! In der Kanne bewegte sich etwas hinauf und hinunter; manchmal polterte es auch. Den Wirtsleuten stand der Schweiß auf der Stirn: »Tatsächlich, er hat es geschafft! Er hat den Geist gefangen! Er hat ihn in die Kanne gesperrt!«
Rasch wurde sie zusammen mit dem gefangenen Geist in einer Wandnische eingemauert, damit er für alle Zeit endlich Ruhe gab.
Und wirklich: der Unhold gab Ruhe.
Natürlich wurde das Ereignis groß gefeiert. Doch diesmal gingen die Betrunkenen von selbst nach Hause und ließen den Wirt hinter dem Schanktisch weiterschlafen.
Manche Leute hörten den Hausgeist in der Kanne noch einige Male. Sie behaupteten es wenigstens. Der Schlotfeger wollte davon nichts wissen: »Das ist unmöglich, sage ich euch! Der kann sich bestimmt nicht mehr rühren!«
Er mußte es ja wissen!
Denn eine eingemauerte Maus lebt in einem solchen Gefängnis nicht ewig.

Der vierte Mann

In der Wirtschaft beim Königstor trafen sich eines Abends drei Handwerksmeister zur Metzelsuppe. Sie hatten gerade Leberwürste, Blutwürste, Fleisch und Kraut verzehrt und saßen mit vollen Bäuchen hinter den Bierkrügen. 130
»Gut hat es geschmeckt! Jetzt wäre ein schönes Kartenspiel gerade recht«, sagte der Schuster, und der Schmied und der Schlotfeger nickten. Aber zu dritt geht kein Spiel zusammen. Und außerdem hatte der Wirt keine Karten.
Als sie gerade etwas mißmutig vor sich hinstarrten, ging die Tür auf, und ein Fremder trat herein. Er trug ein rotes Wams und ein gelbes Käppchen über dem linken Ohr. Sein Spitzbart war kohlrabenschwarz, und seine Augen funkelten. Er ging direkt auf die drei Meister zu, zog die Kappe, grüßte höflich und fragte, ob hier noch ein Platz frei sei.
Der Schmied bot ihm gleich einen Stuhl an. Ohne ein Wort zu sagen, zog der Fremde ein Spiel aus der Tasche, mischte die Karten und verteilte sie. Da flogen die Trümpfe nur so hin und her! Der Schlotfeger und der Schmied gewannen viel, der Schuster weniger, und der Fremde verlor immerzu.
»Das geht doch nicht mit rechten Dingen zu!« dachte der Schuster. »Wer ist dieser Fremde? Und, ich habe es genau gesehen: er hinkt auf einem Bein. Das wird doch nicht . . .!«
Und dann erinnerte er sich, daß man die Schmiede und die Schlotfeger auch die Rußigen nennt, und daß sie der Teufel deshalb besonders mag.
Ja, er ist es! Vielleicht läßt er sie deshalb so oft gewinnen. Und wenn er es ist, dann tut er es nicht ohne Hintergedanken.
Das alles ging dem Schuster durch den Kopf, als er wie ganz ohne Absicht und ganz zufällig einen Pfennig auf den Boden fallen ließ. Dann bückte er sich und wollte nach dem Geldstück greifen. Doch es war unter die Bank gerollt und nur schwer zu finden.
Der höfliche Gast griff nach der Kerze, die auf dem Tisch stand, und leuchtete dem Schuster. Da erkannte der Fremde, warum der Meister den Pfennig unbedingt wiederhaben wollte und zog rasch seinen Pferdefuß zurück.
Zu spät! Der Schuster hatte ihn schon gesehen und vor Schreck »ach du lieber Gott!« geflüstert.
Bei diesen Worten fiel dem Teufel das Licht aus der Hand. Der Raum war stockdunkel. Ein Donnerschlag. Stickiger Qualm. Ein Sturmwind, ein Brausen.
Und schon war der Teufel durch den Schlot davon.
Der Qualm zog ab, die Kerze fing wieder von selbst zu brennen an.
Die Geldstücke auf dem Tisch waren verschwunden. Nur drei kleine Häufchen Schmutz hatte der Satan zurückgelassen: zwei große und ein kleines.

Die Wirtin von Schweinau

131 Sie war ihr Leben lang geizig und habgierig gewesen. Nun lag sie im Sterben. Doch immer noch kreisten ihre Gedanken um Gut und Geld, um das Geschäft und um den Vorteil, den sie daraus ziehen wollte.
Mit letzter Kraft rief sie nach ihrem Sohn und hauchte ihm unter großer Anstrengung ins Ohr: »Bub, in jeden Liter Milch muß ein Glas Wasser hinein!«
Das waren ihre letzten Worte.
Ihr Leib wurde zu Grabe getragen. Doch ihr Geist kam nicht zur Ruhe. Sie trieb sich als Gespenst im Keller, auf dem Dachboden oder in einer Stube herum und wurde dabei von den Knechten und Mägden gesehen. Ihr Mann bekam sie nie zu Gesicht. Eines Nachts, als der Vollmond durchs Fenster der Schlafstube schien, wurde der Wirt durch lautes Schluchzen und Weinen geweckt. Er richtete sich im Bett auf und erblickte im fahlen Mondlicht seine Frau im Lehnstuhl neben dem Ofen. Sie wurde von einem Weinkrampf geschüttelt und wischte sich mit einem großen weißen Tuch immer wieder über die Augen. Nach einer Weile fragte der Mann: »Frau, woran liegt es, daß du im Grab keine Ruhe finden kannst und so weinen mußt?« Da sagte sie: »Ich habe die Fleischwaage verstellt, und in der Truhe liegt Geld, das nicht uns, sondern den Mündeln gehört. Das kannst du alles wieder gutmachen. Aber daß ich beim Milchmessen immer den Daumen in das Maß gesteckt und geschwindelt habe, das läßt sich nimmer gutmachen. Und darum kann ich keine Ruhe finden bis zum jüngsten Tag.«
So muß es wohl sein. Denn die Wirtin geht noch heute um und klappert oft mitten in der Nacht mit dem Meßbecher, oder sie weint so laut, daß die Leute davon aufwachen.

Die blaue Agnes

132 Der Wächter auf dem Sinwelturm kam eines Abends spät aus der Stadt zurück und fand ein schlafendes Mädchen vor seiner Tür. Es hatte ein zerschlissenes blaues Kleid an. Der Mann hob das Kind behutsam auf, trug es in die Kammer und legte es auf das Bett. Mit einem feuchten Tuch betupfte er Stirn und Schläfen und wartete, bis es die Augen aufschlug.
»Wo bin ich? Wer seid ihr?« fragte es ängstlich.
Der Wächter erzählte dem Mädchen, wie er es gefunden hatte, tröstete es, kochte einen süßen Brei und legte es auf eine weiche Decke. Als es gegessen hatte, wurde es gesprächig und fragte nach all den Dingen, die es in der Türmerstube gab.
Wenn der Wächter aber dem Mädchen eine Frage stellte, bekam er immer »Ich weiß es nicht« zur Antwort. Es kannte nur seinen Namen: »Nenne mich Agnes.«
Und das tat er. Und er pflegte das Kind wie eine Tochter.

Die wuchs heran und half ihm bei der Arbeit. Am liebsten saß sie am Webstuhl, den ihr der Turmwächter gezimmert hatte. Alles, was sie webte, hatte eine blaue Farbe. Natürlich auch ihre Kleider. Deshalb nannten sie die Leute nur »die blaue Agnes«.

Eines Tages brach ein Brand aus. Von allen Türmen erschollen Hornsignale. Auf dem Sinwel aber blieb es still. Als einige Stadtsoldaten nach dem säumigen Wächter sehen wollten, fanden sie ihn tot in seinem Stuhl. Die blaue Agnes aber war und blieb verschwunden.

Obwohl sie niemand mehr zu Gesicht bekam, war sie immer da. In den Nächten räumte sie die Stuben der Turmwächter auf, fegte die Treppen, schrubbte die Böden. Man konnte sie zwar arbeiten hören; gesehen hat sie niemand mehr.

Wenn in der Stadt ein Brand ausbrach, weckte sie die müden Wächter, oder sie kündigte das Unglück an: Sie ließ das Feuerhorn an der Wand so lange hin- und herpendeln, bis die Wächter darauf aufmerksam wurden.

Der Schatz im Sandberg

Auf der Deutschherrenwiese soll vor langer Zeit einmal ein Sandhügel gewesen sein. 133
Ein besonderer Sandhügel, wie es ihn nirgends gab. Die Nürnberger konnten hier Sand holen und wegfahren so viel sie wollten, der Hügel wurde nicht kleiner. Was an einem Tag weggeschaufelt wurde, war am anderen Morgen wieder da.

Daß die Kinder hier gerne spielten, das versteht sich.

Eines Tages, als sie gerade wieder Burgen bauten und Sandkuchen formten, stand plötzlich ein Männlein vor ihnen. Es hatte einen Bart, der bis zu den Knien reichte, und trug ein rotes Wams mit goldenen Borten, weiße Strümpfe und Schnallenschuhe. Das Männlein winkte den Kindern zu, als wollte es sagen: Kommt, kommt Kinder! Kommt mit!

Die Kleinen hatten aus den Märchen schon viel von Zwergen gehört und ließen sich nicht zweimal rufen. Sie warfen Eimerchen und Schaufel weg und folgten ihm in einen dunklen Gang. Dann mußten sie durch ein enges Loch schlüpfen und standen plötzlich in einer Kammer, in der es nur so funkelte. Alles war aus Silber: silberne Tische, silberne Stühle und ein silberner Fußboden.

Das Männlein trippelte weiter und führte die Kinder in einen zweiten Raum. Hier war alles aus Gold: goldene Tische, goldene Stühle und in der Mitte ein riesiger Haufen von funkelnden Goldmünzen. Der Zwerg deutete auf die Münzen und auf seine Taschen im Wams, als wollte er sagen: Da, nehmt euch, soviel ihr einstecken könnt.

Die Kinder waren so überrascht und erstaunt und wagten sich nicht zu rühren.

Da zuckte der Zwerg die Achseln und führte sie in den nächsten Raum. Das war ein wundervoller Saal, noch schöner als die anderen Räume. Und überall Edelsteine und Diamanten. An den Wänden, an der Decke und am Fußboden. Es funkelte und

spiegelte und glitzerte, daß die Kinder die Hand vor die Augen halten mußten, um nicht geblendet zu werden.
Und wieder forderte sie das Männlein wortlos auf: Da, nehmt euch, was ihr wollt! Doch wieder waren die Kinder wie erstarrt und wagten nicht, auch nur einen Edelstein aufzuheben.

Betrübt führte sie der Zwerg durch die letzte Tür. Da blendete das Licht noch stärker als zuvor. Es war die Sonne. Das Männlein hatte die Kinder wieder nach draußen geführt und war verschwunden.
Die Kleinen ergriffen Schaufel und Eimer und rannten nach Hause: »Mutter, Vater, ihr werdet es nicht glauben, was wir heute gesehen haben . . .!« Und sie erzählten alles haargenau.
Doch keiner glaubte ihnen. Kindergeschwätz! Einige mußten sogar früher als sonst ins Bett. Als aber die Mütter den Kleinen Schuhe und Strümpfe auszogen und dabei Goldstücke und Edelsteine herausfielen, da wurden sie stutzig. Was die Kinder erzählt hatten, konnte nicht gelogen sein!
Jetzt zweifelte keiner mehr.
»Wir sind nicht so dumm, wie die Kleinen«, sagten sie. »Wenn der Zwerg uns in den Berg führt, dann greifen wir kräftig zu!«
Einige suchten noch in der Nacht nach dem verborgenen Eingang. Umsonst. Sie stießen nur mit den Köpfen aneinander.

Am nächsten Tag liefen die Eltern zu den Ratsherren: »Habt ihr schon vom Schatz im Sandhügel auf der Deutschherrenwiese gehört, den unsere Kinder gesehen haben? Der Eingang ist nicht mehr zu finden. Ihr müßt den Sand abtragen lassen, dann sind wir alle reich!«
Die Ratsherren erhofften auch für sich ein gutes Geschäft und sahen schon die Stadtkasse bis zum Rand mit Goldmünzen gefüllt.
Sofort wurden Arbeiter mit Spaten und Schaufeln geschickt. Und sie gruben und schaufelten und schippten und schoben und luden auf: vergebens!
Den Sandberg, der früher nie kleiner geworden war, gab es am Abend nicht mehr. Alles weggeschaufelt, weggefahren. Man fand nur ein paar alte Töpfe, einen zerrissenen Stiefel und ein verrostetes Ofenrohr.
Der Zwerg, der den Kindern die Schätze angeboten hatte, war vor den Erwachsenen in die Tiefe der Erde geflohen.

Ein Lästermaul

»Ich fürchte den Teufel nicht! Wenn ich ihm begegne, reiße ich ihn in Stücke! Und 134
jeden Reiter Wallensteins blase ich wie eine Feder vom Pferd!« Das waren die Sprüche eines Stadtknechtes, eines Söldners, den die Stadtherren angeworben hatten. Der sollte zusammen mit seinen Kumpanen, die gerne vor dem Krug hockten und Würfel spielten, die Schanze in Johannis vor den Feinden schützen.
Denn es gab wieder einmal Krieg.
»Riese Goliath« und »wilder Mann« und »Wauwau«, ja sogar »Teufelzreiß« nannten die anderen den Maulhelden.
Da trat ein schmächtiges Bürschlein, das mehr aus Not als aus Neigung unter die Söldner gegangen war, vor ihn hin und sagte: »Du magst die Wallensteiner verspotten und den Teufel am Ende auch zerreißen wie einen Fetzen Tuch; vor unserem Herrgott aber wirst du sicher recht klein. Also gibt es doch einen, den du fürchtest!«
Alle waren auf die Antwort gespannt, die nun vom Prahlhans kommen mußte: »Der Herrgott ist mir nicht mehr wert, als ein böhmischer Reiter, und ich würde auch ihm eine Kugel in die Stirn jagen, wenn er mir über den Weg liefe.«
Noch bevor er mit seinen Sprüchen zu Ende war, schlugen die Glocken die neunte Stunde. Die Söldner sprangen auf. Um neun Uhr mußten alle auf der Schanze sein. Auf dem Weg dorthin kamen sie am Johannisfriedhof vorbei. Hier stand eine Eisentafel mit einem Steinkreuz darauf. Da fragte einer der Zechbrüder: »Nun, du Großmaul, schau, wie der da oben am Kreuz hängt! Hast du auch jetzt noch Lust und den Mut, auf ihn zu schießen?«
Die frische Luft hatte den Prahlhans zwar etwas beruhigt, und seine dummen Reden taten ihm fast leid. Aber die anderen sollten nicht denken, daß er ein Feigling sei und einer, der sein Wort nicht hält.

Schon hatte er eine Kugel in den Lauf geschoben und den Hahn gespannt. Das hagere Bürschlein wollte ihm die Waffe entreißen: zu spät!

Der Schuß krachte, und eine Rauchwolke hüllte sie alle ein.

Als sie sich verzogen hatte, lag der Schütze tot am Boden.

Die Kugel hatte das Haupt des Heilands verfehlt, war von der Eisenplatte abgeprallt und in die Stirn des Frevlers gedrungen.

Dieses Kreuz stand bis zum Ende des 2. Weltkrieges am Osteingang des Johannisfriedhofs. Und jeder konnte die eiserne Tafel mit der Mulde sehen, die die Kugel des Frevlers hinterlassen hatte.

Die versunkenen Glocken von Mögeldorf

135 1449 gab es zwischen Markgraf Albrecht Achilles von Ansbach und der Reichsstadt Nürnberg wieder einmal Krieg.

Die Bauern in den Dörfern der Umgebung von Nürnberg lebten in großer Angst. Rasch rafften sie ihre wertvollsten Sachen zusammen und vergruben, was sie nicht mitnehmen konnten. Mit schweren Bündeln bepackt, strömten sie in Scharen von allen Seiten her in die Stadt.

Auch die Mögeldorfer waren dabei. Sie hatten alles mitgenommen, was sie tragen konnten und was ihnen wichtig und wertvoll war, bis auf die Kirchenglocken, die noch im Turme hingen. Diese hatten gerade zum letzten Mal geläutet und damit das Zeichen zur Flucht vor den Ansbacher Reitern gegeben. Zwei Greise und zwei Dorfhauptleute waren in Mögeldorf zurückgeblieben. Sie wollten die Glocken verstecken, damit sie den Ansbachern nicht in die Hände fielen. Denn die hätten sie sicher einschmelzen und daraus zwei schwere Donnerbüchsen gießen lassen.

Doch wohin mit den Glocken?

In den Wald? Nein, das ging nicht. Der war zu weit weg und der Weg zu beschwerlich. Außerdem hatte man dort bereits feindliche Reiter gesehen.

So blieb nur der nahe See. »Der soll so tief sein, daß man zwei Kirchtürme aufeinanderstellen kann«, sagte einer. »Hier versenken wir die Glocken und holen sie wieder heraus, wenn der Krieg vorbei ist.«

Gesagt, getan. Es war ein schweres Stück Arbeit!

Sie holten die Glocken vom Turm, legten Schleifhölzer aus und zogen die schweren Stücke ans Ufer. Die Glocken versanken im Wasser.

Die Wellen hatten sich noch nicht geglättet, als plötzlich feindliche Reiter auftauchten. Sie sahen die Schleifhölzer und fuhren die Bauern an: »Was habt ihr da verschwinden lassen?« Sie fielen über sie her und schlugen so lange auf sie ein, bis die Bauern in ihrer Not bekannten, daß es die Glocken waren.

Der Hauptmann ließ die beiden Dorfhauptleute fesseln und knebeln und in das Wasser stoßen.
Die beiden Greise wurden in die Kirche getrieben, die gleich darauf in Flammen aufging.
Dann durchsuchten die Reiter alle Häuser, zündeten sie an und ritten schließlich davon.
Es gingen mehrere Jahrhunderte ins Land.
Dorf und Kirche waren längst wieder aufgebaut, und neue Glocken läuteten vom Turm. Der See war nach und nach versumpft und immer kleiner geworden. Das Wasser hatte sich auf die tiefste Stelle zurückgezogen. Dorthin, wo die Glocken liegen mußten.
Denn die Geschichte von den versenkten Glocken kannten alle Mögeldorfer. Die Alten hatten sie ihren Kindern und diese wieder deren Kindern und Kindeskindern erzählt. Und in den stillen Nächten konnten feine Ohren ein leises Klingen aus der Tiefe vernehmen.
Davon hörte auch die Gräfin von Pohlheim, die auf Schloß Oberbürg flußaufwärts an der Pegnitz wohnte. Sie wollte den Mögeldorfern eine Freude bereiten und die Glocken bergen lassen. Zwei Taucher aus Holland wurden gerufen und mit dieser Aufgabe betraut.
Sie machten sich alsbald an die Arbeit. Die Mögeldorfer, zahlreiche Nürnberger und die Gräfin warteten gespannt am Ufer.
Endlich tauchten die beiden Holländer aus dem Wasser auf. Schreckensbleich und ganz verstört berichteten sie: »Nicht um alles in der Welt gehen wir noch einmal hinunter! Wir haben die Glocken gefunden. Als wir die Taue an den Kronen festmachen wollten, standen plötzlich zwei Totengerippe auf und griffen mit ihren Krallenfingern nach uns. Das war zuviel!«
Da trat ein Mann im grauen Mantel aus der Menge und sprach: »Die zwei Skelette, die den Tauchern als Gespenster erschienen sind, waren sicher die beiden Dorfhauptleute, die von den Ansbachern ertränkt wurden. Sie wollen ihre Glocken über den Tod hinaus schützen. Deshalb wird es auch keinem gelingen, die Glocken zu heben.«
Und so war es auch.
Heute ist eine feuchte Wiese an der Stelle, wo einst der See lag. Und bis heute liegen die Glocken an diesem Platz. Keiner wird es wagen, sie auszugraben.

Eppelein will heiraten

Der Eppelein hatte dem Rat der Stadt einen Brief geschrieben, der die Ratsherrn är- 136
gerte und zugleich belustigte. »Was dem einfällt! Eine Nürnberger Bürgerstochter, die schöne und reiche Agnes Tetzelin, will er zur Frau. Und ihre Mitgift dazu!«

Das ging doch zu weit! Die einzige Tochter des vornehmen und wohlhabenden Ratsherrn Tetzel begehrte er zur Frau. So eine Frechheit! Und im übrigen war das Mädchen bereits mit dem jungen Patrizier Mendel verlobt.
Das Antwortschreiben der Ratsherren lautete kurz und bündig: Nein! Das möge sich Herr Eppelein aus dem Kopf schlagen!
Der Eppelein war wütend. Er ließ den Rat ausrichten, er werde sich den Hochzeitskuß und eine reiche Brautgabe selbst holen.
Darüber lachten die Ratsherren und rieten dem alten Tetzel, seine Tochter so rasch wie möglich mit dem jungen Mendel zu vermählen. Dann würde dem Eppelein die Heiratslust schon vergehen.
Der junge Mendel war über die Vorverlegung der Hochzeit nicht erfreut. Von Leipzig her bewegte sich ein Kaufmannszug mit allerlei Tuch. Darunter befand sich ein gar kostbarer Samt, aus dem er sich sein Hochzeitswams schneidern lassen wollte.
Aber, was solls? Wams hin, Wams her! Die rasche Hochzeit war wichtiger. Und mit dem Eppelein war nicht zu spaßen!
Einige Tage später fand die Hochzeit mit viel Prunk und Glanz und mit zahlreichen Gästen im großen Rathaussaal statt.
Die Diener trugen gerade Schüsseln und Kannen auf, als plötzlich ein Reiter in den Saal stürzte und rief: »O, Unglück! O, Jammer! Herr Mendel, denkt euch, der Eppelein, der Hund, hat euren Kaufmannszug überfallen und alles geraubt. Nicht ein Stück ist übriggeblieben!«
Herr Mendel wurde bleich. Die Gäste sprangen auf. »Los, Freunde! Laßt uns diesem Fuchs die Beute wieder abjagen«, schrie einer. Und die Männer griffen zu den Waffen und eilten aus dem Saal.
Nur einer blieb: der fremde Ritter. Er sprang zur Braut hinüber, die wie ohnmächtig in ihrem Sessel lag. Er nahm sie in die Arme, gab ihr einen Kuß und flüsterte ihr ins Ohr: »Ich hab es euch und den Nürnbergern ausrichten lassen: Ich hole mir den Hochzeitskuß und die Brautgabe dazu!«
Noch ehe die Tetzelin die Lippen öffnen konnte, war der Eppelein durch die Tür der Ratsstube nebenan verschwunden.

Der dumme Schmied

137 Eppelein ritt als Ratsherr verkleidet durch Nürnberg und ließ sich von einem Schmied sein Roß beschlagen.
Am Ende verlangte dieser vier Kreuzer. »Was? Vier Kreuzer«, sagte der Eppelein, »das ist viel zu wenig! Deine Arbeit verdient einen viel höheren Lohn. Vier Gulden sollst du verlangen!«

Das kam dem Schmied gerade recht. Er grinste und hielt seine Hand auf. »Nein, nicht von mir! Siehst du denn nicht, daß ich ein Ratsherr bin? Du mußt dir deinen Lohn im Rathaus holen. Dort sitzen die Ratsherren und werden dir das Geld geben«, sagte Eppelein und ritt weiter.
Der einfältige Schmied tat, wie ihm geheißen.
Doch die Ratsherren lachten ihn aus und spotteten: »Ja, hast du denn nichts bemerkt? Das war der Eppelein, dem du auf den Leim gegangen bist. Los, lauf schnell! Vielleicht holst du ihn noch ein! Vielleicht gibt er dir, was du verlangst.«

Eppelein und das Vogelhaus

Der Nürnberger Rat stellte in der Peunt* 138
alle Geschenke aus, die er im Laufe der Jahre bei großen Festen von seinen Gästen erhalten hatte.
Unter den Besuchern der Ausstellung befand sich ein Ritter, der einen weiten schwarzen Mantel trug und jedes Stück genau betrachtete. Eines schien ihm besonders zu gefallen: ein goldenes Vogelhaus. Das besah er sich von allen Seiten.
Da drang plötzlich großer Lärm aus dem Saal nebenan. Drei Bauern aus dem Knoblauchsland stritten sich mit einem Aufseher. Die Besucher eilten hinüber und schauten neugierig dem Streit zu.
Als man ihn endlich geschlichtet hatte, war der schwarze Ritter verschwunden. Und das goldene Vogelhaus auch.
Es gab keinen Zweifel: Kein anderer als der Eppelein konnte der schwarze Ritter und damit der Dieb gewesen sein!
Und bald hatte man sich zusammengereimt, daß die rauflustigen Bauern seine Spießgesellen gewesen waren. Sie hatten den Streit nur angezettelt, damit ihr Herr mühelos seinen Raub ausführen konnte.
Erst nach vielen Jahren ist das goldene Vogelhaus wieder nach Nürnberg zurückgekommen.

* Die Peunt ist eine ehemalige Flurbezeichnung auf dem Gebiet der heutigen Altstadt. Mit der Peunt in der Sage ist ein Haus in der Peuntgasse gemeint, die es heute noch gibt.

Der Ritt auf dem Schwein

139 Eppelein ließ sich den Bart abnehmen, kämmte die Haare in fetten Strähnen tief in die Stirn, schlüpfte in ein Bauerngewand und ritt mit seinen Gesellen nach Forchheim.

Dort war Roßmarkt, und Elias, ein Nürnberger Pferdehändler, bot die schönsten Tiere an. Die Nürnberger hatten ihn ausgesandt, den Strauchdieb aufzuspüren. Als Eppelein in seiner Verkleidung mit ihm verhandelte, wurde er von Elias nicht erkannt. Deshalb führte ihm der Pferdehändler auch gleich sein bestes Pferd vor.

Der fremde Bauer war sofort bereit, das Tier zu kaufen. Elias rieb sich die Hände: »Das wird ein gutes Geschäft!« Er freute sich und nahm die Einladung an, den Handel im Wirtshaus zu Ende zu bringen und gleich zu begießen. Doch im abgelegenen Nebenzimmer begann der Fremde plötzlich um den Preis zu feilschen.

Da gingen dem Elias die Augen auf. Vielleicht hatte ihn der Gerstensaft sehend gemacht: »Um Gottes Willen, das ist der Eppelein! Seine Stimme, seine Bewegungen! Nur nichts wie weg!«

Aber es war zu spät.

Schon krochen Eppeleins Spießgesellen unter dem Tisch hervor, knebelten den

Händler, fesselten ihn und schoben ihn zum Fenster hinaus. Draußen griffen kräftige Hände nach ihm und warfen ihn in einen Viehwagen.
Als sich Elias etwas vom Schreck erholt hatte, merkte er, daß er nicht allein auf dem Wagen lag: Neben ihm räkelte sich ein fettes Schwein und grunzte und roch eben nicht gut.
Der Wagen polterte über holprige Wege. Der Gefangene wurde durchgeschüttelt, daß ihm Hören und Sehen verging. Und hätte er keinen Knebel im Mund gehabt, er hätte aus Leibeskräften geschrien.
Die Fahrt dauerte mehrere Stunden. Dem Schwein schien das Schütteln und Schlagen und Rumpeln und Poltern nichts auszumachen.
Inzwischen war die Nacht hereingebrochen.
Das Fuhrwerk rollte langsam weiter. Die Leute auf dem Bock ließen sich viel Zeit. Elias wimmerte wie ein Kind.
Als die Sonne aufgegangen war, hielt der Wagen endlich. Der Schlag wurde aufgerissen und Mensch und Schwein herausgezerrt. Elias konnte sich kaum bewegen, so zerschlagen war er. Willig ließ er alles über sich ergehen. Die Strauchdiebe banden ihn mit festen Stricken auf die Sau. Dann schlugen sie mit Haselruten auf das Tier ein, daß es jämmerlich schrie und davonraste. Es rannte geradewegs durch das Nürnberger Stadttor, das die Wächter soeben geöffnet hatten.
Wie besessen stürmte es durch die Straßen und Gassen mit der ungewohnten Last auf seinem Rücken.
Erst vor dem Rathaus hielt es still. Die Stadtknechte eilten aus der Wachstube und banden auf Befehl der Ratsherrn den halbtoten Pferdehändler los.
So hatte der Eppelein den Nürnbergern ihren Lockvogel zurückgeschickt.

Doktor Rehm

Ein Diener des Eppelein klagte dem Bürgermeister von Nürnberg unter viel Tränen 140
sein Leid: »Mein Herr, der Eppelein von Geilingen, liegt sterbenskrank darnieder. Er braucht dringend einen Arzt, der ihm in seinen letzten Stunden beisteht. Gebt mir bitte euren berühmten Doktor Rehm mit, damit er meinem Herrn die fürchterlichen Qualen lindert.«
Die Ratsherren rieben sich die Hände: »Jetzt haben wir ihn! Jetzt sind wir ihn bald los!« Und als der Doktor Rehm gekommen war, baten sie ihn, mit dem Tränklein für den Eppelein nicht zu sparen: »Flößt ihn ein Säftlein ein, daß es ihm wie heißes Pech im Leib brennt!«
Der Bote konnte Doktor Rehm gleich mitnehmen.
Auf der Burg Dramaus, dem Wohnsitz des Eppelein, lag der Kranke stöhnend auf seiner Lagerstatt. Er wälzte sich hin und her, jammerte zum Herzerbarmen, schrie, klagte und weinte.

Der Doktor redete ihm gut zu: »Seid frohen Mutes! Wenn ihr mein Tränklein genossen habt, werden euch die Schmerzen sogleich verlassen.«
Und er mischte und mengte und rührte und quirlte einen großen Becher mit allerlei bitterem Zeug zusammen.
Als er aber den vollen Becher dem Eppelein an die Lippen legen wollte, sprang dieser auf, faßte das Gefäß mit der einen und den Doktor mit der anderen Hand: »So, Doktor, nun trinkt mal schön euer Säftlein, das ihr mir bereitet habt!«
Und der Doktor mußte das bittere Gemisch schlürfen, bis der Becher leer war. Dazu lachte der Eppelein, daß die Scheiben klirrten, und seine Spießgesellen im Nebenzimmer brüllten und hielten sich die Bäuche.
Der Doktor bekam großes Bauchweh und krümmte sich vor Schmerzen.
Der Eppelein aber kassierte 400 Goldgulden bei den Nürnbergern, ehe er ihnen den Doktor Rehm wieder zurückgab.

Die Nürnberger hängen keinen . . .

141 Endlich war es so weit! Endlich hatten sie ihn erwischt! Nürnberg sollte für immer Ruhe haben. Gefesselt an Händen und Füßen saß der Eppelein im Turm und wartete auf sein Urteil.
Im Rathaus berieten die Herren über sein Schicksal. Aber was sollte viel beraten werden? Bei soviel Raub und Mord und Totschlag gab es nur eins: den Tod durch den Strang.
Der wurde einstimmig beschlossen.
Aber auch ihrem Erzfeind wollten die Nürnberger eine letzte Gnade, einen letzten Wunsch nicht verwehren.
»Mein letzter Wunsch, ihr Herren: Laßt mich noch einmal auf meinem Pferd reiten. Laßt mich, ehe ich zum Galgen gehe, noch einen Ritt tun, damit ich den Weg in die Ewigkeit leichter finde.«
Einige der Ratsherren warnten: »Ihr kennt den Eppelein! Ob der nicht wieder etwas im Schilde führt? Ob er vielleicht zu fliehen versucht?«
»Wie könnt ihr das befürchten«, sagten die anderen, »seht doch: Der Platz ist von Stadtsoldaten umstellt, und dort die hohe Mauer mit dem tiefen Graben! Wie sollte er da entkommen?«
In der grauen Frühe des nächsten Morgens bimmelte das Armesünderglöcklein und begleitete den Eppelein auf seinem letzten Gang.
Doch, wie versprochen, durfte er sein Pferd noch einmal besteigen und langsam im Kreis den Richtplatz umreiten. An drei Seiten standen die Stadtsoldaten, Mann neben Mann mit ihren Hellebarden: ein Zaun aus Eisen. Und vor ihm die Mauer. Hier fiel der Burgfels steil ab.
Zunächst dachte der Eppelein nicht an Flucht.

Wie sollte er auch?

Als er dann die Mauer sah, die einzige Möglichkeit, die ihm blieb, sagte er sich: »Was solls? Das Leben kostet es dich so oder so!«

Er ließ das Pferd antraben, nahm es hart am Zügel und gab ihm die Sporen. Das Roß schien seinen Herrn zu verstehen, bäumte sich hoch auf und sprang über die Mauer in die Tiefe.

Dort unten war der Boden sumpfig. Roß und Reiter fielen weich und blieben wie durch ein Wunder unverletzt.

Das Pferd erhob sich, Eppelein schwang sich in den Sattel und weiter gings! Die Nürnberger trauten ihren Augen nicht. Kopf an Kopf standen sie dichtgedrängt da oben: Die Ratsherren, die Stadtsoldaten und die vielen Gaffer. Das kann es doch nicht geben!

Doch Eppelein lachte und schrie zu ihnen hinauf: »Die Nürnberger hängen keinen, sie hätten ihn denn!«

Da flogen die Spieße und Speere, die Lanzen und die Steine von allen Seiten herab. Aber keiner hat den Eppelein getroffen.

Der war schon im nahen Wald verschwunden.

Heute zeigt man den Fremden die Stelle auf der Burgmauer, wo das Roß den Abdruck seiner Hufe hinterlassen hat.

Wie Fürth entstand

Kaiser Karl der Große wollte die Altmühl und die Rezat durch einen Kanal verbin- 142
den. Der Plan scheiterte. Der Regen schwemmte die Ufer immer wieder weg. Was die Männer tagsüber nach oben schafften, rutschte nachts in den Graben hinunter.

Der Kaiser war enttäuscht und machte sich auf den Weg in den Westen seines Reiches. Er hielt sich mit seinem Gefolge einige Tage auf dem Königshof in Weißenburg auf und ließ schließlich die kleinen Schiffe beladen, die ihn und seine Leute die Rezat und die Rednitz hinab nach Norden bringen sollten.

An den seichten Stellen mußten die Kähne immer wieder ans Ufer gezogen und auf holprigen Wegen weiterbefördert werden. Das war eine mühselige Arbeit!

An der Stelle, wo sich die Regnitz mit der Pegnitz vereinigt, hatte sich eine Furt gebildet. Hier sollte Rast gemacht werden.

An diesem Platz wohnten Fuhrleute in einer kleinen Siedlung. Sie begrüßten den Kaiser und sein Gefolge sehr herzlich und sahen zu, wie seine Männer ein großes Zelt und eine Hütte errichteten.

Im Zelt übernachtete der Kaiser, in der Hütte seine Geistlichen. Im Kaiserzelt wurden zudem die Heiligtümer aufbewahrt, die Karl mit sich führte: Gebeine des heiligen Dionys und die Chorkappe des heiligen Martin.

Am anderen Morgen sollte die Fahrt weitergehen. Als der Kaiser sich bei den

freundlichen Siedlern verabschieden wollte, bemerkte er, daß sie keine Kirche hatten. Da bestimmte er: »Dort, wo das Zelt mit den Heiligtümern stand, soll ein Gotteshaus entstehen.«
Und was ein Kaiser anordnet, geschieht auch sogleich.
Das Kirchlein wurde dem heiligen Martin geweiht und bekam zu seinen Ehren die Form einer Chorkappe. Karl setzte einen Priester ein und zog weiter.
Um die Kirche herum wurden Bäume gefällt und Wiesen und Äcker angelegt. Haus um Haus wuchs aus dem Boden. Immer mehr Menschen ließen sich hier nieder. Ein Ort entstand.
Aus einer kleinen Siedlung wurde eine große Stadt: Fürth, an der Furt, wo sich Regnitz und Pegnitz vereinigen.

Der Fürther Stadtwald

143 Die beiden Ritterfräulein von Berg wohnten auf der Alten Veste. Andere sagen, in der Burg Altenberg.
Wie dem auch sei.
Jeden Sonntag gingen sie nach Zirndorf in die Kirche. Und das ihr Leben lang. Als sie alt und verhutzelt und ganz krumm geworden waren, lachten und spotteten die jungen Zirndorfer über sie.
Das hat den beiden natürlich wehgetan. Und sie überlegten, wie sie es denen heimzahlen könnten.
Das taten sie in ihrem Testament: »Der Wald, die Fürberg, soll nach unserem Tod den Fürthern gehören.«
Da hatten die Zirndorfer ihre Quittung! Nun konnten sie weder Steine noch Holz, noch Lehm aus dem großen Wald holen.
Seitdem gehört die Fürberg den Fürthern. Und es ist ihr Stadtwald geworden. Daß sie über die beiden Ritterfräulein anders denken als die Zirndorfer, das versteht sich.

Die Martersäule bei Fürth

144 Zu Burgfarrnbach lebte vor langer Zeit der Ritter Rapot, ein guter und gerechter Herr, der den Armen half, wo er nur konnte.
Seine Frau und seine Tochter waren fromm und tugendhaft und überall beliebt.
Da wurde die Frau von einer heimtückischen, gefährlichen Krankheit befallen, gegen die alle Heilkunst nichts half.
Vater und Tochter flehten Gott an, die Kranke wieder gesund zu machen. Die Toch-

ter wollte diese Bitte dem Herrgott im nahen Martinskirchlein unten im Tal auf der anderen Flußseite vortragen.
Dieses Gotteshaus hatte einst Kaiser Karl der Große erbauen lassen. Hier ruhten die Gebeine des heiligen Dionysius und die Kappe von St. Martin. Es war ein hochverehrtes Heiligtum, zu dem die Gläubigen aus nah und fern pilgerten und Gott um Hilfe in ihren Sorgen und Nöten baten.
Von zwei Knappen begleitet, machte sich die Tochter auf den Weg zum Martinskirchlein. Als sie unten im Tal angekommen waren, hatten heftige Regengüsse den Fluß in einen reißenden Strom verwandelt.
Die Knappen warnten: »Wir können nicht hinüber! Das wilde Wasser reißt uns hinweg!«
Doch die Tochter ließ sich nicht umstimmen. Das Gebet in der Martinskirche war ihre letzte Hoffnung. Und die Sorge um das Leben der Mutter war größer als ihre Angst. »Wir rudern hinüber!« befahl sie.
Die Knappen stießen das Boot vom Ufer ab. Doch sie kamen nicht weit. Ein Strudel warf das Schifflein um.
Die herbeieilenden Bauern konnten die drei nur noch tot aus dem Wasser ziehen.
Rapot hatte sich Sorgen um seine Tochter gemacht und war talwärts geeilt.
Da trugen sie ihm sein totes Kind entgegen.
Sein Schmerz war groß. Er kniete nieder und weinte.
Später ließ er an der Stelle einen Stein mit einem Bild errichten, das von dem furchtbaren Unglück erzählte.
Die Leute nannten den Stein »die Martersäule«.

Die Glocke von Roßtal

Im Dreißigjährigen Krieg hatte man die große Glocke vom Turm der Kirche in Roß- 145
tal geholt und vergraben. Sie sollte nicht in die Hände der Feinde fallen und später wieder ihren Dienst tun.
Doch der Krieg wollte kein Ende nehmen. Und als er nach dreißig langen Jahren gottlob vorbei war, wußte niemand mehr, wo die Glocke vergraben lag. Die Männer, die sie damals in Sicherheit gebracht hatten, waren längst gestorben und hatten niemand das geheim gehaltene Versteck verraten. Nur vom Hörensagen wußte man, daß die Glocke im Galgengraben liegen soll.
In der Zeit nach dem großen Krieg hatten sich die Wildschweine stark vermehrt. Sie brachen oft in hellen Nächten aus den Wäldern hervor, wühlten die Erde auf und suchten Nahrung.
Auf diese Weise ist die große Glocke von Roßtal wieder zum Vorschein gekommen: Ein hungriges Wildschwein hatte ausgerechnet an der Stelle gewühlt, wo sie versteckt lag.

Das war die erste Fügung Gottes, sagten die Leute.
Die zweite erschien in der Gestalt einer Bettlerin. Sie hatte auf ihrem Weg durch den Wald die Krone der Glocke aus dem aufgewühlten Boden herausragen sehen.
Die Frau eilte sogleich zum Bürgermeister. Der ließ das schwere Stück ausgraben, in feierlichem Zug zur Kirche bringen und auf den Turm ziehen.
Die Leute in Roßtal glaubten aus der Glocke eine Stimme zu vernehmen, die sagte:

»Ein Wildschwein hat mich ausgegrabn.
Ein Bettelweib hat mich gfundn.
Man hat mich nach Roßstall getragen.
In Roßstall muß ich brummen.«

Die Nürnberger sollen den Roßtalern für diese Glocke so viele Kronentaler geboten haben, daß man den Weg bis nach Nürnberg in einer Reihe hätte damit belegen können.
Doch die Roßtaler gaben sie nicht her.
Eine ähnliche Sage wird von der Glocke in Neunstetten bei Ansbach und von der in Ergersheim erzählt.

Der Bäckerjunge im Karlsberg

Ein Bäckerjunge mußte in den Dörfern zwischen Nürnberg und Fürth täglich frische 146
Brote austragen.
Als er eines Tages am Karlsberg vorüberkam, hörte er Saitenspiel und lieblichen Gesang. Er blieb stehen und lauschte. Da verstummten die zarten Weisen, und er glaubte, Waffenlärm und Kriegslieder zu vernehmen. Das alles mußte aus dem Berg kommen.

Als der Junge weitergehen wollte, stand plötzlich ein winziges Männlein vor ihm: »Komm alle Tage mit einem Korb voll Brot hierher. Du wirst ein gutes Geschäft machen. Ich kaufe dir alles ab, du erhältst bares Geld und einen guten Botenlohn dazu. Wenn du hier stehst, wird sich der Beg für dich öffnen. Tritt ohne Scheu ein. Ich werde dich führen. Aber sage niemand auch nur ein Sterbenswörtchen davon, sonst kostet es dich dein Leben!«
So sprach der Zwerg und war verschwunden.
Am nächsten Morgen sagte der Bäckerjunge zur Meisterin: »Jemand hat einen großen Korb voll Brot bestellt. Ich darf aber nicht sagen, wer es ist.«
Die Meisterin füllte den Korb, und der Junge ging zum Karlsberg. Als er die bezeichnete Stelle betreten hatte, öffnete sich eine Tür. Der Knabe trat ein. Da kam ihm das Männlein mit einer Fackel entgegen und führte ihn tief in den Berg hinein.

Riesige Tore öffneten sich und schlossen sich hinter ihnen. Sie standen in einer weiten, taghell erleuchteten Halle. Die gewölbte Decke wurde von mächtigen Marmorsäulen getragen. Unzählige Lampen strahlten die kostbaren Platten auf dem Boden und an den Wänden an.
In der Mitte des weiten Raumes stand ein runder Marmortisch. An diesem saß der Kaiser Karl. Er hatte das Haupt auf die Hand gestützt und schlief. Krone und Schwert lagen vor ihm auf der glänzenden Tischplatte. Der lange rote Bart leuchtete feurig auf und wuchs um den Tisch herum.
Auf dem Boden lagen Ritter in ihren blanken Rüstungen. Ihre gesattelten Pferde schliefen neben ihnen. Hie und da griff einer der Schläfer plötzlich nach seinem Speer. Aber gleich ließ er die Hand wieder müde fallen.
Und dann war alles wieder still.

Der Zwerg steckte seine Fackel in einen Halter und führte den Bäckerjungen zu einem goldenen Kasten in der Ecke. In diesen Kasten mußte er die Brote legen. Der Zwerg bezahlte mit neuen, funkelnden Geldstücken. Dann führte er den Jungen aus der Halle heraus und verließ ihn an der Tür zum Eingang. Die schloß sich sofort und verschwand.
Als der Junge mit dem leeren Korb und den Goldstücken nach Hause kam, wollte die Meisterin wissen, woher das Geld sei. »Das darf ich nicht sagen«, gab er zur Antwort, »sonst verliere ich das gute Geschäft und mein Leben.«
Am zweiten Tag lief alles ebenso ab.

Die Meisterin nahm das Geld, fragte wieder und erhielt wieder keine Antwort. Doch sie gab nicht auf. Am dritten Tag schlich sie dem Jungen nach und sah, wie er im Karlsberg verschwand und mit dem leeren Korb und dem Geld zurückkam.
»Jetzt kenne ich dein Geheimnis«, sagte sie, »jetzt mußt du mir aber auch alles andere erzählen, sonst jage ich dich aus dem Haus!«
Da bekam der Junge Angst und erzählte die ganze Geschichte.
Tags darauf ging er wieder zum Karlsberg. Aber er kehrte nie zurück.
An der Stelle, an der sich der Berg für ihn geöffnet hatte, fand man seine zerfetzten Kleider und den leeren Korb.
Vom Jungen keine Spur.
Seitdem hat niemand mehr Saitenspiel, Singen, Waffenlärm oder Kriegsgesang aus dem Karlsberg tönen hören.
Und keiner hat mehr den Eingang gefunden.

Die Linde derer von Seckendorff

147 Kaiser Otto der Große kam im Jahre 950 auf einem Kriegszug auch in die Gegend, in der heute Langenzenn liegt. Hier stand eine riesige Linde, in deren Schatten sich die Bewohner der Nachbarorte trafen, miteinander spielten, tanzten und fröhliche Lieder sangen. So war es auch, als der Kaiser vorüberzog.
Er ließ anhalten und sah dem frohen Treiben zu. Da schwirrte ein Schwarm von Mücken um seinen Kopf herum. »Reicht mir einen Lindenzweig, damit ich diese Mücken verjagen kann!« rief er.
Ein Bursche aus der Umgebung brach einen Zweig vom Baum, gab ihn dem Kaiser und trank ihm fröhlich zu: »Auf euer Wohl, Herr Kaiser!«
Otto nahm den Zweig, trieb damit die Mücken in die Flucht und blickte den Jungen nachdenklich an: »Wenn du so keck bist, dann magst du deinen Mut auch auf andere Art beweisen. Hier hast du Helm und Schild! Folge mir als Knappe! Der Lindenzweig soll deinen Helm zieren. Wie heißt der Ort, aus dem du kommst?«
»Seckendorff, mein Herr«, antwortete der Bursche.
»So sollst du Seckendorff heißen und dem Kaiser ein treuer Diener sein.«
Und so war es auch.

Der Junge zog als Knappe mit dem Kaiser in die Welt hinaus und kehrte als Ritter, reich an Ruhm und Ehren, in die Heimat zurück.
Er wurde zum Stammvater derer von Seckendorff, die stolz den Lindenzweig in ihrem Wappen tragen.

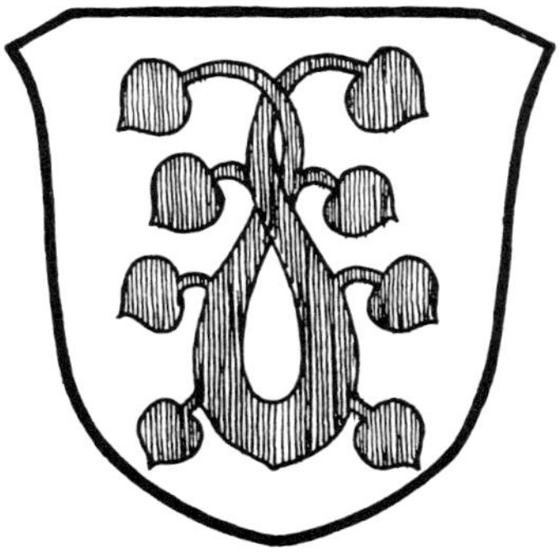

Das Hexenhaisla

Es war während des Dreißigjährigen Krieges. Überfall, Plünderung, Mord, Tot- 148
schlag, Hunger und Not herrschten damals auch in Fürth.
1634 hatten die rohen Kriegsknechte bis auf die Kirche und einige Häuser alles niedergebrannt. Die Leute waren froh, wenn sie sich in den Ruinen ihrer früheren Wohnstätten verkriechen konnten.
Zu diesem Elend kam noch ein schlimmeres hinzu: die Pest. Vor ihr war keiner sicher. Jung und alt, arm und reich fielen ihr Tag für Tag zum Opfer. Wer sich abends gesund ins Bett legte, konnte am nächsten Morgen schon krank oder gar gestorben sein. Es blieb keine Zeit, für jeden Toten ein Grab zu schaufeln. Die Leichen wurden in eine große Grube gelegt und gleich mit Erde bedeckt.
Die Angst ging um.
Ein Mädchen, das beide Elternteile durch die Pest verloren hatte, bemerkte die ersten Anzeichen dieser Krankheit an sich selbst. In seiner Not schleppte es sich zur Höhle eines Einsiedlers draußen bei der Wolfsschlucht.
Den Mann, der allein sein und von den Menschen nichts wissen wollte, nannte man nur den alten Plagian. Er war den Leuten nicht ganz geheuer, weil er so ganz und gar nicht zu ihnen paßte.
»Hilf mir, alter Plagian«, flehte ihn das Mädchen an, »sonst muß ich sterben.«
Der Einsiedler hatte Mitleid mit ihm, sammelte Kräuter im Wald und braute einen Trank zusammen.
Schon nach wenigen Tagen spürte die Kranke, wie ihre Kräfte wiederkehrten, und bald darauf war sie ganz gesund.
»Lieber alter Plagian«, sagte sie eines Tages zu ihm, »so wie ich unter dieser

schrecklichen Krankheit gelitten habe, so leiden unzählige Menschen in Fürth darunter, alte und junge, arme und reiche. Ich bitte dich, hilf auch denen!«
Der Alte ließ sich erweichen und überwand seine Scheu vor den Menschen: »Gut, Johanna, laß uns nach Fürth gehen. Ich will versuchen, die Kranken mit meinem Heiltrank gesund zu machen.«
Als die beiden in den Marktflecken kamen, bot sich ihnen ein Bild des Jammers: Menschen, die kaum noch atmen konnten, wimmerten um einen Schluck Wasser. Andere wankten beim Gehen hin und her oder schlichen wie Schatten durch die ausgestorbenen Gassen. Tote, um die sich niemand kümmern konnte, lagen in den Kellerlöchern.
Johanna ging mit dem Alten von Haus zu Haus. Und jeder, dem er seinen Heiltrank reichte, wurde gesund. Es dauerte nicht lange, da war die Pest in Fürth besiegt.
Die Leute dankten ihren Rettern aus ganzem Herzen. Johanna nannten sie einen Engel und den alten Plagian einen Wohltäter, von Gott gesandt. Sie schenkten ihnen ein Häuschen am Berghang an der Schwand.
Das Mädchen führte den Haushalt und betreute den Alten mit Liebe und Umsicht. Er war zufrieden und froh wie nie zuvor in seinem Leben.
Aber die Dankbarkeit der Menschen geht oft so schnell vorbei, wie eine Wolke, die der Wind wegbläst.
Schon bald hieß es: »Der alte Plagian ist ein Zauberer; denn nur mit einem Zaubertrank hat er die Pest vertreiben können. Wir wollen keinen unter uns haben, der mit dem Bösen im Bunde steht. Sonst trifft uns noch ein Unglück. Wer den Alten totschlägt, tut ein gutes Werk für uns alle.«
Johanna hatte vom Einsiedler viel gelernt und suchte im Wald selbst nach Beeren und Kräutern.
Als sie eines Tages wieder auf Kräutersuche war, hatte sie eine schlimme Ahnung und lief eilends nach Hause. Da fand sie den Alten tot vor der Tür liegen.

Jetzt wurde Johanna so still wie einst der alte Plagian. Sie zog sich vor den undankbaren Menschen ganz zurück und verachtete sie.
Jahr um Jahr lebte sie ganz allein in ihrem Häuslein und wurde ein altes, verhutzeltes Weiblein.
»Der Alte hat sie das Zaubern gelehrt«, sagten sie Leute. »Seht sie euch nur an, sie ist eine Hexe!«
Nachdem lange Zeit keiner mehr die Johanna gesehen hatte, fragten sich die Fürther: »Was ist wohl aus der alten Hexe geworden? Hat sie vielleicht gar schon der Teufel geholt?«
Ein mutiger Mann wagte es, in das Häuslein zu treten. Er fand die Frau tot auf ihrem Strohlager.
Das Häuslein aber nannten die Leute seitdem »das Hexenhaisla«.

Der Grehütl

Auf der Cadolzburg ging früher Tag und Nacht ein Gespenst um. Darüber wußten 149
die Leute noch vor 100 Jahren manches zu erzählen.
Es tauchte plötzlich um die Mittagszeit auf, ärgerte die Köchin des Amtsrichters, der in der Burg wohnte, und die Zautendorfer Konfirmanden, die in der Burgkapelle unterrichtet wurden.
Wenn jemand um 12 Uhr mittags rief: »Der Grehütl kommt! Der Grehütl ist da!«, rannten alle wie vom Teufel gejagt davon.
Der Grehütl soll einst ein hartherziger Mensch gewesen sein. Er habe Bauernfeind geheißen und sei Büttel und Förster zugleich gewesen.
Als Büttel hatte er die Leute zu den Gerichtstagen zu laden und anschließend die Strafen zu vollstrecken. Manchmal mußte er auch als Henker tätig sein.
Zu seinem Dienst gehörte es, die Abgaben der Bauern einzutreiben. Und dabei soll es recht hart zugegangen sein.
Als Förster bekamen es die Wilddiebe mit ihm zu tun, meist kleine Bauern, die der Hunger in die Wälder trieb.
Es heißt, daß er keine Gnade kannte und weder Frauen noch Kinder schonte.
Die Bauern fürchteten und haßten ihn. Er war ihr Erzfeind.
Als der Burggraf von den Verfehlungen und Übergriffen seines Büttels erfuhr, bestrafte er ihn hart: Der Grehütl wurde in der nördlichen Befestigung der Burg bei lebendigem Leib eingemauert.
Sein Herr ließ an dieser Stelle ein Bildnis aus Stein anbringen, das auf ewig an die Untaten seines Dienstmannes erinnern sollte.
Warum er Grehütl hieß?
Als Henker hatte er stets einen grünen Hut zu tragen.
Grehütl heißt deshalb: der Mann mit dem grünen Hut.

Der Zauberer Rüde

150 Kaiser Heinrich IV. lag in den letzten Jahren seiner Regierung mit seinem Sohn im Streit. Und aus dem Streit wurde ein Kampf mit Waffen.

Der Kaiser zog sich mit seinen Truppen nach Nürnberg zurück. Die Stadtherren gewährten ihm Schutz, versperrten die Tore und verweigerten dem Kaisersohn den Einzug in die Stadt. Sie hielten zum Schwächeren und ließen sich nicht locken: »Das ist unklug von euch«, ließ der junge Herr wissen, »der alte Kaiser stirbt sicher bald. Dann bin ich sein Nachfolger und euer Herr. Und es ist nützlich, sich mit mir gutzustellen.«

Doch die Nürnberger blieben standhaft: »Solange noch einer von uns am Leben ist, soll auch dem Kaiser kein Haar gekrümmt werden. Wir wollen nicht an die Zukunft und an unseren Vorteil denken, sondern das tun, was recht ist und was das Gesetz von uns verlangt.«

Der Prinz war darüber sehr aufgebracht.

Unverzüglich ließ er durch seinen Herold verkünden: »Sobald die Stadt von uns erobert ist, wird sie dem Erdboden gleichgemacht.«

Der Prinz zog sich nach Fürth zurück und dachte nach, wie er Nürnberg am besten stürmen und einnehmen könnte. Seine Berater machten ihn auf den Zauberer Rüde aufmerksam, der sich gerade hier aufhielt.

»Wir wollen ihn befragen«, bestimmte der junge Herr.

Rüde wußte einen Rat: »Mein Prinz, ich kann euch helfen, wenn ihr all das tut, was ich vorschlage: Laßt einen schwarzen Bock und eine weiße Geiß besorgen. Den Bock hängt ihr ein goldenes, der Geiß aber ein silbernes Halsband um. Jagt beide über die Mauern nach Nürnberg hinein und greift die Stadt gleichzeitig von 13 Seiten her an. Auf diese Weise könnt ihr sie erobern, so wahr ich der Zauberer Rüde bin.«

Der Prinz bedankte sich für diesen Rat und gab Befehl, alles zu tun, was der Zauberer vorgeschlagen hatte.

Und wirklich! Die Stadt wurde im Sturm genommen, die Häuser ausgeplündert und niedergebrannt. Kaiser Heinrich IV. konnte noch rechtzeitig fliehen und sich in Sicherheit bringen.

Der Prinz wollte dem Zauberer besonders dankbar sein und der Stadt Nürnberg einen neuen Namen geben: Rüdenberg sollte sie in Zukunft heißen.

Das bestimmte er. Doch die Leute hielten sich nicht dran.

Wer war der Dieb?

Der Totengräber von Fürth, Billing hieß er, hatte viele Kinder aber wenig Brot. 151
Nach dem Dreißigjährigen Krieg gab es für ihn kaum etwas zu tun. Der Krieg und die Pest hatten dafür gesorgt, daß in Fürth und in der ganzen Umgebung nur noch wenige Menschen lebten.

Sein ältester Sohn Friedrich hatte Glück. Er kam zum Goldschmied Birker in die Lehre und wurde ein tüchtiger Bursche. Er arbeitete mit großem Geschick und war sorgfältig, fleißig und zuverlässig.

Wenn der Meister auf Reisen ging und seine Kunden besuchte, kümmerte sich Friedrich um das Geschäft und hütete Gold und Edelsteine, wie wenn sie sein Eigentum gewesen wären.

Als er zum Gesellen freigesprochen war, begab er sich, wie alle anderen, auf die Wanderschaft. »Gott segne deinen Weg, Friedrich«, sprach der Meister, »du wirst mir zwar fehlen, aber wer nur zu Hause hockt, wird dumpf und dumm, auch wenn er sich für recht gescheit hält. Ich habe eine Bitte an dich. Bleibe nicht in der Fremde. Komm wieder zurück. Du bist mir wie ein Sohn ans Herz gewachsen.«

Friedrich macht sich auf den Weg. Zum Abschied winkten Mutter und Geschwister und Martha, die Magd bei Meister Birker, ihm ein letztes Lebewohl zu.

Martha und Friedrich liebten sich und wollten nach der Zeit der Wanderschaft heiraten.

Wenn Meister Birker auf Reisen war, hütete nun Martha die wertvollen Goldschmiedearbeiten und Edelsteine. Jeden Abend nahm sie all die Kostbarkeiten mit auf ihre Kammer unter dem Dach.

Eines Morgens wurde sie bleich vor Schreck: Ein kostbarer Ring war weg. Wie vom Erdboden verschwunden.

Als der Meister zurückkehrte, berichtete sie mit bangem Herzen: »Herr Meister, ich kann es mir nicht erklären! Ich habe auf die wertvollen Sachen gut aufgepaßt. Am Abend hatte ich den Ring noch in der Hand. Und nun . . .«

Herr Birker ließ das ganze Haus durchsuchen; jeden Raum, jede Ecke, vom Keller bis zum Boden. Der Ring blieb unauffindbar.

Nach einiger Zeit passierte es wieder: »Herr Birker, es ist schon wieder ein Unglück geschehen. Diesmal fehlt ein silbernes Kettlein. Ich habe auch diesmal wieder gut aufgepaßt, als ihr verreist ward . . .«

»Aus dem Haus! Aus meinen Augen!« rief der Meister zornig. »Du bist eine Diebin! Für dich ist kein Platz bei uns! Noch heute machst du, daß du fortkommst!«

Martha war todtraurig. Doch was half das?

Beim Pfarrer in Poppenreuth, einem mitleidigen Mann, fand sie eine neue Bleibe. »Komm zu uns«, sagte er, »ich weiß, daß du keine Diebin bist. Warte auf den Tag, an dem sich deine Unschuld erweist. Er wird sicher kommen!«

Als Friedrich von der Wanderschaft zurückkam, war er ganz niedergeschlagen.

Seine Braut sollte eine Diebin sein, sollte Schmuck gestohlen haben? Und alles, was erzählt wurde, deutete darauf hin.

Er arbeitete still und zuverlässig wie immer und lebte ganz zurückgezogen. Das Geschäft ging gut. Nach Poppenreuth hinüber aber wollte er nicht.

Eines Tages hielt eine Kutsche vor dem Haus des Goldschmieds. Die Tür war mit dem Wappen eines Grafen geziert. Aus ihr trat ein vornehmer junger Herr, der nicht nach dem Meister Birker, sondern nach dem Gesellen Friedrich Billing fragte. Als Friedrich aus dem Haus trat, fielen sich die beiden in die Arme. Der Meister und die Nachbarn kamen aus dem Staunen nicht heraus. Der Geselle hatte einen Grafen zum Freund?

Später erfuhren sie, wie es dazu gekommen war: Friedrich zog auf seiner Wanderschaft durchs Riesengebirge. Da wurde er zufällig Zeuge, wie an einem Hohlweg drei Räuber gerade einen Reisewagen überfallen wollten. Aus dem Wagen drangen Hilferufe von Frauen. Vom Kutscher war weit und breit nichts zu sehen. Friedrich überlegte nicht lange, drehte seinen Wanderstock um, schwang ihn drohend in der Luft, schrie aus Leibeskräften und fiel die Räuber an. Die waren so erschrocken, daß sie eilends zwischen den Bäumen und Büschen verschwanden.

Die beiden Damen, die Friedrich auf diese Weise gerettet hatte, waren die jungen Gräfinnen Pückler. Sie luden ihn auf ihr Schloß ein und dankten für die rettende Tat. Hier lernte er ihren Bruder, den Grafen Karl Franz von Pückler, kennen, der ihn für immer im Schloß aufnehmen wollte. »Ich will keinen Lohn«, sagte Friedrich bescheiden. »So wie ich, hätte auch jeder andere gehandelt. Der einzige Dank, um den ich bitte, ist eure Freundschaft.«

So sind die beiden jungen Männer Freunde geworden: der Graf aus Schlesien und der Goldschmiedsgeselle aus Fürth.

Doch weshalb war Graf Karl aus dem weiten Schlesien hierhergekommen? »Ich möchte bei euch den Hochzeitsschmuck für meine Braut und die Trauringe bestellen. Meine künftige Gemahlin ist Cordula von Kresser und wohnt im Schloß zu Burgfarrnbach. Und bald schon soll Hochzeit sein«, lautete die Antwort.

Meister und Geselle machten sich gleich an die Arbeit. Sie fertigten kostbare Armreife, Ketten Ohrgehänge, Fingerringe und einen größeren Ring mit dem Wappen der Brautleute. Der sollte die zusammengerollte Hochzeitsurkunde umfassen. Noch nie wurden in der Werkstatt Meister Birkers schönere und wertvollere Schmuckstücke hergestellt. Alle freuten sich auf den Tag, an dem sie diese Kostbarkeiten dem Grafen überbringen konnten.

Doch es kam ganz anders. Der Meister war wieder einmal auf Reisen. Friedrich nahm am Abend all die wertvollen Stücke mit hinauf in seine Kammer. Es war dieselbe, die Martha, seine frühere Braut, bewohnt hatte. Er legte die Ringe, Ketten und Ohrgehänge auf den Tisch, verschloß die Tür, schaute noch einmal zum offenen Fenster hinaus, legte sich nieder und schlief bald ein.

Am nächsten Morgen schien die helle Sonne in die Kammer. Friedrich sprang aus dem Bett und war vor Schreck wie gelähmt: Der große Ring fehlte! Um Gottes willen! Wie konnte das geschehen? Alle anderen Stücke lagen unberührt auf dem Tisch.

Der Meister war unterwegs. Mit wem sollte er über dieses Unglück sprechen?

In seiner Not rannte er nach Burgfarrnbach hinüber.

Auf der Hard angekommen, vernahm er fröhliche Stimmen. Ein Jagdzug ritt heran.

An der Spitze sein Freund, der Graf Pückler.

»Was ist los mit dir? Was ist geschehen? Du bist ja blaß wie eine Wand!« sprach er Friedrich an.

Atemlos berichtete dieser von seinem Mißgeschick.

Die Jagdgäste unterhielten sich unterdessen und achteten nicht auf die beiden.

»Da!« rief einer der Jäger. »Seht ihr die Dohle im Wipfel dieser Pappel? Wer sie trifft, soll heute unser Jagdkönig sein.«

Und schon krachte ein Schuß. Die Dohle stürzte zu Boden. Direkt vor die Füße des Grafen. Der hob den toten Vogel auf, betrachtete ihn verwundert und hielt ihm seinen Freund entgegen.

Der kam aus dem Staunen nicht heraus. Ist so etwas möglich? Wirklich! Die Dohle trug den vermißten Ring um den Hals.

Damit war das Rätsel, waren mehrere Rätsel gelöst. Der Vogel war der Dieb. Er hatte die glitzernden Stücke gestohlen und in sein Nest getragen. Jetzt wurde allen klar, wo die verschwundenen Ringe und das Kettlein geblieben waren.

»Martha ist keine Diebin. Sie ist unschuldig!«

Friedrich lief, so schnell er konnte, nach Poppenreuth. »Martha, Martha!« rief er ganz außer Atem. »Es ist alles aufgeklärt. Du kannst keine Diebin sein! Die verschwundenen Stücke sind wieder da!«

Sie fielen sich in die Arme. Die Freude war groß.

Am nächsten Tag fand die gräfliche Hochzeit statt. Martha und Friedrich erhielten einen Ehrenplatz an der Hochzeitstafel.

Und es dauerte nicht lange, da waren auch sie Mann und Frau.

Friedrich Billing erbte das Haus des Meisters Birker am Markt. Über dem Eingang ließ er ein Wappen mit einer Dohle anbringen.

Sie sollte alle daran erinnern, wie der armen Martha Unrecht geschehen war.

Das Sühnekreuz bei Poppenreuth

Von diesem Kreuz wird in drei Sagen berichtet.

Die erste Sage

Auch in Poppenreuth gab es 1525 einen Aufruhr unter den Bauern. »Wir wollen frei 152
sein! Wir haben lange genug für die Reichen geschuftet, Steuern gezahlt und Abgaben entrichtet. Und was haben wir dafür bekommen? Not und Tod und Krieg! Die

Herren verwüsten unsere Äcker, ihre Knechte holen das letzte Vieh aus unserem Stall. Und wenn einer von uns das Wild jagt, weil seine Kinder Hunger haben, dann wird ihm die Hand abgehackt. Wir wollen unsere eigenen Herren sein!« Das riefen die Bauern wild durcheinander.
Die hohen Herren, von denen die Poppenreuther frei sein wollten, waren die Mitglieder des Nürnberger Rates, die Nürnberger Patrizier. Sie gaben ihren Kriegsknechten den Auftrag, die Rädelsführer der Bauern zu fangen.
Das geschah.
13 Bauern wurden aufgegriffen, zum Tode verurteilt und am »runden Stein« bei Poppenreuth hingerichtet.
Zur Erinnerung an diese Hinrichtung ließ man ein Steinkreuz errichten.

Die zweite Sage

Ein Bauer aus Poppenreuth lud mit seinem Knecht auf der Wiese das trockene Heu auf den Wagen. Dabei blickte er immer wieder sorgenvoll zum Himmel. »Pack an! Beeile dich, damit wir das Heu trocken in die Scheune bringen! Ein Gewitter zieht auf!«
Der Wagen war gerade zur Hälfte beladen, als der erste Blitz niederfuhr und ein heftiger Regen herunterprasselte.
Der Bauer, von Natur aus ein jähzorniger Mann, hob die Heugabel drohend gegen den Himmel und schrie außer sich vor Zorn: »Du, da oben! Du kannst wohl nicht warten, bis ich mein Heu eingefahren habe? Da soll mich doch gleich der Blitz erschlagen!« Kaum hatte er das letzte Wort gesprochen, als ihn tatsächlich ein Blitzstrahl traf und tötete.
Zur Erinnerung und Mahnung errichteten seine Angehörigen das Steinkreuz bei Poppenreuth.
Eine ähnliche Sage wird in Leutershausen erzählt.

Die dritte Sage

Eine Magd aus Poppenreuth war zum Abendmahl gegangen. Nachdem sie die Hostie empfangen hatte, flüsterte ihr eine böse innere Stimme zu: »Spuck sie aus!« Das Mädchen trat vor die Kirchentür und tat es.
Am nächsten Tag fand man es tot auf dem Acker.
An der Straße von Poppenreuth nach Wetzendorf steht noch heute das Steinkreuz, das an diesen Frevel erinnert. Es ist die Stelle, an der man die tote Magd gefunden hatte.

Das Sühnekreuz am Kieselbach

Von diesem Kreuz wird in drei Sagen berichtet.

Die erste Sage

Der Freiherr von Stein ritt mit seinem Diener die Straße entlang. 153

Der Herr voraus, der Knecht hinterher.

Dieser wußte, daß sein Gebieter viele Gold- und Silberstücke und ein paar Edelsteine bei sich trug.

»Das ist eine günstige Gelegenheit! Weit und breit ist keine Menschenseele zu sehen. Warum soll ich auf ewig Knecht bleiben?« dachte er bei sich und träumte von einem herrlichen Leben als reicher Mann.

Er überlegte nicht lange, sprang den Freiherrn von hinten an und tötete ihn mit einem Schwerthieb. Rasch leerte er die Taschen seines Opfers und machte sich aus dem Staub.

Die Bauern fanden später den Ermordeten am Straßenrand.

Das Steinkreuz, das die Verwandten an dieser Stelle errichten ließen, soll noch heute an die Untat erinnern.

Die zweite Sage

Freiherr Wolf von Wolfsthal war ein lebenslustiger, fröhlicher Mensch. Von seinen Festen im Schloß zu Burgfarrnbach sprachen die Leute in der ganzen Umgebung. Da floß der Wein in Strömen, und lustige Gäste gingen ein und aus. Es gab fast keinen Tag, an dem nicht gefeiert wurde.

Nach einem feuchtfröhlichen Abend vermißte der Freiherr einen goldenen Becher. Die Gäste waren gerade gegangen. Der Hausherr konnte sich nicht vorstellen, daß einer von ihnen den Becher mitgenommen hatte.

Vielleicht war es der Diener?

Er ließ ihn sogleich kommen: »Du hast einen goldenen Becher gestohlen! Leugne nicht! Ich weiß, daß du der Dieb bist!«

Der Beschuldigte wurde blaß und schwor, nichts, aber auch gar nichts gestohlen zu haben.

Am nächsten Morgen ritt der Herr von Wolfsthal mit seinem Diener nach Fürth. Am Kieselbuck stieg er vom Pferd und schrie ihn an: »Herunter mit dir!« Er packte den Armen an der Brust und beutelte ihn: »Wenn du nicht gestehst, hat dein letztes Stündlein geschlagen!«

Der Diener stammelte: »Mein Herr, so glaubt mir doch! Ich bin wirklich ganz unschuldig! Ich habe den Becher nicht gestohlen! Ihr tut mir unrecht!«

Da geriet der Freiherr erst recht in Zorn. Er zog sein Schwert und tötete den armen Menschen.

Als der Herr von Wolfsthal in das Schloß zurückkehrte, stand seine Frau unter der

Tür und hielt den vermißten goldenen Becher in der Hand: »Hier mein Gemahl, hier ist der Becher. Wir haben ihn in der Truhe gefunden. Da hat sich sicher ein Gast einen dummen Scherz erlaubt und ihn dort versteckt.«
Die Reue über seine Tat, die den Freiherrn nun befiel, kam zu spät.
Sie konnte den unschuldigen Diener nicht mehr lebendig machen.
Zur Sühne ließ der Herr von Wolfsthal an dieser Stelle ein Steinkreuz errichten.

Die dritte Sage

Vor vielen Jahren lebte im Burgfarrnbacher Schloß ein Herr Balthasar Wolf von Wolfsthal. Seinen Diener Heinrich Heydt hatte er eines Tages im Zorn entlassen. Darauf war dieser in den Dienst des Grafen Solms getreten.
Nicht lange danach fehlten am Staatskleid des Schloßherrn alle silbernen Knöpfe.
»Die kann nur der Heydt gestohlen haben!« stellte der Schloßherr fest, ohne viel zu überlegen. »Für mich gibt es keinen Zweifel! Der soll mir nur unter die Augen kommen! Ich werde dafür sorgen, daß er nie mehr lange Finger macht und sich an fremdem Gut vergreift!«
Eines Tages kam Heinrich Heydt durch Burgfarrnbach. Er hatte eine Botschaft seines neuen Herrn nach Prag zu bringen. Das wurde Herrn Balthasar sogleich gemeldet.
Der schwang sich auf sein Pferd und sprengte dem früheren Diener nach. Auf der Straße nach Fürth, am Kieselbuck, holte er ihn ein, schoß auf ihn und verwundete ihn schwer.
Heinrich Heydt wurde in die Stadt gebracht und starb am nächsten Tag.
Herr von Wolfsthal mußte zur Sühne eine Geldstrafe zahlen und das Steinkreuz aufstellen lassen. Ferner sollte er in den Krieg gegen die Türken ziehen, hieß es.

Die schwarze Maria von Langenzenn

154 Es gab wieder einmal Krieg. Die Fürsten kämpften gegen die Städte. Der Burggraf von Nürnberg war mit anderen Grafen und Herren vor die Stadt Windsheim gezogen, hatte die Stadt belagert und die Umgebung verwüstet.
Die Aussichten der Windsheimer sanken von Stunde zu Stunde. Die Lebensmittel wurden knapp.
Da wandte sich der Rat an den der Stadt Nürnberg und bat um Hilfe.
Die bekam er auch.
Die Nürnberger Kriegsknechte fielen ins Land des Burggrafen ein, raubten, plünderten, mordeten und zündeten die Dörfer an. Wie es in diesen Kriegszeiten eben so üblich war.
Sie hatten Langenzenn erstürmt und alles hinausgeschleppt, was sie tragen konnten. Dann zündeten sie den ausgeplünderten Ort an allen vier Ecken an. Die Bewohner

wurden vor die Stadt getrieben und mit dem Tode bedroht, wenn sie es wagen sollten, das Feuer zu löschen.
Der Brand griff rasch um sich und hatte bald die Kirche erreicht. Der Mittelbau stürzte ein. Die stehengebliebenen Säulen ragten wie Finger in den Himmel.
Auf einem Säulenvorsprung stand eine hölzerne Madonna mit Mantel und Schleier. Von allen Seiten züngelten Flammen zu ihr empor.
Maria hielt Mantel und Schleier und lächelte, als wollte sie zu ihrem ungeborenen Kindlein sagen: »Hab keine Angst! Bleib ruhig! Vor dem bißchen Feuer brauchst du dich nicht zu fürchten!«
Holz und Tuch blieben unversehrt.
Alle staunten über dieses Wunder.
Da halfen sogar die Nürnberger Kriegsknechte mit, den Kirchenbrand zu löschen.
Es gelang, den Chorbau und den Turm zu retten.
Und mitten in den Schuttmassen stand die Marienstatue an ihrem Platz, vom Rauch und von den Flammen leicht geschwärzt.
Als die Nürnberger hörten, daß der Burggraf von Windsheim her angerückt kam, zogen sie rasch ab.
Die Kirche wurde wieder hergestellt.
Das Bildnis kam an seinen alten Ort zurück und wurde von allen besonders verehrt.

Der Klosterbäck

Der Bruder, der die Vorräte des Klosters in Langenzenn zu verwalten hatte, erschien 155
eines Tages beim Propst* und beklagte sich: »Vater Propst, das ist schon der dritte Sack Mehl, der fehlt. Der dritte Sack, der gestohlen wurde.«
»Wer soll denn hier stehlen?« fragte der Probst. »Wer von den Chorherren hätte denn einen Nutzen davon? Ich glaube, Bruder, du hast dich verzählt. Sieh doch noch einmal genau nach!«
»Das habe ich bereits getan. Ich habe mich sicher nicht verzählt! Und ich glaube auch, den Dieb zu kennen. Es gibt nur einen, der außer mir den Schlüssel zur Mehlkammer hat. Das ist der Klosterbäck. Nur der kann die Säcke gestohlen und verkauft haben!«
»Du erhebst eine schwere Anklage. Ist dir das bewußt? Wenn der Bäcker gegen unsere Regeln verstoßen hat, muß er streng bestraft werden. Aber, es fehlen die Beweise«, gab der Propst zu bedenken.
Trotzdem ließ er den Klosterbäck kommen: »Bruder Bäcker, in der letzten Zeit sind drei Sack Mehl verschwunden. Du stehst unter Verdacht, sie gestohlen und verkauft zu haben. Denk daran, was du gelobt hast, als du zu uns kamst! Du wolltest arm bleiben und nicht nach Geld und Gut streben.«

»Herr Propst, wenn ich nur soviel gestohlen habe, wie eine Maus in einer Nacht frißt, dann soll mich die Strafe Gottes treffen«, beteuerte der Bäcker.
»Versündige dich nicht noch einmal! Bereue und büße, solange es Zeit ist!«
Das hat der Klosterbäck jedoch nicht getan und weiterhin alles abgestritten.
Genau ein Jahr später starb er an einem Schlaganfall. Es war in der Mehlkammer geschehen, als er nach den Säcken sah.
Man begrub ihn im Kreuzgang neben der Kirchenmauer.
Auf den Grabstein meißelte der Bruder Steinmetz eine Brezel ein.
Der Klosterbäck aber findet keine Ruhe.
Jede Nacht zwischen zwölf und ein Uhr schleppt er einen Mehlsack durch den Kreuzgang zum Klostertor hinaus.
Und diese Last muß er so lange tragen, wie der Klosterbau zu Langenzenn steht.

* Propst: Klostervorsteher

Der Drudenstein auf dem Dillenberg

156 Vor vielen Jahren lag auf dem Dillenberg bei Langenzenn ein großer, runder Felsblock, drei Meter hoch und drei Meter breit.
Eines Nachts haben diesen mächtigen Stein die Druden nach Stinzendorf tragen und dem Beckenbauern vor die Haustür legen wollen. Als sie gerade über den Dillenberg flogen, krähte in Stinzendorf der erste Hahn. Und beim ersten Hahnenschrei haben Hexen und Druden keine Kraft mehr.
Sie ließen den Stein fallen. Hier blieb er viele hundert Jahre lang liegen.
Die alten Leute erzählten, daß sie Hexen und Druden um den Stein herum hatten tanzen sehen.

Die Bärentreiber von Burgfarrnbach

157 Vor langer Zeit sollen einige Burgfarrnbacher Bürger nach Unterfarrnbach ins Wirtshaus gegangen sein. Während sie sich ein Glas Bier nach dem anderen durch die Kehle rinnen ließen, ging plötzlich ein fürchterliches Unwetter nieder.
»Jetzt können wir nicht hinaus. Jetzt müssen wir sitzenbleiben, bis sich das Wetter beruhigt hat«, sagten sie und hatten damit gleich eine Entschuldigung, länger im Wirtshaus zu bleiben.
Das Unwetter wollte kein Ende nehmen. Die Zecher konnten sich Zeit lassen und genehmigten sich ein Glas nach dem anderen.
»Jetzt sitzen wir schon viele Stunden da«, sagte einer, der an seine Frau dachte und

dem es langsam mulmig wurde. »Der Regen und der Sturm hören nicht auf. Laßt uns nach Hause gehen, sonst kommen wir heute gar nicht mehr heim!«
Auch die anderen dachten an den Empfang, der sie zu so später Stunde daheim erwartete. Sie nickten beifällig: »Ja, laßt uns gehen!« Und dann zogen sie los.
Sie waren alle ein wenig wacklig auf den Beinen. Draußen goß es immer noch wie aus Eimern. Der Wind heulte über die Felder. Die Bäume bogen sich zur Erde. Die Männer stapften in die Nacht hinaus und hielten ihre Hüte fest.
»Halt!« schrie plötzlich einer. »Seht, was sich da bewegt! Ein Ungeheuer, ein Ungetüm!«
Wirklich! Die anderen sahen es auch. Da bewegte sich eine unheimliche, riesige Gestalt. Immer hin und her und her und hin. Und dabei brummte sie ganz bedrohlich.
»Ein Bär!« schoß es allen durch den Kopf, und sie liefen um ihr Leben. Sie stolperten über Gräben und fielen der Länge nach in tiefe Pfützen, rappelten sich wieder hoch und rannten, so schnell es in dieser Dunkelheit nur ging.
Ganz außer Atem kamen sie in Burgfarrnbach an.
Gleich wurde großer Alarm gegeben. Die Bürgerwehr mußte ausrücken und erhielt den Befehl, das Untier unschädlich zu machen.
Die Männer zogen sich warm an, griffen sich ihre Vorderlader und eilten in die Nacht hinaus.
Als sie an die Stelle kamen, wo die Zecher den Bären gesehen hatten, stellten sie sich in einer Reihe auf und schossen in die Finsternis hinein. Ihre wohlgezielten Schüssen mußten doch getroffen haben!
Vom Bären aber war nichts zu sehen und nichts zu hören.
Oder doch? Da brummte es ja schon wieder!
Als sie näherkamen, fanden sie das vermeintliche Untier: Es war ein alter, aufgespannter Regenschirm, der in einem Strauch hing. Und er brummte, wenn sich der Wind in seinen Stäben verfing.
Seit dieser denkwürdigen Bärenjagd, nannten die Leute aus der Umgebung ihre Burgfarrnbacher Nachbarn nur noch die »Bärentreiber«.

Altdorf – Lauf – Hersbruck und ihr Umland (158–182)

Etzels Grab

Die Nacht war schwarz und still. Kein Lüftchen regte sich. Und die Sterne lagen hinter Wolkenschleiern. 158

Nur von der Houbirg her drang ein leises dumpfes Murmeln vieler Männerstimmen ins Tal hinunter. Und dazwischen konnte man das Klirren von eisernen Geräten, von Hacken, von Meißeln und von Schaufeln hören.

Dort oben war ein ganzes Volk in Bewegung. Das Volk der Hunnen, der Schrecken aller Menschen, das wie ein Sturm über das Land fegte und alles zerstörte, was auf seinem Weg lag.

Heute aber war es nicht Waffenlärm, nicht Kampfgeschrei, nicht Schwertergeklirr. Heute lag tiefe Trauer und Wehmut über dem Volk.

Sein König Etzel, auch Attila genannt, war tot. Der große Attila, der Abgott ihres Glaubens, der mächtige Weltbezwinger, der sie von Sieg zu Sieg geführt hatte, war tot.

In aller Stille begrub das Volk seinen König. Die Männer senkten den Leichnam tief in den Boden, füllten das Grab mit Erde auf und glätteten sie im weiten Rund, damit kein Feind diese Stelle finden und die Ruhe des Königs stören konnte. Kein Zeichen, kein Stein, kein Mal sollte einen Hinweis auf das Grab geben.

Dann stellten sie sich in einem großen Bogen auf. Kopf an Kopf. Und sie gruben und schaufelten und warfen Steine und Erde zu einem riesigen Wall auf, eine mächtige Schanze, die zur Friedhofsmauer wurde.

Sie arbeiteten bis zum Morgengrauen. Dann verließen sie wortlos den Platz und zogen weiter.

Wohin? Das weiß niemand.

Seitdem sind eineinhalbtausend Jahre vergangen.

Noch heute umschließt die riesige Hunnenschanze in weitem Bogen das einsame Grab der Gottesgeißel Attila. Noch heute ruhen seine Gebeine tief im Schoß des Berges. Manch einer hat die Ruhestätte gesucht und mit Schaufel und Spaten den

Boden umgegraben. Der König soll ja unermeßliche Schätze mitbekommen haben! Doch keiner hat auch nur eine Spur gefunden.
Zu tief hat das Volk seinen König zum ewigen Schlaf in den Berg gesenkt. So tief, daß ihn auch Geldgier und Habsucht nicht erreichen können.

Wie Lauf zu seinem Namen kam

159 Die Burg war von dichten Wäldern eingerahmt, die bis an die Pegnitz reichten.
In diesen Wäldern jagte an einem sonnigen Herbsttag der König Wenzel. Seine Jäger hatten einen prächtigen Hirsch ausgemacht und waren zusammen mit dem König hinter ihm her.
Die Jagd dauerte bereits mehrere Stunden. Immer wenn sie glaubten, das Tier eingeholt zu haben, sprang es über einen Graben oder schlüpfte ins Gebüsch.
Am Ende war es ganz verschwunden. Wie vom Wald verschluckt.
Die Jagd wurde abgeblasen. Der König gab das Zeichen zum Aufbruch. Der Zug setzte sich in Bewegung. Der Weg war mühsam, die Pfade schmal. Die Abendsonne sandte ihre letzten Strahlen in die Baumwipfel. Zwischen den Stämmen dunkelte es bereits.
Nach einigen Stunden gab es keinen Zweifel mehr: Sie hatten sich verirrt und fanden nicht zurück.
»Haltet an!« befahl der König plötzlich. »Hört! Das sind die Hammerwerke!« Er zeigte in die Richtung, aus der das leise Klopfen und Schlagen kam und rief einem Knecht zu: »Lauf! Lauf!«
Der Jagdzug folgte der Spur des Knechtes und fand schließlich aus dem Wald heraus. Als sie auf der Burg ankamen, streute der Mond sein fahles Licht über das Land.
Von diesem Ruf des Königs Wenzel soll Lauf seinen Namen haben.

Die Stadt sucht einen Namen

160 Vor langer, langer Zeit war im Nordosten des heutigen Mittelfranken eine Stadt entstanden, die keinen Namen hatte. Die Häuser waren auf- und ausgebaut, die Türme und Tore und die Stadtmauer errichtet, Kinder wurden geboren, alte Menschen starben und wurden begraben. Die Kirchenglocken läuteten mehrmals am Tag, die Menschen gingen ihrer Arbeit nach.
Aber: Die Stadt hatte immer noch keinen Namen, weil man sich nicht einigen konnte.

Endlich beschlossen die Ratsherren: »Wir werden unsere Stadt nach dem lebendigen Geschöpf nennen, das morgen als erstes über die Zugbrücke läuft.«
Gesagt, getan. Am Morgen wurde die Zugbrücke heruntergelassen, und alle warteten gespannt, wer dieses »Geschöpf« sein würde.
Der Zufall wollte, daß es ein Hirsch war, der aus dem Wald gesprungen kam und über die Zugbrücke in die Stadt lief.
Damit hatte die Stadt endlich ihren Namen bekommen: Hirschbruck.
Im Laufe der Zeit wurde aus Hirschbruck Hersbruck.
Und so heißt die Stadt heute noch.
Von dieser Geschichte um den Namen der Stadt soll auch das Wappen herkommen. Es zeigt ein Tier mit Hörnern, das sich zwischen zwei Türmen auf einer schräggestellten Brücke bewegt.

Das Versprechen eines Handwerksburschen

Es war um das Jahr 1340. Hermann Keßler, ein Glockengießergeselle, befand sich 161
auf dem Weg von Prag in seine Vaterstadt Nürnberg. Drei Jahre hatte er sich, wie alle Handwerksburschen in dieser Zeit, draußen in der Welt umgesehen und bei verschiedenen Meistern viel dazugelernt.
Als er mit zügigen Schritten den Straßenrand entlanglief, braute sich ein schweres Gewitter zusammen. Das zwang ihn, den Heimweg noch kurz vor dem Ziel zu unterbrechen und in Lauf eine Rast einzulegen.
Er eilte am Zöllner vorbei, lief über die Zugbrücke und kam durch das Obere Tor auf den Marktplatz. Hier fragte er nach der nächsten Herberge.
»Was ist dein Begehr?« wollte der Herbergsvater wissen.

»Ja, guter Herr Wirt«, sagte Hermann etwas unsicher und stockend, »jeden Augenblick kann ein schweres Gewitter losbrechen. Ich komme aus Prag und will nach Nürnberg, in meine Vaterstadt. Aber das schaffe ich heute nicht mehr. Außerdem bin ich hungrig und habe großen Durst. Doch, das muß ich euch gleich sagen: Mein Geldbeutel ist leer. Ich kann nicht bezahlen. Ich bitte euch, mir trotzdem etwas zu essen und zu trinken zu geben. Sobald ich bei meinem Vater bin, werde ich die Rechnung begleichen und euch das Geld schicken.«
Dann blickte er den Herbergsvater fragend an und wartete.
Der betrachtete sich den Burschen genau. Es waren schon viele dagewesen, die nicht zahlen konnten. Alle haben versprochen, das Geld zu schicken. Sehr oft ist es bei diesem Versprechen geblieben, und der Wirt hat keinen roten Heller gesehen.
»Doch dieser Junge hier«, sagte sich der Mann, »macht einen guten Eindruck. Und es gefällt mir, daß er sich nicht bedienen läßt und dann erst sagt, daß er kein Geld hat.«
Und laut fügte er hinzu: »Also gut, Geselle. Ich will dir glauben. Sorge dich nicht um die Heller, die dir fehlen. Auch wenn ich dich nicht kenne, sollst du bei mir alles bekommen, was meine Küche und mein Schanktisch bieten können. Ich bin sicher, daß du dein Versprechen hältst.«
Dann stellte er einen Krug Bier auf den Tisch und rief in die Küche: »Mutter, richte etwas zu essen her! Unser junger Freund hat großen Hunger.«
Draußen grollte der Donner, und die Blitze zuckten über den Himmel. In dieses Getöse hinein bimmelte das Abendglöcklein der Johanniskapelle.
Die Herbergsmutter trug eine Brotzeit auf. Und während es sich der Geselle gut schmecken ließ, setzte sich der Wirt zu ihm. Er fragte nach seinem Beruf und nach den Orten und Städten, in denen er gewesen war.
Als Hermann von seinem Handwerk erzählte und von den vielen, schönen Glocken, die er gesehen und gegossen hatte, blickte der Wirt traurig vor sich hin und sagte: »Du hast es ja bimmeln gehört, das kleine Glöcklein. Zu einem richtigen und schönen Geläute haben wir es in Lauf bis heute nicht gebracht. Die Stadtmauer und die Türme haben das ganze Geld verschlungen. Die Kirche ist so klein, daß sie die Menschen nicht faßt. Wir können uns weder eine neue Kirche noch einen eigenen Pfarrer und erst recht nicht neue Glocken leisten.«
Ohne viel zu überlegen, gab der junge Glockengießer ein großes Versprechen: »Lieber Herbergsvater, ihr habt mich so gut aufgenommen und mir voll vertraut. Sollte ich in meinem Beruf erfolgreich sein und Glück haben, dann gieße ich den Laufern eines Tages ein Geläut, das sich in der ganzen Umgebung sehen und hören lassen kann. Das soll mein Dank an euch und an eure Stadt sein.«
Die Herbergseltern nahmen das Versprechen erfreut entgegen. Aber sie hatten ihre Zweifel: »Hast du gehört, Mutter, was dieser Grünschnabel versprochen hat? Wird er sein Wort halten? Wird er es halten können? Eins steht fest: Wir erleben es nicht mehr.«
Der Glockengießer hat sein Wort gehalten.

Über dreißig Jahre waren seither ins Land gegangen. Die Herbergseltern lebten längst nicht mehr. Hermann Glockengießer, wie er jetzt von allen genannt wurde, war ein tüchtiger, erfolgreicher Meister geworden.
Seine Ehe war kinderlos geblieben. Als er sich zur Ruhe setzte, übergab er die Gießerei mit dem Glockenhof in Nürnberg seinem jüngeren Bruder und zog mit seiner Frau Elsbeth nach Lauf.
Hier stiftete er das Spital und ließ die Kirche zum heiligen Leonhard bauen.
Und ein besonderes Geläut sollte sie auch noch bekommen.

Die goldene Glocke

Hermann Glockengießer, wie er von allen Leuten genannt wurde, hatte die Holz- 162
kirche beim Spital von St. Leonhard niederlegen und einen Steinbau errichten lassen.
Es war eine schöne Kirche mit hohen Fenstern und kunstvollen Altären und einem Turm, der die Stadtmauer weit überragte. Nur die Glocken fehlten noch. Die wollte Meister Hermann selbst gießen. Und sie sollten besonders schön klingen.
Neben dem Spital wurde eine eigene Gießerei eingerichtet und alles für den Glockenguß vorbereitet.
Nach altem Brauch ging der Meister vor dem Guß hinaus ins Freie. Er wanderte durch die Wiesen am Ufer der Pegnitz, pflückte ein paar goldgelbe Blümchen und band sie zu einem Sträußchen zusammen. Das wollte er seiner Elsbeth mitbringen und steckte es aus alter Gewohnheit hinter das Ohr.
Als er zurückkam, hatten die Gesellen bereits das Feuer angeschürt. Die Glockenspeise kam in Bewegung, schmolz und wurde flüssig. Gleich neben dem Ofen hatte man die Form für die große Glocke in den Boden gebaut. Die große Glocke sollte als erste gegossen werden.
Hermann Glockengießer sprach nach alter Sitte ein kurzes Gebet und stieß den Zapfen aus dem Ofen. Das glühende Metall schoß zischend heraus und floß in die Form. Der Meister beobachtete den Vorgang mit großer Aufmerksamkeit und beugte sich prüfend über die flüssige Glut. Dabei fiel das vergessene Blumensträußchen hinter dem Ohr in das feurige Rinnsal.
O Schreck! Wenn der Guß gelingen soll, dann darf kein noch so winziger Fremdkörper in der Gießmasse sein! Hoffentlich hat der Blumenstrauß nicht alles verdorben! Die Gesellen, die Frau Elsbeth und der Meister konnten es kaum erwarten, bis das Metall abgekühlt war. Der Mantel wurde zerschlagen. Die prüfenden Blicke tasteten jede Stelle der neuen Glocke ab: Gott sei Dank! Alles in Ordnung! Kein Riß, kein Sprung, kein Bläschen. Und alle waren von der wunderbaren Färbung überrascht.

Die Glocke schimmerte so eigenartig, wie wenn sie aus purem Gold gegossen worden wäre.
Dann wurde sie mit einer Winde emporgehoben und der Klang geprüft. »Wundervoll!« sagten alle. »So schön und rein und voll zugleich hat noch keine Glocke geklungen!«
Bald darauf konnten alle Laufer das gesamte neue Geläut klingen hören.
Die größte Glocke klang am schönsten.
Und sie nannten sie nur die »goldene«.

Eine höhere Gewalt

163 Die Festung Rothenberg, von der nur Ruinen übriggeblieben sind, sollte eigentlich auf der gegenüberliegenden Höhe errichtet werden. Die Bauleute hatten hier, auf dem waldreichen Reißberg, den Grund ausgehoben und die ersten Steine aufeinandergefügt.
Da tobte eines Nachts ein fürchterliches Unwetter durch das Hüttenbacher Tal, und am Morgen waren alle Bauteile vom Reißberg verschwunden. Die Knechte suchten vergeblich nach den behauenen Quadern.
Die fanden sie schließlich auf dem gegenüberliegenden Gipfel des Rothenbergs. Doch sie lagen nicht kreuz und quer herum. Sie waren bereits zu festen Mauern aufgerichtet.
Das konnte sich niemand erklären.
»Sollen wir nicht gleich hier weiterbauen?« fragte der Baumeister. Der Bauherr schüttelte den Kopf: »Nein! Tragt auf dem Rothenberg alles wieder ab. Die Festung wird auf dem Reißberg errichtet.«
Die Knechte legten die Mauern nieder, luden die schweren Quader auf Fuhrwerke, brachten sie auf die andere Seite des Hüttenbacher Tales und setzten dort Stein auf Stein.
Am nächsten Morgen war die Überraschung groß: Der Bau stand wieder auf dem Rothenberg.
Der Herr aber blieb hartnäckig: »Das gleiche noch einmal! Die Festung wird auf dem Reißberg gebaut!«
Als sich dieses Schauspiel schließlich zum dritten Mal wiederholte, gab er endlich nach. Er glaubte, daß hier eine höhere Gewalt mitgewirkt hatte. Und der wollte er nicht im Wege stehen.
So wurde die Festung auf dem Rothenberg errichtet.
Die alten Leute nennen den Reißberg noch heute den »alten Rothenberg«. Es soll sogar Spuren des ursprünglichen Baues geben.

Am Rothenberg lag vor Zeiten ein geborstener Quader. Man sagte, daß dieser Stein in eine Vertiefung am Reißberg paßt und zu den Bauteilen gehört, die durch unsichtbare Hände von einem Berg auf den anderen gebracht worden sind.

Der goldene Harnisch

Auf der Burg Rothenberg* lebten, lange bevor sie Festung wurde, mehrere Ritter- 164
familien zusammen. Die Herrschaft gehörte ihnen gemeinsam.
Eine der Familien, die Wildensteiner, besaßen einen goldenen Harnisch, den einer ihrer Vorfahren von einem Kreuzzug aus dem Heiligen Land mitgebracht hatte. Das kostbare Stück wurde nicht nur wegen seines hohen Wertes geschätzt und pfleglich behandelt. Mit ihm war auch eine Weissagung verbunden: Wenn der goldene Harnisch verlorengeht, sterben die Wildensteiner aus, hieß es.
Und das war der Hauptgrund, weshalb die Ritterfamilie das Prachtstück wie ihren Augapfel hütete.
Wieder einmal mußte einer von ihnen ins Heilige Land ziehen und an einem Kreuzzug teilnehmen. Bei seinem Abschied hatte er alle ermahnt, auf den goldenen Harnisch besonders aufzupassen und ihn in Ordnung zu halten.
Die Familie hatte jahrelang von diesem Kreuzritter nichts mehr gehört.
Eines Tages reinigte ein Knappe das teure Rüstzeug am Steinrand des Schneckenbrunnens. Da lief das Büblein des Ritters vorbei und stieß den Harnisch in den Brunnenschacht hinunter.
Der Schreck war groß. Und alle Versuche, den goldenen Harnisch aus der Tiefe zu holen, scheiterten.
Ein Jahr später ertrank das Knäblein, der einzige Sohn des Wildensteiners, im selben Brunnen.
Damit war das Geschlecht ausgestorben.
Die Leute sagen: »Wenn es länger geregnet hat, dann hört man, wie die Wassertropfen unten im Brunnenschacht auf den goldenen Harnisch fallen.«
Und weiter sagen sie: »Einer, der noch nie gelogen hat, kann den Harnisch in einer Walpurgisnacht heraufholen.«
Einige sollen es versucht haben und dabei zu Tode gekommen sein.

* Rothenberg war eine sogenannte Ganerbenburg. Burg und Herrschaft gehörten einer Erbengemeinschaft, den Ganerben. Die Benutzungsrechte wurden durch Verträge geregelt (Burgfriede).

Der Katzenfels

165 Einige Kilometer unterhalb von Alfeld erhebt sich bei der Rosenmühle ein großer, fast runder Felsen. Besonders bei Nacht, im fahlen Licht des Mondes, soll er einem Katzenkopf ähnlich sehen. Wer gute Augen hat, erkennt sogar die Vorderfüße mit den mächtigen Krallen. Und zwischen den Füßen tut sich ein gewaltiges, unheimliches Loch auf, so groß, daß es Menschen verschlingen kann.
Einige wissen noch mehr darüber: »An manchen Tagen bekommt der Fels Katzenaugen. Die leuchten groß und schrecklich, und sie glitzern und glühen. In früherer Zeit waren sie immer dann zu sehen, wenn fremdes Kriegsvolk in das Hersbrucker Land einfiel.
Das wußten auch die Leute von der Rosenmühle. Sobald seine Augen leuchteten, packten sie ihre Habseligkeiten und schafften sie in die Höhle des Katzenkopfes.
Einmal war es wieder soweit.
Da sprengten Kosaken heran und forderten Geld. Die Kosaken waren wilde Burschen, die mit sich nicht handeln ließen. Sie fuchtelten mit ihren Säbeln herum und hielten dem Müller die Pistolen unter die Nase: »Wenn du uns nicht sofort das Versteck verrätst, in dem dein Geld liegt, schießen wir dich nieder und zünden dein Haus an!«
Dem Müller schlotterten die Knie. Sein Leben war ihm lieber als das Geld. Verängstigt führte er die rohen Kerle zum Katzenfels. Hierher hatte er vor einigen Tagen seine letzten Silbertaler gebracht.
Und dann geschah ein Wunder: Die Kosaken krochen nacheinander zum Felsloch hinein, kamen aber nie wieder heraus.
Der Katzenkopf hatte sie verschlungen.
So kam es, daß die Müller auf der Rosenmühle wohlhabende Leute werden und bleiben konnten. Keine Räuberbande, kein durchziehendes Kriegsvolk hat sie je ausgeplündert.
Der Regen, der Frost, die Sonne und die Zeit haben am Katzenfels genagt. Er hat mehr und mehr von seiner alten Gestalt eingebüßt.
Und damit hat er auch seine Wunderkraft verloren.

Der Schlangenkönig und seine Krone

166 Wer zwischen Äckern und Hopfengärten bei Offenhausen zum Paulusknocki oder zum alten Steinbruch hinaufsteigt, der kann, wenn er Glück hat, etwas Besonderes entdecken: Eine kleine Mulde im Boden, gefüllt mit dem reinsten und klarsten Wasser, das es gibt. So klar, daß man jedes Steinchen, ja jedes Sandkörnchen darin liegen sieht.

Dahinter wächst ein besonders feines, weiches, dichtes Moos, das einen goldenen Schimmer hat.
Und zwischen den Moospolstern liegt der geheime Eingang zum Palast des Schlangenkönigs.
Wie es darin aussieht, hat zwar noch niemand gesehen; doch alle wissen es: Hier hält der Schlangenkönig seine unvorstellbaren Schätze verborgen. Da glänzen goldene und silberne Gefäße und glitzern Ketten, Armreife und Fingerringe. Da funkeln Spangen und Gürtel und leuchten Edelsteine in allen Farben:

Etliches wie der Himmel so blau.
Etliches grün wie die Maienau.
Etliches rot wie der Abendschein.
Etliches schimmernd wie Tautröpflein.

Und die Leute wissen auch, wie man wenigstens einen Teil dieser Herrlichkeiten bekommen kann.
Das soll gar nicht so schwer sein:
Der Schlangenkönig behütet seine Schätze gut. Aber dauernd kann er auch nicht in seinem Schloß aus Stein bleiben.
Wenn im Dorf die Mittagsglocke läutet, steckt er seinen schmalen Kopf aus der Höhle, sieht sich nach allen Seiten um, schlüpft heraus, legt sein Krönlein ins Moos und gleitet in das klare Wasser.

Wer schlau ist und eine flinke Hand hat, der soll an einem schönen Sommertag an diese Stelle kommen. Er muß vor 12 Uhr oben sein, ein buntes Tüchlein ins Moos breiten und sich still danebensetzen. Er darf sich nicht bewegen und ja nicht laut atmen.
Mit dem ersten Glockenschlag schlüpft der Schlangenkönig aus seiner Höhle, schaut nach links, schaut nach rechts, legt die Krone auf das Tüchlein und taucht ins klare Wasser ein.
Jetzt ist es einfach, sagen die Leute.

Eines Tages liegt ein schlauer Mensch mit flinken Händen auf der Lauer. Der Schlangenkönig hat eben die Krone auf das Tüchlein gelegt.
Der Mensch greift zu, faltet es zusammen und steckt es ein.
Der König gleitet lautlos aus dem Wasser und möchte seine Krone holen. »Wo ist meine Krone?« ruft er entsetzt. »Meine Krone! Meine Krone! Ohne sie bin ich kein König mehr! Mein bestes Stück! Was mach ich nur?« Und er sucht und sucht und findet sie nicht.
Da tritt der Mensch näher und fragt scheinheilig: »Was hast du denn, lieber, kleiner Schlangenkönig? Warum bist du so traurig? Weshalb jammerst du?«
»Meine Krone! Meine Krone! Ich habe sie verloren. Ich habe alles verloren«, schluchzt er. »Hilf mir suchen, bitte!«
Der Mensch tut so, als ob er suchen wollte und läßt den armen reichen Schlangenkönig zappeln.
Nach einiger Zeit holt er das Tüchlein aus der Tasche, nimmt die kleine Krone heraus, setzt sie auf die Fingerspitze und läßt sie in der Sonne funkeln: »Da ist sie ja! Da sieh her, kleiner Schlangenkönig, da ist ja dein Krönlein!«
Der König ist überglücklich: »Wunderbar! Wunderbar! Hab tausend Dank! Gib es nur gleich her! Mein Krönlein! O, meine Krone!«
Doch der Mensch denkt nicht daran: »Was bekomme ich dafür, König? Deine Krone wird dir wohl einen Finderlohn wert sein!«
»Freilich, freilich! Den sollst du haben!« verspricht der König dankbar.
Er eilt zum Eingang des Palastes und weist seine Diener an: »Bringt ein goldenes Schüsselchen, einen Kamm und einen Becher!«
Als dieser Finderlohn vor dem Menschen liegt, sagt er nur: »Mehr!«
Der Schlangenkönig befiehlt: »Holt Ketten und Spangen!«
Und auch jetzt sagt der Mensch nur: »Mehr!«
Der Schlangenkönig: »Bringt Gürtel und Armreife!«
Und als der Mensch auch die bekommen hat, sagt er wieder: »Mehr!«
»Du kannst haben, was du wünscht. Für meine Krone verschenke ich all meine Schätze!« Und er ruft nach unten: »Schafft mir die funkelnden Ringe mit den leuchtenden Edelsteinen herbei:

Wie der Himmel so blau.
So grün wie die Maienau.
So rot wie der Abendschein.
So schimmernd wie Tautröpflein.

Gibts du mir das Krönlein endlich?« bettelte er.
»Jetzt reicht es mir«, sagt der herzlose Mensch, setzt dem Schlangenkönig das Krönlein auf, schlägt das Tüchlein mit den Schätzen zusammen und geht.
Daheim aber versteckt er sie an der tiefsten Stelle in der Truhe, damit sie kein anderer Mensch und auch nicht die Sonne oder der Mond zu sehen bekommen.

Eine Truhe voll Gold

Auf dem Wachtstein bei Bühl stand vor langer Zeit eine goldgefüllte Truhe, aus der 167
sich jedoch niemand etwas holen konnte. Denn: Der Teufel saß auf ihr und ließ sie nicht aus den Augen.

Einige Leute glaubten, daß es doch möglich sei, den Schatz zu holen: »Wer sich das zutraut, der muß am Karfreitag auf den Wachtstein steigen. So lange der Pfarrer in Bühl die Passion liest, hat der Teufel keine Macht. Wer den Schatz in dieser Zeit nach Hause trägt, dem gehört er.«

Der Bauer vom Rampertshof war ein Geizkragen und wollte das Gold unbedingt haben.

Er stieg am nächsten Karfreitag auf den Wachtstein und wartete, bis ihm sein Knecht von der Kirche her ein Zeichen gab. Das hieß für ihn: Jetzt fängt der Pfarrer mit der Passion an.

Da kam das Zeichen!

Der Bauer packte die Truhe, hob sie auf die Schultern und eilte damit auf seinen Hof zu. Doch die Last war schwer. Er schleppte und keuchte und schwitzte, und die Beine taten ihm weh.

Um ein Haar hätte er es geschafft!

Die Passion war zu Ende, als der Bauer gerade ins Haus treten wollte. Da wurde die Truhe schwerer und schwerer, so schwer, daß sie ihn beinahe zu Boden drückte. Er wußte sogleich: Da sitzt der Teufel drauf!

Und so war es.

Der Bauer strengte sich an, wie noch nie zuvor in seinem Leben. Vergebens! Er kam keinen Zentimeter vorwärts.

In seiner Not bettelte er: »Ich will gerne auf den Schatz verzichten! Aber erlaube mir wenigstens, daß ich die leere Truhe in die Bodenkammer bringe.«

Der Teufel war einverstanden.

Der Bauer und der Knecht schleppten das immer noch schwere Stück unter großer Mühe die Stiege hinauf und stellten es in der Bodenkammer in eine Ecke.

Dort soll es heute noch stehen.

Dem Bauern und dem Knecht aber lösten sich alle Fingernägel ab. Und sie wuchsen nie mehr nach.

Der Pfarrer von Rückersdorf

168 »Die Kroaten kommen! Die Kroaten kommen!« riefen die Leute in Rückersdorf. Männer, Frauen, Kinder und Greise rafften alles zusammen, was sie vor den räuberischen Feinden retten wollten und tragen konnten und flohen in die nahen Wälder. Dort trafen sie auf Bewohner der Nachbardörfer, die sich hier versteckten.
Rückersdorf war wie ausgestorben. Nur der Pfarrer hatte sein Haus nicht verlassen. Er hielt es für seine Pflicht zu bleiben und das Gotteshaus zu schützen. Er saß in seiner Wohnstube und wartete auf die Ankunft der Feinde.
Da kamen die Kroaten! Wie die Wilden stürmten sie das Dorf, drangen in alle Häuser ein, brachen Türen auf, plünderten die Räume aus und zerschlugen alles, was sie nicht mitnehmen konnten.
Einige von ihnen kamen auch zum Pfarrhaus. Da sie den Eingang versperrt fanden, schlugen sie mit ihren Gewehren und mit ihren schweren Stiefeln gegen die Tür.
In letzter Sekunde kam dem Pfarrer ein rettender Gedanke. Er wand sich ein großes weißes Tuch so um den Kopf, daß nur sein angsterfülltes Gesicht zu sehen war, schaute zum Fenster hinaus und schrie mit kläglicher Stimme: »Pestilenzia! Pestilenzia!« Das heißt: Hier wütet die Pest!
Und die Pest war damals eine von allen gefürchtete ansteckende Krankheit.
Kaum hatten die Kroaten dieses fürchterliche Wort vernommen, da stürzten sie wie vom Teufel gejagt davon und ließen alles liegen, was sie zusammengerafft hatten. Und sie riefen ihren Kameraden zu: »Los, fort von hier! Hier ist die Pest! Schnell fort! Schnell fort!«
In Windeseile waren die Kroaten verschwunden. So rasch, wie sie gekommen waren. Es ging alles so schnell, daß es die Rückersdorfer kaum glauben wollten.
Nach und nach, immer noch von Angst erfüllt, kamen sie in ihre verwüsteten Häuser zurück.
So hatte ein glücklicher Einfall den Ort vor größerem Schaden bewahrt.

Die gewonnene Wette

169 Hundert Meter westlich von Oberhaidelbach, an der Weggabel nach Pühlhof und Pötzling, steht auf der »Seelwiese« ein verwittertes Steinkreuz.
Hier soll einst ein Gersdorfer Bauer mit einem seiner Tagelöhner eine Wette eingegangen sein.
»Du bekommst eine Kuh von mir, wenn du zwischen Sonnenaufgang und Sonnenuntergang das Getreide auf dem Seelacker schneidest«, bot er dem Mann an.
Der überlegte kurz: »320 Meter breit und 7 Meter lang ist das Stück. Das schaffe ich. Ich nehme die Wette an«, lautete seine Antwort.

Am nächsten Morgen begann er in aller Frühe. Er arbeitete wie ein Besessener. Der Schweiß rann ihm von der Stirn. Die Arme schmerzten, und die Beine spürte er überhaupt nicht mehr. An eine Ruhepause oder eine Vesper war nicht zu denken. Am Abend hatte er es tatsächlich geschafft. Das Getreide war geschnitten und die Wette gewonnen.
Aber er hatte nichts mehr davon. Bevor er sich darüber freuen konnte, brach er tot zusammen.
Vorher soll er noch gesagt haben: »Seinen Leut' hat er derschnittn a Kuh und sich die ewige Ruh dazu.«
Andere wollen es so gehört haben: »Der Frau bracht ich die Kuh und mir die ewige Ruh.«
Und einige wissen es noch besser: »Ich habe meiner Frau erschnitten die Kuh. Jetzt laßt mir meine ewige Ruh!«
Das alte Steinkreuz soll an ihn und an die gewonnene Wette erinnern, die er mit seinem Leben bezahlte.

Das Doktorbrünnlein bei Grünsberg

Ein reicher Metzger zu Altdorf ließ sich das Essen gut schmecken und das Trinken 170
etwas kosten. Es mußten die besten und schwersten Weine sein und ein starkes Bier, das lange gelagert hatte. Die guten, saftigen Stücke Fleisch aß er selbst; die flachsigen, mageren verkaufte er an seine Kunden.
Seine Geschäfte gingen sehr gut.
Aber trotzdem war unser Metzger ein armer, ein kranker Mann. Wenn er die Treppe hinaufschlurfte, ging ihm der Atem aus. Bei jeder dritten Stufe blieb er stehen und rang nach Luft. Mühsam setzte er einen Fuß vor den anderen.
Eines Tages kam ein neuer Professor an die Universität Altdorf. Doktor von Fabrice hieß er. Ihm ging ein großer Ruf voraus. Der berühmte Arzt hatte schon viele Kranke gesund gemacht und manche schweren Leiden geheilt.
Unser Metzger hörte am Wirtshaustisch davon. »Ich muß ihn aufsuchen«, ging es ihm durch den Kopf. »Vielleicht kann der mich von meiner Krankheit befreien.«
Am nächsten Morgen zog er ein frisches Hemd an, ließ anspannen und fuhr zum Arzt in die Universität.
Doktor Fabrice saß hinter seinem Schreibtisch und sah sich den Kranken genau an. Er lächelte spöttisch über seine Augengläser hinweg, als der Metzger wehleidig zu klagen begann.
Das machte auf den Arzt überhaupt keinen Eindruck. Er tippte dem Kranken mit dem Federkiel auf den Bauch und sagte nur: »Zu dick.«
Der Metzger betrachtete seine Kugel voller Mitleid. Sie war wirklich so groß, daß sie ihm den Blick auf Beine und Knie versperrte. Und er jammerte wieder: »Ihr macht

euch lustig über mich armen Mann! Ich bin schon immer so dick, aber war früher nie krank gewesen. Spottet nicht über mich! Verschreibt mit lieber ein Tränklein aus der Apotheke, das mich wieder gesund macht!«
Der Arzt nickte: »Das Tränklein sollt ihr haben. Aber nicht aus der Apotheke. Ihr müßt es euch selbst holen, draußen im Wald.«
»Im Wald?« fragte der Kranke verständnislos zurück. »Wieso im Wald?«
»Jawohl, im Wald! Den Weg dorthin müßt ihr zu Fuß zurücklegen. Eure Kutsche laßt ihr gefälligst zu Hause.«
»Zu Fuß? Um Gottes Willen! Das überlebe ich nicht! Und wohin soll ich gehen? Und wie weit?«
»Nach Grünsberg hinaus. Und zwar jeden Tag. Ihr schöpft dort Wasser aus der Quelle, trinkt etliche Schlucke und wandert wieder zurück. Und das macht ihr fünf Wochen lang, jeden Tag. Wenn ihr dann nicht gesund seid, zahle ich euch alles zurück, was ich von euch fordere.«
»Alle Tage? Nach Grünsberg? Zu Fuß? Bei meiner Krankheit! Das ist mein Tod!« stammelte der Dicke ungläubig und ängstlich zugleich.
»Wenn ihr nicht wollt, wird euch der Winter seine Flocken auf euer Grab schneien«, war die kurze Antwort des Doktors.
Der Metzger bekam es mit der Angst: »Schon in diesem Winter soll mein Leben zu Ende sein?«
»Ihr habt die Wahl«, sagte der Arzt zum Abschied. »Entweder jeden Tag zu Fuß nach Grünsberg zur Heilquelle und zurück oder . . .«
Nach einer schlaflosen Nacht raffte sich der Kranke auf. Lieber mehrere Wochen lang täglich nach Grünsberg gehen, als vor dem Winter noch unter dem Rasen liegen. Am frühen Morgen schlüpfte er in seine Kleider, zog die schweren Stiefel an, griff nach einem dicken Wanderstock und machte sich keuchend und prustend auf den Weg. Seine Frau, die Kinder, das Gesinde und alle Leute, die er traf, sie staunten nur so.
Immer wieder blieb er stehen, schöpfte tief Atem, wischte sich den Schweiß von der Stirn und schlurfte weiter.
Gegen Mittag war er endlich in Grünsberg und am Nachmittag an der Quelle. Nach einer kurzen Rast trank er das kühle Wasser. Wirklich! Es schmeckte gut! Beinahe so gut, wie der schwere Wein daheim.
Gestärkt machte er sich auf den Heimweg.
Als er froh und munter in die Stube trat und ausgelassen und gesprächig war, glaubte seine Frau ihren Augen nicht zu trauen. Sie hatte einen erschöpften, halbtoten Mann erwartet. Und da saß nun einer, frisch und munter, der ein Stück Blutwurst und eine Scheibe Brot aß und überhaupt nicht müde schien.
Am nächsten Morgen ging er wieder zur Quelle hinaus. Und das bereitete ihm keinerlei Mühe mehr. Das Wasser schmeckte noch besser, und er glaubte die Heilkraft der Quelle ganz deutlich zu spüren.
So ging es nun Tag für Tag. Ganze fünf Wochen lang.

Der Metzgermeister fühlte sich täglich wohler. Seine Krankheit, seine Leiden waren wie weggeblasen.
Als er den Doktor besuchte, war er froher Dinge, bedankte sich bei ihm und zahlte gern, was dieser verlangte.
»Herr Doktor«, fragte er schließlich, »wie heißt das Heilsalz, das mich so schnell gesund gemacht?«
»Heilsalz? Nein. Im Wasser ist kein Heilsalz«, bekam er zur Antwort.
»Dann müssen es wohl gelöste Metalle sein?«
Der Arzt schüttelte den Kopf: »Auch keine gelösten Metalle. Ihr habt ganz gewöhnliches Quellwasser getrunken.«
Der Metzger wurde bleich und ärgerlich: »Was? Ganz gewöhnliches Quellwasser? Und dafür habt ihr mich täglich nach Grünsberg gejagt? Das hätte ich ja auch aus meinen Brunnen haben können!«
»Eben«, sagt der Arzt, »dann aber hätte euch der Winter sicher aufs Grab geschneit.«
Jetzt hatte der Metzger endlich verstanden.
Er reichte dem Arzt die Hand und sagte Dank.
Doktor Fabrice hat auf diese Weise noch viele Menschen geheilt. Wer es nötig hatte, den schickte er zu Fuß zum Doktorbrünnlein nach Grünsberg.
Und wer es heute nötig hat, der kann es ja selbst versuchen.

Die Höhle auf der Mühlkopp

Wer von Pommelsbrunn aus an der Weidenmühle vorbei nach Arzlohe hinaufstieg, 171
kam zu einer Höhle, die linker Hand etwas abseits lag. Den Eingang dazu kannten nur die Einheimischen. Sie wußten, daß es in der »Höhl auf der Mühlkopp« nicht geheuer war. Und es hatte keiner gewagt, auch nur einen Schritt in die Höhle zu tun.
Die alten Leute erzählten: »Die Höhle führt tief in den Berg hinein, sie gabelt und verzweigt sich mehrmals. An ihrem Ende liegt ein unermeßlicher Schatz. Wer dem Berggeist aber in den Rachen kriecht, den verschluckt er.«
Einmal hatte sich doch einer getraut. Er war ein Bauer aus Pommelsbrunn, den das Geheimnis lockte und das Goldfieber antrieb.
In den hohlen Rachen des Berges kam er leicht hinein. Aber um ein Haar hätte er nicht wieder hinausgefunden.
Niemand weiß mehr, wie lange er in den finsteren Gängen herumirrte. Waren es Stunden? Waren es Tage? Oder dauerte es noch länger?
Seine Rettung verdankte er einem Bauern, der auf dem Rücken des Berges seinen Acker pflügte und seine Pferde immer wieder mit »Wüsta! Hoot! Hot! Wüsta!« antrieb.

Das hörte der Schatzsucher in der finsteren Höhle, ging den Rufen nach und fand auf diese Weise wieder zurück.

Der Riesenstein

172 Er war ein alter, gutmütiger Riese, der oben auf dem Neidberg mit seiner bösen Tochter hauste. Nur selten verließ er die Felsenburg, deren Dach aus gewaltigen Steinblöcken bestand.
Die Riesentochter war roh und gewalttätig und hatte ihre Freude daran, das kleine Menschenvolk zu ärgern. Sie zertrampelte das Getreide, riß die Halme aus dem Boden und warf schwere Felsblöcke in die Bauernhöfe. So schwer und so groß, daß sie von den Menschen nicht mehr fortgeschafft werden konnten.
Eines Tages pflügte ein Bauer bei Kirchenreinbach seinen Acker. Das Riesenmädchen kniete nieder, packte den Alten, legte ihn samt seinen Ochsen und dem Pflug in die Schürze und trug ihn schnellen Schrittes ins Bergschloß.
»Erdwürmlein! Saatwürmlein! Du! Ich werde dich das Tanzen lehren!« rief es mit dröhnender Stimme, daß dem Bauern vor Schreck beinahe das Herz stillstand.
Der Riesenvater tadelte die ungeratene Tochter: »Laß den armen Menschen in Ruhe und gib ihn frei. Wenn du es weiterhin so treibst, werden uns deine Erdenwürmlein, wie du sie nennst, noch verjagen!«
Die Tochter kicherte nur, bestieg den höchsten Punkt ihrer Felsenwohnung und schleuderte den Mann, die Ochsen und den Pflug in die Tiefe.
Der tote Bauer wurde am Abend am Fuß des Riesenberges gefunden.
Die Bäuerin, von einem fürchterlichen Zorn gegen die Riesen erfaßt, reckte ihre Schwurhand zum Himmel und rief: »Verflucht sollt ihr sein, ihr Riesen! Aussterben sollt ihr! Und keiner von euch soll jemals mehr seinen Fuß auf die Erde setzen!«
Der Fluch der Bäuerin und die Ahnung des alten Riesen sind in Erfüllung gegangen: In einer schwülen Sommernacht brach ein fürchterlicher Sturm los. Die Erde zitterte und bebte. Stämme brachen. Bäume wurden entwurzelt. Das Vieh brüllte in großer Angst. Der Himmel färbte sich blutrot, und mit Donnergetöse stürzte die Riesenburg in sich zusammen. Die Trümmer begruben den alten Riesen und seine böse Tochter.
Als letzte Erinnerung an sie ragt auf dem Neidstein noch ein Felsenturm empor. Und ein durchlöcherter Block am Fuß des Berges heißt bis heute der »Riesenstein«.

Das Bernlohmaigerl

In der Gegend um den Hohenstein hat sicher schon jeder von ihm gehört. Einige behaupten sogar, sie hätten es gesehen: das Bernlohmaigerl. 173

Es ist in den tiefen Wald gebannt, der ihm seinen Namen gab, und muß dort umgehen.

Eines aber steht fest: Das Bernlohmaigerl hat noch nie jemand etwas zuleide getan.

Über sein Aussehen streiten sich die Leute. Die einen sagen, es gleiche den Dorfmädchen aus den Hersbrucker Bergen und werde von einem weißen Hund begleitet. Die anderen wiederum behaupten: »Das Bernlohmaigerl ist wie eine Zigeunerin gekleidet, hat tiefschwarzes Haar, hält ein Tamburin* in der Hand und führt einen kohlrabenschwarzen Bären.«

Als eines Abends ein Ochsenbauer von Raitenberg nach Wallsdorf durch das Bernlohe fuhr, war es ihm nicht geheuer. Ganz unruhig saß er auf dem Wagen und blickte etwas beklommen nach links und nach rechts und horchte gespannt in den dunklen Wald hinein.

Und wirklich! Da lief plötzlich ein weißes Hündchen vor ihnen her. Die Ochsen blieben auf der Stelle stehen und sträubten sich, auch nur einen Schritt weiterzugehen. Da half kein Rufen und Schimpfen, kein »Wüa!« und kein »Hü!« und auch kein Schlagen. Dem Bauern lief es eiskalt über den Rücken.

Und da kam auch schon eine weiße Gestalt auf sie zu: das Bernlohmaigerl!

Außer sich vor Schreck ließ der Mann seine Ochsen wenden und fuhr nach Raitenberg zurück.

Dort erzählte er ganz aufgeregt sein Erlebnis.

»Heut schauen wir selbst nach«, sagten die Bauern, »heute vertreiben wir das Gespenst! Es muß endlich einmal Ruhe sein im Bernlohe!«

Sie griffen nach Dreschflegeln und Gabeln und Stangen und Stöcken. Dann eilten sie im dunklen Holz an die besagte Stelle. Doch hier war vom Bernlohmaigerl weit und breit nichts zu sehen.

Da stand nur ein ganz gewöhnlicher Busch. Vom Gespenst nicht die kleinste Spur.

So war es immer. Das Gespenst hatte sich oft gezeigt. Aber alle, die es zu Gesicht bekamen, sind davongelaufen.

Hätte sich einer ein Herz gefaßt und das Maigerl angesprochen oder etwas gefragt, dann wäre es längst erlöst.

Keiner weiß, warum es umgehen muß. Aber alle wissen, warum es immer noch umgeht.

* Tamburin: Kleine, flache Handtrommel mit Schellen.

Der Fluch der Zwergenfrau

174 Der Ritter Hans von Breitenstein war ein gefürchteter Herr. In der ganzen Umgebung kannte man seinen Zorn und seine Ungerechtigkeit. Eine seiner Mägde, die Berta, behandelte er besonders schlecht. Die konnte ihm nichts, aber schon gar nichts recht machen. Sie wurde geschimpft und getadelt, auch wenn es nichts zu schimpfen und zu tadeln gab.

Nach getaner Arbeit lief sie am liebsten in den Wald hinaus. Hier wohnten ihre Freunde, ein Zwergenpaar. Berta hatte ihnen von ihrem Leben auf der Burg erzählt und davon, wie schwer man es ihr machte. »Wir wollen ihr helfen«, sagte der Zwergenmann. »Wir besuchen das Mädchen in der Burg, helfen ihr bei der Arbeit und machen uns aus dem Staub, wenn es hell wird.«

Und so geschah es auch. Außerdem brachten sie Kräuter mit: »Von denen braust du einen Trank für deinen Herrn. Auf diese Weise wird er seinen Mißmut verlieren, wieder fröhlich sein und dich gut behandeln.«
Auch das trat ein.
Als der Lichtensteiner zu Besuch kam, staunte er: »Was ist mit dir los, mein Breitenstein? Dich kennt man ja nicht wieder, so ausgelassen und fröhlich bist du! Was hat dich so verwandelt?
Darauf wußte der Gefragte natürlich keine Antwort.
Zehn Tage ging alles gut.
Am elften Tag wurde eine Magd mißtrauisch: »Wie ist es möglich, daß Berta mit ihrer Arbeit spielend fertig wird?« Und sie schlich sich nachts zur Kammer, öffnete sie und spähte hinein. Doch da war nicht viel zu sehen. Berta schlief.

Aber dort in der Ecke! Was war das? Da knisterte und wisperte es. Da flüsterte jemand. Die Magd machte Licht und sah, wie die beiden Waldzwerge zur Tür hinausschlüpften.
Jetzt war ihr alles klar: Kobolde hatten in der Nacht die Arbeit der Berta getan.

Die wurde am nächsten Morgen zum Ritter gerufen: »Schamlose du! Du spielst die Fleißige! In Wirklichkeit legst du dich faul ins Bett und läßt die Kobolde für dich arbeiten. Schäm dich und scher dich zum Teufel!« brüllte er und setzte hinzu: »Und außerdem werde ich dafür sorgen, daß keiner dieser elenden Zwerge jemals mehr meine Burg betritt!«
Die beiden Wichtel waren in der Nacht atemlos in den Wald zurückgerannt und hatten sich nicht aus ihrer Wohnung gewagt. Am dritten Tag hielt es der Zwergenmann nicht mehr aus. Er mußte sehen, was aus Berta geworden war und eilte zur Burg hinauf. Seine Frau konnte ihn nicht zurückhalten.
Der Burgherr hatte Auftrag gegeben, überall Fallen aufzustellen. Der Zwerg geriet in eine solche Falle und konnte sich nicht mehr befreien. Er schrie laut und verzweifelt um Hilfe. Seine Frau eilte herbei, war aber ebenso hilflos wie er.

Bei Tagesanbruch erschienen die Jagdknechte: »Herr! Wir haben ihn! Da steckt er in der Falle!« meldeten sie.
Die beiden Ritter sprengten heran, lösten den Wichtelmann aus den Schlingen und banden ihn auf einem Pferd fest.
Sie verhöhnten und verspotteten ihn und warfen ihn in den Turm. Dort ist er elend zugrundegegangen.
Die Zwergenfrau aß von diesem Tage an keinen Bissen mehr. Mit letzter Kraft schleppte sie sich in den Burghof und rief drohend:

»Wehe dir, du Schelm, du Bösewicht!
Was Unheil hast du angericht!
Raubtest im Übermut mir den Gemahl,
ließest ihn sterben in schauriger Qual!
Dreimal verwünscht und verflucht sollst du sein!

Nimmer bekommst du den Schlehenstein!
Und ehe noch 50 Jahre vergehn,
soll nicht ein Stein auf dem anderen stehn!«

Dann brach die Zwergenfrau tot zusammen.
Der Fluch aber erfüllte sich. Ritter Hans von Breitenstein wurde von einem Eber zu Tode getrampelt.
Um seinen Besitz stritten sich die Knechte und Mägde.
Die Burg verödete und verfiel.

Der feurige Mann

175 Ein Fuhrknecht war den ganzen Nachmittag im Wirtshaus hängengeblieben.
Da brach der Abend herein und mit ihm ein richtiges Aprilwetter. Es regnete und schneite, es wehte und stürmte.
»Was solls!« sagte sich der Knecht. »Ich muß weiter, und wenn Spitzhacken vom Himmel fallen.«
Er knallte mit der Peitsche. Die Pferde zogen an. Das Fuhrwerk bewegte sich in die schwarze Nacht hinaus.
Auf der Straße von Haimendorf nach Röthenbach blieb der Wagen im aufgeweichten Boden stecken. Der Fuhrknecht schlug mit der Peitsche auf das Pferd ein und trieb es mit lauten Rufen an. Vergeblich. Er sprang vom Wagen und griff in die Speichen. Er plagte und mühte sich ab. Der Schweiß rann ihm von der Stirn. Umsonst. Das Fuhrwerk rührte sich nicht von der Stelle.
»Donner und Doria!« brüllte der Knecht. »Wenn nur einer kommen und mithelfen wollte! Meinetwegen könnts auch ein Feuriger sein! Ich bin jedem dankbar und werde ihn gut entlohnen!«
Und schon leuchtete es rot zwischen den Bäumen auf. Da näherte sich eine Gestalt, die am ganzen Körper glühte. Es sah aus, als wäre sie aus lauter lodernden Kohlen zusammengesetzt: feurige Füße, feurige Arme, ein brennender Leib und ein rotglühender Kopf. Aber kein Gesicht.
Dem Fuhrknecht schlotterten die Knie. Das Herz schlug ihm bis zum Halse, als der Feurige an den Wagen trat und in die Radspeichen griff.
Der Gaul zog an. Ein Ruck, und der Wagen bewegte sich wieder.
Ganz verschreckt, ängstlich und kleinlaut lief der Fuhrknecht neben dem Pferd her.
Und auf der anderen Seite ging der Feurige.
So kamen sie auf der einsamen Straße nach Röthenbach.
Als der Wagen vor einem der ersten Häuser hielt, blieb auch der feurige Mann stehen. Er sagte nichts und wartete.

Da fiel es dem Fuhrknecht ein: Er hatte ihm ja eine Entlohnung versprochen. »Warte einen Augenblick«, bat er den Roten und eilte ins Haus.
Dort kramte er drei Kreuzer zusammen und warf sie zum Fenster hinaus. Der feurige Mann fing sie geschickt auf und wollte dem Fuhrknecht zum Abschied die Hand reichen. Der aber streckte ihm einen Besenstiel hin.
Und das war gut so!
Der feurige Mann entfernte sich und verschwand beim nahen Kreuzweg auf den Feldern.
Der Fuhrknecht zeigte es jedem, der es sehen wollte: die eingebrannten Finger auf dem Besenstiel und auf den Speichen eines Hinterrads am Wagen.

Der Sporizel

176 Ein Knecht in einem Dorf im Schwarzachtal hatte einmal einen schlechten Tag. Er war sehr müde und fühlte sich krank. Die Arbeit fiel ihm schwer.
Da stand plötzlich ein fremder Mann mit Reisetasche und Knotenstock neben ihm und sagte freundlich: »Ich will gerne deine Arbeit verrichten, damit du ausruhen kannst.«
»Und was verlangst du dafür?« fragte der Knecht.
»Nichts. Du mußt nur mit drei Fragen meinen Namen erraten«, lautete die Antwort.
»Und wenn ich ihn nicht errate?«
»Dann gehört mir deine Seele«, sagte der Fremde mit ruhiger Stimme. Der Knecht überlegte hin und her und ging schließlich auf den Vorschlag ein: »Gut! Du machst meine Arbeit, und ich errate deinen Namen.«

Der Fremde legte die Reisetasche und den Knotenstock beiseite, griff zu Gabel und Rechen und begann mit der Feldarbeit.
Der Knecht streckte sich im Schatten eines Baumes aus.
Als der Unbekannte eine Pause einlegte und auf ihn zutrat, stellte er sich schlafend und schnarchte wie ein Bär. Da lachte der Fremde, freute sich über sein Opfer, das

so leicht zu fangen war, hüpfte von einem Bein auf das andere und sang fröhlich vor sich hin: »Ich bin froh, daß der Esel nit weiß, daß ich Sporizel heiß!«
Dann griff er sich Gabel und Rechen wieder und machte weiter.
Dem Knecht hüpfte das Herz vor Freude: »Jetzt kann mir nichts mehr passieren! Ich weiß seinen Namen und kann meine Seele behalten.«
Und mit diesen tröstlichen Gedanken schlief er nun wirklich ein.
Nach getaner Arbeit weckte ihn der Fremde: »So, ich bin fertig. Ich habe meinen Teil getan. Nun kommst du an die Reihe. Rate, wie ich heiße!«
»Wie soll ich deinen Namen finden? Es gibt ja so viele auf der Welt! Das kann Tage und Wochen dauern, bis ich auf den richtigen komme. Kannst du mir nicht etwas Leichteres aufgeben? Und mußt du gleich so grausam sein und meine Seele verlangen, wenn ich den Namen nicht finde?« Und er jammerte scheinheilig weiter.
»Heißt du vielleicht Steffel?« fragte der Knecht.
»Nein!« lachte der Fremde.
»Oder Stoffel?«
»Auch nicht. Jetzt hast du nur noch eine Frage.«
»Dann bist du am Ende gar der — — — Sporizel?« trumpfte der Knecht auf, der plötzlich gar nicht mehr wie ein Kranker aussah.
Der Sporizel war überrascht und stand wie versteinert da. Blaß im Gesicht. Die Züge verzerrt. Mit einem wütenden Blick griff er nach der Tasche und dem Stock und machte sich eilig davon.

Duri! Duri! Wehe! Wehe!

Der Hannes, ein Schuhmacher aus Alfeld, war mit seinem Huckelkorb bereits im 177
Morgengrauen losgezogen. Zuerst ging es nach Kastl auf den Markt. Dort konnte er zehn Paar Stiefel und Socken verkaufen. Die restlichen Stücke brachte er auf dem Heimweg in den Dörfern los. Er war mit seinem Geschäft vollauf zufrieden, kehrte im nächsten Wirtshaus ein und blieb hier hängen. Noch ein Glas Bier und noch ein Glas Bier . . .
Plötzlich war die Nacht hereingebrochen.
»Hannes, i moin halt, du göihst heunt nimma hoim! Es is z'weit nach dein'm Alfeld. Und du moußt durch des damische Grafenbuch und kummst grod in d' Geisterstund! Hannes, i an deiner Stell trauet niat!«
»Geisterstund hie, Geisterstund her«, lachte der Hannes, »moinst ebba, der alt Hannes fürcht si?«
Er langte noch einmal nach dem Bier, schwang sich den leeren Korb auf den Rücken und ging.
Es war stockdunkel. Hannes schritt zügig aus und hatte den Geisterwald Grafenbuch bald erreicht.

»Dieses dumme Gred von den Geistern! Daß i niat lach! Dao is finster wöi überall!« sagte er sich und machte sich damit Mut.
Bis zum Kreuzweg ging auch alles gut.
»Jetzt muß i nach links abzweign«, sprach er weiter mit sich selbst, richtete den Blick nach oben zwischen die Baumwipfel und tastete sich mit seinem Stock vorwärts.
Denn inzwischen war es so finster geworden, daß er seine Hand vor den Augen nicht mehr sah.
Und so stapfte er Stunde um Stunde weiter. Der Wald wollte kein Ende nehmen.
»Himmel, sappara!« knirschte er in seinen Bart hinein. »Hundertmal bin i den Weg scho ganga. Aber so weit war er noch nöi! Es is alles wöi verhext!«
Der Wind schüttelte die Baumkronen. Die Fichten ächzten, und die Äste schlugen gegeneinander.
»Hannes, du bist doch a Mannsbild!« sprach er zu sich selbst, als es ihm zunehmend mulmig wurde. »Du fürchst di doch niat!«
Doch er irrte und irrte weiter. Es war zum Verzweifeln.
Plötzlich blieb er wie gebannt stehen, Da, ein Lichtschein! Wie ein Blitz, der die Nacht erhellt. Und dann ein ohrenbetäubender Lärm, ein Brausen und Kreischen in den Lüften und der alles durchdringende Schrei: »Duri! Duri! Wehe! Wehe! Drauf und dran! Duri! Duri!«
Der Lärm, das Getöse, das Schlagen und Stampfen und Stoßen und Schreien wurden immer lauter, immer unerträglicher.
Jetzt gab es keinen Zweifel mehr: Das war das wilde Nachtvolk, auch die wilde Jagd genannt. Sie brauste im Sturm über ihn hinweg.
Einen Augenblick dachte er daran, sich auf den Boden zu werfen. Doch dann zog er nur den Kopf ein. Und es rumpelte und zischte und pfiff und schrie und ächzte und krachte.
Da kam ein feuerspeiendes Riesenroß daher, das gräßlich fauchte und wieherte und einen langen glühenden Schweif hinter sich herzog. Und auf dem Riesenroß saß ein kopfloser Riese mit stechenden Augen.
So schnell der Spuk gekommen war, so schnell war er wieder vorüber. Der Hannes richtete sich erleichtert auf und sah im letzten Lichtschein des feurigen Pferdes, daß er »über'n Schuß« und nicht über das Märzenkreuz gewandert war.
Und das wußte jeder: Hier »auf'm Schuß«, in der Nähe von Lieritzhofen, hat der reitende Riese seinen Stammplatz.
Und der Hannes wußte auch: Der Reiter bringt dem Unglück, der sich vor ihm fürchtet. Wer aber keine Angst hat oder sie nicht zeigt, dem tut er nichts.
Jetzt wissen wir, warum sich der Hannes nicht auf den Boden geworfen und nur seinen Kopf eingezogen hat.

Die schöne Jungfrau

Der Schäfer auf dem Klingenhof bei Altdorf führte seine Herde zur Weide. Vor 178
einer Felswand ließ er die Tiere grasen, legte sich hin und spielte auf seiner Flöte. Da vernahm er wundersame Töne: Ein Mädchen sang Lieder, die er noch nie gehört hatte. Er blickte nach oben und entdeckte eine schöne Jungfrau, die mit einem Spinnrad auf dem Felsen saß. Vor ihr wuchs eine wunderschöne Blume aus dem Boden.

Der Schäfer kletterte näher, pflückte die Blume und steckte sie auf den Hut.

»Wenn du mit dieser Blume den Felsen berührst«, sagte das Mädchen, »dann öffnet er sich. Ich führe dich zu den Schätzen, die im Berg liegen. Du kannst dir nehmen soviel du willst, aber vergiß das Beste nicht!«

Der Schäfer berührte den Felsen mit der Blume. Da tat sich der Berg auf. Die schöne Jungfrau nahm den jungen Mann an der Hand und führte ihn hinein.

In einem großen Saal fand er drei geöffnete Truhen, bis zum Rand mit Geld gefüllt. Er griff in jede hinein, füllte seine Taschen und ließ die Blume auf einem Tisch liegen.

Zum zweiten und zum dritten Mal hörte er die Jungfrau sagen: »Vergiß das Beste nicht!«

Doch da stand er wieder vor der Tür und trat ins Freie. Sie schlug krachend hinter ihm zu und klemmte einen Zipfel seines Rockes ein. Während er den Stoff mit einem Messer abschnitt, hörte er aus dem Inneren des Berges die wehklagende Stimme der Jungfrau: »Nun muß ich so lange leiden, bis ein Samenkorn herfliegt, aufgeht, Wurzeln schlägt und zu einem Baum heranwächst. Aus seinem Stamm muß eine Wiege gebaut und ein Kindlein darin geschaukelt werden. Und erst dieses Kind kann mich erlösen.«

Als der Pfleger in Nürnberg von diesem Schatz erfuhr, nahm er den Schäfer ins Verhör. Er schickte Männer mit Meißeln und Pickeln hinaus zum Felsen und wollte den Schatz heben lassen.

Doch vergebens! Der Felsen war stärker.

Der Nagelschmiedsgeselle

Eines Tages sprach ein fremder Geselle bei einem Nagelschmiedmeister in Nürnberg 179
vor und bat um Arbeit. Dabei stellte er eine ungewöhnliche Bedingung: »Ich möchte nur zwei Stunden am Tag arbeiten und die übrige Zeit für mich haben. Dabei bringe ich genau so viel fertig wie jeder andere auch.«

Das kam dem Meister komisch vor: »Nur zwei Stunden arbeiten und genausoviel schaffen wie die anderen? Aber was solls? Wir können es ja versuchen.«

Er wurde neugierig und stellte den seltsamen Gesellen ein.
Der fragte, was er tun solle und begann morgens um drei Uhr mit seiner Arbeit. Mit jedem Schlag flog ein fertiger Nagel vom Amboß, und nach einer halben Stunde lag ein großer Haufen Nägel da.
Der andere Geselle staunte: »Das geht doch nicht mit rechten Dingen zu!« Heimlich weckte er den Meister: »Wenn der Fremde noch eine Stunde arbeitet, haben wir kein Eisen mehr!«
Der Meister eilte schnell herbei. Tatsächlich, so etwas hatte er noch nie gesehen! Und weil er sich ein gutes Geschäft versprach, beruhigte er sein Gewissen.
Schlag fünf legte der Fremde den Hammer weg, wusch sich, schlüpfte in feine Kleider und war den ganzen Tag über nicht zu sehen.
So ging es mehrere Wochen lang. Für den Meister war es ein gutes Geschäft.
Eines Abends traf er seinen Gesellen in einem Wirtshaus draußen vor dem Tor. Sie setzten sich vor den Bierkrug und ließen sich Essen und Trinken gut schmecken. Der Geselle hatte viel Geld dabei und zahlte die ganze Zeche.
Als es dunkel wurde und der Meister nach Hause gehen wollte, sagte der Fremde: »Draußen stehen zwei Pferde. Laßt uns doch nach Hause reiten!«
Das ließ sich der Meister nicht zweimal sagen.
Kaum waren der Schimmel und der Rappe bestiegen, ging es hui! in Sturmeseile über Berg und Tal, über Wasser und Wald, daß dem Meister Hören und Sehen verging.
Am anderen Morgen lag er auf dem Gipfel des Rothenberges, ungefähr eine Gehstunde von Nürnberg entfernt.
Der Geselle aber ließ sich nie wieder sehen.

Drudendrücken

180 Er war ein starker und kräftiger Bursche, als er Lehrling bei einem Hersbrucker Bäcker wurde. Aber schon nach einigen Wochen erkannte man ihn kaum wieder: Er war blaß, schwach, mager, müde, krank. Und oft schlief er sogar bei seiner Arbeit ein. Das fiel dem Meister natürlich auf: »Was ist los mit dir? Was hast du? Warum bist du so müde und matt?«
»Herr Meister«, stotterte der Junge und sprach ganz leise, »jede Nacht um zwölf kommt eine alte Drud, eine ganz schlimme Hexe in meine Kammer und setzt sich mir auf die Brust, daß ich kaum atmen kann.«
Der Meister kratzte sich hinter dem Ohr und wußte gleich, was zu tun sei: »Paß auf, heute schläfst du nicht in deinem Bett. Du versteckst dich im Schrank und wartest dort auf die Drud. Und an deiner Stelle legen wir einen ausgestopften Strohsack hin. Oben stecken wir einen Besen hinein und lassen die Borsten etwas herausschauen. Das sieht so aus, als wenn du bis zu den Haaren in den Kissen stecktest.«

Als es Mitternacht schlug, hörte der Junge draußen vom Gang her Schritte, die immer näher kamen. Dann ein Hui!! Und die Hexe zischte durch das Schlüsselloch und warf sich auf das Bett.
Der Bursche sprang aus dem Schrank, hob die Bank hoch und schleuderte sie auf die Hexe.
Als er Licht machte, fand er nur einen mageren Strohhalm auf dem Bett. Er nahm den Strohhalm, zerdrückte ihn und warf ihn aus dem Fenster hinunter auf die Straße.
Da unten, auf dem harten Pflaster, lag die Hexe mit gebrochenem Rücken.
Es war ein böses Weib aus der Nachbarschaft gewesen.
Am nächsten Morgen hatte man es gefunden.

Der Jäger und die Bauernmagd

In einem Dorf in der Nähe von Nürnberg hatte sich eine Bauernmagd mit einem 181
Jäger angefreundet.
Als sie im Frühsommer das erste Mal Heu machen wollte, sagte der Jäger: »Laß es gut sein, setz dich neben mich! Die Arbeit wird erledigt.« Dann unterhielten sie sich, lachten miteinander und spielten. Und als die Magd nach Hause gehen wollte, da war das Gras geschnitten und getrocknet. Sie mußte das Heu nur noch zusammenrechen.
So ging das mehrere Wochen lang.
Als sie einmal gut aufgelegt war, erzählte sie der Bäuerin: »Ich arbeite nichts, und doch ist meine Arbeit getan, ist das Gras geschnitten und das Heu getrocknet.« Die Bäuerin schüttelte den Kopf und dachte sich: »Das kann doch nicht mit rechten Dingen zugehen!« Sie lief zum Pfarrer und erzählte ihm alles.
Er ließ das Mädchen kommen und sagte: »Zieh deinem Freund nur so zum Spaß den linken Stiefel aus und berichte uns, was du gesehen hast.«
Als sie das nächste Mal beisammen waren, tat sie es.
Sie wurde schreckensbleich: Im linken Stiefel steckte ein Pferdefuß. Ihr Freund, der Jäger, war der Teufel persönlich.
Als der Pfarrer davon erfahren hatte, gab er ihr zwei Kräuter, die sie auf dem Herzen tragen mußte.
Von nun an ließ sich der Jäger nie wieder blicken, wenn sie zum Heuen ging.
Um Mitternacht aber, sah man ihn oft um das Haus schleichen, in dem das Mädchen schlief. Und er jammerte: »Weihreutla und Mireutla bringt mich um mei(n) schön(e)s Bräutla!«

Die verfluchten Jungfern

182 In der Nähe von Nürnberg heißt ein Wald »Bei den verfluchten Jungfern«. Die Leute erzählten, daß hier drei Jungfern lebten, die mit jedem Fremden ein böses Spiel trieben. Sie lockten ihn in ihre Nähe, hielten ihn fest und raubten ihn aus.
Alle drei wurden vom Blitz erschlagen. Ihr Haus ging in Flammen auf. Ihre Seelen sind in drei große Bäume gefahren. Wird einer von ihnen gefällt, dann flüchtet die Seele in den Baum, der am nächsten steht.
Nach dem abendlichen Gebetläuten geht niemand gern in dieses Waldstück. Schon oft haben die Leute die lockenden Stimmen und das schadenfrohe Gekicher gehört, die aus den Wipfeln kommen. Und manch einer glaubt, in einer Baumkrone, wenn auch ganz undeutlich, eine Gestalt gesehen zu haben, die ihm zuwinkt.

Schwabach – Roth – Hilpoltstein und ihr Umland (183–221)

Das Zauberbuch

Ein Hirt aus Schwabach besaß ein wertvolles Zauberbuch. Darin standen Verse, 183
Sprüche, Formeln und Zeichen, mit denen er allerlei Tiere herbeizaubern und selbst den bösen Feind, den Teufel, herbeirufen konnte.

Eines Tages war der Hirt fortgegangen und hatte vergessen, die Tür seiner Wohnung abzuschließen.

Da kam ein Bekannter, trat in die Stube und sah das eigenartige Buch auf dem Tisch liegen. Er schlug es auf und begann verwundert darin zu lesen. Und weil er laut las, begann ein Zauberspruch sogleich zu wirken.

Durch das offene Fenster schwirrte plötzlich ein Schwarm Krähen herein. Die Vögel schlugen wild mit den Flügeln, kreischten und klapperten mit den Schnäbeln und machten einen solchen Lärm, daß sich der Mann die Ohren zuhalten mußte. Er wußte nicht aus noch ein. Ihm wurde angst und bange.

Zum Glück kam der Hirt zurück. Mit einem Blick sah er, was sein Bekannter angerichtet hatte. Er sagte einige Sätze in einer unverständlichen Sprache, und die Krähen waren wieder verschwunden.

Der Besucher verabschiedete sich rasch, eilte zur Tür hinaus und ließ sich nie wieder blicken.

Immer wenn er in die Nähe kam, machte er einen großen Bogen um das unheimliche Haus.

Das Steinkreuz am Heidenberg

Es steht am Weißenburger Steig, dort, wo der Weg hinab zum Kupferweiher führt. 184
Hier war einst ein schwerer Planwagen nach Schwabach unterwegs. Die Räder mahlten sich mühsam durch den Sand. Es ging nur langsam vorwärts.

Plötzlich aber blieben die Pferde stehen. Der Fuhrmann ließ die Peitsche knallen. Die Zugtiere legten sich mächtig ins Geschirr. Die Gurte spannten sich zum Zerreißen.
Doch der Wagen rührte sich nicht von der Stelle. Der Mann auf dem Kutschbock konnte »Hü!« und »Hott!« und »Hüa!« schreien soviel er wollte. Es ging nicht mehr weiter.
Da stieg er vom Wagen und sah sich die Räder genau an. Sie steckten zu einem guten Drittel im Sand. Aber das konnte nicht die Ursache dafür sein, daß sich der Wagen nicht mehr bewegen ließ. Das hätten die Pferde leicht schaffen müssen.
»Das kann nicht mit rechten Dingen zugehen«, dachte sich der Fuhrmann und zählte die Speichen der Räder.
Und wirklich! Er hatte es geahnt! Das rechte Hinterrad hatte eine Speiche zuviel. Es waren 13.
»Das ist der Grund! Jetzt weiß ich, warum es nicht weitergeht!« Ohne viel zu überlegen, griff er nach der schweren Axt, die am Deichselarm befestigt war, holte weit aus und schlug die überzählige Speiche mit einem Hieb ab.
Dann machte er die Axt an der Deichsel wieder fest, stieg auf den Wagen und ließ die Peitsche knallen.
Ein Ruck, und der schwere Wagen setzte sich mühelos in Bewegung.
Aus dem dichten Gebüsch neben dem Weg kam ein jämmerliches Stöhnen und Wimmern.
Das mußte von dem Unhold stammen, der sein Bein als 13. Speiche ins Rad gesteckt hatte.

Der Herzog-Ernst-Stein

185 Einst war dieser Stein ein richtiges Kreuz gewesen und sollte an den Herzog Ernst erinnern, der hier den Tod gefunden hatte.
Und das kam so:
Die Ungarn waren ins Frankenland eingefallen und hatten Dörfer und Städte niedergebrannt.
Auch Roßtal fiel in ihre Hände.
Herzog Ernst führte die Krieger an, die Roßtal wieder befreien sollten.
Und das gelang.
Die Ungarn flohen in wilder Eile. Der Herzog verfolgte sie. Am Heidenberg holte er sie ein. Es entbrannte ein letzter, blutiger Kampf. Die fränkischen Ritter hatten große Verluste. Am Ende aber siegten sie.
Der lange Kampftag hatte viel Kraft gekostet. Alle waren todmüde und wollten sich endlich ausruhen.
Der Herzog nahm seinen Helm ab.

In diesem Augenblick schwirrte ein Pfeil heran, traf den Ritter in den Hals und tötete ihn. Das Geschoß kam von der Armbrust eines verwundeten Ungarn, der schwerverletzt am Boden lag.
Der Herzog wurde in Roßtal zu Grabe getragen.
An der Stelle in der Kreuzlach aber, wo er den Tod gefunden hatte, errichtete man zu seinem Gedächtnis ein Kreuz.
Von diesem Kreuz ist nur ein Stück übriggeblieben: der Herzog-Ernst-Stein.

Der Geist vom Katzenweiher

Dieser Weiher liegt an der Staatsstraße zwischen Poppenreuth und Kammerstein. 186
Hier war eines Nachts ein Bauer mit seinem Fuhrwerk unterwegs auf der Heimfahrt nach Kammerstein.
Als er am Katzenweiher vorbeikam, schlug es zwölf.
Da erblickte er plötzlich die weiße Frau. Sie lief mit raschen Schritten über den Weg.
Das Fuhrwerk stand still. Die Pferde waren wie gelähmt und rührten sich nicht von der Stelle. Und dazu verschwand auch noch die Straße. An ihrer Stelle breitete sich dichter, dunkler Wald aus.
Der Spuk dauerte eine volle Stunde.
Als es in Kammerstein eins schlug, löste sich der Bann.
Die Straße war wieder da. Die Pferde bewegten sich wieder, und das Fuhrwerk rollte wieder weiter.
Zuhause angekommen, stieg der Bauer zitternd vom Kutschbock. Der Schreck steckte ihm noch bis zum nächsten Morgen in den Gliedern.

Es geistert

Wer von Kottensdorf aus nach Norden wandert, gelangt über eine Anhöhe in das 187
Tal des Markbaches. Hier breitet sich vor dem Teufelsberg die Hollewiese aus. An der Quelle des Markbaches soll es um Mitternacht nicht geheuer sein. Da geistert Frau Holle mit ihrem ganzen Gesinde. In alter Zeit wollte diese Wiese deshalb niemand haben. So gab man sie dem Wildmeister von Regelsbach und nannte sie später die Wildmeisterwiese.
Aber auch oben, auf der Höhe des Teufelsberges, spukt es. Hier soll sich der Götterkönig Wotan herumtreiben, auf einem feurigen Schimmel reiten und dabei den Kopf unter dem Arm tragen. Seine Begleiter zertrampeln bei diesem Geisterzug stets die umliegenden Haferfelder.

An der Flurgrenze zwischen Kottensdorf und Wildenbergen sollen früher Hexen und Druden zu ihren wilden nächtlichen Festen zusammengekommen sein. Die Felder nennt man heute noch die »Drudenäcker«, und eines wird der »Drudenbüschleinsacker« genannt.

Lieber einen Umweg machen

188 Vor vielen tausend Jahren lagen der Geiersberg und der Bärenberg im Spalter Land dicht nebeneinander. Da gab es noch kein Tal zwischen ihnen und auch keine Rezat, die sie trennte.

Die floß damals von der Stelle, an der heute Windsbach liegt, geradwegs nach Osten, zur anderen Rezat hinüber.

Eines Tages ließen sich seltsame Menschen an ihren Ufern nieder. Sie waren aus fernen Gegenden mit Wagen und mit Pferden gekommen und mit Werkzeugen und Waffen. Sie bauten ihre Hütten auf, rodeten den Wald, pflügten das Land, säten und pflanzten und jagten das Wild in den Wäldern. Man sagt, daß sie Abenberg gegründet hätten. Damit war es mit dem stillen Frieden am Fluß vorbei.

Die Bäume fielen ächzend unter den Schlägen der Äxte. Die Tiere flohen vor den Pfeilen der Jäger. Die Rehe wagten sich nicht mehr an die Tränke. Die Wildschweine wühlten nicht mehr im Schlamm. Kein Hase hüpfte mehr über die Flur, kein Wolf und kein Fuchs ließen sich mehr auf den Waldpfaden sehen.

Die Tiere fürchteten sich und zogen sich nach Süden zurück, wo der Wald noch dicht und sicher war.

Hier, jenseits des Massenberges, wo der Erlbach floß, gruben sie neue Höhlen und suchten bessere Schlupfwinkel.

Die Rezat fühlte sich sehr einsam und sehnte sich nach ihren Freunden aus Wald und Feld. Immer wieder versuchte sie, ihnen näher zu kommen und sich ein neues Bett weiter südlich zu graben.

Endlich war es so weit. Die Schneeschmelze hatte das Wasser gewaltig anschwellen lassen und das Land überflutet. In einer Frühlingsnacht bahnte sich die Rezat einen neuen Weg. Sie grub sich zwischen dem Geiersberg und dem Bärenberg ein neues Bett. Bis zur anderen Rezat hinüber war der Weg jetzt zwar weiter, doch das machte ihr nichts aus. Lieber einen Umweg machen, wenn er zu Freunden führt. Und der weite Bogen, den sie nun zog, brachte sie tatsächlich ihren alten Freunden näher, die sich im Spalter Land niedergelassen hatten.

Hier traf sie die alten Weggefährten wieder, die sie so lange vermißt hatte, und auf fröhliche Menschen, die ihr die Langeweile vertrieben.

Und hier fließt sie bis auf den heutigen Tag.

Der Brunnen zu Hilpoltstein

Jedes Dorf, eine jede Stadt hatte früher eigene Brunnen. So auch die Stadt Hilpoltstein. 189

Ihr Laufbrunnen stand nicht weit vom Stadttor entfernt und spendete Tag und Nacht frisches, kühles Wasser.

Aber einmal bereitete er den Bürgern große Sorgen.

Sein Wasser ergoß sich in einen steinernen Trog, lief über den Rand herab auf die Straße und von dort in den Straßengraben zum Tor hinaus.

Zur Winterszeit war es einmal so bitter kalt, daß der Abfluß zu Eis erstarrte und dem nachfließenden Wasser den Weg in den Graben versperrte.

Das Wasser lief nun quer über die Straße und gefror. Nicht wenige rutschten auf der glatten Eisfläche aus und fielen so unsanft auf ihr Hinterteil, daß die Glieder schmerzten.

Bald wurde es den Leuten zuviel, und sie beklagten sich beim Rat der Stadt. Die Stadtväter kamen beim Brunnen zusammen und berieten angestrengt, wie dieser Mißstand beseitigt werden könne. Aber es wollte ihnen nichts Rechtes einfallen.

Da trat ein Bürger hinzu, der die Not der Stadträte sah und sagte: »Wenn man das Wasser aus dem Trog schöpft, es vor das Tor trägt und dort ausschüttet, dann sind wir die Sorge mit dem Eis los.«

Die Stadtväter hoben die hängenden Köpfe und nickten einander zu. »Das ist die Lösung!« stellten sie einmütig fest.

Sogleich ließ der Bürgermeister durch den Ratsdiener verkünden: »Jeder Bürger wird der Reihe nach verpflichtet, das Wasser aus dem Trog zu schöpfen und vor das Stadttor zu schütten, bis das Tauwetter kommt. Jeder muß das eine Stunde tun, dann löst ihn sein Nachbar ab.«

Das rief der Ratsdiener mit seiner Glocke in allen Straßen und Gassen aus.

Die Bürger kamen dieser Anordnung pünktlich nach. Und Tag und Nacht wurde das Wasser vom ersten Adventssonntag an bis zur Vesperstunde des 5. Februar vor das Tor getragen. An diesem Tag endlich setzte das Tauwetter ein.

Und es kam ihnen nicht in den Sinn, zu murren oder zu protestieren, weil es eine Anordnung der Obrigkeit war.

Und die ist ja immer richtig.

Der Spitzbartl

Der reiche Pfalzgraf Johann Christian Friedrich wollte die schöne Prinzessin Sophie 190
Agnes heiraten. Aber das Mädchen hatte einen sonderbaren Wunsch: »Ich heirate dich nur, wenn du mir bis . . . (und sie gab einen bestimmten Tag an) ein wunder-

volles Schloß mit vielen Räumen und einem großen Tanzsaal baust. Und in den Räumen müssen die Wände und Decken mit schönen, farbigen Bildern bemalt sein. Und einen Garten mit vielen, herrlichen Blumen möchte ich auch.«
Der Pfalzgraf konnte mehrere Nächte lang nicht schlafen: »Wie soll ich meiner Liebsten diesen Wunsch erfüllen? Wo bringe ich in dieser kurzen Zeit ein solches Schloß her?«
Als er eines Abends gerade durch das untere Stadttor ging, trippelte plötzlich ein winziges Männlein an seiner Seite.
Es wisperte mit einer hohen Stimme durch einen langen, weißen Bart: »Was bist du so traurig, lieber Graf? Wahrscheinlich wegen deiner Braut und ihres sonderbaren Wunsches. Höre, ich kann dir helfen! Wenn du mir ein Türmlein auf der Schloßmauer bauen läßt, dann sorge ich dafür, daß dein Schloß zur rechten Zeit fertig wird und du deine Braut bekommst. Weißt du, ich fühle mich so einsam und möchte künftig in der Nähe von Menschen wohnen. Deshalb brauche ich das Türmlein.«
Und schon war der Wichtelmann verschwunden.
Was er versprochen hatte, geschah auf wunderbare Weise: Tagsüber waren die Maurer, die Zimmerleute, die Schreiner und die Gärtner, die Bildhauer und die Maler am Werk, und nachts arbeiteten die Wichtelmänner weiter.
So kam es, daß das Schloß und der Tanzsaal und der Garten wie auch das Türmlein auf der Schloßmauer zum rechten Zeitpunkt fertig waren.
Ganz Hilpoltstein feierte die Hochzeit mit. Die Leute konnten essen und trinken, so viel sie nur wollten. Der glückliche Graf hätte dem Spitzbartl gerne seinen Dank gesagt. Doch der ließ sich nicht blicken.
Am Abend aber hörten der Graf und seine junge Frau ein fröhliches Gekicher. Es kam vom Türmlein herüber.
Da wußten sie, daß der Spitzbartl in sein neues Haus eingezogen war.

Das Stadtwappen von Heideck

Es war an einem Sommermorgen. Die Sonne warf ihre ersten Strahlen auf die 191
Dächer des Städtchens und zwischen den Häusern hindurch auf das Pflaster des Marktplatzes. Da öffnete sich ein Fenster. Ein Heidecker Bürger lehnte sich hinaus und sah nach dem Wetter.
Es schien sonnig zu werden. Und als er sich gerade mit einem zufriedenen Brummer zurückziehen wollte, erblickte er auf dem Marktplatz einen seltsamen Gegenstand. Der hatte gestern abend noch nicht dagelegen! Der Bürger holte seine neue Brille, die er beim letzten Jahrmarkt einem Nürnberger Händler abgekauft hatte. Doch auch damit war nicht auszumachen, was da unten lag. Da griff der Mann nach seiner Zipfelmütze, stülpte sie über das struppige Haar und machte sich auf den Weg. Und als er sich über das seltsame Ding beugte, das auf dem Boden lag, lehnte sich ein anderer Heidecker aus dem Fenster und rief: »Herr Nachbar, was liegt denn da? Was gibt es zu sehen?« Doch der Angesprochene war so mit dem Schauen beschäftigt, daß er die Frage gar nicht hörte.
Da nahm der andere gleichfalls seine Zipfelmütze vom Nagel und stapfte die Treppe hinunter.
Nun standen sie zu zweit vor diesem seltsamen Ding, schüttelten die Köpfe und fanden keinen Namen dafür.
Und nacheinander öffneten sich die Fenster, schoben sich neugierige Köpfe heraus, kamen Leute von allen Seiten aus den Häusern und schauten und murmelten und fragten und schüttelten die Köpfe.
Da nahm sich der Heidecker, der das Ding als erster entdeckt hatte, ein Herz, runzelte die Stirn und sagte: »Wenn man das krumme Ding so ansieht, kann man es für ein Ochsenhorn halten. Aber das kann es nicht sein, weil es ja dann auf einem Ochsenkopf stecken müßte.« Die Umstehenden nickten bedächtig und bestätigen ihm, daß er scharf nachgedacht hatte.
Also mußte es etwas anderes sein!
Da fiel einem der Männer, der sehr belesen war, die Geschichte vom Herzog Ernst

und dem Greifen ein: »Leute, ich habe keinen Zweifel! Dieses Ding ist eine Greifenklaue!«
»Wahrhaftig, ja, eine Greifenklaue!« riefen alle und waren froh, daß das Ding endlich einen Namen hatte.
Und aus Freude darüber, daß ein riesiger Greif seine Klaue über dem Marktplatz von Heideck abgeworfen hatte, trugen sie das Ding ins Rathaus.
Dort wurde beschlossen, die Klaue als Wahrzeichen der Stadt in das Wappen aufzunehmen.
Und das ist auch geschehen.
Der Spaßvogel, der den Heideckern das Ochsenhorn auf den Marktplatz gelegt hatte, lachte sich ins Fäustchen.
Und heute lachen alle Heidecker über den, der ihren Vorfahren diese Geschichte angedichtet hat.

Wie die Stadt Spalt zu ihrem Namen kam

192 Es war vor langer, langer Zeit. Da machten einige Männer Jagd auf einen Wolf, der die Menschen in große Angst versetzte.
Die Jäger streiften durch die Wälder, suchten nach ihm in den Tälern und auf den Höhen und in den Feldern und Wiesen. Wo es diese gab, mußte auch eine Siedlung sein. Und Menschen. Und diese Menschen bedrohte der Wolf.
Die Jäger hatten ihn schließlich aufgestöbert. Doch er war schneller als sie. Mit einigen Sätzen hatte er den dunklen Wald erreicht und blieb verschwunden. Die Männer verfolgten ihn. Sie krochen in das Dickicht, sie machten großen Lärm, um das Tier aus den Büschen und aus dem Niederwald hinauszutreiben. Nichts.

Aber dann fanden sie ihn doch: tot. Da war eine riesige alte Eiche. Ihren Stamm hatte der Blitz in der Mitte gespalten. Und in diesem Spalt steckte der tote Wolf. Wahrscheinlich wollte er auf seiner wilden Flucht durch den gespaltenen Baum springen und war hängengeblieben. Andere sagen, die Eiche hätte ihn festgehalten. Die Geschichte sprach sich in der Umgebung schnell herum.
Die Siedlung in der Nähe nannte man fortan »Spalt«.
Sie wurde später eine Stadt mit Mauern, mit Türmen und Toren. Und auf ihrem Wappen war früher die gespaltene Eiche mit dem eingeklemmten Wolf zu sehen.

Die Gredinger Torabschneider

Vor dem Nürnberger Tor, das auch Fatter Tor oder Hausener Tor hieß, warteten 193
einst zahlreiche Bauern aus der Umgebung. Es war Markttag. Und sie hatten Ochsen, Kühe, Pferde und Esel dabei, die sie verkaufen wollten. Andere hockten in der Kälte auf ihren Wägen, die mit Getreide und Kartoffeln beladen waren.
Männer, Frauen und Tiere wurden langsam unruhig. Warum öffnete der Torwächter nicht? Warum ließ man sie in der klirrenden Kälte dieses frostigen Wintermorgens draußen stehen?
Die Leute vor dem Tor konnten nicht wissen, was sich innen abspielte. Da standen die ehrwürdigen Herren des Rates, steckten die Köpfe zusammen und überlegten angestrengt, was zu tun sei, damit sich die beiden Torflügel öffnen ließen.
Am Tag vorher hatte es getaut, und des Nachts war ein strenger Frost eingefallen. Durch das Schmelzwasser wurden Schlamm, Schmutz, Sand und Erde aus den Gassen an das geschlossene Tor geschwemmt und waren dort zu Eis gefroren.
Da war es kein Wunder, wenn sich das Tor nicht öffnen ließ.
»Es muß sogleich etwas geschehen!« sagten die Ratsherren. »Stellt euch vor, es bricht ein Brand aus! Keiner kann aus der Stadt hinaus! Wir alle müssen elendiglich umkommen!«
Doch der Bürgermeister, ein Zimmermann von Beruf, hatte die rettende Idee: »Holt mir ein Stemmeisen, einen Hammer und eine Zugsäge!« befahl er.
Und dann ging es ans Werk.
Er schlug über dem festgefrorenen Wall mit Stemmeisen und Hammer ein Loch ins Holz, so groß, daß sich die Zugsäge durchstecken ließ. Innen zog er an der Säge und draußen ein Bauer, der endlich ins Städtchen wollte. Ritsch! Ratsch! Das untere Querbrett des Stadttores war schnell abgesägt.
Der Torwärter schob den Riegel zurück, die beiden Torflügel öffneten sich von selbst, und die Ochsen und die Kühe und die Pferde und die Esel, die Bauern und die Bäuerinnen strömten ins Städtlein hinein. Die Gredinger waren stolz, dieses Pro-

blem auf so elegante Weise gelöst zu haben. Und besonders stolz waren sie auf ihren Bürgermeister.
Von diesem Tag an aber gaben ihnen die Nachbarn einen neuen Namen: »Torabschneider«, »Gredinger Torabschneider«, wurden sie von nun an genannt.

Wie die Spalter zum Hopfen kamen

194 Den Spaltern ging es vor langer Zeit mehr schlecht als recht. Überall herrschte große Armut. Was die Landwirtschaft hergab, das war zum Leben zu wenig und zum Sterben zu viel.
Eines Tages wurde in das Stift von St. Emmeran ein Chorherr aufgenommen, der aus der Stadt Saaz in Böhmen gekommen war. Als er die Armut der Menschen sah, dachte er nach, wie man ihnen helfen konnte.
»In meiner Heimat leben viele Leute vom Hopfenbau, und sie leben gut«, sagte er sich. »Wenn ich mir den rötlichen Lehmboden hier so ansehe: er scheint für den Hopfen gerade recht zu sein.«
Bei nächster Gelegenheit ließ der Chorherr aus Saaz Setzlinge kommen und pflanzte sie im Stiftsgarten an. Seine Freude war groß, als er sah, wie die Stöcke mit den Hopfendolden wuchsen und immer größer und kräftiger wurden.
Und das sahen die Spalter auch.
Der Chorherr lehrte sie, wie man Hopfengärten anlegt, wie man die Pflanze behandelt, wie man die Dolden erntet und wie man sie trocknet.
Und die Spalter lernten schnell. Nach und nach bauten sie und die Bauern der Umgebung immer mehr Hopfen an, der neuen Verdienst und Wohlstand brachte.
Noch heute ist der Spalter Hopfen wegen seiner Güte weit bekannt. Noch heute leben viele Menschen im Spalter Land vom Anbau dieser Pflanze.
Aber, der Hopf ist ein Tropf!
Er kann in einem Jahr viel Geld bringen und in einem anderen wiederum so gut wie nichts.

Ein Wirt bricht sein Wort

195 Der Wirt von Wendelstein schlief bereits auf seinem Strohsack, als jemand kräftig an das Fenster pochte. Er sprang auf, öffnete den Fensterladen und sah draußen vier vornehme Herren stehen.
»Wir sind Nürnberger Kaufleute auf dem Weg in die Stadt. Die Dunkelheit hat uns

überrascht. Die Stadttore sind längst geschlossen. Wir wollen bei dir übernachten und bezahlen mit gutem Geld.«

Der Wirt schlüpfte in seine Hose, sperrte die Tür auf und führte die Herren die Treppe hoch in eine Kammer. »Bringe uns Wurst, Brot und einige Krüge Wein und sage niemand, daß wir hier sind! Morgen früh ziehen wir weiter.«

Nachdem der Wirt alles aufgetragen hatte, strich er die neuen Gulden ein, mit denen die Nürnberger bezahlten, und schlich wieder die Treppe hinunter.

Doch was war in der Gaststube plötzlich los?

Alle Plätze waren besetzt, und die Männer verlangten Wein. »Wo kommt ihr her?« fragte der Wirt überrascht. »Wir sind die Leute des Herrn Thomas von Absberg. Wir haben noch Licht in deinem Wirtshaus gesehen, als wir vorbeiritten, und sind auf einen Trunk eingekehrt.«

»Was für ein Glück«, sagte der Wirt, »das wird ein Geschäft! Da oben die reichen Herren und hier der Thomas von Absberg mit seinen Spießgesellen. Die machen sicher eine große Zeche!«

Er füllte die Becher mit saurem Wein und nahm den Thomas beiseite, denn er hatte ein besseres Geschäft im Sinn.

»Da oben übernachten vier reiche Nürnberger Kaufleute in der Kammer, die haben viel Geld bei sich. Sie baten mich eindringlich, niemand zu sagen, daß sie hier sind.«

»Führ mich sogleich zu ihnen!« forderte Thomas den Wirt auf.

Die Kaufleute wurden bleich vor Angst, als sie den gefürchteten Raubritter in der Tür erblickten. Der setzte sich zu ihnen und befahl, ihm rasch einen kräftigen Schraubhaken und ein starkes Seil zu bringen. Alle ahnten, was geschehen sollte.

Der Wirt eilte die Treppe hinunter und suchte Haken und Strick: »Das wird ein besonders gutes Geschäft! Die Herren haben viel Geld dabei, und der Absberger teilt bestimmt mit mir.«

Ritter Thomas saß oben in der Kammer den Kaufleuten gegenüber und blickte sie grimmig an. Es war totenstill.

Da flehte der Jüngste: »Wir haben Frauen und Kinder daheim, laßt uns ziehen! Ihr sollt alles haben . . . Der Wirt ist ein Teufel! Er hat uns sein Wort gegeben, niemand zu verraten, daß wir hier sind.«

Thomas schlug mit der Faust auf den Tisch: »Ruhe! Seid still, ihr Herren! Es geschieht, was geschehen muß!« Die Kaufleute schlotterten vor Angst: Jetzt ist alles aus!

Da trat der Wirt mit Haken und Seil in den Raum. »Schraube den Haken in die Decke und hänge den Strick daran!« befahl Thomas.

Der Wirt stieg auf den Tisch, drehte den Haken ins Holz und knotete das Seil an.

»Ist es auch fest?« fragte der Absberger.

»Ganz fest«, antwortete der Wirt.

»Kann es einen Menschen tragen?«

»Aber sicher!«

»Wir wollen sehen!« rief der Absberger, stellte sich auf den Tisch, knüpfte eine

Schlinge, packte den Wirt beim Schopf und legte das Seil um seinen Hals. Dann sprang er hinunter und stieß den Tisch um.
Da baumelte der Wirt, schlug wild um sich und rührte sich schließlich nicht mehr.
Die Nürnberger waren wie erstarrt.
»Verzeiht, ihr Herren«, sagte der Ritter, »ich vergaß, mich vorzustellen. Ich bin Thomas von Absberg, der Erzfeind der Nürnberger und damit auch euer Feind. Doch dieser Bursche hier hat sein Wort gegeben und dieses Wort gebrochen. Er wollte euch an mich ausliefern. Dafür hängt er nun an der Decke, der Verräter. Was er euch angetan, hätte er morgen mir und meinen Knechten zugefügt. Ich wünsch euch eine gute Nacht!«
Draußen war er. Die Tür sprang ins Schloß.
Die Nürnberger brachten kein Wort über die Lippen. Das Entsetzen hatte ihre Zungen gelähmt.
Draußen hörten sie Hufschlag. Thomas ritt mit seinen Leuten weiter.
Die Kaufleute rafften ihre Sachen zusammen und machten sich auf den Weg.

Die weiße Jungfrau auf dem Schloßberg

196 Am Schloßberg Landeck bei Thalmässing sichelte einst eine Magd gerade Gras, als plötzlich eine weiße Jungfrau vor ihr stand, ihr zuwinkte und sagte: »Wenn du mich erlöst, sollst du und die Deinen das ganze Leben glücklich sein.«
Das Mädchen aber bekam große Angst und lief davon. Zu Hause erzählte sie dem Wirt, bei dem sie arbeitete, und ihren Eltern von dieser Begegnung.
»Was bist du so ängstlich?« wurde sie gescholten. »Geh doch mit! Die weiße Jungfrau tut dir sicher nichts, und wir werden reich.«
Am nächsten Tag erschien die weiße Jungfrau wieder. Doch die Grasmagd hatte wiederum keinen Mut und weigerte sich mitzugehen.
Das dritte Mal flehte die Erscheinung: »Du brauchst wirklich keine Angst zu haben! Ich tu dir nichts. Es kann dir auch von niemand anderem etwas Böses geschehen. Denk daran, was deine Eltern gesagt haben!«
Die Grasmagd überwand ihre Angst, stimmte zu und ging mit. An der Thalach, einem Bach am Fuß des Schloßbergs, setzte sie ihren Graskorb ab und wollte ins Wasser steigen. Bevor sie jedoch einen Fuß hineinsetzen konnte, standen beide bereits am anderen Ufer.
Die weiße Jungfrau schwebte vor ihr her, den Berg hinauf zu der Stelle, an der drei Eichen standen.
Da sagte sie: »Der Berg wird sich auftun. Du steigst eine tiefe Treppe hinunter.

Unten findest du eine schwarze Kiste, auf der ein schwarzer Pudel sitzt. Der hält den Schlüssel zur Truhe im Maul. Fürchte dich nicht und nimm diesen Schlüssel! Der Hund wird zwar nach dir schnappen, aber er wird dir nichts tun. Wirf dein Halstuch auf die Truhe, dann bleibt alles so wie es ist. Du kannst mit deinen Leuten herkommen und dir alles holen, was in der Truhe liegt. Heute darfst du mitnehmen, was du tragen kannst. Es gibt nur eine Bedingung: Sprich kein Wort, sonst schließt sich der Berg über dir, und du bist auf ewig unglücklich.«

Der Berg tat sich auf. Die Grasmagd blickte die Treppe hinab, die in die Tiefe führte, geriet in panische Angst und weigerte sich hinabzusteigen.

Da schloß sich der Berg wieder.

Die weiße Jungfrau weinte und klagte: »Nun kann mich kein Mensch erlösen, bis ein Vogel eine Eichel auf den Berg trägt. Bis aus dieser Eichel eine Eiche herangewachsen ist. Bis der Baum gefällt und in Bretter geschnitten wird. Bis der Schreiner daraus eine Wiege macht. Und erst das erste Kind, das in dieser Wiege liegt, kann mich erlösen.

Dann schwebte sie hinweg und klagte und weinte bitterlich. Ein Sturm erhob sich, und der Berg donnerte.

Doch das konnte nur die Magd hören.

Das versunkene Schloß

Auf dem Weg von Abenberg nach Bechhofen kommt man über das Kaltenbach- 197
brücklein, das auf einem Damm liegt. Die feuchte Flur ringsum nennen die Leute den Sadenweiher.

Hier geht um Mitternacht ein schwarzer Hund um, der einen feurigen Schlüssel im Maul trägt. Es soll der Schlüssel von dem Schloß sein, das einst an dieser Stelle stand. Nur der Damm und das steinerne Brücklein seien übriggeblieben, wird erzählt.

Einst hütete hier ein Bauer seine beiden Kühe. Als er gerade nicht auf sie achtete, versanken sie bis zum Bauch im Boden. Eine Frau, die in der Nähe arbeitete, sah das mit Schrecken und rief dem Bauern zu: »Deine Kühe! Schau, deine Kühe versinken in der Erde! Zieh sie raus! Mach schnell!«

Das hätte wohl auch der kräftigste und schnellste Bauer nicht fertiggebracht.

Aber es war nicht nötig.

Denn kaum hatte die Frau das letzte Wort gesprochen, da wurden die Tiere wie von Zauberkraft wieder emporgehoben und bewegten sich, als ob nichts geschehen wäre.

An dem Platz aber lag eine Unmenge von Silber.

Das konnte nur aus dem Schatz des verschwundenen Schlosses stammen.

Der schwarze Pudel auf der Rumburg

198 Oberhalb von Enkering steht die Ruine der Rumburg. Dort soll einst der Burgherr seine Frau getötet haben. Weil sie unerlöst blieb, mußte sie als schwarzer Pudel umgehen.

Die Leute sagten: »Wer in der Walpurgisnacht zur Ruine hinaufsteigt, der kann den schwarzen Pudel mit den feurigen Augen im Burghof sitzen sehen. Er trägt einen goldenen Schlüssel im Maul. Wer den ganzen Weg über kein Wort verliert, bekommt ihn. Der Hund läßt ihn einfach fallen und läuft davon. Der Schlüssel öffnet die Truhe mit Gold und Edelsteinen und alle Gewölbe mit ihren Schätzen. Dann ist die Rittersfrau erlöst und der mutige Schatzsucher reich.«

Es heißt, daß es manche versucht haben. Aber alle sind ohne Schatz zurückgekommen.

Vor hundert Jahren kam ein Bauer in der Walpurgisnacht an der Rumburg vorbei und hörte plötzlich ein mächtiges Brausen und Heulen und sah, wie sich die Waldbäume bis zur Erde niederbeugten und wie eine grüne Flamme über der Ruine stand.

Vor vierzig Jahren machten sich kurz vor der Geisterstunde der Walpurgisnacht drei mutige Männer auf den Weg.

Als sie bis auf zwanzig Meter herangekommen waren, vernahmen sie ein Scharren und ein Geheul, das immer stärker wurde und aus dem Burghof kam. Und plötzlich schwebte eine stubenhohe, rotgoldene Flamme über der Burgmauer.

Da rannten sie davon.

Die Dorfbewohner hatten nichts bemerkt.

Und am nächsten Morgen waren im Neuschnee auf dem Burghof auch keinerlei Fußspuren zu finden.

Der Schatzgräber

199 In Untermainbach lebte einst eine Bauernfamilie mit dem Namen Dengler. Wenn der Bauer nachts im Bett lag, trat gegen Mitternacht immer wieder ein Mann auf ihn zu, weckte ihn und setzte sich an den Bettrand. Und dann erzählte er ohne Unterlaß. Er redete von Sachen, die der Bauer nicht verstand. Am Ende weinte er jedesmal. Dengler berichtete dem Ortspfarrer darüber.

Der riet ihm: »Sprich doch den fremden Mann einmal direkt an und frage ihn, was er eigentlich von dir möchte.«

Das tat der Dengler in der nächsten Nacht und war sehr überrascht, als der Unbekannte sagte: »Grabe den Boden in deiner Küche auf, und du wirst einen Schatz fin-

den. Das tust du am besten, wenn am Sonntag alle deine Leute in der Kirche sind. Laß dich durch nichts erschrecken, was auch geschieht. Unterbrich deine Arbeit nicht und geh nicht von der Stelle, bis du den Schatz in den Händen hältst.«
Der Bauer konnte den Sonntag kaum erwarten.
Als die Frau, die Knechte und die Mägde, die Kinder und die Großmutter das Haus verlassen hatten, sperrte er sich ein und ging an die Arbeit.
Nach ein paar Spatenstichen in den harten Lehmboden der Küche pochte plötzlich jemand an die Tür.
»Du kannst warten, bis ich fertig bin«, sagte sich der Bauer und machte weiter.
Endlich kam ein eiserner Kasten zum Vorschein. Im selben Augenblick aber krachte etwas mit voller Wucht gegen die Tür. Der Bauer fürchtete, sie sei aus den Angeln gefallen und eilte in den Hausgang hinaus. Doch die Tür stand unversehrt da. Sie hatte keinen Kratzer und war verschlossen wie vorher auch.
Als der Dengler in die Küche zurückkehrte, sah er nur das leere Loch im Boden.
Keine Spur vom Kasten.
Keine Spur vom Schatz.

Frau Apollonia

Hans Geißelbrecht hieß der Bürger von Spalt, der nach dem Tod seiner Frau die 200
Witwe Apollonia heiratete. Sie war in erster Ehe mit Hans Francke aus Leutershausen im Markgrafentum Ansbach vermählt gewesen.
Die zweite Hochzeit der beiden lag ungefähr ein Jahr zurück, als der Eheteufel in ihr Hauswesen eindrang. Tag und Nacht lagen sie in Streit. Sie schimpften und schrien und zankten sich wegen jeder Kleinigkeit.
So war es auch an einem Freitag, als Hans Geißelbrecht nachts angetrunken von der Wirtschaft heimkam und zu brüllen und zu fluchen begann. Seine Frau stand ihm dabei nicht nach und gab es ihm kräftig zurück. Der laute Streit dauerte die ganze Nacht hindurch.
Am Samstagmorgen eilte Apollonia zu ihrer Nachbarin, der Anna Stadler, hinüber: »Liebe Stadlerin, habt ihr es gehört? Habt ihr gehört, wie mich mein Mann die ganze Nacht wieder angeschrien und beleidigt hat?« fragte sie.
»Freilich«, sagte die Nachbarin, »mein Stadler und ich konnten kein Auge zumachen, so laut habt ihr gebrüllt und herumgeschlagen. Die ganze Nachbarschaft ist wach geworden. Wenn ihr so weitermacht, stört ihr den Frieden in unserer Gasse. Was ihr treibt, ist ganz und gar nicht christlich!«
Das war der Apollonia zu viel, und sie wurde zornig: »Niemand schützt mich vor diesem groben, bösen, gewalttätigen Menschen. Auch unser Herrgott nicht! Und

wenn mir der nicht beistehen will, so soll doch der Teufel kommen und mir helfen!«
Als die Geißelbrechtin am Abend die Kühe von der Weide bringt und sie melken will, da schwirren ihr zwei Vögel um den Kopf. Sie sehen wie Schwalben aus. Doch Schwalben können es nicht sein. Die sind längst weggeflogen.
Die Frau setzt sich gerade auf den Melkschemel, als plötzlich ein großer, schlanker Mann neben ihr auftaucht.
»Ach, meine liebe Appel«, sagt er, »ich habe großes Mitleid mit dir. Ich weiß, was du für ein hartes, armseliges Leben führen mußt und wie böse und grausam dein Mann zu dir ist. Er wirft das Geld zum Fenster hinaus und vertrinkt es im Wirtshaus. Das tut er nur, damit dir nach seinem Tod nichts mehr bleibt. Wenn du mir gehören willst, dann führe ich dich an einen herrlichen Ort, an dem du immer fröhlich sein wirst. Dort geht es lustig zu. Du brauchst nichts zu arbeiten, kannst essen, trinken, singen und tanzen so viel du willst. Und ein Tag wird schöner als der andere sein. Das ist der wahre Himmel, ein anderer, ein schönerer als der, den dir die Pfaffen versprechen!«
Die Frau gab dem fremden Mann die Hand und versprach, ihm zu gehören.
Damit hatte sie sich dem Teufel verschworen.
Von dieser Stunde an, war sie von ihm besessen.

Die Kreuzung, die Druden und der Teufel

201 Sie heißt noch heute die Hergersbacher Kreuzung. Hier trifft sich die Straße von Schwabach nach Gunzenhausen mit der von Abenberg nach Windsbach.
Während der Christmette bewegt sich ein unheimlicher Zug auf diese Kreuzung zu. Es sind die Druden. Und am Ende geht der Teufel selbst.
Ein nächtlicher Wanderer kann sich nur dadurch retten, daß er in den Straßengraben springt und sich versteckt.
Spürt ihn der Teufel auf, dann fragt er: »Wie lange möchtest du noch leben?« Ganz gleich, was der Befragte antwortet: Der Teufel verspricht ihm zwei Jahre. In dieser Zeit kann das Menschenkind in Saus und Braus leben, bekommt vom Satan so viel Geld, daß es sich alles leisten kann. Dann aber kommt der Höllenfürst und holt sich seine Seele.
Ein Mann aus einem Dorf nahe der Hergersbacher Kreuzung soll es einmal gewagt haben, sich dem Teufel freiwillig zu nähern.
Auch ihm wurde die Frage nach den Lebensjahren gestellt und beantwortet. Und er hat tatsächlich zwei Jahre in Saus und Braus gelebt.

Auf dem Heimweg von der nächtlichen Begegnung an der Hergersbacher Kreuzung aber mußte er sich sehr beeilen, weil die Druden auf ihn losgingen. Sie rasten hinter ihm her, sie schrien und kreischten und schlugen auf ihn ein. Noch nach Tagen konnte man die blauen Flecken auf seinem Rücken sehen.
Ob ihn der Teufel am Ende bekam, weiß niemand.

Das wilde Heer

Wenn im Spätherbst die Hopfengärten abgeerntet sind, wenn der Talnebel bis in die Höhe der Häuser von Hagsbronn aufsteigt, wenn der kalte Nordwind die dunklen Wolken über das Land treibt und durch die leeren Drahtanlagen pfeift, dann ist es hier nicht geheuer. 202
Im hinteren Dorf von Hagsbronn treffen sich in dieser Zeit die dunklen Gestalten. Hier sammelt sich in den Nächten das wilde Heer.
Keiner hat es bisher zu Gesicht bekommen. Wer sich ihm nähern und die Geister sehen wollte, dem tränten sogleich die Augen. Und zwar so stark, daß er kaum noch Baum und Strauch unterscheiden konnte.
Hören konnte er aber alles: das Klappern von Pferdehufen, das Klirren der Schwerter, das Stöhnen der verletzten Krieger, das Dröhnen dumpfer Trommeln und schließlich den Gesang und die Musik der Sieger.
Wenn sich das wilde Heer beim hinteren Dorf sammelte, wagte sich kein Hagsbronner hinaus.

Der Schatz der Druden

Dort, wo heute die Rother Stadtkirche steht, soll in grauer Vorzeit ein heidnischer Götterplatz gewesen sein. 203
Hier versammelten sich die alten Germanen, brachten dem Donnergott Donar und all den vielen anderen Göttern ihre Opfer dar und hielten Gericht.
Aber auch die Geister sollen hier zusammengekommen sein und die Hexen und die Druden.
Als die Menschen das Christentum annahmen, wurden die Bäume auf dem Hügel gefällt und eine Kirche errichtet.
Die Druden und die anderen Geister zogen sich in die dichten Wälder zurück und vergruben dort ihre kostbaren Schätze: ihr Silber, ihr Gold und ihre Edelsteine.
Der geheime Ort, an dem sie alles tief in die Erde senkten, soll irgendwo am Heiden-

berg liegen. Und vom Götterplatz in Roth, so hieß es, führt ein unterirdischer Gang zu diesen Schätzen.
Doch die hat noch keiner gesehen, weil es keiner gewagt hat, in die Schatzhöhle vorzudringen. Und keiner hat sich das Gold, das Silber und die Edelsteine geholt.
Die Schätze sollen von einem riesigen, schwarzen Hund bewacht werden, der den Schlüssel zu den Truhen in seinen kräftigen Tatzen hält. Er hat glühende Augen und stößt einen feurigen Atem aus.
Nur ein Sonntagskind kann ihm den Schlüssel entreißen, ihm Erlösung bringen und den Schatz heben.
Es darf nur keine Angst haben und sich vor dem feurigen Atem nicht fürchten. Es muß durch die züngelnden Flammen und den beißenden Rauch hindurch und dem Hund den Schlüssel aus den Tatzen nehmen.
Gelingt es ihm nicht, dann dauert es wieder hundert Jahre, bis ein Sonntagskind es wagen kann.
Die Schätze liegen immer noch im Heidenberg.

Der Weingartner Stockbrunnen

204 Zur Zeit des Vollmondes hörten die Weingartner um Mitternacht immer ein Weinen und Klagen, das aus dem Stirner Wald kam. Einige sagten, sie hätten eine Gestalt zwischen den Bäumen gesehen und das Laub rascheln hören. Aber keiner hatte es bisher gewagt, näher hinzugehen und die Erscheinung anzusprechen.
Als einmal ein junger Mann um Mitternacht durch den Stirner Wald kam, hörte auch er das leise Weinen. Es klang, wie wenn ein Mensch um Hilfe rief. Der Wanderer hatte noch nie etwas von der seltsamen Erscheinung gehört. Deshalb schritt er mutig in den Wald hinein und fand ein bildhübsches Mädchen vor einer schwarzen Fichte knien. Das blonde Haar fiel ihm über die Schulter, und die Tränen liefen ihm wie Perlen über die Wangen. Das Mädchen streckte die Hände nach dem Wanderer aus und bat: »Komm, so komm doch bitte und hilf mir!«
Da wurde es dem jungen Mann doch etwas unheimlich. Aber das Mitleid war stärker als die Furcht.
Er trat näher und fragte: »Was kann ich tun? Wie kann ich dir helfen?« Das Mädchen erhob sich und gab ihm ein Zeichen, mit dem es sagen wollte: »Komm, folge mir!« Es ging immer tiefer in den Wald hinein bis zu einer Lichtung mit einem roten Sandsteinfelsen.
Hier blieb das Kind stehen und sprach: »Erfülle mir noch einen Wunsch, dann bin ich erlöst. Schlage mit deinem Stock auf diesen Stein!«
Der Bursche trat an den Felsen heran und schlug mit seinem Wanderstock darauf. Da floß helles, klares Wasser heraus.

Das Mädchen aber war verschwunden.
Er suchte es die ganze Nacht. Vergebens.
Darüber war er sehr traurig. Und traurig und einsam blieb er sein Leben lang.
Seitdem hat niemand mehr die Klage zur Mitternacht vernommen. Und niemand hat das Mädchen mehr zu Gesicht bekommen.
Die Quelle aber fließt heute noch. Selbst wenn es einen heißen Sommer gibt. Die Leute nennen sie den Weingartner Stockbrunnen.

Der Pfarrmesner und die Geister

Der Spalter Mesner ging gern ins Wirtshaus. 205
Auf dem Heimweg kam er spät in der Nacht immer an der Kirche vorbei und hörte manchmal, wie Geister am Taufstein eine Taufe vornahmen.
Einmal hatte er sich besonders viel Mut angetrunken und wollte die Geister mit eigenen Augen sehen. Er stieg auf den Kirchturm und wartete in der Glockenstube auf sie.
Um Mitternacht versammelten sie sich um den Taufstein, machten Zeichen, murmelten unverständliche Gebete und bewegten sich hin und her.
»Hättet ihr zu euren Lebzeiten richtig getauft, dann müßtet ihr jetzt nicht geistern!« rief der Mesner mutig von der Glockenstube hinunter.
Kaum hatte er das letzte Wort ausgesprochen, da zischte ein Geist vom Taufstein wie ein Blitz heran. Der Mesner konnte gerade noch die schwere Tür zuschlagen und sich so vor ihm schützen.
Der wütende Geist schlug mit solcher Gewalt gegen das Holz, daß es krachte.
Von diesem Schlag blieb ein Abdruck der Geisterhand zurück.
Den konnte man noch lange sehen.

Der Soliman

Er ist ein absonderliches Wesen. 206
Befindet sich ein Weingartner in stockdunkler Nacht auf dem Heimweg, so leuchtet plötzlich ein Lichtlein auf, das ihn begleitet. Es läuft ständig vor ihm her und weist ihm den Weg.
Doch es ist stets der falsche Weg. Das Licht führt in die Irre.
Der Mann tappt in die Dunkelheit hinein, stolpert über Wurzeln und Steine, fällt hin und bewegt sich ständig im Kreis.

Wenn die letzten Sterne ausgelöscht sind, zeigt sich das Irrlicht in seiner richtigen Gestalt. Es ist ein feuriges Männlein ohne Kopf.
Jetzt weiß der nächtliche Heimkehrer, daß ihn der Soliman an der Nase herumgeführt hat.
Todmüde kommt der Mann zu Hause an und denkt an den Spruch, der die Großweingartner vor dem Soliman warnt:

Drum Bauer,
sei auf der Lauer!
Bleib nicht zu lang im Wirtshaus sitzen,
sonst läßt der Soliman die ganze Nacht dich schwitzen.
Kommst müd und matt nach Haus,
wo Frau und Kind dich lachen aus.

Das Butzelkühweiblein

207 Jenseits des Abenberger Forstes schiebt sich von Mäbenberg her der Kamm des Leithenberges sanft nach Westen, bis er plötzlich steil in ebenes Gelände abfällt.
Die Talwege im Norden und im Süden des Berges führen hinaus nach Untersteinbach.
Auf den Hängen wachsen kräftige Föhren. Nur hie und da ist eine Fichte oder eine Eiche dazwischen.
Wenn es Nacht ist auf dem Leithenberg, wenn eine Turmuhr aus der Ferne die elfte Stunde schlägt, wenn der Mond seinen schwachen Schein durch die Baumkronen schickt, wenn es ganz still ist, dann steht ein wunderliches Weiblein an der Stelle, wo der Bergkamm endet und ins Tal abfällt.
Das Weiblein hat Falten im Gesicht, die wie feine Föhrenwürzelchen aussehen. Sein Haar ist graugrün wie die Flechten an den Baumstämmen. Der Rock ist so rot wie die reifen Preiselbeeren und der Kittel weiß wie ihre Blüten. Auf dem Rücken trägt es einen großen Buckelkorb.
Die Alte bückt sich, richtet sich auf, bückt sich wieder richtet sich wieder auf. Und dabei fallen über ihren Kopf hinweg ständig Butzelkühe aus dem Korb und rollen den Abhang hinunter.
Das macht die Frau schon viele hundert Jahre. Jede Nacht zwischen elf und zwölf Uhr. Ihr Korb wird nie leer.
Man sagt, daß das Weiblein so lange seine Butzelkühe ausschütten muß, bis es endlich von einem guten Menschen erlöst wird.
Doch die Menschen haben Angst vor ihm und trauen sich nicht in die Nähe.

An schönen Sommer- und Herbsttagen sammeln am Hang des Leithenberges Frauen und Kinder die Butzelkühe auf, die aus dem Korb des Weibleins gefallen sind und nun zwischen dem Wacholder, dem Heidekraut und den Preiselbeeren liegen.

Habertitack

Vor langer Zeit ging einmal ein alter Mann von Wernsbach nach Wallesau. 208
Da sah er auf dem Weg einen kleinen Hasen sitzen. Der rührte sich nicht von der Stelle und ließ sich mit einem Handgriff fangen. Rasch steckte der Mann seine leichte Beute unter den Rock.
Plötzlich tauchte ein feuriger Mann auf und schrie ständig: »Habertitack! Habertitack!«
Die Stimme, die Antwort gab, kam aus dem Rock des alten Mannes: »Hier steck ich! Im Sack! Im Sack!«
Da bekam er einen großen Schreck, ließ das Tier fallen und rannte davon.
Der Hase aber verwandelte sich in einen feurigen Mann, der mit dem anderen zu streiten und zu raufen begann.

Helf dir Gott!

Ein Bauer aus Roth ging eines Tages über das Brücklein, das im Brunnenholz den 209
Brummbach überquert. Da hörte er jemand laut niesen. Er drehte sich um, erblickte einen fremden Mann und rief: »Helf dir Gott!«
Der Fremde antwortete nicht.
Als der Bauer ein paar Schritte weitergegangen war, nieste der Mann wiederum.
Und wieder wünschte der Bauer »Helf dir Gott!« und lief weiter.
Nach einigen weiteren Schritten hörte er das dritte Hatschi.
Da wurde es ihm zu viel: »Jetzt reicht es mir aber! Wie oft soll ich denn noch ‚Helf dir Gott!‘ sagen?«
Der fremde Mann antwortete ganz betrübt: »Schade, schade! Wenn du noch einmal ‚Helf dir Gott‘ gerufen hättest, wäre ich erlöst gewesen. So aber muß ich volle hundert Jahre warten, bis mir wieder jemand an dieser Stelle helfen kann. Ich finde erst dann Ruhe, wenn mir einer in hundert Jahren auf den Tag genau an diesem Platz dreimal ‚Helf dir Gott!‘ wünscht.«
Und schon war der Fremde verschwunden.
Seitdem hat ihn keiner mehr gesehen.

Heiligenblut

210 Zwischen Pleinfeld und Spalt liegt nahe bei Ottmannsberg an einem Waldrand ein einsamer Bauernhof. An seiner Stelle stand einst ein Franziskanerkloster, von dem nur noch ein paar Nebengebäude übriggeblieben sind. Die Wallfahrtskirche ist ganz verschwunden. Unter ihrem Hauptaltar wurde in früherer Zeit ein Fichtenstamm aufbewahrt und den Gläubigen gezeigt. Dabei erzählte man folgende Geschichte:
Im Jahre 1444 herrschte im ganzen Land eine große Hungersnot. Da überredete ein Jude einen armen Taglöhner aus Unterbreitenlohe, in der Kirche zu Stirn eine geweihte Hostie zu stehlen.
Sie verabredeten sich an einer Stelle am Waldrand.
Der Taglöhner brachte die Hostie und erhielt seinen Lohn dafür.
»Halt! Nicht so schnell!« sagte der Auftraggeber, als sich der Mann rasch entfernen wollte. »Du mußt noch etwas tun! Lege die Hostie auf diesen Fichtenstock und schlage dreimal mit der Axt darauf!«
Als der Taglöhner das getan hatte, floß Blut aus dem geweihten Himmelsbrot. Die beiden waren starr vor Schreck und wurden leichenblaß.
Der Taglöhner rannte davon und zeigte, von Reue ergriffen und Angst geplagt, seine Freveltat an.
Was mit den beiden geschah, ist nicht bekannt.
Das heilige Blut wurde aufgefangen und in einem Behälter aufbewahrt.
Die Geschichte von der blutenden Hostie hatte sich bald überall herumgesprochen.
Über dem Fichtenstock wurde ein Altar, dann eine Kapelle und schließlich eine große Wallfahrtskirche errichtet und daneben ein Kloster gebaut. Jahr für Jahr begaben sich zahllose Pilger auf die Wallfahrt nach Heiligenblut.
Später wurde das Kloster aufgehoben, die Kirche abgerissen und die restlichen Gebäude verkauft.
Der Bauernhof und der Platz am Waldrand heißen heute noch »Heiligenblut«.

Stilla

211 Über dem Städtchen erhebt sich die alte Burg, von der es seinen Namen hat: die Burg der Grafen von Abenberg.
Graf Rapoto hatte mehrere Söhne und eine Tochter. Sie hieß Stilla und war ein ruhiges, gütiges, liebes, hübsches Mädchen. Alle jungen Ritter der Umgebung verehrten und umwarben sie. Ein jeder wollte sie zur Frau haben. Der Vater wählte einen von ihnen aus.

Da bat sie inständig: »Bitte, Vater, laß mich selbst einen aussuchen. Ich weiß am besten, wer für mich der richtige ist.«

»Meinetwegen«, gab Graf Rapoto nach, »du bist ein gutes, wohlerzogenes Kind. Du wirst keine schlechte Wahl treffen.«

Aber eines Tages war er doch überrascht und bestürzt. »Vater, ich werde überhaupt nicht heiraten. Ich habe mich dem Heiland versprochen. Ihn habe ich gewählt. Und mein ganzes Leben will ich nur ihm dienen und Werke der Barmherzigkeit tun.«

Das war ein harter Schlag für den Vater. Doch er achtete ihren Entschluß.

Das Mädchen verzichtete auf ein Leben als Ehefrau und Mutter. Sie besuchte und pflegte die Kranken, sie tröstete die Betrübten und half den Armen.

In der Burg bewohnte sie einen kleinen, schmalen Raum mit einer ganz schlichten, einfachen Einrichtung. Sie benutzte ihn nur als Schlafstube. Tagsüber war sie ständig unterwegs und stand den Hilfsbedürftigen zur Seite. Und es kam nicht selten vor, daß sie am Bett der Kranken auch Nachtwache hielt.

An einem milden Abend im Mai stieg sie nach einem arbeitsreichen Tag die Anhöhe zur Burg hinauf. Sie betrat ihre Schlafstube, setzte sich ans Fenster, warf plötzlich einen ihrer Handschuhe hinaus in die freie Luft und sprach: »Dort, wo dieser Handschuh zur Erde fällt, will ich eine Kirche bauen und an dieser Stelle begraben sein.«

Dann legte sie sich zur Ruhe.

Am nächsten Morgen bekamen die Diener den Auftrag, nach dem Handschuh zu suchen. Und sie fanden ihn. Er war weit über das Tal auf eine gegenüberliegende Anhöhe geflogen.

Stilla ließ eine kleine Kirche bauen.

Nach ihrem Tode wurde sie hier begraben, obwohl sie ihre Brüder lieber in der Gruft zu Heilsbronn zur letzten Ruhe gelegt hätten. Denn dort war die eigentliche Grabstätte der Abenberger.

Später ließ ein Eichstätter Bischof neben dem Stilla-Kirchlein ein Kloster errichten und gab ihm den Namen »Marienburg«.

Die letzten Heidecker

Auf dem Schloßberg von Heideck stand einst eine mächtige Burg. Die Burg der Gra- 212
fen von Heideck.

In seinem Testament hatte Graf Johann seinen Besitz den drei Söhnen vererbt: Heinrich erhielt die Stammburg, Georg bekam Nennslingen und Hugo Hoheneilen. Die Schwester Emma sollte bis zu ihrer Vermählung bei Heinrich bleiben.

Ein Nachbar, der Herr von Hohenmässing (Obermässing) wußte, daß das Mädchen bei ihrer Hochzeit ein großes Heiratsgut mitbekommt. Und deshalb wollte er sie zur

Frau haben. Doch das Mädchen wies seine Werbung immer wieder zurück. Der Hohenmässinger gab nicht auf und ersann einen teuflischen Plan.
»Das Mädchen weigert sich nur deshalb so standhaft, weil sie unter dem Schutz ihrer Brüder steht. Nehmen wir ihr die Brüder, so hat sie auch keinen Schutz mehr. Dann wird es ein Leichtes sein, sie zu bekommen. Und damit nicht nur ihr Erbteil, sondern auch das ihrer Brüder.«
Als Emma einst eine Wallfahrt unternahm, schickte der Mässinger einen falschen Boten nach Heideck. Der hatte zu melden: »Herr Heinrich, man hat eure Schwester in die Klause bei Raitenbuch verschleppt und hält sie dort gefangen. Sie bittet um eure Hilfe und hofft, daß ihr sie sogleich befreit.«
Während Heinrich nach Raitenbuch ritt, brachte ein weiterer Bote dem zweiten Bruder in Nennslingen die Nachricht, daß man den Heidecker bei der Klause von Raitenbuch ermordet habe.
»Wenn ihr gleich aufbrecht, könnt ihr den Mord an eurem Bruder rächen«, berichtete der Abgesandte des Mässingers.
Eine ähnliche Botschaft erhielt auch Hugo in Hoheneilen. Auch er legte sogleich die Rüstung an und ritt nach Raitenbuch.
Zu der Stunde, in der die Brüder von Nennslingen und Hoheneilen unterwegs waren, lag Heinrich tot in der Nähe der Klause. Von den Schergen des Mässingers ermordet.
Georg, der Nennslinger, traf als erster an der Mordstätte ein, fiel weinend auf die Knie, umarmte den toten Bruder zum letzten Mal und setzte sich, vom Schmerz gebeugt, auf einen Stein.
Da sprengte Hugo in voller Rüstung heran, sah einen Ritter neben der Leiche seines Bruders sitzen und hielt ihn für dessen Mörder. Er sprang vom Pferd, klappte das Visier herunter, zog sein Schwert und schlug auf den anderen ein. Der griff nach seiner Waffe und wehrte sich mit kräftigen Hieben.
Es war ein harter, kurzer Kampf. Am Ende lagen beide tot am Boden. Jeder hatte den anderen für den Mörder seines Bruders gehalten.
Die Rechnung des Mässingers ging jedoch nicht auf.
Emma schlug auch jetzt die Werbung aus und ging in ein Kloster. Sie wurde über den Tod ihrer drei Brüder vor Schmerz und Trauer schwer krank.
Und nicht lange danach starb sie. Von den Heideckern ist nichts mehr geblieben als ihr Wappen, ihr Name und drei Steine irgendwo im Wald.
Sie erinnern an die letzten Heidecker, die hier den Tod fanden.

Das Haselnußgärtchen

Es liegt am Waldweg von Roth nach Rittersbach. 213
Dort soll es spuken.
Die Leute erzählen, daß ein junger, lebenslustiger französischer Offizier und der Rittersbacher Pfarrer einen Streit mit dem Säbel ausgetragen hatten. Dabei wurde der Franzose tödlich verletzt und später an gleicher Stelle begraben.
Doch sein Geist fand keine Ruhe und ging nachts am Haselnußgärtchen um.
Einige wollen ihn gesehen haben: Der Fremde trug noch seine Uniform, seinem Körper aber fehlte der Kopf.
Der Spuk dauerte so lange, bis zwei Schlotfeger den rechten Mut fanden, den Kopflosen fingen und in einen Sack steckten.
Seitdem soll er Ruhe gegeben haben.
Doch ganz geheuer war es den Rittersbachern auch nachher nicht.
Ein aus zwei Stücken bestehender Stein hat lange an diese Geschichte erinnert.

Der Feuerdrache von Spalt (214)

Der Feuerdrache

214 Er zeigte sich jeweils im Frühjahr und im Herbst. Mit großem Getöse brauste er in mondhellen Nächten daher und kreiste über dem Rezattal. Seinen Rachen hielt er weit aufgesperrt. Die Zunge streckte er wie ein Schwert hinaus, und sein langer Schweif war ein einziger, glutroter Feuerstrahl.
»Wenn der Feuerdrache erscheint, wird es ein gutes Jahr«, sagten die Leute.
Einmal setzte er sich des Nachts auf das Spalter Kornhaus mit seinen vielen Dachgeschossen. Er fand kaum Platz darauf. Der mächtige Leib lag auf dem First, und der Feuerschweif hing quer über das Dach hinunter und reichte bis auf die Gasse. Das Städtchen war von seinem Feuerschein hell erleuchtet.
Noch heute sind die Spuren des Feuerdrachen zu sehen: Einige Dachziegel hat der Feuerbrand ganz schwarz gemacht.

Das springende Kälbchen

215 Ein Bortenmacher aus Pfaffenhofen war einst über Kornburg nach Nürnberg gegangen und hatte dort seine Geschäfte erledigt.
Auf dem Heimweg bemerkte er bei der langen Fichte, ganz in der Nähe seines Heimatorts, ein Kälbchen, das kreuz und quer durch die Felder lief und seltsame Sprünge machte.
Der Mann wollte es fangen.
Weil er keinen Strick zur Hand hatte, nahm er sein Halstuch und rannte hinter dem Kälbchen her.
Je schneller der Bortenmacher lief, umso schneller sprang das Kalb davon.
Plötzlich blieb es stehen.
Der Mann ging auf das Tier zu und wollte nach ihm greifen.
Da gab es einen mächtigen Donnerschlag, und das Kalb war verschwunden.

Ziebeli

216 Als einst ein Bauer mit seinem Fuhrwerk an der langen Fichte bei Pfaffenhofen vorbeikam, blieben die Pferde plötzlich stehen. Soviel er auch mit der Peitsche knallte und sie anrief: es nutzte nichts. Sie rührten sich nicht von der Stelle. Er traute seinen Augen nicht: Unsichtbare Hände lösten die Stränge und das Geschirr. Ketten, Stricke und Riemen fielen zu Boden.

Unsicher und zögernd stieg der Bauer vom Wagen, schirrte die Pferde wieder an und rief ihnen sein »Hüa!« zu.
Nach einigen Schritten blieben sie wieder stehen.
Und wieder schirrte jemand, den er nicht sehen konnte, die Pferde aus.
Plötzlich erblickte er auf dem Boden eine Unzahl von kleinen Tieren, die wie Kücken aussahen.
»Wo kommen nur die vielen Ziebeli her?« fragte er sich.
Er sprang vom Wagen, nahm die Pferde am Halfter und führte sie nach Pfaffenhofen.
Den Wagen ließ er stehen.
Am nächsten Morgen kam er mit seinen Pferden wieder.
Der Wagen stand da, wie er ihn gestern verlassen hatte.
Und weit und breit war kein Ziebela zu sehen.

Die Schlange mit der Krone

Vor langer Zeit hatte sich mitten im Gemeindeweiher von Abenberg eine kleine 217
Sandinsel gebildet. Irgendwann stellte hier jemand eine unscheinbare Holzhütte auf. Das war schon so lange her, daß keiner mehr wußte, welchem Zweck die Hütte eigentlich diente. Nach und nach wurde sie immer baufälliger. Kein Mensch kümmerte sich um sie.
Doch des Nachts erhielt sie oft Besuch.
Schlag 24 Uhr bewegte sich eine Schlange vom Weiherufer her lautlos auf die Insel zu. Man konnte nur den schlanken Schlangenkopf mit der goldenen Krone sehen. Der durchquerte das Wasser, ohne daß auch nur eine Welle entstand.

Kaum war die Schlange auf der Sandinsel angekommen, da erhob sich ein wunderbarer, lieblicher Gesang, den man bis in die Stadt hinein hören konnte. Das dauerte ungefähr eine halbe Stunde. Dann erstrahlte die Hütte plötzlich in einem wundersamen Licht, das den gesamten Weiher ausleuchtete.
Im Schein dieses Lichts richtete sich die Schlange auf und warf ihre Krone ins Wasser.
Und dann war alles wieder dunkel.
Die Leute sagten, daß die Schlange erlöst werden kann, wenn jemand das Krönlein aus dem Wasser fischt.
Weil es keiner gewagt hat, holt sie es sich vom Boden des Weihers und schwimmt des Nachts immer wieder zur Sandinsel hinüber.

Der Kälbleinsgraben

218 Ein Unbekannter stahl einst in Hofstetten ein Kälblein und wollte es rasch und unbemerkt wegschaffen, wie das Diebe eben tun. Er zog das Tier an einem Strick hinter sich her. Das war recht anstrengend, weil sich das Kälblein störrisch sträubte, den Kopf immer wieder nach oben riß und einmal nach der einen und das andere Mal nach der anderen Seite zog.
Beim Graben, der heute Kälbleinsgraben heißt, ruhte sich der Mann aus. Er war inzwischen sehr müde geworden. Er streckte sich ins Gras und legte sich den Kälberstrick um den Hals. »Damit das dumme Tier nicht weglaufen kann, falls ich einschlafe«, sagte er sich.
Doch es kam ganz anders.
Das Kalb blieb zunächst ganz ruhig neben dem Dieb stehen, schaute ihn mit seinen großen Augen an, schüttelte ein wenig den Kopf und schnaubte vernehmlich.
Und dann: ein scharfer Ruck. Der Strick spannte sich. Die Schlinge am Hals des Diebes zog sich zusammen. Bevor er mit beiden Händen danach greifen konnte, war er erstickt.
Am anderen Morgen fanden die Leute das Kalb und den toten Dieb. Es stand seelenruhig neben dem Menschen, der es hatte stehlen wollen.
Seitdem heißt der Graben Kölbesgraben oder Kälbleinsgraben.

Der Hilpoltsteiner Burgdrache

Ritter Hilpolt vom Stein war ein gerechter, gütiger Herr. Das erfuhr jeder Fremde, 219
der um Einlaß bat, und jedermann aus dem Ort, der Hilfe brauchte. Hilpolt hatte stets eine offene, helfende Hand und ein weiches Herz.

Ganz anders war sein Vogt, ein älterer, hartherziger, böser Mann. Er versah zugleich das Amt des Försters und des Jägers. Er versuchte, wo immer es ging, die Untertanen des Ritters auszubeuten und sich zu bereichern. Die Leute fürchteten ihn und sagten, er stünde mit dem Teufel im Bunde.

Solange Herr Hilpolt auf der Burg saß, mußte sich der Vogt zurückhalten und recht freundlich tun.

Eines Tages aber rief der Herzog von Baiern die Ritter auf, ihn auf einem Kreuzzug ins Heilige Land zu begleiten. Hilpolt blieb keine Wahl. Auch er mußte mit in den Kampf.

Er machte den Vogt zu seinem Stellvertreter, übergab ihm die Schlüssel der Burg und befahl ihm, alles in Ordnung zu halten. Dann zog er zusammen mit anderen fränkischen Rittern ins Morgenland in den Krieg gegen die Ungläubigen.

Es kam, wie es die Leute befürchteten.

Zum ersten schloß der Vogt das Burgtor und ließ niemand mehr hinein. Zum zweiten schickte er die Knechte aus. Sie mußten die Abgaben und den Zehnten mit Gewalt eintreiben.

Die Untertanen hatten schwer zu leiden. Doch das kümmerte den Vogt wenig. Jetzt war er Herr, und er hoffte, der Ritter würde nie mehr wiederkehren.

Tag und Nacht sprengte er durch die Wälder und tötete jedes Wild, das ihm über den Weg lief. Das Jagdfieber hatte ihn gepackt und ließ ihn nicht wieder los.

Es plagte ihn nur eine Sorge: »Kann ich mich auf meine Diener verlassen, während ich in den Wäldern jage? Lassen sie auch wirklich niemand in die Burg hinein?« Sein Mißtrauen war groß. Deshalb verfiel er auf einen teuflischen Plan.

Auf einem Kreuzweg, tief im Wald, zog er in einer stürmischen Nacht einen Kreidekreis, stellte sich hinein und rief nach dem Teufel.

Der war gleich zur Stelle. Er kam in der Gestalt eines Jägers und trug grüne Kleider. Man konnte sehen, wie er auf einem Bein hinkte. Seine Augen leuchteten wie glühende Kohlen.

Der Vogt fürchtete sich nicht. Er war mit dem Bösen schon öfter zusammengekommen. Und ohne Zögern bat er ihn: »Du sollst mir helfen. Ich brauche jemand, der mir die Burg bewacht, während ich auf der Jagd bin. Kein Fremder darf in die Burg hinein.«

»Gut«, sagte der Teufel, »es soll alles nach deinen Wünschen geschehen. Ich will die Burg sieben Jahre hüten. Du kannst in dieser Zeit jagen so viel du willst und der Herr der Wälder und der Tiere sein. Wenn die sieben Jahre aber vorüber sind, hole ich mir deine Seele.«

Der Vogt hatte mit dieser Bedingung gerechnet. Sie überraschte und ängstigte ihn nicht: »Wenn es weiter nichts ist«, meinte er und lächelte, »meine Seele kannst du haben«. Und er dachte sich: »Fordere, was du willst. Ich werde schon einen Weg finden, meine Seele zu retten und dich zu betrügen.«
Dann stach er sich mit dem Hirschfänger in den linken Arm, tauchte den Federkiel in sein Blut und unterschrieb den Vertrag mit dem Teufel.

Der hielt sein Wort. Am nächsten Morgen lag ein abscheuliches Ungetüm vor dem Burgtor: ein riesiger, feuerspeiender Drache mit furchtbaren Krallen, so scharf und so spitzig wie Dolche.
Der Vogt konnte sicher sein: Kein Fremder wird es wagen, in die Burg einzudringen.
Und so war es auch. Ein jeder machte einen großen Bogen um das Untier vor dem Tor.
»Na also«, freute sich der Vogt, »diese Sorge bin ich los. Jetzt kann ich jagen. So lange und so viel ich will.« Und er sprang auf sein Roß und sprengte mit seinen Knechten hinaus in die Wälder.
Als er zwei Tage später zurückkehrte, hatte fast das ganze Gesinde die Burg verlassen. Niemand mochte in der Nähe des furchterregenden Drachens leben.
Nur eine böse alte Frau, die Ursula, die schon immer eine Vertraute des Vogtes war, blieb mit ihren beiden Töchtern. Sie kochten für den Vogt und seine Jagdknechte und tischten ihnen solange Wein auf, bis sie von den Stühlen fielen.

Eines Morgens begleitete die alte Ursula ihren Herrn vor das Tor. Der feuerspeiende Drache mit seinen grün schillernden Schuppen und den tellergroßen, glühenden Augen flößte ihr keine Furcht ein.
Da erblickte sie am Burgweg eine Bettlerin. »Das ist die Wolfnerin«, sagte die Ursula. »Das lästige Weibsbild kommt immer wieder und läßt sich nicht vertreiben. Herr Vogt, lockt sie doch an den Drachen heran, damit sie ein bißchen an ihm riechen kann.«
Der Vogt lachte höhnisch und ritt auf die Frau zu: »Was willst du?« herrschte er sie an.
Die Wolfnerin warf sich auf den Boden: »Herr Vogt, ihr sollt mir nur erlauben, den Herrschaftswald zu betreten. Mein Jüngstes ist krank, und ich möchte ein paar Heilkräuter sammeln. Ich flehe euch an, schlagt mir meine Bitte nicht ab!«

»Was wollt ihr? Ich verstehe euch nicht. Kommt näher! Sprecht lauter!« sagte der Vogt scheinheilig und ließ sein Pferd nach rückwärts gehen, dorthin wo der Drache lag. Die Frau folgte ihm, trug ihre Bitte noch einmal vor und sprach dabei so laut, daß es jedermann verstehen mußte.
Da blähte der Drache seinen Leib auf und stieß einen mächtigen Feuerstrahl aus seinem Rachen. Die Frau, die bittend auf den Knien lag, wurde von den Flammen erfaßt. Ihre Kleider fingen Feuer. Verletzt wurde sie jedoch nicht. Sie schlug die Hände vors Gesicht und rannte den Burgweg hinunter.
Der Vogt und die böse Alte schüttelten sich vor Lachen: »Die sind wir auf immer

los! Die kommt nie wieder!« riefen sie sich gegenseitig zu. »Und hoffentlich kehrt auch Herr Hilpolt nie mehr aus dem Heiligen Land zurück!«

Die Geschichte mit der Wolfnerin sprach sich schnell in der ganzen Umgebung herum. Und viele Leute, besonders die Taglöhner, die keinen eigenen Besitz hatten, verließen die Gegend.

Den Vogt und die alte Ursula kümmerte das wenig. Ein schöneres Leben konnte es für sie nicht geben. Er jagte tagsüber in den Wäldern und feierte nachts mit seinen Kumpanen. Da wurde gegessen und getrunken, bis sie sich nicht mehr rühren konnten.

Als man gar erzählte, daß Ritter Hilpolt im Kampf gegen die Sarazenen gefallen sei, trieb es der Vogt noch ärger.

Und darüber vergaß er, daß das siebte Jahr seines Paktes mit dem Teufel zu Ende ging.

Als er am letzten Tag der sieben Jahre zum Burgtor hineinreiten wollte, richtete sich der Drache auf und stellte sich auf die Hinterfüße. Jetzt erst sah man, wie groß das Untier war. Es überragte die Mauern, das Tor und den Turm.

»Deine Zeit ist um!« brüllte das riesige Ungetüm. »Deine Seele gehört mir, und die drei bösen Weiber sollen dir in der Hölle Gesellschaft leisten!« Und es schlug mit seinen schweren Pranken zu und riß sie in Stücke. Dann steckte es die Burg mit seinem feurigen Atem in Brand.

Da sprengte plötzlich ein gepanzerter Ritter auf einem pfeilschnellen Roß heran. Es war niemand anders, als Herr Hilpolt vom Stein. Er hatte endlich aus der Gefangenschaft im Morgenland entfliehen können.

Die Leute aus dem Ort begrüßten ihn mit großer Freude, begleiteten ihn zur Burg hinauf, löschten den Brand und bauten später alles wieder auf.

Die Wunderquelle

Der Dreißigjährige Krieg war eine furchtbare Zeit. Die Bauern hatten unter ihm be- 220
sonders schwer zu leiden. Sie schützte niemand vor Plünderern und Mördern. Zwischen den Kaiserlichen und den Schwedischen gab es für die Landleute keinen Unterschied: Beide Parteien peinigten sie, zündeten ihre Häuser und Hütten an und schleppten das wenige Korn und das letzte Vieh hinweg.

Für die Fünfbronner Bauern, ihre Frauen, Kinder und die alten Leute gab es nur einen Schutz: die Höhle bei der Aschenschlagquelle.

Wieder einmal war es soweit. »Die Söldner kommen! Rasch in die Höhle!« ging es von Mund zu Mund. Die Mordbrenner waren schon so nahe, daß die Fünfbronner nur das Nötigste mitnehmen konnten. Jeder rannte um sein Leben, ein Bündel am Rücken, die Kinder an der Hand.

Die Soldaten nisteten sich im verlassenen Dorf ein, verzehrten alles, was sie finden konnten, schlachteten das Vieh und ließen es sich gutgehen. Sie fühlten sich anschließend so wohl, daß sie nicht daran dachten weiterzuziehen.
Die verängstigten Menschen wagten nicht, die Höhle zu verlassen. Sie wußten, daß die Soldaten nach ihnen suchten. Und wehe dem, der sich erwischen ließ.
Nach ein paar Tagen gingen die Vorräte zu Ende. Zur Angst gesellte sich der Hunger. Die Kinder jammerten und baten vergeblich um einen Bissen Brot.
Die kleine Elisabeth plagte der Hunger so, daß sie nicht schlafen konnte. Sie verließ ihr Streulager, trat vor die Höhle und sah im Mondschein das klare Wasser glitzern, das aus der Aschenschlagquelle rann.
Vorsichtig stieg sie in das Rinnsal und folgte seinem Lauf. Plötzlich stand sie vor einem kleinen Weiher. Doch seltsam! Das Wasser bewegte sich wie vom Sturm gepeitscht. Die Wellen schlugen über das Ufer. Elisabeth bekam es mit der Angst. Rasch eilte sie zur Höhle zurück und erzählte, was sie gesehen hatte. Keiner konnte sich das erklären.
Ein paar beherzte Männer machten sich auf, um nachzusehen. Tatsächlich! Das Wasser bewegte sich, wie wenn es kochen würde. Einer griff hinein und hatte plötzlich eine zappelnde Forelle in der Hand. Er warf den Fisch ans Ufer, langte noch einmal hinein: wieder eine Forelle.
Da getrauten sich auch die anderen. Und in kurzer Zeit hatten sie so viele Fische gefangen und in die Höhle gebracht, daß es keine Not mehr gab.
Keiner konnte sich erklären, wie die Forellen in diesen stillen Weiher kamen. Alle glaubten an ein Wunder: »So, wie der Herrgott das Manna vom Himmel regnen ließ, so hat er uns die Fische geschickt«, sagten sie.

Die schwarze Katze in der Mühle

221 Als die Vorfahren des Müllers von Hasenbruck evangelisch geworden waren, wußten sie mit der alten Kapelle neben der Mühle nicht viel anzufangen.
Und so war es kein Wunder, daß sie mehr und mehr verfiel. Eines Tages hatte sie keine Tür mehr, es regnete durch das Dach, und drinnen sah es nicht sehr ordentlich aus.
Eines Morgens wollte der Müller, wie jeden Tag, das Sägewerk in Betrieb setzen. Da geschah etwas sehr Seltsames.
Die Räder hatten sich gerade ein paarmal bewegt, da standen sie schon wieder still. Und das geschah gleich mehrere Male nacheinander. Der Müller konnte es sich nicht erklären und sah überall nach. Da entdeckte er eine schwarze Katze. Sie saß mitten im Sägewerk und ließ sich nicht vertreiben. Er konnte schreien und in die Hände klatschen soviel er wollte. Sie wich nicht von der Stelle. Das tat sie auch nicht, als er

ein paar Holzscheite nach ihr warf. Schließlich ging er ins Haus und holte sein Gewehr. Alle wußten, daß er gut schießen und gut treffen konnte. Doch diesmal war es anders. Obwohl er ganz genau zielte, ging jeder Schuß daneben. Die Katze bewegte sich seelenruhig von der Säge zum Mühlstein und zurück und tat so, als ginge sie das alles nichts an. Da überfiel den Müller ein furchtbarer Verdacht: »Das kann nicht mit rechten Dingen zugehen«, sagte er sich. »Das Tier muß verhext sein! Der Teufel selbst muß in ihm stecken!«

Bei diesem Gedanken lief es ihm eiskalt über den Rücken.
Er holte das Pferd aus dem Stall, spannte es vor die Kutsche und fuhr zum nächsten Franziskanerkloster.
Dort erzählte er, was geschehen war und bat um Hilfe. Ein Pater erklärte sich sogleich bereit und machte sich zu Fuß auf den Weg. Die ganze Strecke betete er. Als er vor der Mühle stand, schlug er sein Buch auf und sprach ein paar lateinische Sätze. Dann machte er das Kreuzzeichen.
Da war und blieb die schwarze Katze wie vom Erdboden verschwunden. Der Müller, den die Angst geplagt hatte, dankte Gott und versprach: »Ich will die Kapelle wieder herrichten lassen und pflegen. Und dieses Versprechen sollen auch meine Kinder und Kindeskinder heilig halten und erfüllen.«
So geschah es auch.
Und heute kann jeder die schöne, kleine Kapelle am Weiler Hasenbruck, ein paar Kilometer westlich von Polsdorf, nahe der Straße nach Hilpoltstein, sehen.

Weißenburg – Gunzenhausen und ihr Umland *(222–255)*

Die weiße Gestalt am Römerbrunnen

Es war vor nicht ganz zweitausend Jahren. Die Römer hatten die Länder an der Donau besetzt und waren weit in das germanische Gebiet eingedrungen. Sie errichteten einen Schutzwall, den Limes, der von der Donau bis zum Rhein reichte und bauten befestigte Heerlager, sogenannte Kastelle. Ein solches Römerlager befand sich dort, wo heute Weißenburg liegt. 222

Der Limesstein zwischen Pleinfeld und Ellingen

Ringsum auf den Höhen war der Wald so dicht, daß kaum ein Sonnenstrahl durch die Baumkronen drang. Hier hatten sich die Germanen vor den siegreichen Römern zurückgezogen.
Eines Tages erhielt eine römische Kohorte* den Auftrag, die bewaldeten Anhöhen rings um das Kastell nach Germanen abzusuchen. »Seht nach, wie weit sich die Barbaren** zurückgezogen haben!« lautete ihr Auftrag.
Der Anführer erstieg mit seinen Leuten eine bewaldete Kuppe, von der aus er eine gute Fernsicht hatte: Ein Meer von Baumkronen auf allen Seiten und nur ein paar Lichtungen dazwischen. »Dort drüben! Dort auf der nächsten Lichtung sind Ger-

manen! Die holen wir uns!« Es war die Nachhut der germanischen Flüchtlinge, die gerade eine Rast eingelegt hatten.
Sogleich drangen die Römer in das Dickicht ein und schlichen sich an den Lagerplatz heran.
Aber zu spät! Der Platz war leer, war verlassen. Waren die Flüchtlinge zufällig aufgebrochen? Oder hatte ihr Späher die vordringenden Römer rechtzeitig bemerkt? Sie verfolgen? Das traute sich der junge Anführer nicht zu. Das war zu gefährlich. Wie leicht konnte man sich in diesem Wald verirren oder in die Falle geraten! Also zurück ins Lager!
Doch plötzlich entdeckten die Römer zwei Germanen unter einer alten Eiche: einen Greis, der offenbar zu schwach zur Flucht war, und ein junges Mädchen, das bei ihm stand.
Die Römer stürzten mit wildem Geschrei auf die beiden los und töteten den alten Mann. Das Mädchen aber hatte den kurzen Speer zum Wurf erhoben und wollte ihn dem nächsten Angreifer in die Brust stoßen.
Da zögerten die Soldaten. Sie wußten: Dieser Speer ist tödlich!
Nur der junge Anführer drang weiter vor: »Die hole ich mir! Sie soll meine Beute, meine Sklavin sein!«
Das Mädchen erkannte die Gefahr, sprang hinter die Eiche und stürmte auf das Dickicht zu. Der Römer stürzte hinter ihr her. Der Vorsprung, den das Mädchen zunächst hatte, wurde immer kleiner. Da stolperte es auch noch über eine Wurzel. Es konnte zwar gleich wieder aufspringen, doch der Verfolger war schon zu nahe. Das Mädchen holte zum Wurf aus. Der Römer war schneller und stieß ihr sein Schwert in die Brust.
Lautlos brach das Mädchen zusammen.
Eigentlich hatte er es ja nur fangen, nicht aber töten wollen. Und deshalb schien er

auch traurig zu sein. Er hob ein Grab aus und legte das Mädchen hinein. Dann wollte er zu seinen Soldaten zurück. Doch er fand den Weg nicht mehr. Während der Verfolgung hatte er nicht auf die Richtung geachtet und sich immer mehr von seinen Leuten entfernt. Und jetzt irrte er im dunklen Wald umher.

Da stieß er auf eine Quelle. Das frische, klare Wasser löschte seinen Durst und kühlte seine Wunden, die ihm die Dornen zugefügt hatten. Er ging dem Lauf des Bächleins nach, das aus der Quelle strömte, traf auf seine Leute und kehrte ins Kastell zurück.

Dort meldete er den Vorfall und beschrieb den günstigen Lagerplatz auf der Anhöhe.

Die Römer bauten diesen Platz zu einem Stützpunkt aus und faßten die Quelle zu einem Brunnen.

Und diesen Brunnen gibt es heute noch. Er wird von allen »Römerbrunnen« genannt. Die römischen Wachen und Posten aber sahen oft in der Nacht bei ihrem Lager auf der Anhöhe eine weiße Gestalt. Sie bewegte sich hin und her, als ob sie etwas suchen wollte. Es war das gemanische Mädchen, das seinen toten Vater noch immer nicht gefunden hatte.

* Eine Kohorte umfaßt rund 500 römische Soldaten.

** Barbaren wurden ursprünglich die »Sonnenanbeter« genannt. Heute meint man damit rohe, wilde, grausame Menschen.

Pippin der Kurze und die Wülzburg

Das römische Weltreich war längst zusammengebrochen, die römischen Bauten, die 223
Häuser, die Kastelle waren verfallen oder ganz verschwunden.

Die Franken bewohnten das Land, über das nun ihre Fürsten herrschten.

Einer der mächtigsten war König Pippin der Kurze. Der kam einst auf der Jagd in die bewaldeten Höhen am Römerkastell bei Weißenburg. Das Jagdfieber hatte ihn gepackt. Er war hinter einem flüchtigen Wild her, trennte sich von seinem Gefolge und fand nicht wieder zurück.

Pippin irrte in der Wildnis umher. Die Nacht brach herein. Er suchte einen Lagerplatz und ließ sich schließlich am Fuß einer alten Eiche nieder.

Aber er fand keinen Schlaf. Er dachte an die Zeiten zurück, in denen hier in diesen Wäldern Germanen und Römer gekämpft hatten und erblickte plötzlich eine weiße Gestalt: ein junges, hübsches germanisches Mädchen. Wie ein Nebelbild schwebte es dahin.

Der König folgte ihm wie ein Traumwandler.

Und die Gestalt führte ihn auf eine Höhe. Von hier aus konnte er das ganze umliegende Land im Schein des Vollmonds überblicken.

Da traf er auf sein Gefolge, zu dem ihm die weiße Gestalt den Weg gewiesen hatte. Aus Freude und Dankbarkeit für diese Rettung befahl er, auf dieser Höhe eine Kirche zu errichten.
Der Kirche folgte ein Kloster und aus dem Kloster wurde später eine Festung, die heute noch zu sehen ist: die Wülzburg bei Weißenburg.

Der Karlsgraben und die Götter

224 An der Stelle, wo heute die Wülzburg steht, befand sich einst ein kleines Kloster. Hier kehrte der Frankenkönig gerne ein, weil er in den dichten, dunklen Wäldern den Bären, den Auerochsen und den Hirschen jagen konnte.
»Herr Prior«, sagte der König eines Abends zum Klostervorsteher, »ich trage seit Jahren einen Plan mit mir herum. Die Rezat fließt nach Norden, die Altmühl mündet in die Donau. Wenn man beide Flüsse verbinden könnte . . .«
»Ihr habt recht, mein König«, ergänzte der Mönch, »eure Reisen wären weit weniger beschwerlich und nicht so zeitraubend. Mit den Flußschiffen kommt ihr viel schneller an jeden Platz eures Reiches.«
»Es liegt ja nur ein Hügel dazwischen«, fuhr Karl fort. »Wenn wir den überwinden, ist die Verbindung der beiden Flußgebiete hergestellt.«
Der Prior bestärkte den Kaiser, mit dem Werk zu beginnen. Eigentlich lag ihm wenig daran, ob der Kaiser langsam oder schnell vorwärts kam. Er hatte etwas ganz anderes im Sinn.
Dem Kloster gegenüber, mitten in den Sümpfen zwischen Altmühl und Rezat, stand auf einer mäßigen Anhöhe ein alter heidnischer Tempel. An der Stelle, wo heute das Wirtshaus von Emetzheim steht. Und dieser Tempel war ihm und allen Klosterbrüdern ein Dorn im Auge. Denn die Leute der Umgebung hingen noch immer dem alten Aberglauben an, auch wenn es keine heidnischen Priester mehr gab und kein Götzendienst abgehalten wurde.
»Mein König, wenn der Kanal unter dem Segen Gottes stehen soll, dann muß dieses heidnische Ärgernis verschwinden«, sagte der Prior mit großer Bestimmtheit. Und der König gab ihm recht.
Der Wasserbau war eine beschlossene Sache. Die Baumeister bereiteten alles vor. Sämtliche Männer, die im Umkreis von zwei bis drei Stunden wohnten, wurden verpflichtet, Frondienst zu leisten.
Zu Beginn lief alles reibungslos. Die Bauern folgten dem Ruf ihres höchsten Herrn ohne jede Widerrede. Und nach einigen Wochen war ein großes Stück des Grabens ausgehoben.
Man kann es heute noch sehen.

»Der heidnische Tempel steht noch immer«, beklagte sich der Prior beim König. Der hatte vor lauter Freude über die Fortschritte an der Baustelle das Götzenhaus ganz vergessen.
»Ihr habt recht, mein Bruder, gleich morgen wird das Ärgernis beseitigt«, versprach er dem Mönch, und er befahl, die Arbeit am Graben zu unterbrechen und den Tempel abzureißen.
Am nächsten Abend stand davon kein Stein mehr auf dem anderen. Die Klosterbrüder waren zufrieden und dankten.
Was der König damit angerichtet hatte, konnte er nicht ahnen. Die Leute aus der näheren und weiteren Umgebung waren entsetzt: »Das hätte unser Herr nicht befehlen dürfen. Wir sind zwar alle getaufte Christen, den Tempel lassen wir uns jedoch nicht so einfach zerstören. Der hat uns stets an unsere Vorfahren erinnert.« Und sie beschlossen, der Arbeit am Graben fernzubleiben.
Am nächsten Morgen sprengte ein Bote ganz aufgeregt zum Kloster hinauf und meldete: »Mein König, die Vögte stehen allein an der Baustelle. Die Fröner sind verschwunden. Die Arbeit liegt still.«
Karl wurde zornig. Aber, was sollte er dagegen tun? Die Bauern hatten sich längst in den dichten Wäldern, in den Schluchten, Höhlen und Büschen verkrochen. Es konnte Monate dauern, bis man sie wieder heraustrieb und mit Gewalt zur Arbeit brachte.
Außerdem hatten sich droben im Norden wieder einmal die Sachsen gegen ihren König erhoben. Karl fehlte die Zeit, sich weiter um das Bauwerk zu kümmern.
So blieb es unvollendet.
Hätte er den heidnischen Tempel stehen lassen, wer weiß . . .?

Die Schlüsseljungfrau

Der Ritter Kunz von Absberg war als ein wilder Kerl im ganzen Land bekannt. Er 225
fehlte bei keinem Turnier und bei keinem Raufhandel. Neben der Jagd bereiteten ihm ausgelassene Feste mit seinen Kumpanen das größte Vergnügen. Da wurden Speisen aufgetragen, daß sich die Tische bogen, es wurde getrunken, bis die Zecher von den Stühlen fielen, und gesungen und gegrölt, gespottet und gerauft, geprahlt und gelogen.
In einer solchen Nacht war der Ritter Kunz besonders übermütig und schrie in den Saal: »He, ihr Gesellen! Wo findet ihr einen Herrn wie mich? Es gibt nichts auf der Welt, das ich mir nicht hole, wenn ich es will! Und wenn es der Teufel in seinen Klauen hält!«
Der Burgzwerg krächzte aus der hinteren Ecke: »Herr Ritter, ich kenne etwas, das ihr nicht bekommt.«

»Was ist es?« brüllte der Absberger zurück. »Sags, oder dein letztes Stündlein hat geschlagen!«
»Es ist ein Weib«, stotterte der andere verängstigt. »Es ist die schöne, reiche Armgard, die Tochter des Heinz von Möhren.«
»Wenn es weiter nichts ist als ein Weib! Das wäre ja gelacht! Ein Weib zu holen, ist für mich eine Kleinigkeit. Was gilt die Wette? Die Armgard wird mein!«
Einer der Saufkumpane, der noch einigermaßen nüchtern war, nahm den Kunz beiseite: »Bedenke, was du tust! Die Armgard hat bisher noch jeden Freier abgewiesen. Sie will nur den nehmen, der ihr den kleinen goldenen Schlüssel bringt, den sie in ihrer Kemenate* versteckt hat. Das ist bisher noch keinem gelungen. Und denke an die Macht und an die feste Burg des Möhreners. Mit Gewalt kommst du nicht ans Ziel!«
Doch der Kunz war nicht mehr zu halten. Er wollte bei seinen Kumpanen nicht als Feigling gelten. So torkelte er an den Tisch zurück, hob die Schwurhand und schrie: »Die Armgard wird mein! Und wenn ich sie aus der Hölle holen müßte!«
Als er am nächsten Morgen wieder nüchtern war, kamen ihm doch einige Bedenken: Die Burg des Möhreners war nicht zu erstürmen, und der Starrsinn des Mädchens war nicht zu überwinden.
Aber er hatte sein Wort verpfändet und geschworen. Also blieb es dabei: Die Armgard wird mein!
Seine Kundschafter, die er täglich ausschickte, meldeten immer das gleiche: »Es ist unmöglich, an den Schlüssel heranzukommen. Und mit Gewalt ist schon gar nichts auszurichten.«
Da gab ihm der Burgzwerg einen bösen Rat: »Herr, schicke der Dienerin des Mädchens einen Beutel mit Gold und ein Schlafpulver. Das soll sie ihrer Herrin in den Wein mischen. Wenn Armgard schläft, öffnet dir die Jungfer die Burg und das Schlafgemach. Dann kannst du in aller Ruhe den Schlüssel holen.«
Und so geschah es auch. Die Dienerin konnte dem Gold nicht widerstehen.
Die stolze Armgard merkte den Betrug erst, als die Brautwerber des Absbergers vor ihr standen, ihr den goldenen Schlüssel zeigten und sie an ihr Versprechen erinnerten: »Schöne Armgard, ihr habt erklärt, nur den zum Manne zu nehmen, der euch den goldenen Schlüssel . . .«
»Hört auf«, rief Armgard entsetzt, trat einen Schritt zurück, griff nach einem Dolch und erstach sich.
Weil sie sich selbst getötet hatte, konnte sie im Grab keine Ruhe finden.
In jeder Neumondnacht geisterte sie durch die Burg des Absbergers und jammerte und weinte. In der rechten Hand hielt sie einen goldenen Schlüssel und in der linken einen blutigen Dolch. Den meisten Burgbewohnern war sie schon erschienen, nur dem Ritter Kunz nicht.
Als er davon erfuhr, tobte er vor Wut und beschimpfte und verfluchte die tote Armgard. Zornig rief er aus: »Du hinterlistiges Weibsstück, du liederliches Gespenst, du willst mir wohl Angst einjagen? Daß ich nicht lache! Du fürchtest dich ja

vor mir, sonst hättest du dich auch mir gezeigt! Wenn du dich traust, dann komm doch einmal zum Abendessen!«
Als er am folgenden Neumondabend von der Jagd heimkehrte, fand er den Tisch für zwei Personen gedeckt.
»Was soll das?« fragte er seinen Diener.
»Eine schöne, vornehme Dame war hier und hat sich zum Abendessen angemeldet. Sie sagte, der Herr habe sie eingeladen und sie werde erst nach Mitternacht kommen«, berichtete dieser.
Da ging dem Absberger ein Licht auf! Die Armgard!
Jetzt ergriff ihn ein eisiger Schauer. Sogleich schickte er nach dem Priester Hugebert, von dem es hieß, daß er Geister bannen könne. »Sagt ihm, er soll kurz vor Mitternacht da sein«, trug er den Dienern auf.
Hugebert wunderte sich. Noch nie hatte der Absberger ihn rufen lassen. Noch nie nach ihm geschickt. Was er wohl von ihm wollte?
Das erfuhr Hugebert um Mitternacht.
Als es die zwölfte Stunde schlug, rasselte eine goldene Kutsche durch das Burgtor. Eine schöne, vornehme, bleiche Frau stieg aus. Ihre Kleider waren vollbesetzt mit Edelsteinen. Sie kam die Treppe herauf und stand vor dem Absberger.
Der war starr vor Schreck und brachte kein Wort heraus.
Da trat Hugebert aus dem Hintergrund, redete die feine Dame an, sprach ein paar Gebete und machte das Kreuzzeichen.
Die schöne Armgard stieß einen Jammerschrei aus, fiel zusammen und verwandelte sich in ein Häuflein glühender Kohle, das langsam verlöschte.
Von dieser Nacht an fand Kunz keine Ruhe, keinen Frieden und keine Freude mehr. Weder an der Jagd, noch am Krieg, und auch nicht an den Festen mit seinen Kumpanen fand er mehr Gefallen.
Er wurde einsam, menschenscheu, alt und gebrechlich.
Eines Tages klopfte er an die Pforte eines Klosters und bat um Aufnahme.
Hier fand er seine Ruhe wieder, bis er starb.

* Kemenate: Ursprünglich ein beheizbares Wohngemach. Später das Frauengemach mit einem Kamin.

Das Kreuz im Altmühltal

226 Auf der Seckendorfer Burg in der Nähe von Gunzenhausen, auch das Haus des Kunz genannt, saß einst Herr Burkhard. Er besaß neben ein paar tausend Tagwerk Feld und Wald zahlreiche Dörfer in der Umgebung. Auch die Stadt Gunzenhausen war ihm untertan.

Ritter Burkhard liebte die Jagd über alles. Er konnte seine Wälder tagelang durchstreifen, dem Fuchs nachspüren, den Hirsch verfolgen, das Wildschwein und das Reh jagen.
Der Heimweg führte ihn nach jeder Jagd in die gleiche Richtung: an der Altmühl entlang zu einer unscheinbaren Hütte, in der eine alte Frau mit ihrer hübschen Tochter wohnte. Hedwig hieß das Mädchen, und es war freundlich und hilfsbereit und hatte immer ein Lächeln auf den Lippen. Es sorgte rührend für die kranke Mutter und führte den Haushalt mit großer Umsicht. Burkhard hatte sich in Hedwig verliebt. Es verging kein Tag, an dem er sie nicht sah. Und wenn es nur von weitem war. Die Leute sagten sogar, er wolle das arme Mädchen heiraten.

Wieder einmal ritt Burkhard von der Jagd nach Hause. Wieder kam er in die Nähe der Hütte an der Altmühl. Doch heute war Hedwig nirgends zu sehen.

Plötzlich scheute sein Pferd. Dort drüben, am Waldrand, bewegten sich die Zweige der dichten Büsche. Und dann hörte er ein knackendes Geräusch. Ein Schatten bewegte sich. Das mußte ein Tier sein! Er riß die Armbrust von der Schulter, spannte den Bogen und schoß den Pfeil ab. Der surrte direkt in die Zweige des Buschwerks. Ein Aufschrei! Ein Aufschrei eines Menschen, eines Kindes, eines Mädchens!
Der Ritter sprang vom Pferd und eilte zu den Büschen hinüber.
Er glaubte, das Herz müsse ihm still stehen.
Am Boden lag Hedwig. Von seinem Pfeil getroffen. Die Augen angstvoll aufgerissen, leichenblaß im Gesicht. Noch einmal streckte sie die Arme nach ihm aus. Dann war sie tot.
Der Ritter war vor Schmerz wie gelähmt.
Man konnte ihn später nur mit Gewalt von der geliebten Toten entfernen.

Er ließ Hedwig in der Burgkapelle begraben und an der Stelle, wo sie den Tod gefunden hatte, das Kreuz im Altmühltal errichten.

Burkhard führte fortan ein Leben der Sühne.

Er erbaute in Gunzenhausen ein Spital für Arme und Kranke. Hier wohnte Hedwigs Mutter bis an ihr Lebensende.

Sein restliches Vermögen stiftete der Herr von Seckendorf der Kirche.

Schließlich zog er auf einem Kreuzzug ins Heilige Land, um auf diese Weise seinem göttlichen Herrn zu dienen.

Das Altenheim in Gunzenhausen trägt noch heute seinen Namen.

Der Ritter von der Gelben Bürg

Auf der Gelben Bürg soll in alter Zeit eine Burg gestanden sein, in der ein Raubritter 227
mit seinen Kumpanen hauste.

Die Kaufleute, die auf der Straße von Dittenheim nach Heidenheim an dieser Burg vorbei mußten, hatten nichts zu lachen. In der Regel wurden bei einem Überfall die Wagenführer und die Kaufmannsgehilfen gleich an Ort und Stelle »niedergemacht«. Das heißt, ermordet. Die reichen Herren Kaufleute aber wurden gefangengenommen und in den Turm gesteckt.

Und dann begann immer das gleiche Spiel.

Der Raubritter schickte eine Botschaft an die Frau des Gefangenen: »Wenn du deinen Mann jemals lebend wiedersehen willst, dann zahle das Lösegeld!« Und der armen Frau wurde jeweils eine sehr hohe Summe genannt.

Auf diese Weise hatte der Raubritter von der Gelben Bürg viele tausend Taler erpreßt.

Eines Tages war es wieder einmal soweit. Die Begleiter des Kaufmanns lagen tot neben den Packwagen. Die Waren wurden weggeschafft. Der Kaufmann in den Turm geworfen.

Wieder war ein Bote mit dem Erpresserbrief an die Frau des Gefangenen unterwegs.

Die Frau erstarrte vor Schreck, warf sich auf die Knie und flehte: »Habt Erbarmen! Laßt meinen Mann frei! Die Geschäfte sind in letzter Zeit so schlecht gegangen, daß wir nichts mehr besitzen. Bei uns ist kein Geld zu holen! Ich habe kaum genug, um meine sieben Kinder zu ernähren!«

Der finstere Bursche durchsuchte das Haus vom Keller bis zum Boden. Er riß die Kästen und Kisten auf, durchwühlte Schränke und Truhen und fand keinen roten Heller.

Wutentbrannt brüllte er: »Dann muß dein Mann eben sterben!« und stürzte zur Tür hinaus.

Als er seinem Herrn berichtet hatte, daß bei diesem Kaufmann wirklich nichts zu holen sei, lautete der Befehl: »Von nun an auch kein Wasser und kein Brot mehr!« Das war das Todesurteil.
Der Kaufmann wurde von Tag zu Tag schwächer. Als er merkte, daß es zu Ende ging, verfluchte er den herzlosen Ritter.
Er hatte das letzte Wort noch nicht ausgesprochen, als ein fürchterliches Gewitter aufzog und die Burg unter Blitz und Donner in der Erde verschwand. Und mit ihr der Burgherr und seine Spießgesellen.
Der böse Ritter kann erst dann erlöst werden, wenn sich ein Mädchen in einer Gewitternacht an diese Stelle wagt. Es darf jedoch noch keine 18 Jahre alt sein und muß in einer Wiege gelegen haben, die vom Holz einer hundertjährigen Eiche stammt. Und diese Eiche muß von der Gelben Bürg kommen.
Bisher hat es kein Mädchen gewagt.
So hat der böse Ritter bis heute keine Ruhe gefunden.
Manch einer konnte ihn während einer Gewitternacht tief unten im Felsenstein der Gelben Bürg rumoren hören.

Das Burgfräulein zu Spielberg

228 Die einzige Tochter des Grafen zu Spielberg war als Schönheit im ganzen Land bekannt. Doch das Mädchen hatte Eigenschaften, über die sich sein Vater und seine Brautwerber wenig freuten: es war eitel, eingebildet und stolz.
Das bekamen die jungen Ritter zu spüren, die um seine Hand anhielten. An jedem gab es etwas auszusetzen: »Der ist zu alt! — Der ist mir viel zu jung! — Der ist zu dick! — Schaut nur, wie dürr und klapprig der ist! — Diese Nase! Nein! Die verfolgt mich im Traum!«
Der Burgherr kannte diese Sätze auswendig und hatte die Hoffnung aufgegeben, für seine Tochter überhaupt einen Mann zu finden.
Der Graf von Rechenberg hörte davon: »Das wäre ja noch schöner«, sagte er. »Die anderen mag sie aus gutem Grund abgewiesen haben. Bei mir wird sie so etwas nicht wagen. Ich bin reich und mächtig und als erfahrener, tapferer Ritter bekannt. Und meine Familie kann sich gleichfalls sehen lassen.«
Doch der Rechenberger täuschte sich sehr: Auch er wurde abgewiesen. Das verletzte seinen Stolz. Er fühlte sich in seiner Ehre gekränkt. Besonders deshalb, weil sie ihn hämisch verlachte und einen eitlen Gecken nannte.
Er schwor, sich an ihr zu rächen.
In den kühlen Herbstnächten saß er in seiner zugigen Kammer und schmiedete immer wieder neue Pläne. Die Jagd, die er sonst so sehr liebte, bereitete ihm keinen Spaß mehr. Nichts konnte ihn von seinen finsteren Gedanken ablenken.

»Wenn sie nicht freiwillig zu mir kommt, dann hole ich sie mit Gewalt«, sagte er sich immer wieder.
Aber wie?
»Knappe!« rief er eines Tages. »Hier hast du einen Beutel Geld. Versuche, die Kammerjungfer des Burgfräuleins auszufragen! Sei recht freundlich zu ihr. Mach ihr schöne Geschenke oder gib ihr etwas von diesem Geld. Wie du es anstellst, ist mir gleich. Du mußt auf jeden Fall herausfinden, wie man unbemerkt in die Burg und in die Kemenate gelangt!«
Der Knappe hatte verstanden und erledigte den Auftrag.
Spät am Abend war er wieder zurück: »Herr, ich habe alles nach eurem Wunsch erledigt. Alle Türen werden für uns offen stehen. Und überdies habe ich erfahren, daß ein unterirdischer Gang von Oettingen direkt zum Spielberg führt und im Bergfried endet.«
Der verborgene Einstieg zu diesem Gang war schnell gefunden. Der Graf ließ sich mit einigen seiner Leute in eine Felsspalte abseilen. Fackeln und Öllichter wiesen den Weg durch den finsteren Stollen. Das Wasser tropfte von der Decke und lief die kalten Wände herab. Der Boden war naß und glitschig. An manchen Stellen mußten die Männer auf allen Vieren kriechen, so niedrig und eng wurde der Gang.
Nach einer guten Stunde wehte ein frischer Luftzug herein. Die Decke weitete sich zu einem hohen Gewölbe. Sie stießen auf eine eisenbeschlagene Tür, die halb offen stand und den Weg zum Bergfried freigab.
Dann ging es an der Brunnenstube vorbei eine steile Steintreppe hinauf zum Gemach des stolzen Fräuleins.
Als die Männer eintraten, wurde es blaß vor Schreck. Es rührte sich nicht von der Stelle und brachte keinen Laut heraus. Die Augen weit aufgerissen, die Hände angstvoll vorgestreckt, starrte es die Eindringlinge an.
Der Rechenberger gab seinen Begleitern einen Wink: Greift es!
Das Mädchen wich zum offenen Fenster zurück, wandte sich plötzlich um, schwang sich auf die Fensterbank und stürzte mit einem Aufschrei in die Tiefe.
Dort, wo es tot im Schloßgraben liegenblieb, steht heute das Johannesdenkmal.

Der Daumen des St. Georg

229 In der Georgskirche zu Pappenheim wurde bis in die Zeit der Reformation ein seltsamer Gegenstand aufbewahrt und hoch verehrt: der Daumen des heiligen Georg. Wo er geblieben ist, weiß heute niemand mehr.

Wie er in den Besitz der Pappenheimer gelangte, davon erzählt die Sage.

Die Ungarn waren wieder einmal ins Land eingefallen. Sie verwüsteten die Felder, brannten ganze Dörfer nieder, erschlugen die Bewohner und nahmen mit, was sie tragen konnten.

Im Schwabenland, an der Donau, dort, wo heute die Stadt Lauingen liegt, stellte sich ihnen der deutsche Kaiser mit einem gewaltigen Heer entgegen.

Beide Seiten rüsteten zur Schlacht.

In letzter Minute kamen die Heerführer überein, die Entscheidung in einem Zweikampf zu suchen. An Stelle der vielen tausend Reiter und Knechte sollten zwei Männer miteinander kämpfen.

Des Kaisers Wahl fiel auf den Herrn Calatin, einem Vorfahren der Marschälle von Pappenheim.

In der Nacht vor dem Kampf erschien dem Pappenheimer ein Traumgesicht: »Calatin, du bist ein tapferer Ritter. Morgen aber wird ein anderer für den Kaiser kämpfen. Ein schwäbischer Schuster aus Henffweil. Und dieser einfache Mann wird seinen ungarischen Gegner schlagen und für das kaiserliche Heer den Sieg erringen.«

»Wer bist du?« fragte Calatin die Traumgestalt.

»Ich bin der Ritter St. Georg. Und damit du mir glaubst, nimm diesen Daumen hier.« Und er brach den Daumen seiner rechten Hand ab und reichte ihn dem Pappenheimer.

Als dieser am nächsten Morgen aufwachte und den Daumen in der Hand hielt, wußte er, daß es St. Georg selbst war, der ihm den Auftrag gegeben hatte.

Calatin eilte zum Kaiser und berichtete.

»Ich bin auch überzeugt, daß St. Georg zu dir gesprochen hat. Der Schuster soll an deiner Stelle kämpfen!« bestimmte er.

Und so geschah es auch.

Der Schwabe wurde in die Rüstung des Pappenheimers gesteckt und siegte im Zweikampf, wie es St. Georg vorausgesagt hatte.

Die Ungarn zogen sich zurück. Das Land war gerettet.

Der Pappenheimer aber übergab den Daumen des St. Georg seiner Kirche.

Das Burgfräulein vom Nagelberg

In alter Zeit stand auf dem Nagelberg bei Treuchtlingen eine Burg. Die gehörte einem wilden Ritter, der durch Raub und Mord unermeßliche Schätze angehäuft hatte. 230

Die Grenze seines Besitzes zeigte eine goldene Kette an. Die ließ er um den ganzen Berg spannen. Wer dieser Kette zu nahe kam oder sie gar überschritt, verlor sein Leben.

Die Burg, der Ritter, seine Familie und alle Spießgesellen, die ihn auf den Raubzügen begleitet hatten, sind eines Tages im Berg versunken.

Dort liegen die unermeßlichen Schätze noch heute: das Gold, das Silber und die Edelsteine. Nur ein unschuldiges Sonntagskind kann all das holen.

Eines Tages sammelte ein solches Sonntagskind Haselnüsse auf dem Nagelberg. Es war ein Junge, der sein Säcklein nach kurzer Zeit gefüllt hatte und gerade nach Hause gehen wollte.

Da stand plötzlich das Burgfräulein vor ihm. Der Kleine erschrak und wollte davonlaufen. »Hab keine Angst«, sagte das Mädchen, »und folge mir. Du kannst den Schatz bekommen, der im Nagelberg liegt. Du mußt nur eine Bedingung erfüllen: Sprich kein Wort, auch wenn ich dich etwas frage!«

Der Junge hatte die erste Angst schnell abgestreift und ging mit.

Das Burgfräulein führte ihn auf einem unbekannten Weg zu einem versteckten Eingang. Durch den gelangten sie in einen tiefen, finsteren Stollen. Am Ende standen sie in einer hell erleuchteten, kleinen Halle.

Das Burgfräulein öffnete an einer Wand die Tür zur Schatzkammer. Da lag all das Gold und das Silber und die Edelsteine in riesigen Truhen, und es glänzte und glitzerte und funkelte und leuchtete.

Dem Jungen blieb vor Staunen die Luft weg.

Da fragte ihn das Burgfräulein: »Möchtest du von diesen Schätzen etwas haben?«

»Ja«, platzte es aus ihm heraus.

Und damit hatte der den Zauber gebrochen.

Der Berg zitterte. Nach einem mächtigen Donnerschlag war die ganze Pracht und Herrlichkeit verschwunden.

Und der Junge stand allein auf dem Nagelberg, zwischen den Haselnußsträuchern und den riesigen, uralten Bäumen.

Die Teufelsmauer

231 Der Teufel hatte es satt, immer unterwegs zu sein und keinen festen Wohnsitz zu haben. Darum bat er den Herrgott: »Gib mir bitte ein schönes Fleckchen Erde, auf dem ich dauernd wohnen kann und das mir gehört.«
Der liebe Gott dachte sich: »Diese Idee ist gar nicht schlecht. Wenn ich dem Teufel ein eigenes Land gebe, dann bleibt er dort und läßt die übrige Welt in Ruhe.«
»Gut«, sagte er, »du bekommst das Land. Doch es muß von einer festen Mauer umgeben sein, damit die Menschen vor dir Ruhe haben. Wie groß das Land ist, das sollst du selbst bestimmen. All das soll dir gehören, was du in der folgenden Nacht bis zum ersten Hahnenschrei mit einer steinernen Mauer umschließt.« Das gefiel dem Teufel gut: »Mit meinen Dienern und den zahllosen Helfern werde ich eine riesige Mauer bauen, die ein großes Land umgibt. Das wird mir auf ewig gehören. Ich werde allein sein Herrscher sein«, dachte er bei sich.
Sogleich rief er alle seine bösen Geister zusammen und befahl ihnen, bei Einbruch der Dunkelheit von den umliegenden Bergen mächtige Felsbrocken zu holen und eine Mauer zu bauen, wie sie die Welt noch nicht gesehen hatte.
Als es dunkel geworden war, machten sich die jungen und die alten Teufel und zahllose andere böse Geister an die Arbeit: Sie brachen die Steine heraus, rollten sie ins Tal hinab, trugen sie durch die Luft, warfen sie auf den Boden und schichteten sie aufeinander. Es war ein Krachen, Dröhnen, Pfeifen, ein Sausen und ein Schlagen, daß die Erde erzitterte: ein höllischer Lärm.
Der Teufel trieb seine Diener immer wieder an: »Macht schneller, ihr Faulpelze! Rascher! Rascher! Beeilt euch! Die Mauer muß fertig werden!«
Und sie wuchs in die Länge, und sie wuchs in die Höhe.
Sie zog sich vom linken Donauufer in einem großen Bogen über die Eichstätter Alb hin, führte an den Stellen, wo heute Weißenburg und Gunzenhausen liegen und am Hahnenkamm vorbei, überquerte die Altmühl, legte sich vor den Hesselberg und lief dann weiter ins Schwäbische hinein. Kein Hügel, kein Tal, kein Wald und kein Wasser konnten den Teufel und seine Helfer aufhalten.
Ohne Pause wurde Steinblock auf Steinblock gelegt.
Doch da krähte plötzlich der erste Hahn.
Der Teufel stieß einen gräßlichen Fluch aus. Die Mauer war noch nicht ganz fertig.
Der Teufel hatte seine Macht verloren. Alles umsonst!
In seiner Wut schlug er das unvollendete Bauwerk in Trümmer.
Die Reste dieser Mauer, die Trümmer, die der Teufel zurückgelassen hatte, kann man heute noch sehen.

Die Schlafkammer auf der Teufelsmauer

Ein Bauer in Gundelsheim hatte sein Haus genau auf die Teufelsmauer gebaut. Er erzählte, daß seine Frau und er nachts immer wieder von Peitschenknall geweckt wurden. Dann sprengte ein Reiter hoch zu Roß und nach ihm Hunderte von Pferden am Ehebett vorbei. Schließlich rollten unzählige Wagen durch die Schlafkammer, begleitet von unheimlichen Gestalten, die großen Lärm machten. Der Krach wurde immer unerträglicher. Die beiden Leute mußten sich die Ohren zuhalten. 232
Solch eine Schlafkammer möchte man niemand wünschen.

Sola, sein Esel und der Wolf

Sola war wieder einmal mit seinem alten Esel unterwegs. Das Tier setzte bedächtig einen Fuß vor den anderen. Der Heilige saß auf dem Rücken und schaukelte bei jedem Schritt hin und her. 233
Der Weg führte durch einen finsteren Wald in eine menschenleere Gegend.
Plötzlich stand ein Wolf vor ihnen. Der Esel erstarrte, senkte den Kopf, zog den Schwanz ein, zitterte am ganzen Körper und wollte keinen Schritt mehr tun.
Da befahl ihm der Einsiedler: »Los, altes Grautier! Greif ihn an!«
Der Esel gehorchte.
Er hob den Kopf, streckte den Schwanz in die Höhe, riß die Augen auf, ließ einen Schrei los, sprang den Wolf an und schlug mit seinen Hufen auf ihn ein.
Der Räuber taumelte und stürzte.
Der Esel schlug weiter zu und biß ihn zu Tode.
Sola streichelte seinen treuen Begleiter und ritt beruhigt weiter.
Das war in der Gegend, in der heute Solnhofen liegt.

Walburga heilt einen Knaben

Die Geschwister Wunibald und Walburga zogen auf einem Esel durch das Land. Sie waren aus England gekommen, um den Menschen das Evangelium zu predigen. 234
Ihr Weg führte durch dichte, düstere Wälder, in denen zahlreiche Gefahren lauerten, über kahle Berge und steinige Wege in verlassene Gegenden.
Sie hatten beschlossen, überall eine längere Rast einzulegen, wo ihr Esel stehenblieb.

Der erste Aufenthalt im Frankenland war dort, wo heute Heilsbronn liegt. Nachdem hier alle Menschen getauft waren und Kapellen und Kirchen errichtet hatten, zogen die beiden weiter.
Schon nach einigen Tagen blieb der Esel wieder stehen. Mitten im Wald.
Die Geschwister suchten eine Quelle und kamen überein, an dieser Stelle für immer zu bleiben.
Die Menschen nahmen den christlichen Glauben an und ließen sich von Wunibald und Walburga an dem Brunnen taufen, den sie von nun an Heidenbrunnen nannten.
Ganz in der Nähe stand die trutzige Burg der Grafen von Truhendingen. Der Burgherr wollte von den Fremden und ihrem neuen Glauben nichts wissen und betete weiterhin seine Götter an.
Da wurde eines Tages sein einziges Kind, ein Junge, schwer krank. Alle fürchteten um sein Leben. Auch die Götzenpriester und die Kräuterfrauen konnten nicht helfen.
Walburga aber vernahm eine Stimme: »Steh auf«, sagte die zu ihr, »geh' in die Burg des Grafen von Truhendingen! Dort liegt ein todkrankes Knäblein. Kein Arzt kann es mehr retten. Mach dich in meinem Namen auf den Weg! Ich will dich leiten und die Menschen durch dich meine Kraft und meine Macht erkennen lassen.«
Walburga tat, wie ihr geheißen. Sie klopfte ans Burgtor. Als es sich öffnete, stürzte eine Meute scharfer Hunde heraus. Die Frau schritt ohne Furcht auf sie zu. Die Tiere bellten plötzlich nicht mehr, sie senkten die Köpfe, wedelten mit den Schwänzen und winselten.
Erstaunt erschien der Graf auf der Treppe. Walburga erklärte ihr Kommen: »Der Herr hat mich zu dir geschickt. Er hat mir den Auftrag gegeben, deinen Sohn gesund zu machen. Du mußt nur glauben, daß er, der Mächtigste von allen, dieses Wunder vollbringen kann.«
Der Graf war so überrascht, daß er kein Wort herausbrachte. Er führte die Heilige an das Bett des Knaben. Sie kniete nieder, betete zu Gott und legte dem kranken Kind die Hände aufs Haupt.
Dann erhob sie sich und verließ, ohne ein Wort zu sagen, den Raum und die Burg. Wieder schwänzelten die scharfen Hunde ganz friedlich um sie herum. Der Burgherr schüttelte den Kopf. Das verstand er nicht.
Er ging an das Krankenbett zurück. Der Knabe schlief ruhig, sein Herz schlug wieder regelmäßig, das Fieber sank, und am anderen Morgen war er völlig gesund.
Der Graf und alle seine Leute dankten Walburga aus ganzem Herzen. Sie schickten einen Wagen mit Geschenken.
Doch die Heilige wehrte ab: »Ich brauche und will keine Geschenke. Ich bin reich, weil ich Gott meinen Vater nennen darf. Nicht ich, nein, er hat das Wunder vollbracht! Reicht die Gaben an die Armen und an die Bedürftigen weiter!«
Die Wunderheilung hatte den Grafen bekehrt. Er ließ sich taufen und seine Familie dazu und alle seine Untertanen.
Damit hatte das Christentum in diesem Raum endgültig Fuß gefaßt.

Die beiden heiligen Geschwister errichteten hier ihre Wohnstatt. Sie bauten zwei Klöster. Wunibald wurde Abt des Männerklosters. Walburga stand dem Frauenkloster vor.
Den Ort, den sie damit gründeten, nannten sie Heidenheim.

Erchanbold von Mur

27 Wochen war der Herr von Mur schon krank. Und kein Arzt konnte ihm helfen. 235
Die bösartige Krankheit hatte ihn ganz plötzlich befallen. Er war bis auf die Knochen abgemagert und hatte keinen Appetit mehr. Gebratenes und Gesottenes, das er früher immer gerne aß, konnte er jetzt nicht einmal ansehen, und das Trinken schmeckte ihm auch nicht. Er wurde so schwach und elend, daß er sich kaum von seinem Lager erheben konnte.
Da vernahm er eines Nachts im Traum eine zarte, lockende Stimme: »Erchanbold, was bist du so traurig und verzweifelt? Ich weiß, daß dir kein Heilmittel und keine Ärzte helfen können. Ich allein weiß aber, was dir fehlt. Dir fehlt der Glaube. Bete, steh auf und geh nach Monheim ins Kloster! Dort wirst du gesund, weil die heilige Walburga selbst für dich bitten wird. Höre auf meine Stimme: In der Kirche werden drei Nonnen am Altar der heiligen Jungfrau stehen und dir einen Trank aus einem geweihten Becher reichen. Trinke, und du wirst gesund sein.«
Erchanbold erwachte und gab sogleich Weisung, den Wagen vorzufahren. Der Kranke wurde vorsichtig auf Stroh gebettet und in weiche Decken gehüllt. Obwohl das Fuhrwerk über Steine und durch Löcher holperte und den Kranken hin- und herwarf und ganz durchschüttelte, ging es ihm nicht schnell genug: »Los! Laßt die Pferde schneller laufen! Ich kann es nicht erwarten, in Monheim zu sein!«
Die Diener mußten den Kranken stützen, als sie die Klosterkirche betraten. Erchanbold fiel vor dem Altar auf die Knie.
Da traten drei Klosterfrauen hervor und reichten ihm einen Becher mit Wein. Der fiebernde Kranke trank ihn auf einen Zug leer.
Als er das Gefäß absetzte, spürte er, wie die Krankheit aus seinem Körper wich. Das ging so schnell, daß es keiner glauben wollte, der nicht dabei war.
Gleich darauf verlangte Erchanbold nach einem kräftigen Mahl.
Dankbar kehrte er nach Mur zurück, und jedermann konnte sehen, welches Wunder der Herrgott durch die Fürbitte der heiligen Walburga an ihm vollbracht hatte.

Die weiße Frau von Aha

236 »Jetzt steigt's wieder«, sagten die Leute, wenn die Altmühl die Wiesen überschwemmte. Und sie waren gar nicht froh darüber. Nur eine Jungfrau, die im letzten Haus von Aha, ganz weit draußen im Wiesengrund wohnte, die freute sich, wenn es Hochwasser gab.
Sie stand unter der Haustür und blickte unverwandt zur »Fischgrube« hinüber. Das war ein tiefer Tümpel in der Altmühl. Sie wartete auf die weiße Frau. Die stieg immer bei Hochwasser aus dem Tümpel heraus und besuchte sie.

»Diesmal scheint sie nicht zu kommen«, sagte sie sich und war ein bißchen traurig. Dabei ging ihr die Geschichte durch den Kopf, die ihre geheimnisvolle Besucherin letzthin erzählt hatte:
»Vor langer Zeit lebte ich mit meiner Familie auf dem Schloß in Aha. Da kam ein großer Krieg. Die feindlichen Soldaten brannten die Städte und Dörfer nieder und töteten alle Menschen, die ihnen in die Hände fielen. In letzter Minute packten wir das Gold, die Edelsteine, den Schmuck und das ganze Geld in eine Truhe aus Kupfer und versenkten sie an der tiefsten Stelle in der Altmühl, im tiefen Tümpel. Den nennen sie heute die Fischgrube.

Man hat mich verwunschen. Ich kann keine Ruhe finden und sehne mich nach Erlösung. Die finde ich nur, wenn mir eine Jungfrau hilft, den Schatz zu bergen. Und das sollst du sein. Ein Kahn wartet auf uns und bringt uns auf den Boden des Tümpels. Dort kommt ein schwarzer Hund mit einem Schlüssel im Maul. Nimm diesen Schlüssel. Wenn er sich im Schloß der Truhe dreht, bin ich erlöst, und du bist reich.«
Die Jungfrau aus Aha hätte dem verwunschenen Schloßfräulein gern geholfen. Doch es fehlte ihr der Mut dazu.
»Schön wäre es ja, den Schatz zu besitzen und reich zu sein«, dachte sie bei sich. »Vielleicht hätte ich doch . . .«
Sie wollte gerade ins Haus gehen, als die weiße Gestalt aus der Altmühl stieg. »Da kommt sie ja!« freute sie sich.

Doch plötzlich verwandelte sich die Erscheinung vor ihren Augen in ein Lämmchen, das auf sie zulief. Daraus wurde ein schwarzer Hund, der sie böse anbellte. Sie stürzte ins Haus und verriegelte die Tür.
Doch der Hund, der einen Schlüssel im Maul trug, war schon drin, sprang sie an und zerkratzte ihr Gesicht und Hände.
Plötzlich stand die weiße Frau aus der Altmühl vor ihr: »Die Kratzer schmerzen und brennen. Siehst du, so brennt es in meinem Inneren, bis ich erlöst bin. Darum bitte ich dich noch einmal: Komm mit! Hilf mir! Löse mich von meinen Fesseln!«

Als die Jungfrau wieder ablehnte, verschwand die weiße Gestalt. Sie ließ sich jedoch noch öfter im Dorf sehen.
Vorwiegend in der Zeit des Gottesdienstes und wenn die Altmühl viel Wasser führte.

Das wütende Heer

Ein Bauer berichtete, daß ihm einst das wütende Heer in der Nähe von Gundelshalm am hellichten Tage begegnet sei. 237
Sonst kommt das »wilde Heer«, wie es auch genannt wird, nur nachts. In der Thomasnacht wurde es mehrmals bei Berolzheim gesehen. In anderen Nächten brauste es an Breitenbronn und Merkendorf vorbei, zog durch Hohentrüdingen und raste über die Gelbe Bürg. Auch in Heidenheim und Sammenheim wurde es beobachtet.
Der Bauer aus Gundelshalm war gerade auf dem Weg in seinen Wald, als er eine Staubwolke aufwirbeln sah. »Wie gibt es sowas? An diesem sonnigen Tag eine Staubwolke? Wo kommt die denn her? Am Himmel steht kein Wölkchen!«
Viel Zeit zum Überlegen hatte er nicht. Da war aus der Staubwolke das wütende Heer geworden: Jäger mit Saufedern hoch zu Roß, Knechte und Treiber und eine riesige Meute von jungen Tieren. Von den Menschen und den Tieren waren nur die Schatten zu sehen. Der lange Zug glitt völlig lautlos an ihm vorüber. Die Bäume hatten sich ohne jedes Geräusch wie Ruten zur Erde geneigt. Und an der Spitze des Zuges glaubte der Mann aus Gundelshalm Frau Holle zu erkennen.
Ein Bauer aus Breitenbronn, der in einer stürmischen Christnacht den Gottesdienst in Merkendorf besucht hatte, traf auf das wilde Heer, als er gerade an der Friedhofsmauer vorbeigehen wollte. Und mitten unter den dunklen Gestalten, die an ihm vorüberhuschten, sah er einen Hahn, der eine Fuhre Heu zog.
Und einige der Spukgestalten klopften dem Bauern auf die Schulter: »Na, Alterla! Bischt du an nu doa?«
Der Bauer bekam solche Angst, daß er sich in der Brauerei verkroch und erst am nächsten Morgen nach Hause schlich.
Andere Leute erzählten, daß das wilde Heer durch die Fenster ins Haus eindringt und durch den Kachelofen wieder zum Kamin hinausbraust. Ein paar Frauen waren in den zwölf Rauhnächten besonders vorsichtig: Sie ließen ein Fenster offenstehen und brachen eine oder mehrere Kacheln aus dem Ofen. Nun konnte das wilde Heer hindurchziehen, ohne einen Schaden anzurichten.

Leutfresser

So heißt ein Flurstück bei Dornhausen. Hier soll es nicht geheuer sein. 238
Auf einem Feld des »Moar«, das in dieser Flur liegt, wurde eines Tages Mist gebreitet.
Der Moar, der Bauer, war schon in aller Frühe auf den Saumarkt nach Gunzenhausen gefahren. Vorher aber hatte er die Tagesarbeit verteilt: »Der Stallknecht lädt

den Mist auf den Wagen und patscht ihn fest. Der Roßknecht fährt den Mist aufs Feld, und der Kleinknecht breitet ihn dort aus.«
Und so geschah es auch.
Der Roßknecht war ein sehr ruhiger, aber etwas eigenartiger Mensch. Er sprach lieber ein Wort zu wenig als eins zu viel. Er ging den Leuten aus dem Weg. Im Wirtshaus saß er allein an einem Tisch. »Beim Moarknecht stimmt etwas nicht«, sagten die einen. Und die anderen meinten gar: »Der steht wahrscheinlich mit dem Teufel im Bunde.«
Den ganzen Tag über war der verschlossene Roßknecht mit dem Mistwagen hin- und hergefahren. Mit dem beladenen hinaus und mit dem leeren wieder zurück. Und der Kleinknecht hatte den Mist aufs Feld gebreitet.
Als der Abendnebel ins Altmühltal kroch, legte der Kleinknecht die Gabel auf die Schulter und trat den Heimweg an.
Auf halber Strecke kam ihm der Roßknecht mit den beiden Pferden entgegen. Doch er hatte keinen Wagen dabei.
Weil die beiden sonst auch nicht miteinander sprachen, stellte der Kleinknecht keine Frage. »Vielleicht steht noch ein leerer Wagen draußen«, dachte er sich und ging weiter.
Nach einer Weile hörte er Pferde stampfen und wiehern. Er blickte nach allen Seiten, konnte aber im Nebel, der immer dichter wurde, nichts entdecken.
Also schritt er weiter, erledigte schließlich daheim seine Stallarbeit und dachte über diesen Vorfall nicht weiter nach.
Der Bauer sah sich am Abend noch einmal im Stall um und kam ganz aufgeregt in die Stube gelaufen: »Wo sind sie? Wo sind die beiden Pferde? Wo steckt unser Roßknecht?« fragte er. Doch keiner konnte ihm eine Antwort geben.
Da erinnerte sich der Kleinknecht: »Als ich nach Hause ging, hörte ich drüben am Hang Pferde stampfen und wiehern. Aber sehen konnte ich nichts.«
»Wir müssen sie suchen!« bestimmte der Moar. Und sie griffen nach den Sturmlaternen und eilten zum Hang hinüber: der Bauer, alle Knechte und die Nachbarn. Und sie fanden nichts. Keine Spur von den Pferden, keine Spur vom Roßknecht.
Am Morgen und an den folgenden Tagen war es ebenso: Der Knecht und die Tiere blieben verschwunden.
Seitdem nennen die Leute dieses Flurstück »Leutfresser«.

Höi! Wüh!

Zwischen Gräfensteinberg und Kalbensteinberg liegt ein Waldstück, das den Namen »Lange Dickung« trägt. Ganz in der Nähe zieht sich ein schluchtartiger Graben hinüber in das Tal des Igelsbaches. Daß es hier nicht geheuer ist, erzählten sich die Leute schon vor langer Zeit. Einige wollten um die Mitternachtsstunde einen Reiter ohne Kopf auf einem Rappen gesehen haben. Anderen war sogar das wilde Heer begegnet. 239

Am schlimmsten aber erging es einem Viehtreiber, der eines Nachts mit zwei Ochsen an dieser Stelle vorbeikam.

Die Tiere blieben plötzlich stehen. Nachdem sie bereits einen langen Weg hinter sich hatten, glaubte der Treiber, sie seien müde und wollten sich ausruhen. Er gönnte ihnen die Ruhepause.

»So, jetzt geht es weiter«, rief er den beiden Ochsen zu und klatschte ihnen aufs Hinterteil.

Doch die Ochsen wollten nicht. Sie rührten sich nicht von der Stelle. Der Treiber griff zum Stock, schimpfte und schlug auf sie ein.

Auch das half nichts.

Da drehte er dem einen Tier den Schwanz zusammen. Das andere packte er bei den Hörnern und wollte es zu Boden reißen.

Auch das half nichts.

Rot vor Zorn stieß er mit seinen schweren Stiefeln zu und schlug wiederum mit dem Stock auf sie ein: »Höi! Wüh! Höi! Wüh!« schrie er außer sich vor Wut. »Wenn euch nur glei der Teifel hulet!«

Und das geschah sogleich. Aber anders, als es der Treiber gemeint hatte. Plötzlich brauste eine schwarze Gestalt aus der Schlucht herauf. Ihre Augen glühten rot, und der Schwanz hing hinten wie eine lange Quaste herunter: der Teufel! Er brüllte so laut, daß man es meilenweit hören konnte. Dann gab es einige Donnerschläge. Der Höllenfürst packte den Viehtreiber und zerrte ihn in die Schlucht hinunter.

Man hat nie mehr etwas von ihm gehört.

Die beiden Ochsen sind friedlich nach Kalbensteinberg hinübergelaufen. Als ob nichts geschehen wäre.

An der Stelle, wo der Teufel den Treiber geholt hatte, fand man nur noch den angekohlten Stock des armen Menschen.

Noch heute sagen die Leute, daß man um die Mitternachtsstunde den Viehtreiber »Höi! Wüh!« schreien hören kann.

Und der schluchtartige Graben wird noch heute der »Hoigraben« genannt.

Der Teufel im Säcklein

240 Früher wurde das Vieh zur Sommerszeit nachts im Wald gehütet und am frühen Morgen nach Hause getrieben.

So geschah es auch in Wettelsheim.

Da führten zwei Bauern im Morgengrauen ihre Kühe das Bubenheimer Gsteig hinab. Der eine ging voran, und der andere achtete am Ende des Zuges darauf, daß sich kein Tier von der Herde trennte.

Plötzlich stieß der Bauer an der Spitze des Zuges mit dem Schuh gegen ein Säckchen, das mitten auf dem Weg lag. Es war prall gefüllt. »Das müssen Goldstücke sein«, dachte er sich und steckte es rasch in die Tasche. Der andere sollte davon nichts merken. Das Säcklein hatte ein beträchtliches Gewicht und schien immer schwerer zu werden.

So lange war ihm der Heimweg noch nie vorgekommen.

Zu Hause rief er nach seiner Frau, erzählte ihr von seinem Fund und stellte ihn stolz auf den Tisch. Dabei klimperte es so deutlich, daß beide keinen Zweifel hatten, was wohl darin sei. Sie konnten es kaum erwarten, bis es endlich aufgeknotet war.

Nein! Die Enttäuschung war groß. Das konnte doch nicht wahr sein! Das Säcklein, in dem es so verführerisch nach Münzen geklungen hatte, war leer. Wirklich leer! Es half auch nichts, daß die Bäuerin noch einmal hineinlangte und der Bauer es schließlich umstülpte. Verärgert warf er es in die Ecke.

Da erhob sich plötzlich ein schallendes Gelächter. Es schien aus der düsteren Stubenecke zu kommen. Doch es war niemand zu sehen. Die beiden schauten unter dem Tisch und unter den Bänken nach und öffneten den Kasten. Niemand!

Als sie mittags vor dem Essen das Gebet sprachen, da erscholl das höhnische Gelächter wieder. Und abends beim Abendsegen auch. Jetzt ahnten sie, jetzt wußten sie, was oder wer in dem Säcklein steckte.

Die Frau eilte ins Pfarrhaus und holte den Geistlichen. Der kam gleich mit. Kaum hatte er mit dem ersten Gebet begonnen, als ein Höllenlärm ausbrach. So stark, daß der Pfarrer seine eigene Stimme nicht verstehen konnte. »Da ist nichts zu machen«, sagte er und verließ das Haus.

Die Bäuerin und der Bauer überlegten hin und her, wie sie den Teufel wieder loswerden könnten. Dann hatten sie eine Idee: »Wir bauen um die Stubenecke einen kleinen Turm herum und mauern den Bösen darin ein«.

Gesagt, getan. Doch kaum hatte der Mann die Hand an die Maurerkelle gelegt, da flogen ihm auch schon die Steine und der Mörtel nur so um die Ohren. Starr vor Schreck ließ er das Werkzeug fallen.

So ging es also auch nicht.

»Wir lassen den Geisterbanner kommen«, beschlossen die beiden.

Der kam und legte sich um Mitternacht auf die Lauer. Als es zwölf schlug, entdeckte er den Teufel unter der Ofenbank und lockte ihn in einen Tragkorb. Dabei

sagte er unverständliche Zaubersprüche auf. Schnell war der Korb mit einem Tuch verschlossen und der Satan gefangen.
Im Morgengrauen trug die Bäuerin den gefangenen Teufel hinaus ins Hirschfeld. Unter einem Baum band sie das Tuch auf und hängte den Korb an einen hohen Ast. Seitdem hatte sich der Böse nicht mehr sehen und hören lassen.

Der Zauberer von Osterdorf

Osterdorf liegt zwischen Weißenburg und Pappenheim. Hier lebte einst ein Zaube- 241
rer, der mit dem Teufel im Bunde stand. Und wer mit dem Bösen einen Pakt schließt, muß ihm seine Seele verpfänden.
Lange Jahre ging alles gut.
Wie jeder Mensch wurde auch der Zauberer alt und grau und wußte, daß sein Ende kam. Da überlegte er, wie er den Teufel überlisten und seine Seele retten könnte.
Eines Tages schlug er sein Zauberbuch auf, sprach einige Zauberformeln und befahl dem Satan zu erscheinen.
Der fuhr sogleich durch den Rauchfang in die Stube: »Was wollt ihr von mir, Meister?« fragte er dienstbereit.
»Ich entlasse dich aus unserem Vertrag. Wenn du meinen letzten Auftrag erfüllt hast, kannst du mich gleich mit in die Hölle nehmen. Ich will, daß du mir eine Straße pflasterst, und das so schnell, wie mein Pferd zu reiten vermag. Ich werde in einem scharfen Galopp daherkommen. Und du wirst die Straße vor den springenden Hufen meines Rosses in Windeseile bauen. Wenn du es nicht schaffst, bin ich frei.«
Der Teufel kratzte sich hinter dem Ohr und willigte ein.
Er drehte sich siebenmal um sich selbst: »Also gut, morgen bin ich bereit.«
Die Sonne war gerade aufgegangen. Der Teufel wartete draußen vor dem Dorf. Der Zauberer kam herangeritten und gab dem Pferd die Sporen. Das bäumte sich auf und raste los.
Und der Teufel immer vor ihm her. Und er pflasterte die Straße mit einer solchen Eile, daß er oft zehn bis zwanzig Pferdesprünge voraus war.
Als sie aber ins ,,Rauhe Tal" kamen, ging es nicht mehr so schnell. Hier war der Boden weich und an manchen Stellen sumpfig. Die Pflastersteine hielten nicht.
Da fluchte der Teufel, daß die Bäume zitterten.
Der Zauberer aber jubelte: »Habe ich dich endlich überlistet! Nun ist es zwischen uns vorbei! Nie und nimmer kannst du diesen Auftrag erfüllen!« Und er zog die Mütze vom Kopf und schwang sie übermütig hin und her. Leider hatte er vergessen, daß der Teufel doch listiger und schlauer war.
Der Satan warf plötzlich dem Pferd einen Stein vor die Hufe. Das Tier scheute und schüttelte den Reiter ab.

Der stürzte zu Boden und blieb tot liegen.
Der Teufel sprang herbei, packte die sündige Seele und brauste davon.
An dieser Stelle wurde ein Gedenkstein aufgestellt. Viele Jahre später, als kein Mensch mehr seine Bedeutung kannte, grub man ihn aus und setzte ihn in die Kirchenmauer von Osterdorf ein.
Dort ist er heute noch zu sehen.
Wenn die Hexen in der Walpurgisnacht auf dem Nagelberg zusammenkommen, flackert an diesem Stein ein Licht auf.
Es verschwindet erst wieder, wenn am frühen Morgen der erste Hahn kräht.

Feiriger Mu! Feiriger Mu!

242 Ein Fuhrmann aus Oberhöhberg hatte schon oft von den feurigen Männern gehört. Er glaubte aber kein Wort und hielt alles für ein dummes Geschwätz.
Als er wieder einmal eines Nachts mit seinem Fuhrwerk unterwegs war, rief er übermütig und keck in den Wald hinein: »Feiriger Mu! Feiriger Mu!« Er war gespannt, was nun geschieht, hielt den Atem an und spitzte die Ohren.
Als er keine Antwort erhielt, wurde er noch dreister: »Stützenschlager! Koleffenstiel! Stützenschlager! Koleffenstiel!« spottete er.
Da wurde es auf einmal um ihn herum lebendig. Es raschelte im Unterholz und glühte und funkelte von allen Seiten her.
Er traute seinen Augen nicht: Da krabbelten Tausende von winzigen Feuermännchen die Böschung herauf, trippelten über die Straße und kletterten auf den Wagen.
Dem Mann fuhr der Schreck in die Glieder. Er griff in die Zügel und schrie: »Hü! Wüsta! Hü!« und knallte mit der Peitsche.
Doch es gab kein Entkommen mehr.

Die Feuermännchen hingen plötzlich wie ein Bienenschwarm an den Kästen und Kisten, an den Fässern und Ballen und ließen sich nicht vertreiben.
Er schlug mit der Peitsche auf die Pferde ein. Der Wagen bewegte sich nur langsam vorwärts. Er schien doppelt so schwer geworden zu sein. Die Räder ächzten, die Achsen knirschten.
Das Licht, das die Feuermännchen ausstrahlten, warf einen hellen Schein auf die Baumstämme und reichte bis in die Wipfel hinauf. Der Fuhrmann saß kerzengerade und steif vor Angst auf dem Bock und wagte nicht, sich umzublicken.
Der Weg wollte kein Ende nehmen.
Als das Fuhrwerk endlich Oberhöhberg erreicht hatte, war der Kutscher nicht mehr fähig, auch nur einen Schritt zu tun.
Die Feuermännchen aber waren verschwunden.
Der Fuhrmann hat nie mehr über sie gespottet.

Das Ranggaßweiblein

Ein Bauer aus Ostheim hatte beim Drechsler in Gnotzheim zwei neue Spinnräder be- 243
stellt. Das eine aus weinrotem Erlenholz und das andere aus dem Holz des Birnbaums. Es war um Johanni, als zwei Botenfrauen die fertigen Geräte nach Ostheim trugen.
Dort wartete die Bäuerin schon seit Tagen darauf.
»Das sind die rechten Stücke für den Kammerwagen!« sagte sie. »Nun haben wir alles für die Hochzeit beisammen. Die soll nach der Ernte sein.« Und die Frauen und Mädchen eilten herbei, und die Mägde und die Nachbarinnen, und alle lobten die schönen Spinnräder.
Die Botenfrauen wurden zu einem Umtrunk und zu einer Brotzeit eingeladen. Die zog sich in die Länge. Die Sonne senkte sich bereits dem Abend zu, als die letzten Bratwürste gegessen waren und es nichts mehr zu trinken gab.
»Jetzt wird es aber Zeit für uns«, sagten die Botenfrauen, verabschiedeten und bedankten sich und brachen auf. Sie hatten einen langen Fußweg vor sich.
Die Schatten wurden länger. Der Abendwind war merklich kühler. Der Mond blinzelte durch die Wolken und streute seine matten Strahlen auf den Weg. Die Bäume und Sträucher reckten ihr Geäst wie Arme von Spukgestalten in die finstere Nacht.
Nun wurde es den Frauen doch ein wenig unheimlich: »Wir hätten früher aufbrechen sollen. Jetzt kommen wir mitten in die Nacht hinein«, sage die eine ganz verängstigt.
Sie erreichten Ranggasse. Hier war es nicht geheuer. Die Leute mieden diesen Ort. Besonders nachts.

Und da tauchte auch schon ein Schatten aus dem Schlehengebüsch auf. Die Frauen blieben erschreckt stehen, klammerten sich ängstlich aneinander und wagten kaum zu atmen.
Jetzt erkannten sie die Gestalt: das Ranggaßweiblein! Eine alte Frau mit einem verhutzelten Gesicht, tiefen Falten und mit einem Gewand, das schon mehrere hundert Jahre alt sein mußte.

Die Spukgestalt sagte kein Wort und kam immer näher.
Die Botenfrauen zitterten am ganzen Leib und setzten ihren Weg fort. Das Weiblein blieb an ihrer Seite.
Nachdem sie sich vom ersten Schreck erholt hatten, rannten sie, so schnell sie konnten.
Aber das Weiblein blieb ihnen auf den Fersen.
Je schneller sie liefen, desto näher war die Gestalt bei ihnen. Die beiden keuchten und bekamen kaum noch Luft. Die Füße wurden schwerer und schmerzten.
Das Weiblein schien über den Boden zu schweben und kam ohne jede Mühe schnell voran.
Als die Frauen das Kreuz in der Ranggasse erreicht hatten und das Kreuzzeichen machten, war das Ranggaßweiblein verschwunden.

Der schneeweiße Hund

244 Der Schuster aus Büttelbronn war in Suffersheim zu Besuch. Für den Heimweg hatte er sich ungefähr vier Stunden ausgerechnet.
»Jetzt wird es Zeit für mich«, sagte er gegen fünf Uhr, »länger kann ich nicht bleiben, wenn ich noch bei Tageslicht heimkommen will.«
Also brach er auf.

Er war bereits mehr als dreieinhalb Stunden unterwegs, als plötzlich ein schneeweißer Hund mit feurigen Augen vor ihm stand.
»Hundskrüppl, miserablicher, was machst du da?« schimpfte der Schuster.
Er hatte das letzte Wort noch nicht ausgesprochen, als ihm der Hund schon im Nacken saß.
Der Mann konnte sich schütteln wie er wollte, er konnte um sich schlagen und schreien. Es half alles nichts. Der Hund saß fest. Und er brachte den Schuster so durcheinander, daß er vom Weg abkam und in die falsche Richtung lief. Doch das merkte er in der Aufregung nicht.
Der schneeweiße Hund blieb bis früh um drei auf seinem Nacken sitzen. Als der Tag anbrach, sprang er hinunter und verschwand.
Nach einer guten Stunde kam der Schuster endlich in Büttelbronn an.
Er war erschöpft und schweißgebadet.

Neunmal »Helf dir Gott!«

Vor langer Zeit ging einmal ein Mann aus Altenmuhr nach Gunzenhausen. Es war 245
ein unfreundlicher, naßkalter Herbstmorgen, und die Nebel hatten sich breit über das ganze Altmühltal gelegt.
Der Mann schritt kräftig aus. Er wollte zeitig in der Stadt sein.
Plötzlich trippelte ein winziger, grauer Wicht neben ihm her, blieb ständig an seiner Seite und sagte kein Wort. Nicht einmal »Grüß Gott!«.
»Hatschi!« nieste der Wichtelmann und bekam »Helf dir Gott!« zur Antwort.
Nach einigen Schritten wieder »Hatschi!«. Und der Mann wünschte wieder »Helf dir Gott!«.
Der kleine Begleiter blieb weiterhin stumm.
In kurzer Zeit hatte er achtmal geniest. Als er sein »Hatschi!« das neunte Mal hören ließ, wurde es dem Mann zu dumm: »Wenn di nur glei der Teifel hulet!« rief er ärgerlich.
Mit dem letzten Wort wurde es plötzlich stockdunkel. Der Kobold war verschwunden, wie vom Erdboden verschluckt. Der Mann rief nach ihm, erhielt jedoch keine Antwort.
Als er sich an die Finsternis gewöhnt hatte, merkte er, daß er sich in einem langen, unterirdischen Gang befand. An dessen Ende glaubte er, das Tageslicht zu sehen. Und eilends lief er darauf zu.
Doch so schnell er auch lief; er kam keinen Zentimeter vorwärts. Erschöpft lehnte er sich nach einiger Zeit an die kalte Wand des Stollens und wischte sich den Schweiß von der Stirn. Tiefe Stille ringsum. Von der Decke tropfte das Wasser. Der Boden war naß und glitschig.

Nachdem sich der Mann etwas ausgeruht und vom Schrecken erholt hatte, versuchte er es noch einmal.
Es dauerte zwar lange; schließlich fand er doch aus dem Irrgang heraus. Als er ins helle Tageslicht trat, war die Überraschung groß: Er stand vor seinem Häuschen in Altenmuhr.
Die Sonne blendete ihn. Er hielt die Hand vor die Augen und vernahm eine feine Stimme: »Hättest du auch das neunte Mal ‚Helf dir Gott!‘ gesagt, dann wäre ich jetzt erlöst und du wärest ein reicher Mann.«
Er blickte sich nach allen Seiten um.
Doch vom Wichtelmann und vom unterirdischen Gang, durch den er hatte gehen müssen, war nichts zu sehen.

Die Wichtelmänner vom Nagelberg

246 Der Nagelberg erhebt sich zwischen Graben, Schambach und Treuchtlingen. Tief in seinem Inneren wohnten früher kleine Kobolde, die Wichtelmänner. Jede Nacht kamen sie aus dem Berg heraus und liefen nach Schambach zum Müller hinunter. Dort arbeiteten und werkelten sie, bis es hell wurde.
Wenn der Müller am Morgen seine Mühle betrat, war das Getreide gemahlen und in Säcke gefüllt.
Die Müllersleute hätten gerne mehr über diese fleißigen Helfer gewußt. Deshalb legten sie sich eines Nachts auf die Lauer: »Da, schau nur, Müller«, flüsterte die Frau ganz aufgeregt, »da kommen sie! Lauter flinke, fleißige Zwerge. Und wie geschickt und ausdauernd sie sind! Aber sieh doch! Sie haben keine Kleider, die Armen. Sie laufen splitternackt herum.«
Die Müllerin hatte Mitleid mit ihnen und nähte in den nächsten acht Tagen Höslein und Wämslein aus einem leichten, weichen Stoff. Die fertigen Stücke legte sie auf die Bank. So, daß sie die Zwerge gleich finden mußten.
Dann versteckten sich die Müllersleute wiederum und erwarteten in der Nacht die fleißigen Kobolde.
Pünktlich wie immer trippelten und trappelten sie zur Mühle herein.
Doch als sie die Kleider erblickten, weinten oder jammerten sie: »Jetzt ist es aus! Jetzt dürfen wir nicht mehr kommen! Jetzt dürfen wir nicht mehr helfen! Die Kleider sollen unser Lohn sein. Wer uns aber für die Arbeit bezahlt, der vertreibt uns.«
Die Wichtelmänner schlüpften in die Kleider und zogen betrübt davon.
Niemand hat sie mehr gesehen.
Sie sind nie mehr wiedergekommen.

Wassermann und Wasserfrau

In Pappenheim lebte einst ein junger Graf mit seiner bildhübschen Frau. Sie waren 247
glücklich und hatten sich sehr lieb.

Da mußte der Graf in einem Kreuzzug gegen die Heiden ins Heilige Land ziehen. Seine Gemahlin blieb einsam und traurig zurück.

Das Alleinsein fiel ihr sehr schwer. Und aus lauter Trauer und Wehmut aß sie mehr, als ihr guttat.

Die Folgen ließen nicht auf sich warten: Sie wurde rund und dick und schwer. Schließlich waren selbst ihre Finger so in die Breite gegangen, daß sich ihr Ehering nicht mehr vom Finger streifen ließ.

Da ging die Frau zu der Quelle, in der die Wasserfrau hauste: »Liebe Wasserfrau, sag es mir ganz genau. Was muß ich tun, damit ich wieder schlank wie früher werde?«

Die Wasserfrau gab keine Antwort.

Die Gräfin ließ nicht locker, kam wieder und warf einen goldenen Ring und ein großes Goldstück in die Quelle und fragte noch einmal: »Liebe Wasserfrau, sag es mir ganz genau. Was muß ich tun, damit ich wieder schlank wie früher werde?«

Und sie bekam wieder keine Antwort.

Da ging die Frau zum Wassermann am Weiher und trug ihm ihre Bitte vor: »Wassermann, sag es mir geschwind. Was muß ich tun, damit ich wieder schlank wie früher werde?«

Da streckte der Wassermann seinen Kopf heraus und sprach: »Auf und ab und hin und her und kreuz und quer.«

Die Gräfin ging nach Hause und dachte über die Worte des Wassermanns nach.

Und bald hatte sie alles verstanden.

Sie schickte ihre Dienerschaft nach Hause und erledigte alle Arbeiten selbst. Auch der Gärtner wurde entlassen. Sie mähte das Gras, schnitt die Blumen, jätete die Beete, grub und schaufelte und stach den Boden um.

Ein Jahr war vergangen.

Die Gräfin kam gerade aus dem Garten und wollte sich die Hände waschen, als plötzlich ihr Gemahl vor ihr stand. Glücklich und gesund vom Kreuzzug zurückgekehrt.

Die Frau breitete die Arme aus und lief ihm entgegen. Dabei rutschte ihr der Ehering vom schlank gewordenen Finger.

Der Graf hob ihn auf und reichte ihn ihr.

Jetzt war sie wieder froh und schön und glücklich wie früher.

Die Nennslinger haben ein Versprechen vergessen

248 Der krumme Matthes hieß er bei allen. In der Schlacht bei Nördlingen war ihm im Dreißigjährigen Krieg ein Pulverkarren über die Füße gefahren. Seitdem humpelte er als Krüppel gebückt durch die Welt. und mied die Menschen.

In der warmen Jahreszeit hielt er sich immer in seiner Hütte an der Hirschspring auf. Er liebte die Stille, die Tiere, das sprudelnde Quellwasser, die Vögel des Waldes und die Bäume, seine Bäume.

Jeden Tag besuchten ihn die Kinder aus den umliegenden Dörfern und brachten ihm hin und wieder Fleisch, Milch und Brot, Mehl und Eier und Schmalz. Dafür erzählte er ihnen spannende Geschichten aus vergangenen Tagen und seine traurigen Erlebnisse aus der Kriegszeit.

Wenn die Laubbäume ihre Blätter verloren, die Tage kürzer und die Nächte kälter wurden, wenn eine Eisschicht das Quellwasser überzog und der Schnee die Bäume niederstreckte, mußte der krumme Matthes seine Sommerwohnung verlassen.

Er humpelte zum Schloß Syburg hinüber. Dort hielt der Torwärter jedes Jahr für ihn eine warme Kammer bereit.

Wieder einmal war es Winter geworden. Der Schneesturm heulte um das Schloß, und der krumme Matthes fühlte, daß seine Zeit abgelaufen war.

»Schnell! Laßt den Amtmann von Nennslingen kommen«, bat er. »Ich habe ihm etwas Wichtiges zu sagen.«

Der Amtmann ritt sofort zum Schloß. Matthes war bei vollem Bewußtsein und überreichte ihm einen Beutel, bis oben mit Goldgulden gefüllt: »Da, nehmt! Dieses Geld habe ich mein Lebtag mit mir herumgetragen aber nie etwas davon genommen. Ich habe es nicht gebraucht. Durch Zufall ist es mir im Krieg in die Hände gefallen. Ich glaubte zunächst, damit reich und glücklich zu werden. Aber das wurde ich auch ohne Geld. Und nun meine Bitte: Laßt von den Zinsen alle Jahre zur Nennslinger Kirchweih einen Gottesdienst zu meinem Gedächtnis halten. Und zwar an der Stelle, an der ich mich immer so gerne aufhielt. An der Hirschspring.«

Der Alte starb und wurde begraben. Die Nennslinger nahmen das Geld. Der Gottesdienst wurde einige Male gehalten. Doch dann vergaßen sie darauf, feierten ihr Kirchweihfest und machten sich weiter keine Gedanken.
Da trauerte der Wald. Die Bäume neigten die Äste und welkten dahin. Die Vögel zwitscherten nicht mehr. Das Quellwasser versiegte. Es wurde still um die Hirschspring. Ein Mädchen, das als Kind oft auf dem Schoß des krummen Matthes gesessen hatte, ärgerte sich über die vergeßlichen Nennslinger: »Das Geld habt ihr genommen, das Versprechen aber, das ihr gegeben, nicht erfüllt!«
Die Nennslinger schämten sich. Am nächsten Kirchweihsonntag zogen sie wieder zur Hirschspring hinaus und hielten einen Gottesdienst.
Und als der Pfarrer das letzte Amen gesprochen hatte, sprudelte die Quelle wieder. Die Vögel stimmten ihre Lieder an. Die Bäume reckten ihre Äste gegen den Himmel, und die Sonne blinzelte durch das Geäst.

Drei Kreuze

Auf dem Bremerberg zwischen Wassermungenau und Obererlbach trafen einst drei 249
Wanderhirten mit ihren Herden zusammen. Der eine war mit seinen Schafen und Lämmern vom Käshof herübergekommen, der zweite von Obererlbach und der dritte von Höhberg.
Sie verhandelten lange darüber, in welche Richtung eine jede Herde ziehen soll. Am Ende entbrannte zwischen dem Käshofer und dem Obererlbacher ein heftiger Streit. Beide wollten ins Erlbachtal hinunterziehen und ihre Tiere die Rezat hinauf weiden lassen.
Schließlich wurden die beiden Hitzköpfe auch noch handgreiflich. Der Schäfer vom Käshof griff nach seinem Hirtenstab und schlug auf den Obererlbacher ein. Der wehrte sich mit der Schippe und traf seinen Gegner so unglücklich am Kopf, daß dieser tot zusammenbrach.
Jetzt mischte sich der Höhberger ein und griff den Obererlbacher mit einem dicken Ast an. Der wehrte sich vergebens. Ein Schlag mit dem Holzknüppel setzte seinem Leben ein Ende.
Der Höhberger konnte sich zwar noch zu seiner Herde schleppen, doch seine Wunden waren so schwer, daß er an ihnen starb.
Später errichtete man an dieser Stelle drei Steinkreuze. Zwei stehen dicht nebeneinander, das dritte etwas abseits von ihnen.

Einer hat sich geopfert

250 In der Nähe von Raitenbuch, nicht weit von der alten Römerstraße entfernt, liegt ein Hügel, den die Leute den Hohlbigel nennen. Er ist mit kräftigen Buchen bewachsen. Unter dem Brombeergestrüpp verbergen sich die Reste eines römischen Wachturms. Ganz in der Nähe befindet sich das Hohlloch, eine tiefe Höhle, in der es nicht geheuer ist. Hier soll die Hohllochhexe gehaust haben.

Es war in der Zeit, als die Kaiserlichen mit den Schweden um die Wülzburg und um die Stadt Weißenburg kämpften. Beide Parteien hatten zahlreiche Dörfer und Einöden in der Umgebung niedergebrannt und die Bewohner verjagt oder getötet.

Die Bauern lebten in ständiger Angst und fürchteten sich vor den Kriegsknechten, ganz gleich, ob sie im Dienst des Kaisers standen oder mit dem Schwedenkönig kämpften.

Es ging bereits auf den Abend zu, als ein fremder Reiter vor dem Wirtshaus in Oberhochstatt vom Pferd sprang und mit schweren Schritten in die Gaststube stapfte.

»Bier, Wurst und Brot!« schrie er und schlug mit dem Säbel auf den Tisch, daß den Bauern in der Ecke der Schreck in die Glieder kroch.

»Ist es noch weit bis Eichstätt?« fragte der Fremde.

Die verängstigten Gäste nickten nur.

»Wer von euch will mich nach Eichstätt führen?«

Alle schüttelten wortlos den Kopf.

»Das ist sicher ein Kaiserlicher, der dem Fürstbischof von Eichstätt eine Botschaft zu überbringen hat«, dachten sie sich. »Er wird wahrscheinlich Verstärkung holen. Das heißt, daß noch mehr Kriegsknechte in unsere Gegend kommen und noch mehr Not und Elend bringen.«

»Verfluchte Dickschädel!« brüllte der Reiter und zog seine Pistole aus dem Gürtel. »Ihr weigert euch? Wißt ihr, was euch dann blüht? Macht es unter euch aus, wer mich führt. Bis ich gegessen habe, möchte ich eine Antwort haben, sonst . . .« Und er fuchtelte mit der Pistole vor ihren Nasen herum.

Als er den letzten Bissen in den Mund geschoben und den Krug ausgetrunken hatte, erhob er sich und fragte: »Also, was ist? Wie habt ihr euch entschieden? Wer wird mich führen?«

Da erhob sich ein junger Mann. Er hatte erst vor wenigen Wochen geheiratet und einen Hof übernommen.

»Ich will es tun«, sagte er mit leiser Stimme und griff nach seiner Kappe.

Der Reiter schob die Pistole in den Gürtel, verließ polternd die Stube und schwang sich aufs Pferd.

Die Bauern starrten betroffen zum Fenster hinaus. Sie sahen, wie der Kaiserliche die Dorfstraße entlangritt und der junge Bauer das Pferd am Zügel führte.

»Was wird er tun?« fragten sie sich.

Der junge Mann wußte längst, was er tun würde.

Er führte den Reiter in den Wald, bis zum Hohlbigel hinauf. Es war inzwischen stockdunkel geworden. So dunkel, daß man die Hand nicht vor den Augen sah. Plötzlich stolperte das Tier und stürzte den Abhang hinunter. Der Reiter war in letzter Sekunde abgesprungen, warf sich auf den Bauern und krallte sich an ihm fest. Wahrscheinlich ahnte er die Gefahr, in der er sich befand.
Der Mann aus Oberhochstatt stieß den Fremden zurück.
Dann rangen sie miteinander, rollten an den Rand des Hohllochs und stürzten in die Tiefe hinab.
Die kaiserlichen Truppen warteten vergeblich auf die Verstärkung aus Eichstätt.
Und die Leute in Oberhochstatt machten sich um den jungen Bauern große Sorgen. Als er nicht zurückkam, wußten sie, daß er sich geopfert hatte.

Der Markgraf und die Wölfe

Vor langer Zeit lebte ein Markgraf im Weißenburger Land. Niemand kann mehr 251
sagen, wie er hieß und wie sein Wappen aussah. Eines aber wissen wir: Er war ein leidenschaftlicher Jäger, der jedes Wild hetzte, wo immer er es traf.
Kein Hirsch war vor seinem Speer sicher und kein Vogel vor seinem Pfeil. Und Tiere, die weder Speer noch Pfeil treffen konnten, die lockte er in Fallen.
Das Wild fürchtete und haßte ihn. Hasen und Rehe konnten ihm nichts anhaben. Dafür waren die Wölfe ausersehen.
Die verfolgten ihn eines Tages, als er gerade auf dem Heimweg zur Wülzburg war. Plötzlich hörte er ein Schnauben und Hecheln und ein drohendes Knurren hinter sich und das Traben von mehr als 50 Füßen.
Als er sich umsah, fuhr ihm der Schreck in die Glieder.
Er rannte, so schnell er nur konnte. Doch die Wölfe kamen immer näher. Der Abstand zwischen ihm und dem Rudel wurde immer geringer. Schon glaubte er, ihren heißen Atem zu spüren.
In letzter Sekunde rettete er sich auf eine mächtige Buche, die allein auf einer Waldlichtung stand. Als er den ersten Ast erklettert hatte, merkte er, daß der Stamm hohl war. Rasch schlüpfte er hinein, rutschte nach unten und war in Sicherheit.
Die Wölfe sprangen immer wieder am Stamm hoch, schlugen ihre scharfen Krallen in die Rinde und knurrten und heulten die ganze Nacht.
Erst am Morgen gaben sie auf und trotteten davon.
Als die Sonne hoch am Himmel stand, kletterte der Markgraf aus seinem Versteck heraus und schlich nach Hause.
Zum Dank an seine Errettung ließ er an dieser Stelle eine Kapelle errichten, aus der später eine richtige, schöne Kirche wurde. Sie erhielt den Namen »Zu unserer lieben Frau in der Buche«.

Nach und nach siedelten sich hier Bauern an.
Es entstand ein Dorf, das man Indernbuch nannte.
Jedes Jahr feierten die Leute den Tag der Rettung mit einem Kirchweihfest. Und sie waren fröhlich und sangen und tanzten und ließen sich das Essen und Trinken gut schmecken.
Im Dreißigjährigen Krieg, als die Mordbrenner durch das Land zogen, wurde auch die Kirche zu Indernbuch ein Raub der Flammen.
Niemand baute sie wieder auf.
Aber noch heute feiert das Dorf seine Kirchweih, wenn es auch keine Kirche mehr hat.

Hinauf oder hinunter?

252 Diese Frage sollen sich die Gunzenhäuser vor langer Zeit immer wieder gestellt haben. Sie bezog sich auf die Altmühl, die an ihrer Stadt vorbeifließt. Doch von »fließen« kann man eigentlich nicht sprechen; es ist vielmehr ein Zockeln. Und dabei läßt es sich mit bloßem Auge beim besten Willen nicht feststellen, in welche Richtung sie sich nun wirklich bewegt.
Eines Tages gerieten die Gunzenhäuser Männer im Wirtshaus so richtig in Streit. Einer erzählte: »Gestern bin ich die Altmühl hinuntergegangen. Stellt euch vor, das Flußbett ist bis auf den Grund ausgetrocknet. Die Binsen und Schloten wachsen darin wie das Gras auf einer sauren Wiese.«
»Was sagst du da?« ereiferte sich ein anderer. »Hinuntergegangen willst du sein? Daß ich nicht lache! Hinaufgegangen meinst du wohl! Ich habe dich ja gesehen!«
Darum drehte sich der Streit seit langem und immer wieder: Fließt die Altmühl nun hinauf oder hinunter?
Und weil sich keine der streitenden Parteien durchsetzen konnte, wurde ein weiser Vorschlag angenommen: »Diese Frage läßt sich jetzt leicht klären«, meinte einer, ein ganz Schlauer. »Wir mähen die Binsen ab, schütten Wasser in das trockene Flußbett und sehen nach, in welche Richtung es fließt. Strömt es abwärts, dann läuft das Altmühlwasser hinunter. Bewegt es sich aber entgegengesetzt, dann fließt die Altmühl hinauf. Wir werden sehen, wer recht hat.«
Alle stimmten diesem überzeugenden Rat zu. Auch die Herren der Stadt. Gleich am nächsten Tag wurde eine diesbezügliche Anordnung erlassen.
Und die lautete so: »Alle Bewohner von Gunzenhausen im Alter von acht bis achtzig Jahren haben sich morgen früh mit Eimern oder Töpfen am Marktbrunnen einzufinden. Jeder fülle sein Gefäß, trage es zum Flußbett hinunter und gieße es dort aus.« Das war klar und kurz und bündig.
Der 1. Bürgermeister ging mit gutem Beispiel voran. Der 2. folgte ihm sogleich.

Dann kamen die Herren des Rates, die wohlhabenden Bürger, ihre Kinder und schließlich die Dienstboten. Alle schön der Reihe, ihrem Stand und ihrer Bedeutung nach. Die Dienstboten aber mußten öfters gehen.
Es waren mehrere hundert Menschen, die eifrig schöpften und schleppten und die Behälter in das Flußbett leerten. Und alle achteten mit Luchsaugen darauf, in welche Richtung sich das Wasser bewegt.
Doch das Wasser wollte nicht. Es bewegte sich nicht.
Es versickerte sogleich im ausgetrockneten Boden und war verschwunden.
Enttäuscht kehrten die fleißigen Gunzenhäuser auf der staubigen Straße in die Stadt zurück.
Und sie wußten wieder nicht, ob die Altmühl nun hinauffließt oder hinunter.

Die Wolkenstürer

Kehl heißt das Dorf und liegt am Nordhang des Wülzburger Berges. Vor langer Zeit 253
gab es einmal eine unvorstellbare Trockenheit. Der Sommer war heiß, wie nie zuvor. Auf den Wiesen verdorrte das Gras. An den umgeknickten Halmen hingen die schweren Ähren. Wochenlang war kein Tropfen vom Himmel gefallen.
Jeden Tag blickten die Bauern sehnsüchtig nach oben und warteten auf Regenwolken.
Als sie nach langen Wochen endlich ein Wölkchen erspäht hatten, waren sie überglücklich und freuten sich wie die Kinder.
»Hoffentlich weht der Wind die Wolke auf unser Dorf zu . . . Hoffentlich!« sagten die einen.
»Wenn sie wirklich zu uns herfliegt, dann ist es noch lange nicht sicher, daß sie sich auch öffnet und die Tropfen fallen läßt«, meinten die Zweifler.

Und sie alle steckten die Köpfe zusammen und berieten hin und her. Doch es kam nichts raus dabei.
Ein Handwerksbursche, der zufällig danebenstand, mischte sich ein: »Was seid ihr so niedergeschlagen? Da kann man doch etwas tun! Die Wolke fliegt auf jeden Fall über den Berg. Holt ein paar Hopfenstangen und stellt euch damit auf die höchste Stelle. Wenn das Wölklein kommt, dann stochert und stürt ihr solange hinein, bis es ein paar Löcher hat. Und aus diesen Löchern fallen dann die Regentropfen heraus.«
»Das ist eine fabelhafte Idee«, meinten die Bauern und führten den Vorschlag sogleich aus.
Sie eilten den Berg hinauf und streckten zu zweit oder zu dritt die langen Hopfenstangen hoch in die Luft hinaus. Und sie stocherten und stürten (wie man im Fränkischen sagt) so lange in die Wolke hinein, bis die Arme schmerzten und die Stangen immer schwerer wurden.
Der Schweiß rann ihnen in Strömen von der Stirn.
Doch da! Wer hätte das gedacht?
Das Wölklein öffnete sich, und dicke Regentropfen platschten auf das Dorf und auf die Felder und Wiesen hinunter.
»Die haben wir aber gut getroffen«, sagten die Kehler und waren stolz auf sich. »Das soll uns erst jemand nachmachen!«
Sie schüttelten sich dankbar die Hände und eilten fröhlich nach Hause. Daß sie dabei bis auf die Haut naß geworden waren, machte ihnen überhaupt nichts aus.
Seitdem heißen die Kehler in der ganzen Umgebung die »Wolkenstürer«. Man sagt, daß sie diesen Namen und diese Geschichte nicht gerne hören.

Eine seltsame Turmspitze

254 Den Weimersheimern war die Kirche zu klein geworden. Als sie erweitert wurde, erhielt der Turm eine schöne, achteckige Form. Nur die Turmspitze fehlte noch.
Der Baumeister überlegte hin und her und zeichnete und plante. Und dabei mußte alles so billig wie möglich sein, denn das Geld war knapp.
Als er eines Abends wieder einmal an der Friedhofsmauer lehnte und das schief geratene Mauerwerk betrachtete, stand plötzlich ein Fremder neben ihm.
Ein seltsamer Bursche, groß und hager, mit schütterem Haar und einem roten Bart.
»Unzufrieden?« fragte der Fremde und kicherte. »Wenn ihr einen Gesellen braucht; ich bin gerne dabei.«
»Wir sind genug«, lautete die barsche Antwort.
»Aber einen besseren wie mich, habt ihr sicherlich nicht. Ich bin schon beim schiefen Turm von Pisa, bei der Burgkapelle zu Nürnberg, beim Kölner Dom, beim Straßburger Münster und bei vielen anderen Bauwerken der Welt dabeigewesen.«

Jetzt wußte der Meister, wen er vor sich hatte: Es war der Teufel selbst.
»Und dein Lohn?« fragte er.
»Den kennt ihr doch«, lächelte der Rote verschmitzt, »mein Lohn ist stets der gleiche. Ich verlange die Seele dessen, der nach dem Turmbau als erster zu Grabe getragen wird.«
»Gut, du bist eingestellt. Die Abmachung gilt«, sagte der Meister und besiegelte sie mit einem Handschlag.
Da war der Rote plötzlich verschwunden.

Am anderen Morgen hatte er schon alles vorbereitet. Die Arbeit lief wie von selbst. Die Steinmetze brauchten den Meißel nur anzusetzen, schon brachen die Stücke weg und hinterließen eine glatte, feine Fläche. Das Gebälk fügte sich ohne Lot und ohne Wasserwaage von selbst ineinander. Den Aufzug hätte ein Kind bedienen können. Die Steine schwebten, wie von unsichtbaren Händen getragen, in die Höhe. Das Gerüst stellte sich von selbst an seinen Platz, und die Dachziegel legten sich an die richtige Stelle, einer neben den anderen.
Der Turm baute sich praktisch selbst fertig.

Eines Morgens spielte der Baumeister einen traurigen Mann: »Heute nacht ist mein bester Freund gestorben«, sagte er, als der Rote fragte, was mit ihm los sei.
»Ist das wirklich wahr?« wollte der Teufel wissen.
»Wie kann ich dich, den Satan selbst, wohl betrügen?«
Da gab sich der andere zufrieden, stieg auf die Turmspitze und setzte ihr die Wetterfahne auf. Schließlich hängte er die Glocken ins Gestühl, knüpfte die Glockenseile fest und schützte die steile Treppe durch ein Holzgeländer.
Darüber war es Abend geworden.
Zufrieden lehnte sich der Teufel an die Brüstung des Schallochs und blickte gespannt hinunter auf die Straße.
Da kam nämlich ein Leichenzug daher. Das Totenglöckchen bimmelte. Die Musikanten spielten eine traurige Melodie.
»In diesem Sarg liegt der tote Freund des Meisters«, war sein erster Gedanke. Er stürzte sich mit einem freudigen Aufschrei hinunter, riß den Sargdeckel auf und stieß einen gräßlichen Fluch aus. Dann folgte ein gewaltiger Donner, daß den Leuten beinahe das Herz stehen blieb.
Kein Wunder! Im Sarg lag zwar der beste Freund des Meisters. Aber der hatte sicher keine Menschenseele: Es war ein Hund.

Der Teufel stieß einen mächtigen Feuerstrahl aus und erhob sich zischend in die Luft. Bevor er den Blicken entschwand, schlug er mit seinem Schweif die Kirchturmspitze ab.
»Den Schaden haben wir bald behoben«, sagte der Baumeister und war froh, dem Roten ein Schnippchen geschlagen zu haben und ihn los zu sein.
Aber er hatte sich getäuscht.

Meister und Gesellen gaben sich wirklich alle Mühe. Aber es wollte und wollte nicht gelingen. Immer wieder nahmen sie Maß, schnitten neue Balken zurecht und setzten

sie ein. Und stets waren sie zu lang oder zu kurz und die neue Spitze einmal zu groß und dann wieder zu klein.
Am Ende gaben sie auf.
So kam es, daß der Turm eine zweite, aufgesetzte Spitze erhielt, die recht seltsam aussieht.
Und noch heute ist sie etwas krumm und schief.

Als der Palmesel gestohlen wurde

255 Vor langer Zeit hatten es zwei Spitzbuben auf den Palmesel in der Kalbensteinberger Kirche abgesehen.
»Wir holen den Esel und den Heiland mit der Krone und verscheppern sie. Die Sachen bringen uns so viel Geld ein, daß wir eine Zeitlang nichts arbeiten müssen«, sagte der »Schwarze Robert« zu seinem Komplizen.
Gesagt, getan.
In einer dunklen Nacht drangen sie in die Kalbensteinberger Kirche ein, griffen sich den Palmesel mit dem Heiland und der Krone und schleppten sie fort.
Nicht lange danach kam der Nachtwächter an der offenen Kirchentür vorbei und sah, daß hier etwas nicht stimmte. Er hob die Laterne hoch, warf einen Blick in den Kirchenraum: Der Palmesel ist weg! Mit voller Kraft blies er in sein Horn und schrie dazwischen immer wieder »Diebio! Diebio! Diieebiioo!«.
Das ganze Dorf lief zusammen, und es ging von Mund zu Mund: »Der Palmesel ist weg! Er wurde eben erst gestohlen! Die Diebe können noch nicht weit sein! Hinterher! Die schnappen wir uns!«
Und die Kalbensteinberger Burschen und Männer schwärmten nach allen Seiten aus.
Die beiden Räuber rannten inzwischen dem Stiftswald zu. Es blieb ihnen fast die Luft weg. Sie keuchten und schwitzten und schleppten und schimpften, weil der Palmesel ein solch sperriges, schweres Stück war, das sich nicht leicht stehlen ließ.
Und der Esel tat alles, daß es den Dieben noch schwerer wurde.
»Herr«, knirschte er, »wie kannst du es zulassen, daß wir gestohlen werden?«
Doch er bekam keine Antwort.
»Herr, erlaube mir, daß ich einmal kräftig ausschlage. Nur einmal, bitte, dann haben die beiden sicher genug!«
Der Herr antwortete wiederum nicht. Er zog nur energisch am Zügel. Der Esel verstand. Doch eine Wut hatte er immer noch.
Und dazu erhielt er von den Dieben auch noch einen kräftigen Stoß in den Rücken.
»Ach, lassen wir das Gelumpe einfach liegen: Wir bringen es doch nicht los«, sagte einer der Räuber.
Jetzt reichte es dem Esel aber. Jetzt konnte er nicht mehr an sich halten.

»Lieber Heiland, halt dich fest«, sagte er nur und stemmte plötzlich die beiden Vorderbeine in den Boden und bremste so stark, daß er seinen Reiter beinahe abgeworfen hätte.
»Was fällt dir ein?« schalt ihn der Herr.
»Entschuldige nur, mich bringt keiner mehr von der Stelle. Ich lasse nicht zu, daß man dich raubt und dazu auch noch beleidigt.« Von diesem Gespräch hatten die beiden Diebe natürlich nichts gehört. Dafür aber hörten sie jetzt die Kalbensteinberger näherkommen. Da ließen sie das Diebesgut einfach mitten auf der Straße stehen und rannten davon.
Vorher aber versetzte der Esel dem Schwarzen Robert doch noch einen Schlag. Es war ein Schlag, daß dem Dieb Hören und Sehen verging.
»Du hast gegen meinen Willen gehandelt«, sagte der Heiland ärgerlich. »Zur Strafe sollst du von nun an mit steifen Beinen in der Kirche stehen.«
Der Palmesel, der Heiland und die Krone wurden wie in einem Festzug in das Gotteshaus zurückgebracht.
Dort steht das Stück heute noch. Und noch heute kann man die vorgestreckten, steifen Beine des Esels sehen.
Die Stelle aber, an der die Kalbensteinberger den Dieben ihren Esel wieder abgejagt hatten, heißt noch immer der »Herrgottsbuck«.

Ortsverzeichnis 1

Gemeindeteil	Gemeinde	Landkreis	Nummern der Texte
A			
Abenberg	Abenberg	Roth	1, 188, 197, 201, 207, 211, 217
Absberg	Absberg	Weißenburg-Gunzenhausen	195, 225
Aha	Gunzenhausen	Weißenburg-Gunzenhausen	236
Ailersbach	Höchstadt	Erlangen-Höchstadt	59
Alfeld	Alfeld	Nürnberger Land	165, 172, 177
Altdorf b. Nürnberg	Altdorf b. Nürnberg	Nürnberger Land	170, 178
Antoniuskapelle	Höchstadt	Erlangen-Höchstadt	60
Appenfelden	Oberscheinfeld	Neustadt a. d. Aisch-Bad Windsheim	85
Altenberg	Oberasbach	Fürth	143
Altmannshausen	Markt Bibart	Neustadt a. d. Aisch-Bad Windsheim	85
Ansbach	Ansbach	—	4, 5, 19, 100, 135
Arzlohe	Arzlohe	Nürnberger Land	171
Aurachtal	Aurachtal	Erlangen-Höchstadt	61
B			
Bad Windsheim	Bad Windsheim	Neustadt a. d. Aisch-Bad Windsheim	78, 84, 90, 91, 154
Baiersdorf	Baiersdorf	Erlangen-Höchstadt	39, 42
Bauzenweiler	Leutershausen	Ansbach	14
Bechhofen	Abenberg	Roth	197
Birkach	Markt Taschendorf	Neustadt a. d. Aisch-Bad Windsheim	81
Binzwangen	Colmberg	Ansbach	7
Breitenstein	Königstein	Amberg-Sulzbach/Opf.	174
Brunst	Leutershausen	Ansbach	6
Bubenheim	Treuchtlingen	Weißenburg-Gunzenhausen	240
Bubenreuth	Bubenreuth	Erlangen-Höchstadt	55
Büchelberg	Leutershausen	Ansbach	8, 10, 11, 13
Bühl	Simmelsdorf	Nürnberger Land	167
Bullenheim	Ippesheim	Neustadt a. d. Aisch-Bad Windsheim	68

Gemeindeteil	Gemeinde	Landkreis	Nummern der Texte
Burgbernheim	Burgbernheim	Neustadt a. d. Aisch-Bad Windsheim	33, 71, 74, 76, 82, 84
Burgfarrnbach	Fürth	—	144, 151, 153, 157
Burgstall	Herzogenaurach	Erlangen-Höchstadt	62
Burk	Forchheim	Forchheim/Ofr.	52, 54
Büttelbronn	Langenaltheim	Weißenburg-Gunzenhausen	244
C			
Cadolzburg	Cadolzburg	Fürth	150
Colmberg	Colmberg	Ansbach	12
D			
Detwang	Rothenburg o. d. Tauber	Ansbach	30
Dinkelsbühl	Dinkelsbühl	Ansbach	27, 28, 29
Dittenheim	Dittenheim	Weißenburg-Gunzenhausen	227
Dorfgütingen	Feuchtwangen	Ansbach	24
Dornhausen	Geslau	Ansbach	7
Dornhausen	Theilenhofen	Weißenburg-Gunzenhausen	238
Dornheim	Iphofen	Kitzingen/Ufr.	85
Dühren (Hesselberg)	Wittelshofen	Ansbach	25, 26, 28, 231
Dürrwangen	Dürrwangen	Ansbach	7
E			
Eckartsweiler	Leutershausen	Ansbach	6
Egloffstein	Egloffstein	Forchheim/Ofr.	42
Ehingen (Hesselberg)	Ehingen	Ansbach	25, 26, 28, 231
Eichstätt	Eichstätt	Eichstätt/Obb.	211, 250
Emetzheim	Weißenburg i. Bay.	Weißenburg-Gunzenhausen	224
Enkering	Kinding	Eichstätt/Obb.	198
Ergersheim	Ergersheim	Neustadt a. d. Aisch-Bad Windsheim	19, 70, 145
Erlangen	Erlangen	—	52, 53, 54, 55
Erlbach	Leutershausen	Ansbach	10
F			
Falkendorf	Aurachtal	Erlangen-Höchstadt	40, 43
Feuchtwangen	Feuchtwangen	Ansbach	19, 23
Forchheim	Forchheim	Forchheim/Ofr.	139

Gemeindeteil	Gemeinde	Landkreis	Nummern der Texte
Heidenheim	Heidenheim	Weißenburg-Gunzenhausen	227, 234, 237
Heiligenblut	Spalt	Roth	210
Heilsbronn	Heilsbronn	Ansbach	1, 2, 3, 211, 234
Herbolzheim	Markt Nordheim	Neustadt a. d. Aisch-Bad Windsheim	72
Hergersbach	Windsbach	Ansbach	201
Herrieden	Herrieden	Ansbach	21
Hersbruck	Hersbruck	Nürnberger Land	160, 180
Herzogenaurach	Herzogenaurach	Erlangen-Höchstadt	40, 43, 44, 46, 62, 63, 66
Hesselberg	Ehingen	Ansbach	25, 26, 28, 231
Heßdorf	Heßdorf	Erlangen-Höchstadt	65
Hilpoltstein	Hilpoltstein	Roth	189, 190, 219, 221
Höchstadt a. d. Aisch	Höchstadt a. d. Aisch	Erlangen-Höchstadt	41, 45, 56, 57, 59, 61, 64
Höchstetten	Leutershausen	Ansbach	14
Hofstetten	Roth	Roth	218
Höhberg	Gunzenhausen	Weißenburg-Gunzenhausen	249
Hoheneck	Ipsheim	Neustadt a. d. Aisch-Bad Windsheim	69, 83
Hohenstein	Kirchensittenbach	Nürnberger Land	173
Hohentrüdingen	Heidenheim	Weißenburg-Gunzenhausen	234, 237
I			
Indernbuch	Burgsalach	Weißenburg-Gunzenhausen	251
Illesheim	Illesheim	Neustadt a. d. Aisch-Bad Windsheim	84
Ipsheim	Ipsheim	Neustadt a. d. Aisch-Bad Windsheim	83
K			
Kalbensteinberg	Absberg	Weißenburg-Gunzenhausen	239, 255
Kammerstein (Heidenberg)	Kammerstein	Roth	184, 185, 186, 203
Kastl	Kastl	Amberg-Sulzbach/Opf.	177
Kaubenheim	Ipsheim	Neustadt a. d. Aisch-Bad Windsheim	69

Gemeindeteil	Gemeinde	Landkreis	Nummern der Texte
Kehl	Weißenburg i. Bay.	Weißenburg-Gunzenhausen	253
Kersbach	Forchheim	Forchheim/Ofr.	51
Kersbach (Rothenberg)	Neunkirchen a. Sand	Nürnberger Land	163, 164, 179
Kirchenreinbach	Neidstein	Amberg-Sulzbach/Opf.	172
Kornburg	Nürnberg	—	215
Kottensdorf	Rohr	Roth	187
Krautostheim	Sugenheim	Neustadt a. d. Aisch-Bad Windsheim	72
Krobshausen	Feuchtwangen	Ansbach	24
Kühedorf (Heidenberg)	Büchenbach	Roth	184, 185, 186, 203
Kunreuth	Kunreuth	Forchheim/Ofr.	42
L			
Langenzenn	Langenzenn	Fürth	147, 154, 155, 156
Lauf	Lauf	Nürnberger Land	159, 161, 162
Lauingen	Lauingen	Dillingen/Schwaben	229
Lentersheim (Hesselberg)	Ehingen	Ansbach	25, 26, 28, 231
Leutershausen	Leutershausen	Ansbach	7, 8, 10, 11, 13, 14, 15, 145, 152, 192, 200
Lichtenau	Lichtenau	Ansbach	9
Lieritzhofen	Alfeld	Nürnberger Land	177
Lonnerstadt	Lonnerstadt	Erlangen-Höchstadt	45, 60, 64
M			
Mäbenberg	Georgensgmünd	Roth	207
Marktbergel	Marktbergel	Neustadt a. d. Aisch-Bad Windsheim	17, 75, 76, 77
Markt Berolzheim	Markt Berolzheim	Weißenburg-Gunzenhausen	237
Markt Bibart	Markt Bibart	Neustadt a. d. Aisch-Bad Windsheim	79, 85
Markt Erlbach	Markt Erlbach	Neustadt a. d. Aisch-Bad Windsheim	112
Markt Nordheim (Hohenlandsberg)	Markt Nordheim	Neustadt a. d. Aisch-Bad Windsheim	79, 80, 92
Merkendorf	Merkendorf	Ansbach	22, 237
Mittelramstadt	Leutershausen	Ansbach	14

Gemeindeteil	Gemeinde	Landkreis	Nummern der Texte
Möhren	Treuchtlingen	Weißenburg-Gunzenhausen	225, 247
Monheim	Monheim	Donau-Ries/Schwaben	235
Muhr a. See	Muhr a. See	Weißenburg-Gunzenhausen	235, 245
Münchaurach	Aurachtal	Erlangen-Höchstadt	40, 61
N			
Nainsdorf	Adelsdorf	Erlangen-Höchstadt	45
Neidstein	Neidstein	Amberg-Sulzbach/Opf.	172
Nennslingen	Nennslingen	Weißenburg-Gunzenhausen	212, 248
Nenzenheim	Iphofen	Kitzingen/Ufr.	92
Neppersreuth (Heidenberg)	Kammerstein	Roth	184, 185, 186, 203
Neunkirchen	Leutershausen	Ansbach	7
Neunstetten	Herrieden	Ansbach	19, 21, 70, 145
Neuses b. Windsbach	Windsbach	Ansbach	4
Neustadt a. d. Aisch	Neustadt a. d. Aisch	Neustadt a. d. Aisch-Bad Windsheim	89
Nordenberg	Windelsbach	Ansbach	33, 34
Nördlingen	Nördlingen	Donau-Ries/Schwaben	248
Nürnberg	Nürnberg	—	1, 19, 28, 93, 94, 95, 96, 97, 98, 99, 100, 101, 102, 103, 104, 105, 106, 107, 108, 109, 110, 111, 112, 113, 114, 115, 116, 117, 118, 119, 120, 121, 122, 123, 124, 125, 126, 127, 128, 129, 130, 131, 132, 133, 134, 135, 136, 137, 138, 139, 140, 141, 146, 149, 154, 161, 178, 179, 181, 182, 195, 215, 225, 254
O			
Oberdachstetten	Oberdachstetten	Ansbach	16, 17, 18, 76

Gemeindeteil	Gemeinde	Landkreis	Nummern der Texte
Obererlbach	Haundorf	Weißenburg-Gunzenhausen	249
Oberhaidelbach	Leinburg	Nürnberger Land	169
Oberhochstatt	Weißenburg i. Bay.	Weißenburg-Gunzenhausen	250
Oberhöhberg	Haundorf	Weißenburg-Gunzenhausen	242
Oberkrumbach (Rothenberg)	Kirchensittenbach	Nürnberger Land	163, 164, 179
Obermässing	Greding	Roth	212
Oberramstadt	Leutershausen	Ansbach	7
Oberrimbach	Burghaslach	Neustadt a. d. Aisch-Bad Windsheim	85
Oettingen	Oettingen	Donau-Ries/Schwaben	228
Offenhausen	Offenhausen	Nürnberger Land	166
Osterdorf	Pappenheim	Weißenburg-Gunzenhausen	241
Ostheim	Westheim	Weißenburg-Gunzenhausen	243
Ottersdorf (Heidenberg)	Büchenbach	Roth	184, 185, 186, 203
Ottmannsberg	Spalt	Roth	210
P			
Pappenheim	Pappenheim	Weißenburg-Gunzenhausen	229, 241, 247
Pfaffenhofen	Roth	Roth	215, 216
Pillenreuth	Nürnberg	—	93
Pleinfeld	Pleinfeld	Weißenburg-Gunzenhausen	210
Polsdorf	Allersberg	Roth	221
Pommelsbrunn	Pommelsbrunn	Nürnberger Land	158, 171
Poppenreuth	Fürth	—	151, 152
Poppenreuth	Kammerstein	Roth	186
Pötzling	Leinburg	Nürnberger Land	169
Poxdorf	Poxdorf	Forchheim/Ofr.	51
Pühlhof	Leinburg	Nürnberger Land	169
R			
Raitenberg	Velden	Nürnberger Land	173
Raitenbuch	Raitenbuch	Roth	212, 250

Gemeindeteil	Gemeinde	Landkreis	Nummern der Texte
Spielberg	Gnotzheim	Weißenburg-Gunzenhausen	228
Stein	Stein	Fürth	153
Sterpersdorf	Höchstadt a. d. Aisch	Erlangen-Höchstadt	60
Stinzendorf	Langenzenn	Fürth	156
Stirn	Pleinfeld	Weißenburg-Gunzenhausen	204, 210
Stolzenroth	Pommersfelden	Bamberg/Ofr.	38
Straßenwirtshaus	Leutershausen	Ansbach	7
Suffersheim	Weißenburg i. Bay.	Weißenburg-Gunzenhausen	244
Syburg	Bergen	Weißenburg-Gunzenhausen	248
T			
Tennenlohe (Heidenberg)	Büchenbach	Roth	184, 185, 186, 203
Thalmässing	Thalmässing	Roth	196
Treuchtlingen	Treuchtlingen	Weißenburg-Gunzenhausen	230, 241, 246
U			
Uffenheim	Uffenheim	Neustadt a. d. Aisch-Bad Windsheim	78
Ulsenheim	Markt Nordheim	Neustadt a. d. Aisch-Bad Windsheim	67, 87
Ungerthal (Heidenberg)	Büchenbach	Roth	184, 185, 186, 203
Unterbreitenlohe	Röttenbach	Roth	210
Unterfarrnbach	Fürth	—	157
Untermainbach	Rednitzhembach	Roth	199
Untersteinbach	Georgensgmünd	Roth	207
W			
Wachenroth	Wachenroth	Erlangen-Höchstadt	49
Wallesau	Roth	Roth	208
Wallsdorf	Kirchensittenbach	Nürnberger Land	173
Wassermungenau	Abenberg	Roth	249
Weigenheim (Hohenlandsberg)	Weigenheim	Neustadt a. d. Aisch-Bad Windsheim	92
Weimersheim	Weißenburg i. Bay.	Weißenburg-Gunzenhausen	254

Gemeindeteil	Gemeinde	Landkreis	Nummern der Texte
Weißenburg i. Bay.	Weißenburg i. Bay.	Weißenburg-Gunzenhausen	142, 222, 223, 224, 231, 241, 250, 251
Wellerstadt	Baiersdorf	Erlangen-Höchstadt	50
Wendelstein	Wendelstein	Roth	195
Wernsbach	Georgensgmünd	Roth	208
Westheim	Illesheim	Neustadt a. d. Aisch-Bad Windsheim	17
Wettelsheim	Treuchtlingen	Weißenburg-Gunzenhausen	240
Wetzendorf	Nürnberg	—	152
Wildbad	Burgbernheim	Neustadt a. d. Aisch-Bad Windsheim	33, 71
Wildenbergen	Rohr	Roth	187
Windelsbach	Windelsbach	Ansbach	74
Winden	Leutershausen	Ansbach	7
Windmühle	Ansbach	—	4
Windsbach	Windsbach	Ansbach	4, 188, 201
Wolframseschenbach	Wolframseschenbach	Ansbach	20
Wülzburg	Weißenburg i. Bay.	Weißenburg-Gunzenhausen	223, 224, 250, 251, 253
Z			
Zandt	Lichtenau	Ansbach	9
Zautendorf	Cadolzburg	Fürth	150
Zirndorf	Zirndorf	Fürth	143

Ortsverzeichnis 2,

nach kreisfreien Städten, Landkreisen und Gemeinden in Mittelfranken zusammengestellt

Gemeindeteil	Nummern der Texte
Stadt Ansbach	
Ansbach	4, 5, 15, 19, 100, 135
Windmühle	4
Stadt Erlangen	
Erlangen	52, 53, 54, 55
Stadt Fürth	
Fürth	98, 102, 142, 143, 146, 148, 149, 151, 153
Burgfarrnbach	144, 151, 153, 157
Poppenreuth	151, 152
Unterfarrnbach	157
Stadt Nürnberg	
Nürnberg	1, 19, 28, 93, 94, 95, 96, 97, 98, 99, 100, 101, 102, 103, 104, 105, 106, 107, 108, 109, 110, 111, 112, 113, 114, 115, 116, 117, 118, 119, 120, 121, 122, 123, 124, 125, 126, 127, 128, 129, 130, 131, 132, 133, 134, 135, 136, 137, 138, 139, 140, 141, 146, 149, 154, 161, 178, 179, 181, 182, 195, 215, 225, 254
Großgründlach	100
Kornburg	215
Pillenreuth	93
Wetzendorf	152
Stadt Schwabach	
Schwabach	183, 201
(Heidenberg)	184, 185, 203

Gemeinde	Gemeindeteil	Nummern der Texte
Landkreis Ansbach		
Colmberg	Colmberg	12
	Binzwangen	7
Dinkelsbühl	Dinkelsbühl	27, 28, 29
Dürrwangen	Dürrwangen	7
	Haslach	7
Ehingen	Hesselberghaus	25, 26, 28, 231
	Lentersheim (Hesselberg)	25, 26, 28, 231
Feuchtwangen	Feuchtwangen	19, 23
	Dorfgütingen	24
	Krobshausen	24
Gebsattel	Rödersdorf	30
Gerolfingen	Gerolfingen (Hesselberg)	25, 26, 28, 231
Geslau	Geslau	14
	Dornhausen	7
Heilsbronn	Heilsbronn	1, 2, 3, 211, 234
Herrieden	Herrieden	21
	Neunstetten	19, 21, 70, 145
Leutershausen	Leutershausen	7, 8, 10, 11, 13, 14, 15, 145, 152, 192, 200
	Bauzenweiler	14
	Brunst	6
	Büchelberg	8, 10, 11, 13
	Eckartsweiler	6
	Erlbach	10
	Höchstetten	14
	Mittelramstadt	14
	Neunkirchen bei Leutershausen	7
	Oberramstadt	7
	Rammersdorf	10
	Sachsen	10
	Straßenwirtshaus	7
	Winden	7
Lichtenau	Lichtenau	9
	Zandt	9
Merkendorf	Merkendorf	22, 237
	Großbreitenbronn	9
Oberdachstetten	Oberdachstetten	16, 17, 18, 76
Petersaurach	Großhaslach	3
Röckingen	Röckingen (Hesselberg)	25, 26, 28, 231
Rothenburg o. d. Tauber	Rothenburg o. d. Tauber	30, 31, 32, 33, 35, 36
	Detwang	30

Gemeinde	Gemeindeteil	Nummern der Texte
Windelsbach	Windelsbach	74
	Nordenberg	33, 34
Windsbach	Windsbach	4, 188, 201
	Hergersbach	201
	Neuses b. Windsbach	4
Wittelshofen	Wittelshofen (Hesselberg)	25, 26, 28, 231
	Dühren (Hesselberg)	25, 26, 28, 231
Wolframseschenbach	Wolframseschenbach	20

Landkreis Erlangen-Höchstadt

Adelsdorf	Nainsdorf	45
Aurachtal	Münchaurach	40, 61
	Falkendorf	40, 43
Baiersdorf	Baiersdorf	39, 42
	Wellerstadt	50
Bubenreuth	Bubenreuth	55
Gremsdorf	Gremsdorf	45
Herzogenaurach	Herzogenaurach	40, 43, 44, 46, 62, 63, 66
	Burgstall	62
Heßdorf	Heßdorf	65
	Hannberg	47, 65
Höchstadt a. d. Aisch	Höchstadt a. d. Aisch	41, 45, 56, 57, 59, 61, 64
	Ailersbach	59
	Antoniuskapelle	60
	Sterpersdorf	60
Lonnerstadt	Lonnerstadt	45, 60, 64
Röttenbach	Röttenbach	37, 58
Spardorf	Spardorf	48, 53
Wachenroth	Wachenroth	49

Landkreis Fürth

Cadolzburg	Cadolzburg	150
	Seckendorf	147
	Zautendorf	150
Langenzenn	Langenzenn	147, 154, 155
	Stinzendorf	156
Oberasbach	Altenberg	143
Roßtal	Roßtal	70, 145, 185
Stein	Stein	153
Zirndorf	Zirndorf	143

Gemeinde	Gemeindeteil	Nummern der Texte
Kirchensittenbach	Hohenstein	173
	Oberkrumbach (Rothenberg)	163, 164, 179
	Wallsdorf	173
Lauf a. d. Pegnitz	Lauf a. d. Pegnitz	159, 161, 162
Leinburg	Gersdorf	169
	Oberhaidelbach	169
	Pötzling	169
	Pühlhof	169
Neunkirchen a. Sand	Kersbach (Rothenberg)	163, 164, 179
Offenhausen	Offenhausen	166
Pommelsbrunn	Pommelsbrunn	158, 171
	Arzlohe	171
Röthenbach a. d. Pegnitz	Röthenbach a. d. Pegnitz	175
	Haimendorf	175
Rückersdorf	Rückersdorf	168
Schnaittach	Schnaittach (Rothenberg)	163, 164, 179
Simmelsdorf	Bühl	167
	Rampertshof	167
Velden	Raitenberg	173
Landkreis Roth		
Abenberg	Abenberg	1, 188, 197, 201, 207, 211, 217
	Bechhofen	197
	Wassermungenau	249
Allersberg	Polsdorf	221
Büchenbach	Kühedorf	184, 185, 186, 203
	Ottersdorf	184, 185, 186, 203
	Tennenlohe	184, 185, 186, 203
	Ungerthal (Heidenberg)	184, 185, 186, 203
Georgensgmünd	Mäbenberg	207
	Rittersbach	213
	Untersteinbach ob Gmünd	207
	Wernsbach	208
Greding	Greding	193
	Obermässing	212
Heideck	Heideck	1, 191, 212
Hilpoltstein	Hilpoltstein	189, 190, 219, 221
Kammerstein	Kammerstein (Heidenberg)	184, 185, 186, 203
	Neppersreuth (Heidenberg)	184, 185, 186, 203
	Poppenreuth	186
Raitenbuch	Raitenbuch	212
Rednitzhembach	Untermainbach	199
Röttenbach	Unterbreitenlohe	210

Gemeinde	Gemeindeteil	Nummern der Texte
Rohr	Kottensdorf	187
	Regelsbach	187
	Wildenbergen	187
Roth	Roth	203, 209, 213
	Hasenbruck	221
	Hofstetten	218
	Pfaffenhofen	215, 216
	Wallesau	208
Spalt	Spalt	188, 192, 194, 200, 205, 210, 214
	Fünfbronn	220
	Großweingarten	204, 206
	Hagsbronn	202
	Heiligenblut	210
	Ottmansberg	210
Thalmässing	Thalmässing	196
Wendelstein	Wendelstein	195
Landkreis Weißenburg-Gunzenhausen		
Absberg	Absberg	195, 225
	Kalbensteinberg	239, 255
Bergen	Syburg	248
Burgsalach	Indernbuch	251
Dittenheim	Dittenheim	227
	Sammenheim	237
Gnotzheim	Gnotzheim	243
	Spielberg	228
Gunzenhausen	Gunzenhausen	201, 226, 231, 238, 245, 252
	Aha	236
	Höhberg	249
Haundorf	Gräfensteinberg	239
	Obererlbach	249
	Oberhöhberg	242
Heidenheim	Heidenheim	227, 234, 237
	Hohentrüdingen	234, 237
Langenaltheim	Büttelbronn	244
Markt Berolzheim	Markt Berolzheim	237
Muhr am See	Muhr am See	235, 245
Nennslingen	Nennslingen	212, 248
Pappenheim	Pappenheim	229, 241, 247
	Osterdorf	241
Pfofeld	Gundelshalm	237
Pleinfeld	Pleinfeld	210
	Stirn	204, 210

Gemeinde	Gemeindeteil	Nummern der Texte
Raitenbuch	Raitenbuch	212, 250
Solnhofen	Solnhofen	233
Theilenhofen	Dornhausen	7, 238
	Gundelsheim a. d. Altmühl	232
Treuchtlingen	Treuchtlingen	230, 241, 246
	Bubenheim	240
	Graben	224, 230, 241, 246
	Möhren	225, 247
	Schambach	230, 241, 246
	Wettelsheim	240
Weißenburg i. Bay.	Weißenburg i. Bay.	222, 223, 224, 231, 241, 250, 251
	Emetzheim	224
	Kehl	253
	Oberhochstatt	250
	Suffersheim	244
	Weimersheim	254
	Wülzburg	223, 224, 250, 251, 253
Westheim	Ostheim	243

Hinweise auf das Quellenmaterial

Die Ziffern nach den Überschriften der Texte beziehen sich auf die Nummern des aufgelisteten Quellenmaterials auf den Seiten 290—292.

1 Der Heilsbrunnen 7, 19, 21, 47, 54
2 Der vergeßliche Bildschnitzer 7, 54
3 Die listigen Frauen von Großhaslach 47
4 Der Ansbacher Wolf 3, 7, 14, 19
5 Der Schatz in der Veitlach 19, 28
6 Schatzgräber im Zauberkreis 49, 57
7 Der Reiter ohne Kopf 49, 57
8 Das wilde Heer bei Leutershausen 23, 46, 49, 57
9 Der schwarze Begleiter 49, 56
10 Der große, schwarze Hund 49, 57
11 Das Kappelfrala 49, 57
12 Die weiße Frau von Colmberg 49, 56
13 Der Jäger und die weiße Frau 56
14 Lichter 49, 57
15 Ein Schneider, der Butter macht 23, 57
16 Die Kapelle unter der Linde 28
17 Die Spinnerin 7, 49
18 Durch den Teufelsgraben 56
19 Die Glocke von Neunstetten 23
20 Die Zigeunerkreuze 48, 49
21 Die sieben Kreuze im Altmühltal 23, 49
22 Das bucklige Männlein 48, 49
23 Wie Feuchtwangen zu seinem Namen kam 19, 23, 42, 47, 54
24 Das wandelnde Licht 57
25 Die versunkene Burg auf dem Hesselberg 8, 12
26 Der Schatz im Hesselberg 3, 7, 8, 23, 29
27 Der Dinkelbauer 14
28 Serpentina 7, 14, 19, 23
29 Die Kinderlore 1, 24
30 Der Teufelsstein bei Detwang 54
31 Der Teufel hat ihn geholt 7
32 Ein Storch rächt sich 3, 19
33 Die Herren von Nordenberg 19, 39, 49
34 Der Knappe von Nordenberg 39
35 Der fremde Graf von Rothenburg 7, 19, 23
36 Der Meistertrunk von Rothenburg 1, 7, 19, 23, 24, 33
37 Das versunkene Schloß 10, 38
38 Die Schönen von Liebenau 10, 38
39 Die Waldjungfrauen 7, 20, 47
40 Der Ritter im Eichenbrünnlein 11
41 Sieben herzlose Jungfrauen 10, 38
42 Das scharfe Eck 7, 11, 20
43 Die verschwundene Burg 19
44 Den Teufel geprellt 28
45 Die Schatzgräber von Nainsdorf 10, 38
46 Der Schatz im Eichenmühlgäßchen 10, 38
47 Im Pfarrhof spukt es 10, 38
48 Der Kirschendieb 54
49 Würfelspiel um Menschen 10, 38
50 Ein Stück Brot, ein Kreuzer und ein Gulden 31
51 Der Hemdkroagnnaufziecher 11
52 Hebt mich! 31
53 Der Mann auf der Langwied 31
54 Blaues Gras und blaues Wasser 31
55 Wie Bubenreuth zu seinem Namen kam 30
56 Der Schwede und das Kind 10, 38
57 Der Schwedenstein 10, 38
58 Ein furchtbarer Irrtum 10, 20, 38, 53
59 Die Irrglocke 10, 38
60 Sibylla Weiß 10, 28, 38
61 Hildegund 10, 38
62 Das Löwenbrünnlein 19, 28
63 Die vier Brüder 10, 20, 38
64 Die Ochsenmarter 10, 38
65 Das Pflugreutmarterl 10, 38
66 Das Reh an der Roten Marter 28
67 Die Königsgrube 20, 39
68 Die Kunigundenkapelle 20, 39
69 Die Kirche gehört ins Dorf 57
70 Die Ergersheimer Glocke 20, 39
71 Ein Schimmel entdeckt eine Heilquelle 12, 19, 24, 39, 47, 54
72 Der Ehebrunnen 20, 39
73 Die Wasserfröle 20, 39

Quellenverzeichnis

Zur Nacherzählung der aufgenommenen Texte wurden folgende Quellen benutzt:

1 *Asanger, F.; d'Ester K.:* Um Main und Donau. Ein Heimatbuch. Brandstetter Verlag, Leipzig, 1918.
2 *Aufsberg, Theodor:* Sagen und Geschichten aus Mittelfranken. 3. und 4. Auflage. Friedrich Kornsche Buchhandlung, Nürnberg, um 1920.
3 *Aufsberg, Theodor; Lutz, August:* Durch Mittelfranken. Sagen und Geschichten aus mittelfränkischen Orten und Gauen. Verlag J. G. Schreyer, Schwabach, 1910.
4 *Backfisch, Kurt:* Die schwarze Katze. Aus: Hilpoltsteiner Kurier, 2. Jg., Nr. 6, 1961.
5 *Bauer, Franz:* Alt Nürnberg. Sagen, Geschichten, Legenden. J. Lindauer Verlag, München, 1969.
6 *Bauer, Franz:* Helden, Gespenster und Schalksnarren. Sagen aus Franken, 3. Auflage. J. Lindauer (Schaefer) Verlag, München, 1954.
7 *Bechstein, Ludwig:* Aus dem Sagenschatz des Frankenlandes. Hrsg. Wolfgang Möhring. Echter Verlag, Würzburg, 1981.
8 *Börner, Max:* Im Bannkreis des Hesselberges. Wörnitz Bote. Krüger Verlag, Dinkelsbühl, 1927.
9 *Buchwald, Christine:* Sagen und Märchen aus Franken. Mikado Verlag, Lahnen, 1980.
10 *Daßler, Georg* (Hrsg): Der Landkreis Höchstadt a. d. Aisch. Vergangenheit und Gegenwart. R. Alfred Hoeppner Verlag, Aßling-München, 1970.
11 *Dr. E. D.; E. P.:* Sagen aus der Erlanger Gegend. Erlanger Heimatblätter. Herausgegeben unter Mitwirkung des Vereins für Heimatschutz und Heimatkunde e. V. Unterhaltungsblatt zum Erlanger Tageblatt. Verlag Junge und Sohn, Erlangen, Jahrgang 1926.
12 *Dürr, Christian:* Aus der Rockenstube. Aus: Heimatblätter für Ansbach und Umgebung. Verlag Fränkische Zeitung (Fränkische Tageszeitung) Brüghel und Sohn, Ansbach, Jahrgang 1936.
13 *Göhring, Ludwig:* Die Sage von der weißen Frau und ihrer Entstehung. Erlanger Heimatblätter. Unterhaltungsblatt zum Erlanger Tageblatt, Nr. 3, S. 12. Verlag Junge und Sohn, Erlangen, Ausgabe vom 16. 3. 1939.
14 *Greiner, J.; Jungmaier, Johann; Lösch, Eduard:* Aus der Rockenstube. Aus: Heimatblätter für Ansbach und Umgebung. Verlag Fränkische Zeitung (Fränkische Tageszeitung) Brüghel und Sohn, Ansbach, Jahrgang 1935.
15 *Grimm, Emil:* Sagen und Geschichten aus Oberfranken. Verlag der Friedrich Kornschen Buchhandlung Nürnberg. 2. Aufl., o. J.
16 *Haag, Christoph:* Unterrichtshilfen für den Heimatkunde- und Geschichtslehrer des Stadt- und Landkreises Schwabach. Als Manuskript gedruckt. Jahrgang 1952.
17 *Haag, Christoph:* wie 16, Jahrgang 1955.
18 *Hiller, Ludwig:* Langenzenn. Ein Heimatbuch. Verlag der Stadtverwaltung Langenzenn, 1954.
19 *Hinze, Christa; Diderich, Ulf:* Fränkische

Sagen. Eugen Diderichs Verlag, Köln, 1980.
20 *Klarmann, J. L.; Spiegel, K.:* Sagen und Skizzen aus dem Steigerwald. Gerolzhofen, 1912. Faksimiledruck. Christoph Schmidt, Neustadt a. d. Aisch, 1982.
21 *Krauß, Heinrich:* Schwabach, Stadt und Bezirk. Ein Heimathandbuch. Band II. Verlag Hermann Millizer, Schwabach, 1931.
22 *Krauß, Heinrich* (Hrsg.): Heimatland. Schwabach, Stadt und Bezirk. 4. Folge des Schwabacher Heimatbuches. Verlag Hermann Millizer, Schwabach, 1937.
23 *Lang, Paul:* Schöne mittelfränkische Sagen. Sagenborn des Bayernlandes, Band 5. Buchner Verlag, Bamberg, um 1930.
24 *Leiderer, Hermann; Weitnauer, Alfred:* Mein Sagenbuch. Bayerischer Schulbuchverlag, München, 1960.
25 *Mayer, Johann, Georg:* Sagen von Roth und dem Oberamte Roth und Umgebung. Aus: Heimatblatt für Geschichte, Volks- und Heimatkunde der Stadt und des Amtsbezirks Roth bei Nürnberg, 10. Jg., Nr. 19. Rother Volkszeitung. Verlag Karl Müller, Roth, 1931.
26 *Mayer, Johann, Georg:* wie 25, 10. Jg., 1931.
27 *Mayer, Johann, Georg:* wie 25, 11. Jg., Nr. 10, 1932.
28 *Panzer, Friedrich:* Bayerische Sagen und Bräuche. Otto Schwarz Verlag, Göttingen, 1956 (Neudruck).
29 *Paulus, Oskar:* Sagen aus der Erlanger Gegend. Erlanger Heimatblätter. Herausgegeben unter Mitwirkung des Vereins für Heimatschutz und Heimatkunde e. V. Unterhaltungsblatt zum Erlanger Tageblatt. Verlag Junge und Sohn, Erlangen, Jahrgang 1927.
30 *Paulus, Oskar:* Sagen des Erlanger Landes. Wie 29, Jahrgang 1928.
31 *Paulus, Oskar:* wie 29, Jahrgang 1929.
32 *Pfister, Ernst:* Die Bärentreiber von Burgfarrnbach, Vorstadt von Fürth i. B., Erlanger Heimatblätter. Unterhaltungsblatt zum Erlanger Tageblatt, Nr. 35, S. 139. Verlag Junge und Sohn. Ausgabe vom 28. 8. 1929.
33 *o. V.:* Aus fränkischen Gauen. Sage und Dichtung, der vaterländischen Jugend gewidmet vom Bezirkslehrerverein Würzburg Stadt I. Würzburg, 1907.
34 *o. V.:* Der Grehütl. Das Sieben-Uhr-Läuten. Der Kaiser an der Linde. Aus: Fürther Nachrichten. Beilage Fürther Landkreisnachrichten vom 24. 8. 1978, 2. 11. 1979, 8. 1. 1982.
35 *o. V.:* Die Sage vom Hilpoltsteiner Schloßdrachen. Schwanksagen unserer Heimat. Die Heidecker Greifenklaue. Aus: Hilpoltsteiner Kurier, o. Nr., o. Jg.
36 *o. V.:* Die Sage von der Teufelsmauer. Aus: Hilpoltsteiner Kurier vom 22./23. 2. 1964.
37 *o. V.:* Heimatkundliche Stoff- und Beispielsammlung. Zusammengestellt vom Bezirksschulamt Hilpoltstein, nach 1950.
38 *o. V.:* Sagen und Legenden aus dem Landkreis Höchstadt a. d. Aisch. Oscar Dennhardt, Höchstadt, o. J.
39 *Ries, Georg:* Heimatliche Sagen. In: Heimatkundliche Lesebögen für den Landkreis Uffenheim, Heft 1. Herausgegeben vom Schulamt in Windsheim, o. J.
40 *Roth, Josefine:* Der Spitzbartl. Originalmanuskript, o. J.
41 *Salffner, Adolf:* Rund um die Wülzburg. Herausgegeben vom Schullandheimwerk Mittelfranken. Neuauflage (nach 1945). H. Bachmann, Lauf, o. J.
42 *Schaudig, Wilhelm:* Geschichte der Stadt und des ehemaligen Stiftes Feuchtwangen. Verlag Sommer und Schnorr, Feuchtwangen, 1927.
43 *Schlamp, Rudolf:* Mittelfränkische Heimatbogen, Heft 13, Verlag Otto Schnug, Ansbach, o. J.
44 *Schlamp, Rudolf:* wie 43, Heft 62, o. J.
45 *Schlamp, Rudolf:* wie 43, Heft 76, o. J.
46 *Schlamp, Rudolf:* wie 43, Heft 88, o. J.
47 *Schlamp, Rudolf:* wie 43, Heft 98, o. J.
48 *Schlund, Hans:* Gunzenhäuser Sagen. Heft 35 der Beiträge zur Geschichte der Stadt und Umgebung. Alt-Gunzenhausen, Verein für Heimatkunde, 1972.
49 *Schlund, Hans:* Fränkische Altmühlsagen und Legenden. Fritz Majer Verlag, Leutershausen, 1981.

50 *Schmuck, J.:* Sagen unserer engeren Heimat (Stadt und Bezirk Weißenburg i. Bay.). Sonderdruck der Weißenburger Heimatblätter. Verlag Braun und Elbel, Weißenburg, 1938.
51 *Schwamberger, Adolf:* Fürther Sagen. Verlag Hanns Ulrich, Fürth, 1971.
52 *Sehr, Wenzel:* Die Gredinger Torabschneider. Aus: Hilpoltsteiner Kurier, 3. Jg., Nr. 8. Hilpoltstein, 1962.
53 *Seibold, Hans:* Sagen aus der Nürnberger Landschaft. Schriftenreihe der Altnürnberger Landschaft, Band III. Karl Pfeiffers Buchdruckerei und Verlag, Hersbruck, 1955.
54 *Stritzke, Karl:* Die weiße Frau und andere fränkische Sagen. Verlagsbuchhandlung Ludwig Liebel, Nürnberg, 1948.
55 *Wenzelides, Otto:* Heidecker Sagen und Spukgeschichten. Manuskript, 1948.
56 *Wild, Hans:* Aus der Rockenstube. Wie 12 und 14, Jahrgang 1937.
57 *Wild, Hans:* Aus der Rockenstube. Wie 12 und 14, Jahrgang 1938.

Dank

soll am Ende dieses Buches allen gesagt werden, die mitgeholfen haben, die Idee der »Mittelfränkischen Heimatkunde« in die Tat umzusetzen.
Dank Herrn Bezirkstagspräsidenten Georg Holzbauer und dem Leiter der Bezirksverwaltung, Herrn Ltd. Regierungsdirektor Karlheinz Hofbeck, für die tatkräftige Förderung und vielfältige Unterstützung des gesamten Projekts von der ersten Stunde an.
Dank Herrn Abteilungsdirektor Reinhold Drescher, von der Schulabteilung der Regierung von Mittelfranken, für die ersten Anstöße und Anregungen und für mannigfache Hinweise und Hilfen.
Dank Herrn Heinrich Delp, dem Verleger, der sich in vorbildlicher Aufgeschlossenheit und mit großem Einfühlungsvermögen der Heimatkunde und Heimatpflege verbunden fühlt und sich mit verlegerischem Mut dem Vorhaben zuwendet.
Dank allen, die dem Verfasser bei der mit manchen Schwierigkeiten verbundenen Sammlung und Zusammenstellung der Texte hilfreich zur Seite standen. Hierbei seien folgende Damen und Herren besonders genannt:
Gudrun Babel, Schwabach; Josefine Roth, Hilpoltstein; die Mitarbeiterinnen der Staatlichen Bibliothek (Schloßbibliothek) Ansbach und der Amtsbücherei der Regierung; Wilhelm Ammon, Fürth; Karl Behringer, Schwabach; Georg Jugendheimer, Roth; Josef Klein, Bad Windsheim; Roland Kühn, Zirndorf; Gottfried Mertens, Weiboldshausen; Franz Österreicher, Heideck; Wilhelm Salomon, Höchstadt; Hans Schlund, Gunzenhausen-Stetten; Heinrich Schlüpfinger, Schwabach und Horst Thiede, Schwabach-Penzendorf.

Alfred Kriegelstein